KB170860

샤를마뉴 황제의 전설

샤를마뉴 황제의 전설

토마스 불핀치 지음 / 이성규 옮김

차례

이 책을 읽는 분에게

중·고등학교나 대학에서 받는 교육 외에 완전한 교육을 위해 반드시 필요한 것이 있다. 그것은 교육의 목적이기도 한데, 바로 품위 있는 문학에 대해 아는 일이다. 젊은이들은 교양 사회와 접촉할 때 과학적 발견이나 철학적 사색보다는 공상이나 환상으로 만든 창작물에 대해 알아야 할 필요성을 느낀다.

지성의 암흑이 서유럽을 뒤덮었던 시기에 이탈리아에서는 기라성같은 훌륭한 작가들이 등장했다. 이들 중 풀치(1431년 출생), 보이아르드도(1434년 출생), 아리오스토(1474년 출생)는 공상 설화(說話)를 자신들의 주제로 삼았다. 이런 공상적 설화는 음유시인들의 노래나 수도승들의 연대기적 전설을 통해 여러 세대 동안 전달되어 오던 것들이었다. 그들은 이런 설화에 질서를 부여하고 자신의 상상을 가미하여 나름의 창조성으로 불후의 작품을 만들었다. 이 작품들은 문명이 계속되는 한, 천재성을 지닌 인류가 창조해낸 가장 소중한 작품의 반열에 있게 될 것이다.

이 책의 저자는 《그리스·로마 신화》와 《원탁의 기사》같은 이전의 작품에서, 현대의 독자들에게 고대 및 중세의 설화 문학에 대한 지식을 제공하려고 노력했다. 그런 지식은 독서나 대화를 할 때 사용되는 비유를 이해하기 위해 필요한 것들이다. 이 책 역시 그것과 동일한 목적을 지향하고 있다. 또한 이전의 작품들처럼 단순한 오락 이상의 차원을 목표로 삼고 있다. 동시에 이탈리아의 위대한 시인이 창조한 작품의 주제를 독자에게 친숙하게 알리는데 도움이 될 것이다. 교육을 잘 받은 젊은이들에게는 이런 지식의 일부가 요구되는 것이 사실이다.

이런 로망스를 읽으며 우리는 여러 세대의 설화작가들이 원시적인 이야기를 어떻게 이용하고 또 이용했는지 관찰할 수 있다. 예를 들어, 오르란도의 사이렌의 원형은 율리시즈(그리스 신화에 나오는 이터커의 왕. 호머의 오디세이의 주인공)의 사이렌(그리스 신화 : 아름다운 목소리로 뱃사람을 유혹하여 조난시킨 바다의 요정)이다. 사랑과 증오의 샘물은 큐피드와 프시케의 이야기로 거슬러 올라갈 수도 있다. 마술의 술을 마셔 생기는 것과 비슷한 효과는 트리스트럼과 이소우드의 이야기에도 나타나 있고, 셰익스피어의 《한여름 밤의 꿈》에서는 술을 한번 마시는 일이 한 송이 꽃으로 대치되어 있다. 더 언급하지 않아도 독자들은 이와 같은 종류의 예들을 무수히 알아낼 수 있을 것이다.

이 이야기의 출처는 첫째, 앞서 언급한 이탈리아의 시인들이고, 둘째, 콩트 드 트레상이 쓴 《중세 기사의 공상적인 이야기》이며, 마지막으로 독일의 대중 설화 모음집이다. 몇 장(章)들은 이탈리아 시인들의 작품을 레이 헌트가 번역한 것을 실었다. 그가 이미 잘 해놓은 것을 다시 개작하는 일은 불필요했지만, 그렇다고 그의 이야기를 생략해버리면 연작의 이야기가 불완전하게 되어버리는 까닭에 그대로 실었다.

불핀치는 누구인가?

토마스 불핀치는 1796년 7월 15일 매사추세츠주 보스턴에서, 유명한 건축가인 찰스 불핀치와 해나 앱소프의 아들로 태어났다. 11명의 형제자매 안에서 토마스는 가족을 사랑하며 행복한 어린 시절을 보냈다.

그는 보스턴의 라틴어 학교에 다니던 시절부터 고전에 취미를 가졌는데 이것이 나중에 그의 인생에 큰 영향을 미쳤다. 1814년 고전학으로 하버드대학을 졸업하고 여러 직업을 전전하던 그는, 일년 동안 보스턴 라틴어 학교에서 교편을 잡기도 했고, 얼마 동안은 가게를 경영하는 형을 돕기도 했다.

1817년 불핀치의 아버지가 제임스 먼로 대통령의 요청으로 미국 국회의사당의 건축기사 일을 하게 되었는데, 일년 뒤 토마스는 워싱턴의 아버지에게 합류했다. 그곳에서 몇 가지 사업에 투신했으나 모두 성공을 거두지는 못했다.

이 시기에 학교연감을 위해 쓴 자서전적 수기에서 토마스는 자신의 인생을 다음과 같이 평가하고 있다. "문학이 항상 나의 취미였다. 이것이 어쩌면 나의 사업상의 실패를 부분적으로 설명해주고 있는지 모른다." 마침내 그는 1837년 41세의 나이로 보스턴 상업은행의 행원 자리를 얻어 30년간 근무했다.

토마스 불핀치는 부모님이 돌아가실 때까지 독신으로 부모님과 함께 살았고, 그 후로도 홀로 살았다. 그의 생활은 조용하고 판에 박힌 것이었다. 은행일은 그렇게 힘들지 않았고 여가 시간에는 고전을 연구하며 보낼 수 있었다. 진정으로 학자이자 교사였던 그는 지칠줄 모르는 독서가이기도 했다. 동시에 명민한 역사학도이자 훌륭한 번역가였고, 예술에 대한 취미와 지식을 갖춘 사람이었다.

불핀치가 걸작을 쓰기 시작한 것은 오십대 후반에 이르러서였다. 그가 걸작을 쓴 목적은 유럽 신화의 전통판을 자신의 언어로 다시 기술하여 동시대의 미국인들에게 고전 문학이라는 넓은 문화를 낯익게 하기 위함이었다. 1855년에 《그리스·로마신화》(The Age of Fable)가 나왔고, 뒤이어 1858년에 《원탁의 기사》(The Age of Chivalry)가 1862년에 《샤를마뉴 황제의 전설》(Legends of Charlemagne)이 나옴으로써, 그는 고전 뿐만 아니라 유럽 문학에 대해 광범위한 지식을 가지고 있음을 증명했다. 자신의 저서 서문에서 그는, "신화에 대한 지식을 갖추지 않는다면 우리 언어로 쓰인 품위있는 문학을 이해하거나 감상하기 어렵다. 이런 책들은 박식한 사람을 위한 것이 아니라…… 대중 연설가, 강연자, 수필가, 그리고 시인들이 빈번히 사용하고, 세련된 대화에서 오가는 인유(引喩)를 이해하고 싶어하는 모든 영문학 독자들을 위한 것이다"라고 적고 있다. 세 권의 책은 나오자마자 성공을 거두었고 '불핀치의 신화'로 알려진 고전이 되었다.

토마스 불핀치는 1867년 5월 27일 72세로 사망했다. 그에게 신화란 하나의 경이로운 문화적 상상력이었다. 그의 인생은 그다지 중요한 것이 없어 보이지만, 그가 남긴 세 권의 신화는 그를 시대를 뛰어넘어 잊혀지지 않는 인물로 만들기에 충분했다.

샤를마뉴 황제, 뒤러 작.

샤를마뉴 황제의 전설

Legends of Charlemagne

Legends of Charlemagne 서론

샤를마뉴 황제와 동년배 영웅들의 공상 설화를 연구하는 사람들은, 찰스 마르텔과 찰스라는 이름을 가진 다른 사람들의 행동이 대중의 이야기를 거치면서 원래의 샤를마뉴의 행동과 혼합되었다는데 의견을 같이 한다. 그 시기는 매우 중요한 시기였다. 그러므로 우리가 지금부터 펼쳐 보이려고 하는 전설적 연대기를 자세히 읽기 전에, 독자 여러분이 인내심을 가지고 당시의 참된 역사를 개괄적으로 읽는다면, 그것이 시인들의 이야기보다는 그리 공상적이지 않다는 것을 알게 될 것이다.

서기 600년이 시작하던 세기, 그리스도의 고향 남동쪽으로 인접해 있던 국가들은 아직 기독교를 받아들이지 않고 있었다. 아라비아는 고대 페르시아인들처럼, 태양, 달, 별을 숭배하는 종교를 믿는 땅이었다. 서기 571년 그 지역 메카에서 마호멧이 탄생했다. 마호멧은 나이 사십에 이르자, 그

사라세인들이 세계 정복을 위한 진군의 나팔을 불고 있다.

리스도가 모세를 능가했던 것처럼 자신이 그리스도보다 높은 위엄을 갖춘 하나님의 예언자라고 선포했다. 그리고 점차 상당 수의 제자를 얻게되면서 자신의 종교를 좀더 널리 전파하기 위해 무력을 사용하기 시작했다.

그의 추종자들은 정력적이고 열정적이었고 인접 국가들은 허약했기 때문에, 그들은 아라비아의 지배력과 마호멧의 종교를 동으로는 인더스강, 북으로는 페르시아와 소아시아, 서쪽으로는 이집트와 지중해 남부 해안, 다시 스페인의 중요 지역까지 확장해 나갈 수 있었다. 이 모든 일이 '헤지라'라는 기원 연도에서 시작하여 100년 이내에 일어났다. '헤지라'란 기독교가 그리스도의 탄생을 기점으로 시간을 계산하는 것처럼, 서기 622년에 마호멧이 메카에서 메디나로 도망간 것을 기리는 이슬람교도들의 기원이 되는 연도를 말한다.

스페인 정복은 사라센인들(마호멧의 추종자들은 이렇게 불리웠다)에게는 그들이 프랑스로 들어갈 수 있는 길이 열렸다는 것을 의미했다. 그때 프랑

칼 대제상이라고 전하는 동상
(9세기경 파리 루브르 박물관 소장)

스마저 그들에게 정복되었더라면, 아마도 나머지 유럽 지역 역시 정복되었을 것이고, 만일 그랬다면 기독교는 지상에서 추방되고 말았을 것이다. 당시에는 문명이 매우 발달한 나라에서도 기독교가 보편적으로 공인된 상태가 아니었기 때문이다. 독일, 영국, 덴마크, 러시아 영토의 대부분도 아직 이교도(異教徒)적이고 야만적인 상태를 벗어나지 못하고 있었다.

당시 프랑스에는 샤를마뉴의 할아버지이자 처음으로 찰스라는 유명한 이름을 가진 찰스 마르텔이 왕의 칭호는 없었지만 통치권을 가지고 있었다. 스페인을 정복한 사라센인들은 712년과 718년에 프랑스에 침입하여 막대한 약탈품을 가지고 물러갔다. 725년에는 스페인의 사라센 총독이던 안베사가 대군을 이끌고 피레네 산맥을 넘어, 카라카송이라는 막강한 도시를 기습적으로 점령했다. 이 점령의 공포가 너무나 컸기 때문에 온 나라는 정복자에게 복종했고 나봉 성(省)에는 회교도 총독이 부임했다. 그러나 안베사가 전투 중에 치명상을 입었고 사라센군의 계속적인 진격 역시 저지를

로마교황권과 군사력파 사라센 세력에 영향력을 행사하는 샤를마뉴 황제를 표현한 역사화

당했기 때문에 사라센군은 나봉으로 철수하지 않을 수 없었다.

732년 사라센군은 압달라만의 지휘 하에 다시 프랑스를 침공하여 가롱강 기슭까지 신속 진격, 보르도를 포위 공격했다. 도시는 병사들의 손에 넘어가고, 침략자들은 진격을 계속하여 오르리앙, 옥세르, 상스까지 세력을 확장했다. 그런데 갑자기 침략군의 선발대가 호출을 당했다. 투르에 있는 부유한 성 마르텡 수도원에 관한 정보를 입수한 사령관이 그곳을 약탈하고 파괴하려고 결심했기 때문이었다.

그 동안 찰스는 사라센군에 대항하려는 노력을 하지 않고 있었다. 사라센군이 침략한 프랑스 지역은 그가 통치하는 지역이 아니라, 이유드 왕의 통치를 받는 아키텡이라는 독립된 왕국이기 때문이었다. 하지만 위험을 깨달은 찰스는 그들에게 대항할 준비를 하고 있었다. 압달라만은 투르로 진격하던 중 찰스가 프랑크족 군대를 이끌고 접근해오고 있다는 정보를 입수하고서, 유리한 전투지역을 확보하기 위해 파티에르로 후퇴하여 그곳을

샤를마뉴 황제의 초상화

거점으로 삼았다.

찰스 마르텔은 전국에서 병사를 소집하여 그 때까지 프랑스에서는 거의 볼 수 없었던 대군을 이끌고 오를레앙 쯤에서 롸르 강을 건너며, 아키텡의 잔류 병사들을 합류시킨 채 732년 10월 아랍인들 앞으로 나아갔다. 사라센군인들은 눈앞에 나타난 군대를 굉장한 군대로 의식했던 것으로 보인다. 처음으로 그 만만치 않은 군대가 머뭇거렸기 때문이다. 양 군대는 감히 서로 공격을 하지 못한 채 일주일 간 대치상태에 들어갔다. 그러나 마침내 압달라만이 전투 개시 신호를 보내자, 사라센 대군은 노도(怒濤)처럼 프랑크족 군대를 향해 돌진해 들어갔다. 하지만 북쪽의 프랑스 용사들의 철통같은 대열은 바위처럼 꼼짝도 하지 않았다. 사라센군은 자신들의 우위를 만들기 위해 하루종일 온갖 노력을 다 했다. 하지만 모두 허사였다. 마침내 오후 4시경, 압달라만이 프랑크족 군대의 저지선을 돌파하기 위해서 새로이 필사적인 시도를 하던 중, 사라센 군대의 후방에서 끔찍한 소음이 들려왔다. 이유

찰스 마르텔의 전투 장면
(토리노 국립도서관 소장)

드 왕이 아키텡군을 이끌고 사라센군의 후방을 공격한 것이었다. 그러자 사라센군인의 대부분이 약탈품을 지키기 위해 전장(戰場)에서 허둥지둥 급히 빠져나갔다. 이런 혼란의 틈바구니에서 프랑크족 군대는 앞으로 전진하여 전장을 휩쓸면서 적군을 무섭게 살륙했다. 압달라만은 군대를 집결시키려고 필사적인 노력을 했지만 결국 가장 용감한 군인인 자신마저 기독교인의 칼 아래 쓰러지고 말았다. 사라센군은 질서를 잃고 잔류 병사들은 한때 이유드와 아키텡인들을 격퇴했던 거대한 진지로 피신을 했다. 찰스는 이제는 시간이 너무 늦은 까닭에 밤 공격의 위험을 무릅쓰고 싶지 않아 군대를 철수시키고, 아침에 다시 전투를 할 생각으로 평원에서 밤을 보냈다.

드디어 날이 밝아오자 프랑크족 병사들은 전투태세를 갖추었다. 그러나 적은 나타나지 않았다. 마침내 병사들이 사라센군의 진지로 접근해 들어가보니 진지는 텅 비어 있었다. 침략자들은 프랑크군의 수중에 막대한 약탈품을 남겨놓은 채, 밤을 후퇴의 기회로 이용하여 벌써 스페인으로 되

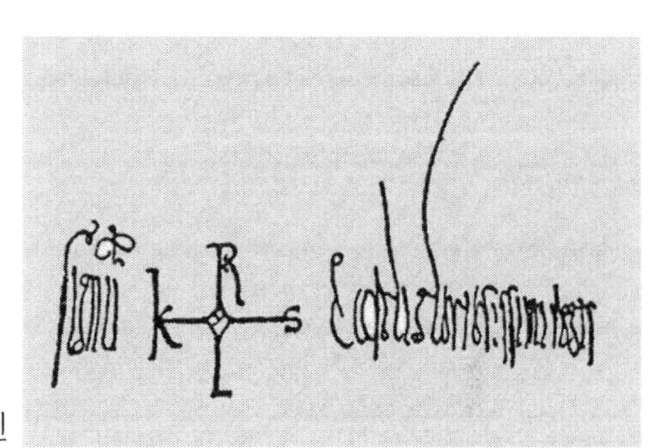

샤를마뉴 황제의 친필사인

돌아간 것이었다.

이것이 그 유명한 투르 전투였다. 이곳에서 사라센군인들은 엄청난 수가 살해되었음에 반해, 프랑크족 병사들은 불과 1,500명 정도 희생되었을 뿐이었다. 이 승리의 결과로 찰스는 마르텔(망치라는 뜻)이라는 성(姓)을 부여받았다.

한편 사라센군은 격심한 타격을 받았음에도 불구하고 여전히 프랑스 남부 지방을 점령하고 있었다. 그러나 찰스 마르텔의 아들인 페펭이 아버지의 권력을 계승하고 왕위를 이어받으면서, 사라센인들이 차지한 몇몇 지역들을 연속적으로 탈환했다. 759년에는 나봉을 탈환함과 동시에 프랑스에 남은 나머지 사라센 세력까지 완전히 소멸시켰다.

아버지 페펭의 뒤를 이어, 768년 샤를마뉴 황제 혹은 찰스 대제로 불리우는 사람이 왕위에 올랐다. 이 군주가 바로, 수많은 공상 설화의 영웅으로 등장하는 그러나 사실은 소설에서보다 역사상으로 위대한 사람이다. 그를

샤를마뉴 황제가 새겨진 은화(9세기경 제작)

용사로 보든, 입법자로 보든 혹은 학문의 후원자로 보든, 아니면 야만족을 개화시킨 사람으로 보든, 열렬한 숭배를 받을만한 사람이다. 그러나 로망스 작가들은 역사적인 관점에서 진정 위대한 사람인 그를, 때로 나약하고 열정에 휩싸이는 인물로, 때로는 신뢰성 없는 조언자들의 말에 귀를 기울이는 희생자로, 어떤 때는 왕위를 유지하기 위해 불온한 귀족들의 무용(武勇)에 좌우되는 인물로 기술한다. 하지만 역사적인 기술(記述)이란 믿을만한 기록으로 전해지는 것이고 당시 사건들로 확인될 수 있는 것이기 때문에 의심의 여지가 없는 사실이다. 그가 권력의 절정기에 도달했을 당시 프랑스 제국은 현재의 프랑스와 독일, 스위스, 네덜란드, 그리고 대부분의 이탈리아까지 포함하고 있었다.

서기 800년 샤를마뉴는 교황을 보호하기 위해 군대를 이끌고 로마에 갔다. 그때 그는 교황으로부터 서양의 황제라는 칭호를 부여받았다. 크리스마스 날 찰스 대제(샤를마뉴)는 신도들과 함께 미사에 참가하듯이 성 베드

샤를마뉴 황제의 대관식

로 교회로 들어갔다. 그가 제단으로 다가가서 기도하기 위해 몸을 숙이자 교황이 그의 머리에 금관을 얹었다. 그러자 로마 국민들은 "위대하신 하나님으로부터 왕관을 부여받은, 로마 국민의 위대한 찰스 황제에게 생명력과 승리를!"하고 외쳤다. 교황은 고대 황제 시대의 관습에 따라 그의 앞에 엎드려 경의를 표하고 성유(聖油)를 붓는 의식을 거행했다.

샤를마뉴의 전쟁은 이교도와 야만인들을 상대로 치른 것이었다. 그들은 현재 하노버와 네델란드로 불리우는 지역에 사는 색슨족이었다. 또한 샤를마뉴는 스페인 원정군을 이끌고 사라센군대와 싸우기도 했다. 그러나 로망스 소설이 주장하는 것처럼 프랑스 땅이 아니라 스페인 땅에서 치른 전쟁이었다. 그는 동부 피레네 산맥을 통해 스페인으로 들어가서 바르셀로나와 팜페루나를 쉽게 정복했다. 그러나 사라고사라는 지역의 문이 쉽게 열리지 않아 담판을 지어 문제를 해결했는데, 피레네 산맥을 반환하는 대가로 막대한 양의 금을 받는 것으로 매듭지어졌다.

프랑크 왕국 시대의 분위기를 전하고 있는 바바리아 지방의 프랑크 왕국의 영지(領地)

귀국을 할 때 샤를마뉴는 군대와 함께 센그니, 에노, 론세스밸리의 계곡을 경유하는 산골짜기를 통해 행군했다. 그 지역의 우두머리는 군주국의 충실한 신하처럼 샤를마뉴가 그곳을 지나갈 때 시중을 들어준 적이 있었다. 그러나 프랑크군의 귀국이라는 작금의 상황에서, 그는 자신을 대장으로 인정하는 모든 산악인들을 소집하여 샤를마뉴의 군대가 지나가야 하는 산의 모든 정상을 점령했다. 샤를마뉴의 주력부대는 아무런 방해도 받지 않고 위험의 낌새도 느끼지 않고 행군을 했지만, 고생하며 전리품을 운반하느라 상당히 멀리 뒤떨어져 행군하던 후미 부대는 론세스밸리의 오솔길에서 산악인들에게 붙잡혀 모두 남김없이 살해되고 말았다. 그때 프랑크군의 용감한 대장도 몇 명 죽음을 당했는데, 거기에 로랑 혹은 오르란도로 불리우는 행군 책임자도 끼어 있었다. 그후 로랑의 이름은 유명해지게 되었다. 뿐만 아니라 론세스밸리 계곡의 참사와 로랑의 죽음은 방대한 공상소설에서 가장 유명한 에피소드가 되었다.

프랑크 왕국 수장의 투구
(브루클린 박물관 소장)

그 이래로 샤를마뉴의 군대와 사라센 군대 사이에 일어난 싸움은 대개는 스페인 땅에서 일어난 사소한 전투였다. 그렇기 때문에 초기와 후기의 사건들을 샤를마뉴 당시의 사건들과 통합시키지 않는 한, 로망스 작가들의 이야기가 갖는 역사적 근거는 희박하다고 할 수 있다. 하지만 오랫동안 정당한 것으로 여겨져 온 가짜 역사가 하나 있는데, 그것은 샤를마뉴 시대의 실존 인물인 라임즈의 대주교 투르핀이 썼다고 알려진 책이다. 이 책의 제목은《찰스 황제와 오르란도의 역사》이다. 현재도 서슴없이 대중적인 전설집으로 여겨지고 있는 이 책은 사실은 어수룩하고 양심적인 수도승들이 자신들이 쓴 로망스에 권위를 부여하기 위해 유명한 사람의 이름을 빌린 것일 뿐이다. 책은 가짜 저자인 투르핀 대주교를 다음과 같이 소개하고 있다.

"라임즈의 대주교인 투르핀은 찰스 황제의 친구이자 비서로, 종교 및 세속 문학에 탁월한 식견이 있을 뿐만 아니라 산문과 시에 있어서도 천재적이다. 빈자(貧者)를 옹호하고, 생활과 대화에서 신의 사랑을 받을만하며,

샤를마뉴 황제의 흉상
(아엔 궁정 예배당)

황제의 곁에서 육박전을 벌이기도 하고, 사라센군과 싸우기도 했다. 그는 찰스 황제의 활동을 한 권의 책으로 엮었고, 찰스 황제와 아들 루이의 치하에서 활동하며 서기 830년까지 살았다."

투르핀 대주교가 쓴 책의 몇 장 제목은 그의 역사의 성격을 보여준다. 〈저절로 쓰러진 팜페루나의 벽〉, 〈창(槍)이 자라난 화쿤더스 성전(聖戰)〉(어떤 기독교인들이 저녁에 성(城) 앞에서 땅에 창을 수직으로 꽂아 놓았는데 아침에 창들이 나무 껍질과 가지로 덮혀있었다는 이야기), 〈사천 명의 사라센 군인들이 살육되는 동안에 왜 태양은 사흘 동안 꼼짝하지 않았는가?〉 가 그것이다.

투르핀의 역사는 아마도 후대의 시인이나 로망스 작가들이 샤를마뉴와 동년배 영웅을 중심으로 자료를 모아 놀라운 모험담을 쓰는데 자료가 되었을 것이다. 그러나 아리오스토나 다른 이탈리아 시인들은 다른 출처에서 자료를 뽑거나 자신이 직접 지어내거나, 같은 영웅의 것으로 여겨지는

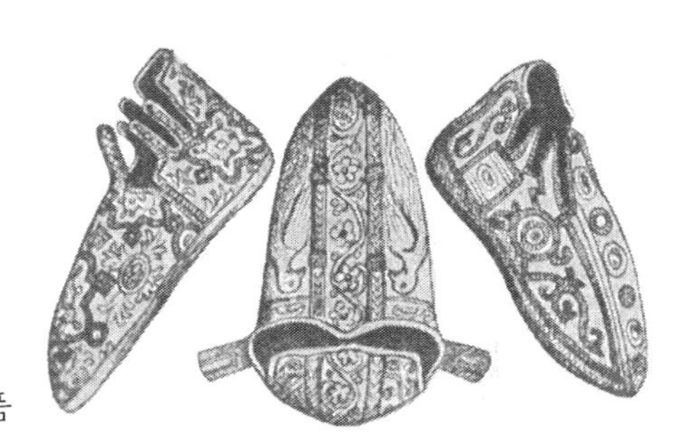

샤를마뉴 황제의 유품

셀 수 없이 많은 이야기에서 자료를 뽑아 썼음에도 불구하고, 또한 투르핀의 역사에 그런 영웅에 대한 흔적이 전혀 없음에도 불구하고, 자신의 책에 권위를 부여하기 위해 서슴지 않고 '훌륭한 투르핀'을 인용했다.

그들의 이야기가 터무니 없거나, 있을 성 싶지 않게 불가능한 것일수록 그들은 더욱 주의를 기울이며 '대주교'를 인용하면서 자신의 이야기에 의심할 바 없는 정당성을 확보하려고 했다.

샤를마뉴 동년배 영웅들의 모험담들을 노래한 중요한 이탈리아 시인들은 풀치, 보이아르도, 아리오스토이다. 오르란도, 리날도, 아스톨포, 가노, 그리고 다른 영웅들의 모험은 서로 다르지만 그들의 성격은 한결같이 똑같다. 보이아르도는 오르란도의 사랑에 대해서, 아리오스토는 오르란도의 낙담과 그로 인한 광기에 대해서, 그리고 풀치는 아리오스토의 죽음에 대해 이야기를 하고 있다.

덴마크인 오기에르는 진짜 살았던 사람이다. 역사도 그를 원래는 덴마

학문과 교육을 장려했던
샤를마뉴 황제 역사화

크인으로 이교도이지만 기독교를 받아들이고 샤를마뉴를 위해 봉사했다고 묘사하는 로망스에 동의하고 있다. 그는 샤를마뉴 황제에게 반기를 들어 망명생활을 하기도 했다. 그후 샤를마뉴 뒤를 이은 부패한 후계자들의 통치 아래에서 프랑스를 약탈하던 북유럽 해적단을 이끌었다. 오기에르 자신이 기술한 것처럼 고대 연대기 편찬자들이 샤를마뉴에 대해 묘사한 것은 너무도 생생하여 그것을 그대로 베끼고 싶은 유혹을 느끼게 할 정도이다. 샤를마뉴가 파비아를 포위 공격하기 위해 진격하고 있을 때였다. 롬바르드족의 왕이었던 디디에르는 과거에 자신에게 피난처를 제공해주었던 오기에르와 함께 시내에 있었다. 그들은 샤를마뉴 왕이 접근해오고 있다는 소식을 듣고, 멀리까지 내려다볼 수 있는 높은 탑 위로 올라갔다. 그들은 맨먼저 아리우스나 줄리어스 시저의 군대에나 적합할 듯한 전쟁 무기들이 전진해오는 것을 보았다. '저기 샤를마뉴가 있군' 하고 디디에르가 말했다. '아닐세'라고 오기에르가 대답했다. 이어 롬바르드 왕은 평원을 가득 메

샤를마뉴 황제는 그림을 통해서도 다양하게 그 모습을 나타낸다.

운 무수한 병사들을 보았다. 그리고, '찰스(샤를마뉴를 말함)가 대군을 이끌고 오고 있어' 라고 말했다. 그러자 오기에르는 '아직은 아닐세'라고 대답했다. '만일 찰스가 이보다 더 많은 대군을 이끌고 온다면 우리에게 무슨 희망이 있겠는가?'라고 왕이 탄식했다. 마침내 찰스가 나타났다. 머리에 철로 된 투구를 쓰고, 양 손에는 쇠장갑을 끼고, 가슴과 어깨에는 철흉갑(鐵胸甲)을, 왼손에는 철창을, 오른손에는 칼을 쥐고 있었다. 최고 지배자 주위에서 행군하고 있는 군인 모두가 똑같은 무기를 지니고 있었다. 철무기들이 들판과 길을 뒤덮고 뾰족한 끝이 태양 광선을 반사하며 번쩍였다. 무기들은 그것보다 더 단단한 심장을 지닌 사람들의 손에 들려 있는 것 같았다. 번쩍이는 무기가 도시의 거리에 벼락을 치듯 공포를 일으켰다."

그러나 이렇게 호전적인 태도로 묘사된 샤를마뉴의 모습은 그의 '평화적 분위기'에 상응하는 묘사가 없이는 완벽한 것이 아닐 것이다. 현대의 가장 위대한 역사가 중 한 사람인 엠 기조는 샤를마뉴의 영광을, 야만의 어둠 속에서 갑자기 나타났다가 봉건주의의 암흑 속으로 홀연히 사라진 빛나는 혜성에 비유했다. 그러나 혜성의 빛이 모두 꺼진 것은 아니었다. 그것은 프랑크족의 위대한 군주들에게 영원히 빚지고 있는 인류의 문명을 부활시키고 있으니까. 샤를마뉴의 통치술은 당시의 법률시행 뿐만 아니라 입법에서도 알 수 있다. 그는 학문을 장려하고 남의 재산을 빼앗고 분란을 일으키는 귀족들에 대항하는 평화로운 지식인 계급인 성직자들을 옹호했다. 애정이 깊은 아버지이자 자식의 교육을 주의깊게 지켜보는 사람이기도 했다. 그가 학문을 장려한 일을 좀 세부적으로 살펴보자.

그는 이탈리아를 비롯하여 해외에서 학자들을 초빙하여 과거의 혼란으로 인해 피폐해진 프랑스 공립학교를 부활시켰다. 그는 이런 학자들에게 아낌없는 보답을 해주면서 그들 중 몇 사람은 자신 가까이 두고 친교를 맺는 영광을 부여하기도 했다. 학자 중 가장 유명한 사람은 영국인 알쿠인이었는데, 그의 저서는 아직도 남아 그가 학자이며 현자였음을 증명해주고 있다. 알쿠인을 비롯한 다른 학자들의 도움을 받아 샤를마뉴는 자신의 왕국 안에 있는 모든 학교의 연구 방향을 지도할 학술원, 즉 왕립학교를 설립했다. 샤를마뉴 자신도 다른 사람들과 동일한 조건으로 이 학술원의 회원이 되었다. 그는 학술원의 모임에 참석하여 회원으로서의 모든 의무를 수행했다. 그리고 회원들은 고대의 유명한 사람들의 이름을 빌어 사용했는데, 알쿠인은 자신을 호레이스로 불렀고, 어떤 학자는 아우구스티누스로, 어떤 학자는 핀다로스로 이름을 붙였다. 진정으로 시편을 이해하고, 자기 나름대로 하나님의 마음을 따르고자 했던 샤를마뉴는 학술원 회원들로부터 다윗이라는 이름을 부여받았다.

다른 국가들이 그에게 존경심을 표시했음을 알 수 있는 흥미로운 예는, 성격과 행동 면에서 샤를마뉴와 비슷했던 유명한 하로운드 알 라쉬드라는 칼리프(마호멧 후계자의 칭호인데 지금은 폐지되었다)가 그에게 보낸 사절단에서 보인다. 대사들은 값진 선물 외에 그에게 괘종시계 하나를 가져다주었는데, 괘종시계는 당시 유럽에서는 처음 보는 것이었기 때문에 모든 사람들의 찬사를 불러 일으켰다. 괘종시계는 12개의 면(面)과 12개의 문을 가진 형태였다. 12개의 문은 벽감(壁龕 ; 벽에 움푹 들어간 부분으로, 주로 장식품들을 진열해두는 곳이다)을 형성하고 있었는데, 그 안에 매 시간을 나타내는 조상(彫像)이 들어있었다. 시간을 알리는 종소리가 울리면, 소리가 한 번 울릴 때마다 문이 하나씩 열리면서 조상들이 차례로 나와 탑 주위를 엄숙하게 행진했다. 괘종시계의 움직임은 물로 작동되도록 만들어졌고, 시간을 알리는 소리는 시간 숫자와 같은 수의 놋쇠공이 심벌즈에 떨어져 나는 것으로, 떨어지는 횟수는 물의 양에 따라 결정되었다.

샤를마뉴의 왕위는 아들 루이가 승계했다. 루이는 착하기는 했지만 나약했기 때문에, 그가 통치를 하는 동안에는 아버지 찰스가 이룩한 사회조직이 급속히 무너지기 시작했다. 다시 루이의 왕위는 두 명의 찰스가 승계했는데, 이들 역시 무능하고 나약했으며 때로는 폭군같은 행동을 보여주기도 했다. 그것이 의심할 여지없이 로망스 소설에서 샤를마뉴의 것으로 여겨지는 사건의 출처로 사용된 것이 사실이다.

찰스의 12용사들의 불법적이고 반항적인 행동이 빈번히 로망스 소설에서 묘사되고 있는데, 그것 역시 샤를마뉴 왕국의 특징이 아니라 쇠퇴해가는 계승자들이 통치하던 제국의 흔적이었다.

1

샤를마뉴(찰스) 황제의 12용사들

샤를마뉴의 유명한 12용사는 당시의 평등의식으로 인해 동료들로 불리웠다. 한편 팔라딘(중세 프랑스 이야기에서 샤를마뉴 황제의 12용사를 일컫는 말)으로 불리우기도 했는데, 이것은 그들이 궁전에서 기거하며 왕과 친구로 지냈다는 것을 의미한다. 로망스 작가들이 그들에게 항상 같은 이름을 붙인 것은 아니지만, 여기서는 12용사 중 가장 유명한 이름만을 열거하기로 하겠다. 샤를마뉴가 총애하던 조카 오르란도는 이탈리아식 이름인데 프랑스식으로는 로랑이었고, 오르란도의 사촌인 몬탈반 출신의 리날도, 바바리아 출신의 나모 공작, 브리타니의 왕 살로몬, 대주교 투르핀, 영국 출신의 아스톨포, 덴마크인 오기에르, 마법사 말라기기, 오르란도의 친구 플로리스마트 등이 그들이다. 그 외에 팔라딘의 명칭을 부여받은 사람들도 있었기 때문에 용사의 수를 엄격히 12명으로 제한할 수는 없다. 샤를마뉴도

12용사 중 하나로 불러야하며, 팔라딘의 불충실한 적이었던 가네론(또는 가네라고도 함)도 12용사의 명단에서 높은 위치를 차지하고 있었다.

여기서는 12용사 중 중요한 사람을 소개하고 나머지 용사들은 이야기가 전개될 때 소개하기로 하겠다. 오르란도부터 시작해보자.

오르란도

위대한 가문의 기사(騎士)이며 샤를마뉴의 먼 일가친척인 밀론(밀로네라고도 함)은 샤를마뉴 황제의 누이인 베르다와 비밀스럽게 결혼을 했다는 이유로 프랑스에서 추방되고 말았다. 뿐만 아니라 교황으로부터 파문까지 당했다. 밀론과 부인은 거지가 되어 오랫동안 비참한 방랑생활을 하던 중 이탈리아의 수트리에 도착했다. 그리고 그곳에 있는 어떤 동굴에서 피신 생활을 하다가 오르란도를 낳았다. 오르란도의 어머니는 근처 농민들이 그녀를 동정하여 베푸는 작은 도움으로 생활을 지속했고, 아버지 밀론은 명예와 부(富)를 얻기 위해 외국으로 떠났다. 오르란도는 농부의 아이들과 함께 성장했다. 하지만 힘과 남성다운 기품에서 그들을 능가했다. 그의 친구들 중 아버지가 읍장이었던 올리버가 있었다. 두 소년 사이에 불화가 생겨 싸움이 일어났지만 오르란도는 올리버를 제압해버렸다. 하지만 그들 사이에는 우정이 생겨나 평생 지속되었다.

오르란도는 너무나 가난했기 때문에 때로 반 나체로 다닐 정도였다. 그러나 친구들의 총애를 받는 존재였기 때문에 네 명의 소년이 어느 날 그에게 옷을 만들 천을 가져다주었다. 두 소년은 흰 옷감을, 다른 두 소년은 붉은 옷감을 가져왔다. 오르란도는 이것으로 문장(紋章)이 수놓인 겉옷을 얻을 수 있었다.

한편 샤를마뉴는 황제의 왕관을 받기 위해 로마로 가던 길에 수트리에서 저녁식사를 하게 되었다. 오르란도와 어머니는 그날 아무 것도 먹지 못하고 있었다. 오르란도는 왕의 일행이 있는 곳으로 가서 갑자기 풍성한 음식물을 보자, 가지고 도망갈 수 있는 만큼의 음식물을 집어들고, 왕의 수행원들의 저항을 뚫고 도망가버렸다. 황제는 그 사건의 이야기를 듣고 꿈에서 받았던 암시를 상기하고는 소년을 뒤쫓아 가보라는 명령을 내렸다. 그래서 세 명의 기사가 그의 뒤를 쫓아 동굴로 들어갔다. 만일 어머니가 제지하지 않았더라면 오르란도는 그들과 곤봉으로 싸울 작정이었다. 그들은 오르란도의 어머니로부터 그녀가 어떤 사람인지 듣고서, 그녀의 발 밑에 엎드려 황제의 사면을 받게 해주겠다고 약속했다. 그들의 약속은 쉽게 실현되었다. 오르란도는 황제의 총애를 받게 되어 그와 함께 프랑스로 돌아가게 되었고, 그후 두각을 나타내어 나중에 왕위와 기독교를 가장 강력하게 지원하는 인물이 되었다.

로랑과 페라구스

오르란도(로랑이라고도 함)는 페라구스와의 싸움으로 유명해졌다. 페라구스는 거인이었을 뿐만 아니라 피부가 도저히 뚫을 수 없는 물질로 되어 있었기 때문에, 어떤 칼도 그에게 상처를 입힐 수 없었다. 거인은 싸움을 할 때 양 손으로 상대방을 꼼짝 못하게 붙잡아 죽이는 식으로 싸웠다. 로랑의 가장 좋은 기술도 고작해야 그저 거인의 손아귀에서 벗어나는 것일 뿐이었고, 칼로 그에게 부상을 입히려는 모든 노력 역시 소용없었다. 오랜 싸움 끝에 페라구스는 너무나 지쳐 그에게 휴전을 제안했다. 그리고 로랑이 그것에 동의하자마자, 드러누워 즉시 잠에 빠져들었다. 이런 상황에서 상대에게 해를 입히는 일은 기사도의 율법에 어긋나는 행위였기 때문에 그는 편안한 마음으로 잠을 잘 수 있었다. 하지만 베개가 없이 누워 있는 거인은 매우 불편해 보였다. 이를 가여이 여긴 오르란도는 매끄러운 돌 하나를 가져다가 그의 머리 밑에 놓아주었다. 거인은 시원하게 낮잠을 자고 일어난 뒤 오르란도가 한 일을 보고 매우 고맙게 생각하는 것 같았다. 그래서 그에게 평소의 거만한 말투이기는 하지만 친절하게 대하며 자유롭게 이야기를 했다. 그는 한 곳을 제외하고는 자신의 몸 어느 곳도 상처를 입지 않기 때문에 그를 죽이려고 칼로 공격해보아야 아무 소용이 없다고 말했다. 그러면서 자신의 손을 가슴 한 가운데 치명적인 부분에 갖다대는 것이었다. 이 정보에 도움을 받은 오르란도는 싸움이 다시 시작되자 거인이 가리켰던 바로 그곳을 찔러 성공적으로 치명상을 입혔다. 기독교 진영은 매우 기뻐하며 황제와 모든 군사들 역시 승리를 거둔 용사에게 찬사를 아끼지 않았다.

또 한 번은 오르란도가 힘센 사라센 무사와 싸워 이겨서 승리의 노획물로 두린다나라는 칼을 빼앗은 적이 있었다. 이 유명한 무기는 한때 명성이 자자했던 트로이의 헥토르 왕자가 가지고 있던 것이었다. 최고의 기술로 강도(強度) 높게 잘 만들어졌기 때문에 세상의 어떤 갑옷도 그 칼 앞에서는 무용지물이었다.

로랑과 올리버의 대결

게렝 드 몽그라브는 샤를마뉴 황제의 속국인 비엔을 다스리고 있었다.

그는 황제와 언쟁을 벌이는 바람에 샤를마뉴로부터 도시를 포위 공격당하고 약탈을 감수해야 했다. 늙은 무사였던 게렝은 자신을 방어하기 위해 당대의 가장 용감한 기사인 네 아들과 두 손자에게 의지했다. 포위 공격이 시작된 지 두 달이 지난 어느 날 샤를마뉴는, 스페인의 마실리우스 왕이 프랑스를 침공하여 아무 저항을 받지 않음을 알아채고 신속히 남부 지방까지 진격해 들어갔다는 소식을 들었다. 이 소식에 찰스(샤를마뉴)는 12용사들의 조언에 귀를 기울여 게렝과의 문제는 신에게 모든 것을 맡기고 각 진영의 기사를 한 명씩 뽑아 결투로 끝내자는데 동의했다. 게렝과 그의 아들들 역시 이것을 수락했다. 네 아들과 게렝 자신, 그리고 제비뽑기에 참가하겠다고 주장한 두 손자들은 각자의 이름을 투구 속에 집어넣고 뽑기를 했다. 그런데 가장 나이가 어린 올리버가 결투의 영광과 위험을 떠맡게 되었다. 그는 자신이 가문의 명분을 유지할 가치가 있는 사람으로 여겨지는 사실에 기뻐하여 결투의 임무를 받아들였다. 샤를마뉴 측에서는 로랑이 결투자로 뽑혔다. 하지만 양쪽 모두 누가 자신의 결투자인지 알지 못했다.

그들은 로네 섬에서 대치했다. 양쪽 해안에는 결투를 구경하려는 사람들로 가득했다. 두 사람이 처음 충돌할 때 창이 흔들렸다. 그러나 두 사람 모두 말을 타고 있는 자세에 아무런 흐트러짐도 보이지 않았다. 그들은 말에서 내려 칼을 뽑았다. 그리고 결투가 계속되었다. 하지만 두 사람의 실력이 너무도 비슷하여 구경꾼들은 싸움이 어떻게 될지 의견을 모을 수 없었다. 두 시간이 넘도록 두 기사는 아무런 피로의 기색을 보이지 않으면서 치고, 피하고, 찌르고, 막으며 어떤 불시의 기습도 허용하지 않았다. 마침내 오르란도가 올리버의 방패를 맹렬하게 내려 치다가 두린다나 칼 끝이 땅 속에 묻힐 정도로 깊숙이 박히고 말았다. 그래서 그는 칼을 다시 뽑아낼 수 없었다. 동시에 올리버 역시 오르란도의 가슴받이를 세차게 찌르다가 칼의 손잡이 부분이 부러지고 말았다. 이리하여 두 사람은 무기가 없는 상태가 되었다. 하지만 쉴 틈도 없이 그들은 서로에게 돌진하여 상대를 넘어뜨리려고 했다. 그것도 여의치 않자 그들은 서로의 투구를 붙잡고 벗기려고 했다. 두 사람의 투구가 모두 벗겨지자 그들은 서로의 얼굴을 바라보며 잠시 서 있었다. 로랑은 올리버를 알아보았고, 올리버도 로랑을 알아보았다. 그들은 잠시 조용히 있다 두 팔을 들고 달려가 서로를 얼싸안았다. “내가 정복당했네.” 오르란도가 말했다. “아니야, 내가 항복했어.” 올리버가 대답했다.

해안에 모인 사람들은 이 일을 어떻게 이해해야 할지 알 수 없었다. 그러나 두 사람이 서로 손을 잡고 서 있는 것을 보니 결투가 끝난 것은 분명했다. 기사들은 그들 주위로 모여들어 이구동성으로 두 사람이 영광스러운 무승부라고 외쳤다. 싸움이 끝나지 않았다고 불평하는 사람들도, 덴마크인 오기에르가 ‘두 사람 모두 명예가 요구하는 모든 일을 행했기 때문에 무승부’라고 선포하자 입을 다물었다.

그래서 게렝과의 문제는 해결되지 않은 채 나흘 간의 휴전이 이루어졌다. 그리고 시간이 지나 나모 공작과 올리버가 중재를 함으로써 화해가 성립되었다. 샤를마뉴는 게렝과 그의 용감한 가족을 더불어 이끌고 마실리우스와 싸우기 위해 전진했다. 마실리우스는 국경을 넘어 서둘러 후퇴했다.

리날도

리날도는 샤를마뉴의 누이동생인 아야와 결혼한 아이몽의 네 아들 중 하나였기 때문에, 샤를마뉴의 조카이자 오르란도의 사촌이었다.

리날도가 무기를 휴대할 수 있을 만큼 성장했을 때, 오르란도는 프랑스를 침입한 사라센군을 샤를마뉴와 용감한 기사들과 더불어 싸워 몰아낸 공으로 유명한 인물이 되어 있었다. 오르란도의 명성이 리날도에게 고귀한 경쟁심을 자극했다. 리날도는 영광을 얻으려는 노력에서 파리 근교의 어느 시골을 방랑하던 어느 날, 마구를 완전히 갖추고 있는 최상급의 말 한 마리가 나무 아래 있는 것을 발견했다. 말 위에는 갑옷 한 벌도 얹혀져 있었다. 리날도는 그 갑옷을 입고 말에 올라 탔다. 그렇지만 칼이 없었다. 황제로부터 형제들과 함께 기사 작위를 받던 날, 유명한 기사로부터 칼을 빼앗기 전까지는 결코 칼을 차지 않겠다고 맹세했기 때문이었다.

리날도는 많은 모험담으로 유명한 아르덴이라는 숲으로 갔다. 숲에 들어가자마자 그는 노령으로 허리가 구부정한 노인을 마주쳤는데, 노인은 그 숲에 길들일 수 없는 야생마 한 마리가 있어서 자기 앞길을 막는 것은 무엇이나 발로 차고 부수며 다닌다는 말을 해주었다. 만일 말을 공격하거나 그저 마주치기만 해도 그것은 죽음을 의미한다는 것이었다. 그러나 리날도는 그 이야기에 놀라는 대신 말과 싸우고 싶다는 강한 욕망을 느꼈다. 그 말이 나중에 유명해진 베이야드라는 말이었다. 말은 전에는 갈리아라는 곳에 사는 아마디라는 사람의 것이었다. 그런데 그 영웅이 죽은 후 말은 어떤 마법사의 주문에 걸리게 되었다. 마술사는 주문의 효력이 끝나면 아마디와 같은 수준의 용맹성을 지닌 기사가 말을 정복하게 될 것이라고 예언하고 있었다.

이 놀라운 말을 얻기 위해서는 말을 힘이나 기술로 제압하는 일이 필수적이었다. 제압되는 바로 그 순간부터 말은 온순하고 다루기 쉬워질 것

이라고 알려져 있었다. 말이 자주 가는 곳은 숲 가장자리에 있는 어떤 동굴이었다. 하지만 초인적인 힘과 용기가 없이는 말에게 접근하는 사람은 누구라도 화를 면하지 못할 것이었다. 노인은 그런 모든 이야기를 한 후 떠났다. 사실 그는 늙은이가 아니라 리날도의 사촌이자 마법사인 말라기기였다. 젊은 기사의 모험심이 마음에 들었던 그가 리날도를 위해 말과 갑옷을 마련한 것이었다. 리날도는 그것을 우연히 발견했지만 이 세상에서는 비교할 수 없는 말을 얻을 수 있는 길로 한 발자국씩 인도되었다고 할 수 있다.

어쨌든 리날도는 숲으로 뛰어들어가 베이야드를 찾기 위해 며칠을 보냈다. 하지만 어디서도 흔적을 찾을 수 없었다. 그러던 어느 날 그는 사라센 기사를 한 명 만나, 기사들에게는 흔히 있는 일처럼 결투를 하게 되었다. 이솔리아라는 이름의 이 기사 역시 베이야드를 찾고 있었다. 리날도는 결투에서 승리를 거두었다. 이솔리아는 충격이 너무 커서 오랫동안 의식을 잃었다. 마침내 그가 의식을 회복하여 결투를 재개하려던 찰나, 곁을 지나가던 어느 농부(그 사람은 말라기기였다)가 그들을 말리며, 무시무시한 말이 근처에 있으니 둘이서 힘을 합쳐 말을 정복하라고 충고했다. 말을 정복하기 위해서는 두 사람의 능력이 모두 필요하다는 것이었다.

그래서 리날도와 이솔리아는 친구가 되어 말을 공격하러 나섰다. 그들은 베이야드를 발견하고 숲에 몸을 숨긴 채 말의 힘과 아름다움에 감탄하며 한참 동안 서 있었다.

선명한 베이 적갈색(그렇기 때문에 베이야드로 불리웠다)을 띤 말은 이마에 은빛의 별이 있고, 뒷다리는 흰색을 띠며, 날씬한 몸집에, 머리는 우아하고, 넓은 가슴은 팽창한 근육으로 불룩했으며, 어깨는 넓고 통통하고, 직선의 다리는 근육으로 불거져있고, 갈기같은 두툼한 머리털이 궁형(弓形)의 목 아래로 드리워져 있었다. 그리고 자기 앞길을 가로막는 것은 무엇이나 박살내면서 바위, 덤불, 나무, 그 어떤 것도 아랑곳하지 않고 저항하는 울음소리를 내면서 숲속을 뛰어왔다.

말은 맨먼저 이솔리아를 발견하고 즉시 그에게 달려들었다. 기사는 창을 놓아둔 상태에서 공격을 받았다. 사나운 말은 그의 창을 부러뜨렸다. 그렇다고 말의 진로가 순간적이나마 지연된 것은 아니었다. 스페인 사람 이솔리아는 솜씨 좋게 옆으로 살짝 비켜 폭풍우처럼 돌진하는 말에게 길을 열어주었다. 베이야드는 다시 진로를 잡고 이미 칼을 뽑아든 기사에게 다시 덤벼들었다. 그가 칼을 뽑은 이유는 말을 길들일 수 있다는 희망을 버렸기 때문이었다. 말을 고분고분하게 만드는 일이 불가능하다고 생각되었던 것이다.

베이야드는 앞발을 들고 그를 이리저리 맹렬하게 공격했다. 기사는 흰별이 장식된 이마를 칼로 내리쳤으나 헛수고였다. 그는 약하게 내리쳤다는 생각에 수치심을 느끼기까지 했다. 그러나 사실은 말의 살갗이 아무리 예리한 칼로 찔러도 관통되지 않는 질긴 피부임을 그가 알지 못했기 때문이었다.

그는 칼에서 휘파람 소리가 날 정도로 한 번 더 힘껏 말을 내리쳤다. 그러자 칼 힘의 영향을 받았는지 사나운 말이 머리를 아래로 늘어뜨렸다. 그러나 다음 순간 말은 자신의 적에게 세찬 타격을 가하여 이교도를 땅에 쓰러뜨려 기절시키고 말았다.

이솔리아가 쓰러지는 것을 보고 죽었다고 생각한 리날도는 말을 향해 쏜살같이 달려가 주먹으로 말의 턱을 힘껏 쳤다. 말의 입이 피로 붉게 물들었다. 말은 화살보다도 더 빨리 그를 공격하며 그를 물기 위해 발버둥쳤다.

리날도는 한 발자국 뒤로 물러나 다시 한 번 더 말의 이마를 가격했다. 베이야드는 몸을 돌리고 산이라도 박살낼만한 힘을 실어 그에게 발길질을 했다. 리날도는 말이 자신의 머리나 발, 무엇으로 공격을 하든지 자신을 방어하며 공격을 피했다. 하지만 아무리 말의 모든 공격을 피했어도, 잘못하여 발을 헛디디는 바람에 말의 발길질에 엄청난 타격을 받고 하마터면 기절할 뻔했다. 말이 한번만 더 무시무시한 공격을 했더라면 아마 그는 죽고 말았을 것이다. 그러나 말은 되는대로 발길질을 했기 때문에 한번도 리날도의 몸에 충격을 주지는 못했다. 이렇게 싸움이 계속되던 중 베이야드의 발이 우연히 떡갈나무 가지 사이에 끼이고 말았다. 이 기회를 포착한 리날도는 혼신의 힘과 능란한 솜씨를 발휘하여 말을 땅에 쓰러뜨렸다.

베이야드의 몸이 땅에 닿자마자 말의 분노는 진정되었다. 더 이상 공포의 대상이 아니라 부드럽고 조용하게 되어 온순함 속에서 위엄마저 보여주었다.

리날도는 말의 목을 가볍게 두드리고 가슴을 쓰다듬으며 갈기같은 머리카락을 매만져주었다. 그러는 동안 말은 자기 주인의 애무에 기쁘다는 듯이 말 특유의 울음소리를 냈다. 말이 완전히 제압되었음을 간파한 리날도는 다른 말에서 안장과 장식품을 가져다가 베이야드에게 장식했다.

리날도는 샤를마뉴의 궁전에서 가장 유명한 기사의 한 사람이 되었다. 사실 오르란도를 제외한다면 샤를마뉴 궁전에서 가장 유명한 사람이었다. 그러나 그는 마땅히 순종해야 할 황제의 명령에 언제나 순종한 것은 아니었다. 물론 그가 저지른 잘못이라는 것도 사실은 리날도와 그의 가족의 원수인 악독한 마간자의 공작, 가노의 음모가 과장한 것이었다.

한번은 리날도가 샤를마뉴를 대단히 불쾌하게 만들고 말았다. 그래서 더 이상 샤를마뉴의 총애를 받을 가능성이 없다고 생각하고 스페인으로 가서 사라센 왕 이보를 섬겼다. 그의 형제들인 알라르도, 리카도, 리시아르데토도 그와 동행하여 모두 이보 왕을 매우 충실하게 섬겨 그로부터 많은 총애를 받았다. 왕은 프랑스와 스페인의 국경 지방에 있는 산림지를 그들에게 하사하고 리날도로 하여금 주변의 모든 고장들을 다스리게 했다. 산에는 대리석이 풍부했을 뿐만 아니라 왕이 노동자들을 제공해주었기 때문에 리날도에게 높은 담으로 둘러싸인 거의 난공불락의 성이 지어졌다. 대리석 갑(岬;반도 모양의 작은 땅)의 돌출부에 자리를 잡은 성은 마치 별처럼 빛났다. 리날도는 이 집을 몽탈반이라고 불렀고, 친구들 뿐만 아니라 자기처럼 추방된 사람들을 모이게 했다. 사람들은 리날도의 성이 자신들을 보호해주는 대가로 음식물을 바쳤다. 그러나 리날도의 사람 몇 명이 불법적인 행위를 저지르기도 하고 때로는 공급물자가 충분히 제공되지 않아, 리날도와 그의 수비대가 선물로 받지 못하면 물건을 힘으로 빼앗는다는 소문이 돌기도 했다. 그래서 몽탈반은 '약탈자의 둥지'로, 그 수비자들은 '거지 돌격대'로 불리워졌던 것이다.

샤를마뉴의 노여움은 오래 가지 않았다. 샤를마뉴의 이야기가 본격적으로 시작될 무렵 리날도와 그의 형제들은 황제의 총애를 완전히 회복했다. 그후 사라센인이나 이교도들과 치룬 모든 전쟁에서 황제의 기사 중 리날도와 그의 형제들만큼 황제를 열성적이고 충실하게 섬긴 기사는 찾을 수 없을 정도였다.

2

중세기사의 마상(馬上) 시합

때는 5월로 오순절 축제가 열리고 있었다. 샤를마뉴는 장대한 축제를 명령하고, 12용사와 황제의 가신(家臣) 외에 당시 파리에 머물고 있던 기독교인들과 사라센인들을 포함한 모든 이방인들을 불러들였다. 초청된 손님 중에는 스페인의 그란도니오 왕, 독수리의 눈을 가진 사라센인 페라우, 황제의 조카인 오르란도와 리날도, 나모 공작, 현존하는 인물 중 가장 잘 생긴 영국의 아스톨포, 마법사 말라기기, 교활한 반역자이자 황제로 하여금 애정을 믿게 만드는 기술을 가진 그러나 왕에 대해 음모를 꾸민 마간자 출신의 가노가 포함되어 있었다.

가신과 12용사 앞 상석에 앉은 샤를마뉴는 초청자들의 수와 힘을 생각하며 기쁨에 젖어 있었고, 다른 모든 사람들도 음악을 들으며 식사를 했다. 그런데 갑자기 굉장한 거인 네 명이 기사 한 명을 대동한 채 기막히게 아름다운 여인 하나를 축제가 벌어지고 있는 곳으로 데리고 들어왔다. 지금까지 아름다워 보였던 여자들 모두가 새로이 등장한 여인과는 아무 비교가 되지 않을 정도였다. 기독교 기사들은 누구나 그녀에게 시선을 돌렸고 심지어 이교도들도 모두 그녀 주위로 모여들었다. 그때 그녀가 목석같은 마음도 감동시킬 수 있는 달콤한 목소리로 황제에게 말했다.

"고결하신 폐하, 폐하의 훌륭하심과 폐하가 거느리는 기사들의 용기는 세상 곳곳에 그 명성이 자자합니다. 그것이 나로 하여금 폐하를 뵙기 위해 지구 끝에서 온 두 순례자의 피로가 헛되지 않으리라는 희망을 갖게 합니다. 제가 여기에 왜 왔는지 말씀드리기 전에 저희를 소개하자면, 이 기사는 저의 오라버니 우베르토이며, 저는 그의 누이 동생 안젤리카입니다. 저희는 유명한 마상시합이 오늘 열린다고 들은 바 있습니다. 그래서 왕자이신 제 오라버니가 자신의 용기를 증명하기 위해 여기 온 것입니다. 말하자면 여기 모인 기사님들 중 누구라도 마상시합에서 그와 대결하고자 원한다면, 오라버니는 파인 샘터 옆에 있는 메르렝 계단에서 한 사람씩 차례로 대결에 응할 생각입니다. 그의 결투 조건은 이렇습니다. 땅에 쓰러지는 기사는 어느 누구를 막론하고 다시 결투를 계속할 수 없고 오빠의 포로가 될 것입니다. 그러나 오빠가 쓰러지면 오빠는 저를 정복자의 전리품으로 남겨놓고 이 나라를 떠날 것입니다."

그러나 안젤리카와 자신을 우베르토라고 부르는 본명이 아르갈리아인 오라버니는 사실 기독교의 군대를 파멸시키기 위해 파견된 중국 왕 갈라프론의 자식들이었다. 아르갈리아는 무엇이든 접촉하기만 하면 모두 쓰러지게 만드는 마법의 창으로 무장하고 있었고 그가 타고 다니는 말도 바람보다 더 빠른 마술의 말이었다. 안젤리카는 모든 마술을 막아낼 수 있는 마술의 반지를 끼고 있었는데, 이 반지는 입 속에 집어넣으면 사람의 모습을 투명하게 만들어 형체가 보이지 않게 만드는 것이었다. 그래서 아르갈리아는 어떤 기사들이 대항을 하든지간에 그들을 포로로 만들어 데려갈 계획이었고, 안젤리카는 12용사들을 유혹하여 축제를 치명적인 모험으로 바꾸고 반지를 이용하여 쉽게 도망할 생각이었다.

안젤리카는 말을 중단하고 왕 앞에 무릎을 꿇고 앉아 왕의 대답을 기다렸다. 그 동안 모든 사람들은 감탄의 눈빛으로 그녀를 바라보았다. 특히 오르란도는 자신도 모르게 그녀에게 마음이 끌려 몸을 떨면서 안색마저 변해버렸다. 흰 머리의 늙은 나모 공작도, 샤를마뉴 황제도, 홀에 있는 모든 기사들도 똑같은 느낌에 빠져들었다.

모두가 하나같이 그녀를 바라보는 기쁨에 빠져 그들은 말없이 한참 동안 서 있었다. 불같은 젊은이 페라우는 거인들로부터 그녀를 빼앗아 도망가고 싶은 심정을 억제할 수 없었다. 리날도는 얼굴이 불같이 붉어졌다. 한편 낯선 여자가 진실을 말하고 있지 않다는 것을 묘책으로 간파한 말라기기는 그녀를 바라보며 나지막한 목소리로 중얼거렸다.

"절묘하게 거짓말하는 인간! 그대에게 술책을 써서 더 이상 큰 소리로 너의 방문을 자랑스럽게 떠들지 못하게 하겠다."

샤를마뉴는 그녀를 되도록 오래 붙잡아 두기 위해, 그녀의 질의에 대한 답변은 미루고 대신 그녀에게 몇 가지 다른 질문을 했다. 그녀가 왕의 모든 질문에 신중하게 답변을 하자 결투를 하자는 그녀의 도전이 받아들여졌다.

그녀가 떠나가자 말라기기는 자신의 책을 들여다보고, 이미 앞서 설명한대로, 비열한 이교도 갈라프론의 모든 음모를 간파했다. 그래서 그 처녀를 찾아 그녀의 계획을 좌절시키기로 결심하고 약속된 장소에 서둘러 가 보았다. 그곳에서 왕자와 누이는 아름다운 대형 천막 안에 누워 잠들어 있었고 거인 네 명이 보초를 서고 있었다. 말라기기는 책을 꺼내 주문을 외웠다. 네 거인은 즉시 잠들어 버렸다. 그는 칼을 뽑아들고 (그 역시 기사이기 때문에) 젊은 숙녀를 즉결 처분하기 위해 다가갔다. 그러나 그녀의 너무나 아름다운 모습을 보고 잠시 멈추었다. 그녀가 자신의 마법에 걸려 깨어날 수 없기 때문에 서두를 필요가 없었던 것이다. 하지만 그녀가 끼고 있던 반지가 그녀를 마법에 걸리지 않도록 지켜주었을 뿐만 아니라 약간의 소음을 듣고 눈을 뜬 그녀는 잠에서 깨어 일어났다. 그리고 큰 소리를 지르며 오라버니에게 날 듯이 다가가 그를 잠에서 깨웠다. 마법에 대해 지식을 갖추고 있던 그녀의 도움으로, 그들은 마술사를 붙잡아 묶고 책을 빼앗아 그의 주문 기술을 역이용했다. 그리고 악마 패거리들을 불러 그 포로를 알브라카 도시에 사는 갈라프론 왕에게 데리고 가라고 명령했다. 악마들은 그들의 명령대로 일을 수행하여 마법사 포로는 바다 밑의 바위에 감금되고 말았다.

이런 일이 일어나는 동안 파리는 소란으로 술렁였다. 오르란도가 맨 먼저 메르렝 계단의 모험을 하겠다고 주장했기 때문이었다. 안젤리카를 얻고자 하는 다른 사람들은 이것에 분노를 느끼고 우선권을 먼저 얻기 위해 서로 다투었다. 이 소동은 통상적인 제비 뽑기 조치가 내려짐으로써 가라앉았다. 첫번째 결투자로 뽑힌 사람은 아스톨포였다. 사라센 사람인 페라우가 두 번째 결투자로, 그라도니오가 세 번째 결투자로 뽑혔다. 그 다음에

는 베르링기에리, 오토, 찰스 자신이 차례로 뽑혔다. 그러나 운이 나쁘게도 오르란도는 삼십명 이상이 뽑힌 후에야 결투 자격을 갖게 되었다.

첫번째 결투자로 뽑힌 아스톨포는 잘 생기고 용감하고 부유한 사람이었다. 하지만 부주의 때문인지, 아니면 기술 부족 때문이었는지 그리 운이 좋지 못했다. 번번히 말에서 떨어졌던 것이다. 그러나 그는 낙관적인 기분으로 계속해서 다시 말에 올라가 불운을 고쳐보려고 했다. 하지만 그리 성공적이지 못했다.

아스톨포는 대단히 화려한 옷을 입고 모험에 나서 아르갈리아와 대항했으나 안장에서 즉시 떨어지고 말았던 것이다. 그는 자신의 운명을 저주하며 모든 것을 자신의 결함으로 돌렸다. 그러나 그의 고통스러운 감정은 안젤리카의 친절함으로 다소 완화되었다. 그녀는 그의 젊음과 잘 생긴 외양에 이끌리어 그에게 천막을 사용하도록 허용하고, 친절과 관심을 보이며 그가 치료를 받도록 해주었다.

격정적인 성격의 페라우가 다음 차례였다. 그러나 그 역시 아스톨포와 마찬가지로 곧 말에서 떨어졌다. 그러나 그는 자신의 불운을 쉽게 참지 못했다. "황제께서 나에게 하신 약속은 무엇인가?"라고 외치며 칼을 들고 아르갈리아에게 달려들었다. 그러나 아르갈리아는 자신을 방어하기 위해 말에서 내려와 칼을 거두고 싸움에 너무 지쳐 항복하겠다는 의사를 보냈다. 그리고 자기 누이동생과 결혼하겠다는 페라우의 말을 경청했다. 그러나 미녀는 거칠고 야만스러운 외모의 사람과 어울리는 것에 마음이 내키지 않아 그의 결혼 제의에 낙담하고, 오라버니에게 아르덴 숲에서 만나자고 말하고는 마술반지를 이용하여 급히 사라져버렸다. 이것을 보고 아르갈리아는 자신의 준마(駿馬)를 타고 그녀가 달아난 곳과 같은 방향으로 쏜살같이 내달렸다. 페라우도 그의 뒤를 쫓아갔기 때문에 혼자 남은 아스톨포는 부러진 자신의 칼 대신 마술의 칼을 갖고, 마상시합장으로 돌아왔다. 그러나 그는 칼 속에 있는 마법의 보물을 알지 못했다. 샤를마뉴는 여자와 오라버니가 없어진 것을 발견했음에도 불구하고, 처음 계획대로 마상시합을 계속하라는 명령을 내렸다. 그리하여 아스톨포는 마술 창의 도움을 받아 모든 적수들을 말에서 떨어뜨려 승리함으로써 그들은 물론 자신도 놀라움을 금치 못했다.

12용사 중의 한 사람인 리날도는 페라우와 이방인의 결투가 어떤 결과를 냈는지 소식을 듣고서, 사랑과 성급함의 고뇌 안에서 아름다운 도망자의 뒤를 쫓아 말을 달렸다. 그가 사라진 것을 간파한 오르란도 역시 마찬가지 방법으로 그들의 뒤를 쫓아갔다. 마침내 세 사람은 아르뎅 숲에 도착하여 보이지도 않는 그녀를 사방으로 찾아다녔다.

이 숲에는 연못이 두 개 있었는데, 하나는 트리스트람과 이주드(The Age of Chivalry〈원탁의 기사〉의 이야기를 보라)를 위해 현인 메르렝이 설계하고 건축한 것이었다. 이 연못의 물을 한 모금 마시면, 사랑을 망각하고 심지어 전에 사랑했던 사람도 혐오하게 되는 마력이 있었다. 또 다른 연못은 이것과 반대의 특징을 갖고 있었다. 이곳의 물을 한 모금 마시면, 물을 마신 뒤 처음으로 눈에 띄는 생명체를 사랑하게 되는 것이었다. 리날도는 우연히 첫번째 연못에 오게 되었다. 더위로 온몸이 달아올라 있던 그는 말에서 내려 물 한 모금으로 갈증과 정열을 해소시켰다. 그러자 안젤리카를 사랑하기는 커녕 정말로 그녀를 미워하기 시작했고, 그녀를 찾아다니던 일까지 혐오하게 된 채로, 말을 타고 다닌 피로 속에서 꽃이 많은 은신처를 찾아 잠에 빠져들었다.

그리고 이어서 안젤리카가 그곳에 왔으나, 다른 방향에서 왔기 때문에 그녀는 두 번째 연못을 발견하고 그곳에서 갈증을 해소했다. 다시 길을 떠나기 시작한 그녀는 자고 있는 리날도를 우연히 발견했다. 그리고 즉시 사랑에 빠져 그 자리에 뿌리라도 내린 듯 서 있었다.

주위의 초지(草地)는 온통 백합과 들장미로 가득했다. 어떻게 해야할지 모르던 안젤리카는 마침내 꽃들을 한 웅큼 따서 잠자고 있는 사람의 얼굴 위에 하나씩 하나씩 떨어뜨렸다. 눈을 뜬 리날도는 그녀를 발견하고, 그녀의 인사에도 불구하고 얼굴을 돌리며 말을 타고 달아났다. 아름다운 여자는 그의 뒤를 따라가며 그의 이름을 부르면서, 자기가 무엇을 잘못했길래 그리도 자기를 경멸하느냐고 헛되이 물었다. 그러나 리날도는 그녀에게 절망을 남기고 사라졌다. 그녀는 눈물을 흘리며 그가 잠을 자던 장소로 돌아왔다. 그리고 피로와 슬픔 속에서 그가 누웠던 대지 위에 누워 잠이 들었다.

운명의 장난인지, 안젤리카가 누워 잠을 자는 동안 오르란도 역시 그곳에 도착했다. 잠을 자고 있는 그녀의 자세는 너무나 아름다워 말로 표현할 수 없었다. 오르란도는 다른 혹성에 실려 온 사람처럼 그 자리에 서서 그녀를 응시했다. "나는 지구에 있는 것일까? 아니면 낙원에 와 있는 것일까? 나는 잠을 자고 있는 것이고 이것은 꿈이리라"라고 그는 외쳤다.

그러나 그의 꿈은 그가 원하는 것이 아니었다. 아르갈리아를 살해한 페라우가 그에게 다가와 질투심으로 노발대발하여 결투가 시작되었던 것이다. 결국 자고 있던 여인도 눈을 뜨고 잠에서 깨어났다.

이 광경에 놀란 그녀는 그들이 서로 싸우고 있는 동안 그녀의 말을 타고 숲속으로 달아났다. 두 사람은 한 전령이 그들의 싸움에 끼어들 때까지 계속해서 싸웠다. 전령은 페라우가 모시는 왕 마실리우스의 전갈을 가지고 왔는데, 다름이 아니라 페라우의 도움이 절실히 필요한 왕이 그에게 스페인으로 돌아오라는 것이었다. 페라우는 이 말을 듣고 결투를 잠시 중단하자고 제의했다. 안젤리카의 추적에 열을 올리고 있던 오르란도 역시 제안에 동의하고, 페라우는 전령과 함께 곧 스페인으로 떠났다.

아름다운 도망자에 대한 오르란도의 추적은 모두 허사였다. 마술의 힘을 빌어 그녀는 급히 자신의 나라로 돌아갔다.

하지만 리날도에 대한 생각을 지워버릴 수 없던 그녀는, 리날도를 얻기 위해 말라기기를 석방시켜 이용함으로써, 가능하다면 그의 애정을 되찾기로 결심했다. 그래서 그녀는 말라기기를 지하 감옥에서 석방시키고 자기

손으로 족쇠의 자물쇠까지 열어준 다음, 책을 돌려주며 리날도를 자기 발 앞에 데려다 준다면 큰 명예와 보상을 하겠노라고 약속했다.

말라기기는 책의 도움을 빌어 악마를 하나 불러서는 그의 등을 타고 길을 떠났다. 목적지에 도착한 그는 리날도를 마술의 배로 유인하여, 도선사(導船士)가 없는 배를 타게 하고, 조이어스라고 불리우는 성(城)이 있는 섬으로 이끌었다. 섬 전체가 하나의 정원이었다. 바다 가까운 서쪽에는 대리석으로 지어진 궁전이 있었는데, 이 궁전은 너무나 깨끗하고 찬란하게 빛나며 주위의 모든 풍경을 반사했다. 리날도가 해안으로 뛰어내리자 한 여자가 그를 맞이하며 그를 성 안으로 이끌었다. 성은 하늘빛과 금빛, 그리고 고상한 그림들로 장식된 방들이 가득했다. 여자는 그를 이야기 그림이 그려져 있는 방으로 안내한 다음, 금빛 머리로 장식된 수정 기둥 사이를 지나 정원을 향했다. 이곳에서 그는 한 무리의 여인들을 만났다. 세 명은 함께 노래를 부르고 있었고, 한 명은 절묘한 화음을 내는 악기를 연주하고 있었으며, 나머지 여인들은 그들 주위에서 춤을 추고 있었다. 여인들은 그가 오고 있는 것을 보자 그의 주위에 모여들어 춤을 추었다. 그리고 한 여자가 아주 달콤한 목소리로 그에게 말했다. "기사님, 식탁은 마련되었고, 곧 연회가 시작될 것입니다." 그리고 계속해서 춤을 추면서, 그들은 그를 성 앞에 있는 잔디를 가로질러 식탁으로 데리고 갔다. 식탁은 샘터 옆 향기로운 연분홍 장미가 있는 나무 그늘 아래, 금빛이 나는 훌륭한 린넨으로 덮혀 있었다.

식탁에 이미 앉아있던 네 명의 여인들이 진주로 장식된 의자가 있는 상석에 리날도를 앉게 했다. 리날도는 경악을 금할 수 없었다. 아주 진귀한 음식물과, 보석으로 장식된 컵에 훌륭하고 향기로운 술이 담겨나왔다. 식사가 끝날 즈음 하프와 류트(기타와 비슷한 중세의 현악기) 소리가 아득하게 들려왔다. 그때 한 여인이 기사의 귀에 대고 속삭였다. "기사님이 보시고 있는 이 성과 다른 모든 것이 기사님의 것입니다. 이 성은 어느 왕비님이 오직 기사님을 위해 지은 것입니다. 기사님은 정말로 행복하십니다. 기사님을 사랑하는 왕비는 세상에서 가장 아름다운 분이니까요. 그녀의 이름은 안젤리카입니다."

그 순간 리날도는 자기가 그렇게도 싫어하는 이름을 듣자마자 깜짝 놀라 안색이 변해 벌떡 일어났다. 여인이 말한 모든 것에도 불구하고, 그는 갑자기 모든 일을 중단하고 정원을 가르질러 자기가 맨처음 상륙했던 장소에 도착할 때까지 쉬지 않고 내달렸다. 배는 여전히 해안에 있었다. 그는 자기 이외에는 아무도 없는데도 훌쩍 배에 뛰어올라 끌어당겼다. 그리고 배의 움직임을 바로 잡아보려고 헛된 애를 썼다. 배는 마치 화가 난듯이 돌진하다가 마침내 어두운 숲으로 덮힌 먼 해안에 도착했다. 그곳에서 그는 지금까지 대항했던 마법과는 다른 주문에 걸려 구덩이 속에 갇히게 되었다.

구덩이는 알타리파라는 성(城) 안에 있는 것으로 사람 머리들이 걸려 있고 벽은 붉은 피로 칠해져 있었다. 리날도가 놀라운 눈길로 이것을 바라보고 있을 때, 구덩이 한쪽에서 무시무시하게 생긴 노파가 모습을 드러냈다. 노파는 살아 있는 인간을 제물로 받지 않으면 온 나라에 해를 입히는 괴물에게 그가 던져질 운명에 처해 있다고 말했다. 그러나 리날도는 "그렇게 해보라지요. 이대로 무장을 하고 있다면 두려운 것이 아무것도 없으니"

하고 말했다.

노파는 야유의 웃음을 지어보였다. 리날도는 밤새도록 구덩이에 있다가 다음날 아침 괴물의 굴로 끌려갔다. 그곳은 높은 담으로 둘러싸인 궁전이었다. 리날도는 괴물과 함께 갇혔다. 둘 사이에 무시무시한 결투가 시작되었다. 리날도는 괴물의 비늘에 아무 상처를 낼 수 없었다. 하지만 괴물은 무서운 발톱으로 용사의 갑옷을 뜯어냈다. 리날도는 마지막이 왔다고 생각하고 빠져나갈 방법을 찾기 위해 사방을 두리번거렸다. 그리고 높이가 약 10피트 되는 벽에 돌출된 들보를 하나 발견하고 그곳으로 기적적으로 뛰어올랐다. 그는 들보에 몇 시간 동안 앉아 있었다. 끔찍한 괴물은 그를 붙잡기 위해 계속해서 뛰어오르려고 했다. 그때 갑자기 공중에서 새소리 같은 소음이 들렸다. 그리고 갑자기 안젤리카가 들보 끝에 내려와 앉았다. 그녀는 손에서 무엇인가를 꺼내 그에게 내밀며 사랑스러운 목소리로 말했다. 그러나 리날도는 그녀를 보자마자 꺼져버리라고 말하고 그녀의 모든 도움을 거절했다. 그리고 그녀가 자신의 곁을 떠나지 않는다면 괴물이 있는 곳으로 뛰어내려 죽음을 맞이하겠다고 선언했다.

안젤리카는 그를 화나게 하기 보다는 차라리 죽고 싶다고 말하며 그의 곁을 떠났다. 그러나 그녀는 먼저 자신이 준비한 밀납 케익을 괴물에게 던지고 올가미 밧줄을 괴물에게 펼쳤다. 미끼를 먹은 괴물은 이빨이 밀랍으로 꽉 들어붙게 되자 화가 나서 날뛰다가 올가미에 완전히 엉키어 사지(四肢)를 쓸 수 없게 되었다.

이 기회를 포착한 리날도는 괴물의 등 위에 뛰어내려 목을 붙잡고는 죽을 때까지 손을 놓지 않았다.

그러나 아직 해결해야 할 문제가 남아 있었다. 벽이 굉장히 높은데다가 출구라고는 유일하게 벽에 있는 쇠창살 창문이 하나 있을 뿐이었다. 더욱이 쇠창살은 매우 단단해서 부러뜨릴 수도 없었다. 이런 곤경 속에서 리날도는 마침내 안젤리카가 남겨놓은 손톱줄을 발견했다. 그리고 이것으로 그는 살아나올 수 있었다.

그후 그가 어떤 모험을 하게 되었는지는 다음 장(章)에서 알게 될 것이다.

3

알브라카의 포위공격

샤를마뉴가 조관(朝官)들을 모두 모아놓고 마상시합을 크게 벌리고 있을 때, 아무도 대적할 수 없는 강하고 용맹스럽고 막강한 군주가 그의 왕국을 침략했다. 그의 이름은 그라다소로 세리카네 왕국을 다스리는 왕이었다. 사람이란 아무리 위대하고 아무리 돈이 많아도 자기가 소유할 수 없는 것을 갖고 싶어하게 마련인데, 그렇게 되면 이미 갖고 있는 것도 잃게 되는 일이 때로 일어나는 법이다. 바로 이 왕이 오르란도의 칼 두린다나와 리날도의 말 베이야드를 손에 넣고 싶어 만족하지 못하는 경우였다. 그는 그 두 가지를 획득하기 위해 프랑스와 전쟁을 하기로 결심하고 막강한 군대에게 전투를 준비시켰던 것이다.

그는 스페인을 통해 진격하던 중 몇 차례의 전투에서 마르실리우스 왕을 격파하고, 빠른 속도로 프랑스를 향해 행군했다. 샤를마뉴는 마르실리우스가 사라센인인데다가 자신의 적이긴 하지만, 공동의 위험을 고려하여 궁지에 몰린 그를 구할 필요가 있다는 생각이 들어, 12용사들의 동의를 얻어, 리날도를 막강한 군인과 함께 급파하여 그라다소에게 대항하는 조치를 취했다.

신통치 못한 결과를 가진 전투를 많이 벌리며, 그라다소는 꾸준히 프랑스를 향해 진격했다. 그러나 원하는 것을 얻겠다는 성급한 마음에서, 그는 리날도에게 말을 타지 않고 맨발로 결투를 하자고 도전장을 보냈다. 만일 리날도가 이기면 자신은 모든 포로를 석방하고 자기 나라로 돌아가겠지만, 자신이 이기면 베이야드를 갖겠다는 조건이었다.

도전은 받아들여졌다. 만일 말라기기의 묘책이 아니었더라면, 결투는 그대로 벌어졌을 것이다. 그러나 리날도의 사랑을 죽도록 갈망하던 아름다운 공주의 바람을 리날도가 받아들이도록 만들겠다고 약조한 말라기기가 마침 안젤리카의 왕국으로부터 방금 돌아온 터였다. 말라기기는 그라다소로 변장하고 리날도를 군인들로부터 떼어내어 잠시 결투를 한 후, 리날도 앞에서 날아가는 흉내를 냈다. 그래야 리날도가 그를 뒤쫓아 배가 있는 곳까지 가서 그 배를 타고, 앞서 말한대로, 여러 가지 모험을 하게 될 것이었다.

샤를마뉴와 12용사들은 리날도의 동생인 리시아르테토의 지휘를 받는 군대와 합세했지만 참담한 패배를 맛보았다. 황제와 많은 용사들이 포로가 되었다. 그러나 그라다소는 자신의 승리를 악용하지 않았다. 그는 찰스(샤를마뉴)의 손을 잡아 자기 곁에 앉히고 자신은 명예를 위해 싸웠을 뿐이라고 말하며, 베이야드와 두린다나를 자기에게 준다면 점령한 모든 것을 포기하겠다고 선언했다. 베이야드와 두린다나는 원래는 모두 자기 가신들의 소유물일 뿐만 아니라, 특히 베이야드는 리날도가 약속대로 자기와 결투를 하지 않았기 때문에 이미 자기의 것이라는 주장이었다. 샤를마뉴는 이 조건에 흔쾌히 동의했다.

베이야드는 주인이 떠나버린 후 리시아르테토에게 맡겨졌다가 다시 파리로 되돌려 보내졌고, 파리에 샤를마뉴가 없었던 관계로 아스톨포가 맡고 있었다. 아스톨포는 베이야드를 보내라는 전갈을 받고 크게 화를 내면서, 전령을 보내 결투를 하지 않고는 친척인 리날도의 말을 내놓지 않겠다고 답신을 보냈다. 그라다소가 군마를 원한다면 스스로 와서 데리고 가라는 것이었다. 물론 아스톨포 자신은 벌판에서 그와 대결할 준비가 되어있다는 것이었다.

그라다소는 그 답변을 듣고 기뻐할 따름이었다. 성공한 무사로서의 아스톨포의 명성은 그리 대단한 것이 아니었기 때문에 그라다소는 리날도와 맺은 약속을 기꺼이 다시 수락했다. 결투는 그때와 같은 조건으로 이루어졌다. 하지만 아스톨포의 수중에 있는 마술의 창이 새로운 기적을 행하여 무시무시한 그라다소는 말에서 떨어지고 말았다.

그라다소는 약속을 지켰다. 포로를 석방하고 자기 나라로 군대를 돌렸다. 그러나 리날도에게서 말을, 오르란도에게서 칼을 빼앗을 때까지는 편안히 잠들지 않겠다고 새로이 맹세했다.

아스톨포에게 크게 감사를 느낀 샤를마뉴는 그를 자기 곁에 두고 많은 명예를 부여하고 싶어했다. 그러나 아스톨포는 리날도에게 말을 되돌려주기 위해 리날도를 찾고자 파리를 떠났다.

* * *

우리의 이야기는 이제 잠자는 미녀의 모습에 매혹된 오르란도에게 되돌아간다. 미녀는 오르란도가 페라우와 결투를 벌이고 있는 틈을 타 오르란도로부터 도망을 쳤다. 깊은 숲속에서 한참동안 그녀를 헛되이 찾아 헤매던 오르란도는 그녀의 아버지가 사는 궁전까지 가서 그녀를 찾아보기로 결심했다. 그는 샤를마뉴의 진지를 떠나, 혹시라도 미녀 도망자의 소식을 알 수 있을까 하는 마음에서 가는 곳마다 그녀에 대해 물으며 동쪽을 향해 오랫동안 이동했다. 많은 모험을 경험한 어느 날 그는 많은 도로가 교차되는 곳에 도착했다. 여기서도 그는 시종 한 사람을 만나자 그녀의 소식을 물어보았다. 시종은 자신이 안젤리카가 급파한 사람으로, 안젤리카의 아버지 갈라프론이 알브라카 시에서 타타르 (동유럽으로부터 서아시아에 이르는 지역)의 아그리칸 왕의 포위 공격을 받고 있기 때문에 시리카시아의 사크리판트 왕의 도움을 구하기 위해 가는 길이라고 대답했다. 아그리칸 왕은 안젤리카에게 구혼을 했으나 뜻을 이루지 못하자 무기를 갖고 그녀를 추적한다는 것이었다. 알브라카까지는 하루 정도만 더 가면 도달할 수 있고, 그렇게 되면 안젤리카를 확실히 만날 수 있다는 것을 알게 된 오르란도는 알브라카를 향해 전속력으로 달렸다.

이렇게 나아가다가 그는 어느 다리에 도착했다. 다리 밑은 흰 거품을 내는 강물이 흐르고 있었다. 그런데 다리에서 한 처녀가 술잔을 들고 그를 맞이하더니, 이 다리는 나그네에게 술 한 잔을 권하는 것이 관례라고 말을 했다. 오르란도는 술잔을 받아들고 내용물을 들이켰다. 그러자 그의 머리가 빙빙 돌면서, 그는 자신이 하고 있는 여행의 목적 뿐만 아니라 다른 모든 일들도 모두 잊어버리고 말았다. 이런 망각 상태에서 그는 처녀를 따라 장엄하고 멋진 궁전으로 들어갔다. 여기서 그는 전혀 모르는 한 무리의 기사를 만났다. 그가 망각의 술을 마시지 않았더라면 그들이 자신의 전우임을 알아보았을 텐데.

＊＊＊

늘 하듯이 아스톨포는 멋지게 옷을 차려입고 장비를 갖춘 후 리날도를 찾아가던 중, 시르카시아에 도착하여 그곳에 이 나라의 왕 사크리판트 휘하의 대군이 진을 치고 있는 것을 발견했다. 사크리판트 왕은 안젤리카의 아버지인 갈라프론을 방어해주고 있었는데, 아스톨포의 모습과 그의 말에 크게 감명을 받고 정중한 말투로 그에게 도움을 구했다. 그러나 아스톨포는 최근 자신이 이룬 승리의 자만에 빠져 그의 부탁을 경멸적인 어조로 거절하고 길을 떠났다. 하지만 그의 외모에 너무 매력을 느낀 사크리판트 왕은 그렇게 쉽게 그와 헤어질 수 없었다. 그래서 그는 왕의 장식물들을 모두 떼어놓고 그를 찾아나섰다.

다음 날 아스톨포는, 용감하고 훌륭한 기사이며, 실반 타워의 영주인 플로리스마트 경을 우연히 만났다. 그는 플로르델리스라는 젊고 아름다우며 자신을 사랑하는 처녀를 안내자로 데리고 있었다. 아스톨포는 기사가 접근해오자 여자를 내놓든지, 아니면 무기를 가지고 자신의 권리를 주장해보라고 도전을 했다. 플로리스마트가 도전을 수락하자 결투가 이루어졌다. 그 결과 플로리스마트는 말에서 떨어지고 그의 군마 역시 쓰러져 죽음을 당했다. 그러나 베이야드는 아무런 부상도 입지 않았다.

플로리스마트는 수치로 인한 절망과 처녀가 비탄에 잠겨있는 모습에 너무 낙담하여 칼을 빼어들고 자신의 복부를 찌르려했다. 그러나 아스톨포는 그의 손을 잡고, 자기는 그저 영광을 위해 결투를 한 것이기 때문에 즐거운 마음으로 여인을 남겨두겠노라고 말을 했다.

플로리스마트와 플로르델리스가 그에게 죽어도 이 은혜를 다 갚지 못할 것이라고 말하고 있는 동안, 사크리판트 왕이 도착했다. 왕은 아스톨포의 말과 무기를 탐내는 것만큼 플로리스마트를 탐내 두 사람에게 마상 창시합을 하자고 도전했다. 아스톨포는 이에 즉시 응하여 그를 쓰러뜨리고 그의 준마마저 플로리스마트에게 건네주며, 왕으로 하여금 자기 나라까지 걸어가게 만들었다.

친구가 된 이들은 계속해서 길을 걸어갔다. 그러다가 플로르델리스는 자기가 알고 있는 도로 표지판을 발견하고, 지금 그들이 망각의 강에 접근하고 있기 때문에 돌아가든지 아니면 진로를 바꿔야한다고 권고했다. 그러나 기사들은 그녀의 말을 귀담아 듣지 않고 계속해서 전진하여 오르란도가 포로로 잡힌 다리에 이르렀다.

다리의 처녀는, 전과 같이, 마술의 술잔을 갖고 나타났다. 그러나 사전에 경고를 받은 아스톨포는 경멸적인 태도로 그녀의 술잔을 거부했다. 그러자 그녀는 술잔을 땅에 던져 불이 솟아오르게 만들어 그들이 다리에 접근하지 못하게 만들었다. 바로 그 순간 잡다한 무사들이 그들을 공격해왔다. 무사들은 아무것도 기억하지 못하고 그저 자기들이 거처하는 감옥을 방어하기 위해 맹목적으로 공격을 가했다. 이들 중 오르란도도 끼어있었는데, 아스톨포는 그를 보고 감히 그와 결투를 할 수 없어서 베이야드의 힘과 재빠름을 빌려 뒤돌아 도망을 쳤다.

한편 플로리스마트는 무섭도록 불리한 상황에 압도되어 어쩔 수 없는 현실에 굴복한 채 요정의 관행을 따르게 되었다. 그는 다른 사람들처럼 술잔의 내용물을 들이키고 포로가 되었다. 두 친구를 빼앗긴 플로르델리스는 현장에서 물러나 자신의 연인을 구출하기 위해 모든 노력을 다했다. 아스톨포는 아그리칸이 바야흐로 포위공격을 하려고 하는 알브라카에 드디어 도착했다. 그는 안젤리카의 환영을 받으며 그녀의 수호자의 명부에 등록을 했다. 그리고 두각을 드러내고 싶은 마음을 이기지 못하고, 어느 날 밤 혼자 출격하여 아그리칸의 진지에 도착한 후, 마술의 창을 이용하여 그의 무사들을 말에서 모두 쓰러뜨렸다. 그러나 그는 이내 무사들에게 포위되어 아그리칸의 포로가 되고 말았다.

하지만 구원의 손길은 가까운 곳에 있었다. 어느 날 백성들과 병사들이 성벽에 기대고 있을 때 성벽 아래에 구름 같은 먼지가 일어났다. 이 먼지는 포위공격자들이 진지 쪽으로 접근하며 말에 박차를 가해 달리며 내는 먼지였다. 이 기병들은 포위공격을 받는 성곽 도시의 통로를 차단하기 위해 아그리칸의 군대를 공격하는 사크리판의 군대였다. 그러나 아그리칸은 아스톨포로부터 빼앗은 베이야드를 타고 있어서, 금창(金槍)으로 무장도 하지 않은 채 자신도 알지 못하는 기적을 행했다. 뜻밖의 공격에 뿔뿔이 흩어진 병사들을 다시 규합했던 것이다. 한편 사크리판트는 도시 성벽에 모습을 드러낸 안젤리카의 모습을 보고 더욱 용기를 내어 필사적으로 병사들을 격려했다.

안젤리카는 그곳에서 아그리칸과 사크리판트 두 지도자가 행하는 결투를 지켜보았다. 이 결투에서 마침내 그녀의 수호자가 제압당하는 것 같았다. 그러나 그때 시르카시안인들이 결투장으로 난입하여 두 결투자를 갈라놓았다. 사크리판트는 중상을 입기는 했으나 혼란을 틈타 알브라카로 도망쳤다. 안젤리카는 그를 친절히 맞이하여 정성스럽게 간호해주었다.

전투는 계속되었고, 시르카시안인들은 싸움에 패배하여 결국 후퇴하게 되었다. 그러나 적의 진지와 성곽(城郭) 도시 사이에서 오도가도 못하게 되어 성벽 아래에 피난처를 찾아야 했다. 안젤리카는 가동교(可動橋)를 아래로 내려 도망자들에게 문을 열어주라고 명령했다. 누가 누구인지 구별이 안 되는 도망자의 무리 속에 섞여 아그리칸은 시르카시안인과 중국인들의 뒤를 따라 성곽 안으로 들어왔다. 그리고 내리닫이 격자문(格子門)이 아래로 닫히자 성곽 안에 갇혔다.

얼마 동안은 그가 불러일으킨 공포가 모든 반대자들을 도망가게 했다. 하지만 그와 함께 도시의 성곽 안으로 들어온 추종자가 거의 없다는 것이 알려지자, 도망을 다니던 사람들이 하나로 결집하여 그를 에워쌌다. 그가 이렇게 마지막 궁지에 몰리게 되었지만, 바로 그 위협적인 죽음의 상황이 그의 생명을 구했다. 그를 사방에서 에워쌌던 안젤리카의 병사들이 수비의 의무를 버리고 달아났던 것이다. 아그리칸의 병사들이 파괴된 성벽 틈새를 이용하여 성 안으로 들어왔기 때문이었다.

아그리칸은 구조되고 성은 점령되었으며, 주민들은 대학살을 당했다. 그러나 안젤리카는 자기를 수호해 주던 몇 기사와 사크리판트를 데리고, 바위 위에 있는 성채(城砦 ; 성을 지키는 요새)로 가서 목숨을 구했다. 이 요새는 난공불락의 거점이었으나 식량이 부족하고 다른 필수품도 제대로 공급되지 않았다. 이런 상황 아래에서 안젤리카는 함께 성채에 갇혀 있는 사람들에게 자신이 도움을 요청하기 위해 밖으로 나가겠다고 말했다. 빨리 돌아오겠다는 약속을 하며 그녀는 손가락에 마술의 반지를 낀 채 길을 떠났다. 말에 올라탄 그녀는 적의 방어선을 통과하여 해가 뜰 무렵에 적의 진지에서 수마일 떨어진 곳에 도착했다.

그리고 도로를 따라가다가 우연히 파멸적인 망각의 다리 가까이에 이르렀다. 그녀가 다리에 접근하자 심하게 우는 한 처녀가 보였다. 처녀는 플로르델리스로, 그녀의 연인인 플로리스마트는, 앞서 이야기한대로, 오르란도와 다른 많은 사람들이 당한 운명과 똑같이 술잔을 가진 마녀의 희생물이 된 터였다. 그녀는 안젤리카에게 자신의 모험을 들려주며, 술잔의 마녀에게 마술을 써서 플로리스마트와 그의 동료들을 구하기 위해 할 수 있는 노력을 모두 해보았다고 말했다. 안젤리카는 기회를 엿보다가 반지의 도움을 빌어 살며시 성 안으로 들어갔다. 그리고 성 안에서 신속하게 움직이며 부적의 힘으로 오르란도와 다른 사람들을 마법에서 깨어나게 했다. 그러나 플로리스마트는 보이지 않았다. 그는 더 강력한 힘을 가진 마녀 팔레리나의 손아귀에 들어가 감금되어 있었다. 안젤리카는 마술을 써서 이들을 모두 구한 다음 자신의 왕국을 다시 회복하는데 도움을 줄 그들을 데리고 알브라카를 향해 떠났다.

오르란도와 프랑스의 가장 용감한 기사 아홉 명이 알브라카에 도착함으로써 전쟁의 운세는 바뀌었다. 위대한 용사가 가는 곳은 어디서나 창기(槍旗)와 군기(軍旗)가 그들 앞에 도달하지 못하고 땅에 떨어졌다. 아그리칸은 병사들을 규합하려고 시도했으나 헛수고였다. 마침내 타르타르족 왕은 오르란도에게 한 가지 책략을 쓰기로 마음먹었다. 그는 말머리를 돌려 절망한 나머지 도망가는 척 했다. 그가 원한대로 오르란도는 쏜살같이 그의 뒤를 추격했다. 아그리칸은 연못이 있는 숲의 녹색 지대에 도착할 때까지 계속 도망을 쳤다.

그곳은 아름다운 곳이었다. 그래서 타르타르인은 투구와 갑옷을 벗어 한쪽에 치우지도 않은 채 연못에서 원기를 회복하기 위해 말에서 내렸다. 오르란도는 그의 뒤에서 소리를 질렀다. "그렇게도 대담하던 자가 도망이라니! 달아나 피할 수 있다고 생각했나?"

타르타르 왕은 적을 보자마자 말 안장 위로 뛰어올라, 오르란도의 말이 끝나기를 기다려 부드러운 목소리로 말하기 시작했다. "그대는 틀림없이 내가 지금까지 본 기사들 중 가장 훌륭하네. 나는 그대를 위해 그대에게 손을 대지 않고 이대로 떠나고 싶네. 자네가 나의 군대를 규합하는 일을 방해하지 않는다면 말일세. 내가 도망가는 척 했던 이유는 그대를 이 들판으로 끌어내기 위해서였지. 그래도 그대가 싸우고 싶다면 반드시 그대를 죽이겠네. 하지만 그렇게 하고 싶지 않다는 것을 하늘에 있는 태양에게 맹세하지. 자네가 죽으면 섭섭할테니까."

오르란도 백작은 굉장히 정중한 태도에 연민의 정을 느끼면서 말했다. "그대가 고결한 언행을 더 많이 보여주면 보여줄수록, 진실한 신앙을 알지 못하고 죽어 저 세상에서 길을 잃을 생각에 가슴이 더 아파오는군. 즉시 그대의 영혼과 육체를 구하도록 하게나. 세례를 받고 평화롭게 길을 떠나게."

아그리칸은 "나는 그대가 오르란도 병사라는 것을 알고 있네. 만약 그렇다면, 낙원의 왕이 되기 위해 이 기회를 놓치지 않고 그대와 싸우겠네. 내게 설교를 해도 모두 헛된 일일세. 더 이상 저 세상에 대한 이야기는 하지 말게. 우리들 각자는 자기 나름의 세계가 있으니 말일세. 칼이 우리를 심판하도록 하세"하고 대답했다.

그리고 칼을 빼들고 대담하게 오르란도에게 달려들어 결투가 시작되었다. 싸움은 너무나 집요하게, 너무나 오랫동안 지속되었다. 기적과도 같은 용감함을 지닌 두 무사의 싸움은 정오부터 시작하여 밤까지 계속되었다고 한다. 별이 뜨자, 오르란도가 먼저 잠시 쉬었다가 싸움을 하자고 제의했다.

"해가 졌는데, 어떻게 싸우겠나?"

아그리칸은 서슴없이 대답했다. "이 초원에서 쉬었다가 동이 트면 다시 싸우세."

그들은 그렇게 휴식을 취하게 되었다. 각자 말을 매두고, 마치 친구처럼, 서로 멀리 떨어지지 않은 풀 위에 누웠다. 오르란도는 연못 옆에, 아그리칸은 소나무 밑에 자리를 잡았다. 쾌청하고 아름다운 밤이었다. 그들은 서로 잘 자라는 인사를 교환했다. 기독교도의 옹호자는 하늘을 쳐다보면서 말했다. "별빛의 장관(壯觀)이야말로 하나의 훌륭한 작품일세. 하나님은 은빛의 달, 금빛의 별, 대낮의 햇살, 태양, 그리고 모든 것을 인간을 위해 만들었지."

타르타르인이 대답했다. "신앙에 대해서 말하고 싶어하는 것 같은데. 이제 당장 자네에게 말해두는게 좋겠군. 난 그런 문제에 대해서는 아는게 없네. 난 어릴 적에 그런 것이나 그런 배움을 너무도 싫어해서 나를 가르치는 임무를 받은 사람의 목을 부러뜨린 적이 있었다네. 나의 이런 행동이 다른 사람들에게 너무나 큰 영향을 주었기 때문에 그후 아무도 감히 나를 가르치려 하지 않았지. 당연히 나는 소년 시절을 말타기나 사냥, 싸움을 배우는 일로 보냈지. 남자가 하루종일 책과 씨름하는 것이 무슨 소용이 있겠나? 기사에게는 용맹을, 목사에게는 설교를! 이것이 나의 좌우명일세."

오르란도가 다시 입을 열었다. "인정하네. 무기란 남자의 첫째 고려 사항이라는 것을 말일세. 그렇다고 지식 때문에 남자가 불명예스럽게 된다고 할 수는 없지. 오히려 우리 앞에 있는 꽃들이 초지(草地)의 장식물이 되는 것처럼, 지식은 남자의 재능에 큰 장식물이 될 수 있네. 또 조물주에 관한 지식에 대해 말하자면, 인간이 조물주에 관해 아는 것이 없다면 그 사람은 나무 그루터기나 돌멩이, 아니면 짐승에 지나지 않는다고 할 수 있다네. 인간은 공부를 하지 않으면 명상의 깊이와 신성함을 제대로 이해하지 못하니까 말일세."

아그리칸이 말했다. "당신이 유식하든 무식하든, 내가 잘 알지 못하는 주제에 대해 이야기하게 만들기 보다는 당신부터 더 똑바로 행동하는 것이 좋지 않겠나. 잠을 잘 생각이라면 잘 자게나. 하지만 말을 하고 싶다면, 싸움이나 예쁜 여자에 대해서 말하게. 그런데 말이 나왔으니 말이지. 자네가 바로 세상을 떠들썩하게 하는 그 오르란도인가? 그런데 무엇 때문에 이곳에 오게 되었는가? 사랑은 해본 적이 있는가? 틀림없이 해보았을거야. 기사가 되어가지고 사랑을 해보지 않았다면 그것은 가슴에 심장이 없는 것과 같은 것이니까"하고 말했다.

오르란도가 대답했다. "물론 나는 오르란도라네. 그리고 사랑도 하고 있어. 사랑 때문에 모든 것을 포기하고 이 먼 곳까지 왔지. 한 마디로 말하자면, 내 마음은 갈라프론 왕의 딸의 손에 있다네. 자네는 무력으로 싸워 갈라프론 왕의 성과 지배권을 빼앗기 위해 이곳에 왔을테지. 하지만 내가 이곳에 온 목적은 그를 도와서 그의 딸을 기쁘게 해주고, 그녀로부터 결혼 승락을 얻어내기 위함이라네. 그 외의 다른 것에 대해서는 관심이 없네."

타르타르 왕 아그리칸은 자신의 적이 말하는 것을 듣고, 그가 진짜 오르란도이고 정말로 안젤리카를 사랑하고 있다는 것을 알았다. 그리고 어둠 속에서 보이지는 않았지만, 그는 슬픔과 질투로 인해 얼굴 빛이 변해있었다. 그의 심장은 너무나도 격렬하게 두근거려 마치 죽을 것만 같았다.

오르란도가 말했다. "자, 날이 밝으면 싸워보자구. 둘 중 하나가 이곳 땅 위에서 죽어 넘어지겠지. 자네에게 한 가지 제의하겠네. 아니, 간청하겠네. 난 그 여자를 너무나 지나치게 사랑하고 있어 그러니, 간청하는데, 그녀를 나에게 양보하게나. 그러면 나는 자네에게 감사의 빚을 지게될 거야. 그러면 난 포위 공격을 포기하고 이 전쟁을 끝내겠네. 나는 그 누구도 그녀를 사랑하는 것을 참지 못하네. 내가 살아있는 동안은 말일세. 우리 둘 중 하나가 죽어야 할 이유가 없잖은가? 그녀를 포기하게. 포기해도 아는 사람은 없을걸세. 나는 지키지 않은 약속은 해본 적이 없다네. 내가 약속을 지키지 않는다면 내 몸에서 사지(四肢)를 찢어내거나, 머리에서 눈을 파내도 좋아. 그녀를 사랑하지 못할바에야 차라리 죽는게 나으니까."

아그리칸은 오르란도가 말을 끝내기가 무섭게, 화가 치밀어서, 한밤중인데도 불구하고 말에 올라타고 말했다. "그녀를 포기하거나 죽음을 택하게!."

오르란도는 이교도가 일어서는 것을 보고, 그가 사나움을 못참고 결투중지를 배반할 것같아, 그와 결투를 하기 위해 재빨리 말에 올라탔다. 그리고 큰 소리로 말했다. "결코 포기할 수 없네! 포기하려 했지만 그럴 수 없었지. 지금도 마찬가지 심정일세. 그녀를 얻으려면 이런 방법 말고 다른 방법을 찾게나."

한밤중의 푸른 초원에서 두 마리의 말이 서로를 향해 세차게 돌진했다. 그들은 달빛 아래에서 악의에 찬 무시무시한 공격을 주고 받았다. 아그리칸은 맹렬하게 싸웠고, 오르란도는 그보다 더 냉정하게 싸웠다. 싸움은 다섯 시간 이상 계속되어 드디어 동이 트기 시작했다. 타르타르 왕은 자신에게 일어난 많은 문제에 화가 치밀어 상상할 수 없는 예리하고 격렬한 타격을 적에게 가했다. 오르란도의 방패는 마치 나무로 만들어진 것처럼 두 동강이 났다. 오르란도는 피를 흘리지는 않았지만 마치 온몸의 관절들이 놀라기라도 한 듯 몸이 뒤흔들리는 것을 느끼고 타박상을 입었다.

그러나 신체만 타박상을 입었을 뿐 정신은 말짱했다. 그리고 반격으로 가한 그의 타격이 너무도 큰 위력을 발휘하여 아그리칸의 방패 뿐만 아니라 갑옷까지 산산이 부서버렸고, 그로 인해 아그리칸의 갈빗대가 세 개나 부러졌다.

타르타르인은 사자처럼 으르렁대며 칼을 뽑아들고 전보다 더 맹렬하게, 오르란도가 어떤 사람에게서도 맞아보지 못한 타격을 오르란도의 투구에 가했다. 오르란도는 잠시 의식을 잃었다. 눈이 보이지 않고 귀에서는 윙윙거리는 소리가 들리는 것 같았다. 놀란 말은 이리저리 날뛰었기 때문에 그는 말에서 거의 떨어질 뻔 했다. 그러나 그 순간 그는 머리를 세우고 기억을 더듬었다.

"얼마나 창피스런 일인가! 어떻게 다시 감히 안젤리카를 볼 것인가? 지금까지 나는 여러 시간 동안 이 사내와 싸웠지. 단지 한 사람 뿐인데 말이야! 나 오르란도는 이름 값도 못하는게 아닌가! 결투가 더 오래 계속된다면 나는 수도원에 파묻혀 다시는 칼을 쓰지 않을테야!"

오르란도는 입술을 다물고 이를 갈면서 중얼거렸다. 그의 코와 입에서는 숨결 대신 불길이 솟아오르는 것 같았다. 그는 양손으로 두린다나를 들어 아그리칸의 어깨를 향해, 혼신의 힘을 다해 내리쳤다. 그러자 칼이 상대의 가슴받이를 뚫고 엉덩이 아래까지 내려와 말안장의 앞 부분을 으깨어버림으로써 아그리칸과 말을 모두 쓰러뜨렸다. 아그리칸은 잿빛처럼 창백해져 죽음이 다가오는 것을 느꼈다. 그는 부드러운 목소리로 오르란도에게 가까이 오라고 손짓하며 있는 힘을 다 모아 말했다. "십자가에서 돌아가신 그 분을 나는 믿네. 간청컨대, 내게 세례를 베풀어주게. 감각이 모두 없어지기 전에 연못 옆에서 말일세. 나는 사악한 인생을 살아왔어. 하지만 죽어가는 마당에 하나님께 저항할 필요는 없겠지. 세상의 모든 사람들을 구하러 오신 하나님, 저를 구해주소서!" 그리고 그렇게도 거만하고 사나운 왕이 눈물을 흘렸다.

오르란도는 얼굴에 눈물을 머금고 말에서 내렸다. 그리고 부드럽게 두 손으로 그를 안고, 연못이 있는 대리석 가장자리에 그를 내려놓고서 그와 함께 목놓아 울었다. 그는 왕에게 용서를 빌고 연못의 물로 그에게 세례를 베풀어주고는 무릎을 꿇어 기도를 드렸다.

그리고 오르란도는 잠시 말을 멈추고 왕을 바라보았다. 왕의 안색이 변하고 온 몸이 차가워졌다는 것을 알게 되자, 그는 왕을 연못의 대리석 가장자리에 무장한 그대로 남겨두었다. 칼은 그의 옆에, 왕관은 머리에 그대로 놓은 채.

4

리날도와 오르란도의 모험

앞에서 리날도가 괴물과 싸워 이기고 알타리파 성을 떠나, 길을 계속 걸어가고 있는 시점에서 중단했던 우리의 이야기를 다시 해보기로 하자. 그는 길을 가는 도중 우연히 울고 있는 처녀 한 사람을 만났다. 그는 그녀에게 왜 그렇게 슬퍼하느냐고 물었다. 그러자 그녀는 자기 연인이 어느 사악한 마녀에게 붙잡혀 포로가 되었는데 그를 구해 줄 사람이 필요하다고 대답했다. 그리고 오르란도와 다른 이들도 포로 안에 끼어 있다는 것이었다. 처녀는 플로리스마트의 애인 플로르델리스였다. 리날도는 용기나 기술로 보아 자신이 모험을 성공시킬 수 있다는 확신이 들어 그녀에게 도와주겠다고 약속했다. 그리고 자신의 말에 타라는 플로르델리스의 권유에 이끌려, 리날도는 그녀가 말등에 함께 올라탄다면 그렇게 하겠다고 대답했다.

그들이 말을 타고 숲을 통과할 때 이상한 소리가 들려왔다. 리날도는 처녀를 안심시키고 그들이 출발했던 곳으로 급히 달렸다. 어떤 거인이 둥근 천장이 있는 동굴 밑에 서 있는 것이 보였다. 손에 큰 곤봉을 가지고 있는 거인은 아무리 대담한 사람도 공포심을 느끼도록 무시무시한 타격을 가할 듯한 모습을 하고 있었다. 동굴 옆에는 독수리 머리와 날개를 가진 사자 머리의 괴물이 사슬에 묶여 있었는데, 거인과 함께 한때 아르갈리아가 소유했던 놀라운 말을 지키는 중이었다. 보호를 받고 있는 말은 마술의 힘으로 만들어진 말로, 힘과 속도와 모습이 다른 말과는 비교가 되지 않을 뿐 아니라, 동료 군마들의 음식, 다시 말하면 옥수수나 풀을 먹는 것을 떳떳하지 못한 것으로 생각하고 공기만을 먹으며 사는 라비칸이었다.

주인 아르갈리아가 페라우에게 살해당한 후 자유의 몸이 된 말은, 자기가 태어난 동굴로 돌아와서 거인과 괴물새의 보호를 받고 있었다. 리날도가 앞으로 다가가자 거인이 곤봉을 가지고 그에게 공격을 해왔다. 리날도는 거인의 공격을 피해 자신을 방어하며 반격을 가했다. 거인의 살갗이 그렇게 질기지 않았다면 반격이 싸움을 끝내고 말았을 것이다. 하지만 거인은 부상을 입고 도망가며 괴물새를 풀어놓았다. 그러자 괴물새가 공중으로 솟아오르며 갑자기 리날도에게 덤벼들었다. 기회를 엿보던 리날도 역시 괴물새에게 상처를 입히기 위해 필사적인 일격을 가했다. 그러나 괴물새는 또 한번 날아올라가 다시 공격을 가해왔고, 리날도 역시 괴물새의 공격을 피했다. 그 동안 처녀는 벌벌 떨며 싸움을 지켜보았다.

싸움은 계속되었고 밤이 되자 더 무서운 싸움으로 번졌다. 리날도는 필사적인 조치를 취해 싸움을 끝내기로 결심했다. 그래서 그는 부상으로 기절한 듯 땅에 쓰러진 척 했다. 그리고 괴물새가 가까이 다가오자 타격을 가해 한쪽 날개를 잘라냈다. 괴물새는 땅에 떨어지면서 발톱으로 그를 꽉 붙들고 갑옷을 찔렀다. 그러나 리날도는 필사적으로 부지런히 칼을 휘둘러 괴물새를 죽여버렸다.

그리고 동굴 안으로 들어가 장식 마의(馬衣)를 입은 놀라운 말을 발견했다. 말은 머리에 별 모양의 흰점과 뒷다리의 흰점을 제외하고는 새까만 털로 덮여 있었다. 힘은 베이야드에게 약간 뒤지고 있었으나 속력으로 말하자면 세상에서 필적할 말이 없었다. 리날도는 라비칸을 타고 동굴에서 나왔다.

그렇게 한참 길을 가다가 리날도는 아그리칸 군에서 도망친 병사 한 명을 만났다. 도망병이 안젤리카를 도와 싸운 어떤 용사의 용감함을 이야기하는 것을 들은 리날도는, 그가 오르란도임에 틀림없다는 생각이 들었다. 하지만 오르란도가 어떻게 해서 구속에서 풀려났는지는 상상이 가지 않았다. 그래서 호기심을 충족시키기 위해 싸움의 현장으로 가보기로 결심했다. 플로르델리스는 오르란도와 플로리스마트를 찾기를 바라는 마음에서 그와의 동행에 동의했다.

이런 일이 진행되고 있는 동안 타르타르 군대는 아그리칸 왕의 죽음으로 인해 완전히 패배하여 지리멸렬한 상태에 빠져있었다. 갈라프론 왕은 자신의 수도 알브라카를 구하기 위해 군대를 이끌고 적의 진지를 공격하여 큰 성공을 거두었다. 한편 전투 현장에 도착하여 구경꾼처럼 싸움을 구경하던 리날도는 갈라프론의 눈에 띄였다. 갈라프론 왕이 아르갈리아를 파리에 보내면서 함께 준 말 라비칸을 즉시 알아보았던 것이다. 갈라프론은 지금 그 말을 타고 있는 사람이 아르갈리아를 살해했을 것이라고 생각하고,

혼신의 힘을 다해 리날도에게 덤벼들며 공격을 했다. 리날도 역시 신속하게 반격했다. 왕의 추종자들이 즉시 왕을 에워싸고 두 투사를 떼어놓지 않았더라면 왕은 어려운 지경에 빠졌을지 모른다.

이런 이유로 리날도는 얼떨결에 자신의 선택과는 무관하게 아무 관심도 없는 안젤리카의 적의 편에 들어가게 되어, 증오의 샘물에서 채운 갈증이 주는 적개심을 그녀에게 갖게 되었다.

며칠 동안 싸움이 중요한 결과 없이 계속되면서, 리날도는 안젤리카 진영의 가장 용감한 기사들을 맞이하여 차례대로 패배시켰다. 마침내 리날도는 오르란도와 결전을 벌이게 되었다. 두 무사는 각자가 선택한 대의명분을 위해 서로를 질책하며 맹렬하게 결투를 벌였다. 오르란도는 리날도의 말 베이야드를 타고 있었다. 아그리칸이 우연히 소유하게 된 그 말을 다시 오르란도가 그와 싸워 이긴 승리의 상품으로 얻은 때문이었다. 그런데 베이야드가 자기 주인에 대항하여 싸우려고 하지 않았기 때문에 오르란도는 불리한 상황에 놓이게 되었다. 그때 갑자기 리날도는 아스톨포를 보았다. 전에 리날도를 좋아하여 리날도 편에 선 경험이 있는 아스톨포가, 리날도를 돕기 위해 오르란도를 버리고 그에게 달려오고 있었다. 하지만 밤이 왔기 때문에 결투는 다음 날로 미루어졌다.

한편 마음 속으로 리날도를 사모하던 안젤리카는 리날도가 그렇게 무서운 결투를 다시 하기를 원치 않았다. 그래서 오르란도를 찾아가 자기의 부탁을 들어준다면 그의 여자가 되겠다고 약속했다. 그리고 오르란도의 약속을 받아낸 그녀는 많은 용감한 기사들이 함정에 빠져 투옥되어 있는 마녀 팔레리나의 정원을 파괴하러 지체없이 떠나라고 그에게 명령했다.

오르란도는 형편없는 행동으로 수치를 느끼고 있는 말 베이야드를 뒤에 남겨두고 자신의 말 브리글리아도로를 타고 출발했다. 안젤리카는 리날도를 달래기 위해 베이야드를 리날도에게 보냈다. 그러나 리날도는 그녀가 이전에도 여러 가지 친절한 행위를 베풀어주었을 때처럼, 여전히 마음을 움직이지 않았다.

그리고 오르란도가 출발했다는 소식을 듣고, 플로리스마트의 애인의 간청을 상기한 리날도는 자신도 그 약속을 이행하여 그녀의 애인을 마녀에게서 구해낼 준비를 시작했다. 이렇게하여 리날도와 오르란도는 서로 알지 못한 채 같은 모험길에 나서게 되었다.

팔레리나 성은 강으로 둘러싸여 보호받고 있었다. 강을 건널 다리가 하나 있었지만, 다리를 건너는 사람에게 언제나 결투를 신청하는 악당이 지키고 있었다. 하지만 악당은 힘이 매우 센지라 지금까지 행한 모든 결투에서 승리를 거두고 있었고, 그가 상대한 기사들에게서 빼앗은 무기 전리품을 해안가에 쌓아둔 것으로 그것을 알 수 있었다. 리날도 역시 그를 공격했으나 다른 사람과 마찬가지로 성공을 거두지 못했다. 교량 감시인이 쇠철퇴를 가지고 매우 격렬하게 리날도를 강타했기 때문에 쓰러지고 말았던 것이다. 그러나 악당이 리날도의 갑옷을 벗기기 위해 가까이 다가오는 순간 리날도는 그를 붙잡았다. 그래서 다리를 움직일 수 없었던 악당은 리날도와 함께 호수 속으로 뛰어들었다.

한편 안젤리카에 대한 약속을 이행하기 위해 오르란도 역시 리날도와 동일한 모험을 찾아 길을 가고 있었다. 숲을 통과하던 그는, 완전무장을 하고 말을 탄 기사가 어떤 여자를 감시하고 있는 것을 목격했다. 여자는 나무에 묶여 큰 소리로 울고 있었다. 오르란도는 그녀를 구하기 위해 급히 달려갔다. 기사는 그녀가 너무도 사악하기 때문에 마땅히 그런 운명에 처해야 한다며 그에게 간섭하지 말라고 말했다. 이에 대한 증거로 기사는 그녀에 대해 몇 가지 비난의 말을 했다. 하지만 그녀는 모든 사실을 부인했다. 오르란도는 그녀의 말을 믿고 기사에게 도전하여 그를 쓰러뜨린 후, 그녀를 나무에서 풀어주고 자기 말에 태운 채 다시 길을 떠났다.

그들이 말을 타고 이동하는 동안 다른 처녀 한 명이 조랑말을 타고 접근해 오더니, 위험이 임박했다고 경고하며 그들이 마녀의 정원에 가까이 왔음을 알렸다. 오르란도는 그 정보를 듣고 기뻐하면서, 마녀의 정원에 들어가려면 어떻게 해야하는지 알려달라고 간청했다. 그녀는 오직 해가 뜨는 새벽에만 마녀의 정원에 들어갈 수 있다면서 정원에 들어가기 위해 필요한 사항을 지시했다. 또 그에게 한 권의 책을 주었는데, 거기에는 거짓 마녀의 성과 더불어 정원, 그리고 정원 안의 모든 것이 그려져 있었다. 그리고 자신은 어떤 마술을 수행하기 위해 그 궁에 은둔한 적이 있었는데, 그 마술이란 어떤 마술도 관통할 수 있는 마술 검을 만드는 일이었다고 덧붙였다. 그렇게 마술검을 만든 목적은 마녀의 정원을 파괴하기 위해 오는 서쪽의 기사를 죽이기 위해서였는데, 그녀가 읽은 운명의 책에 의하면, 서쪽의 기사란 바로 오르란도라는 이름을 가진 기사라는 것이었다. 이렇게 말한 후 처녀는 그들을 떠났다.

오르란도는 다음 날 아침까지 행동을 연기해야겠다고 생각하고 누워 곧 잠에 빠졌다. 그에게 구조된 천한 여자는 이리저리 도망갈 궁리를 하고 있던 중, 그가 잠든 것을 보자 그의 말 브리글리아도로를 타고 두린다나 검을 훔쳐 달아났다.

오르란도는 눈을 뜨자 자신의 칼이 도난당한 것을 발견하고 분노가 치밀어 도둑을 반드시 잡겠다고 생각했다. 그러나 진실하고 훌륭한 기사들이 하듯이 모험을 포기하지는 않았다. 그는 칼 대용으로 쓰기 위해 거대한 느릅나무 가지를 하나 꺾었다. 그리고 해가 떠오름과 동시에 한 마리의 용이 지키고 있는 정원의 문을 향해 걸었다. 용을 계속 공격하여 살해한 그는 정원으로 들어갔다. 그러자 그의 뒤에서 정원의 문이 닫히며 밖으로 되돌아나갈 길을 막았다. 그는 주위를 돌아보았다. 물이 넘쳐흐르는 아름다운 연못 하나가 눈에 띄였다. 연못의 한복판에는 어떤 형상이 하나 있었는데, 그 형상의 이마에 다음과 같은 글귀가 쓰여 있었다.

"제비꽃과 장미에게 물을 주는 시냇물, 여기에서부터 마술의 궁전으로 흐르도다."

오르란도는 정원의 상쾌한 모습에 넋을 잃은 채, 흐르는 시냇물을 따라 궁전에 도착하여 안으로 들어갔다. 궁전 안에는 흰 옷을 입고 머리에 금관을 쓴 여주인이 마술 검의 표면에 자신의 모습을 비쳐보고 있었다. 오르란도는 그녀가 도망가기 전에 기습 공격을 가해 무기를 빼앗은 다음, 길게 넘실거리는 그녀의 뒷머리를 꽉 붙잡고, 포로를 석방시키고 출구를 마련해주지 않는다면 즉시 죽이겠다고 위협을 했다. 그러나 그녀는 자신의 목적에 대해 확고한 태도를 보이며 아무 대답을 하지 않았다. 오르란도는 위협이나 간청으로는 그녀의 마음을 움직일 수 없다는 것을 깨닫고, 부득이 그녀를 너도밤나무에 묶어놓고 탐색을 계속하지 않을 수 없었다.

그리고 자신이 가지고 있는 책을 이용하기로 생각하고 책을 들여다 보았다. 남쪽으로 출구 하나가 있었으나 그 출구에 도달하기 위해서는, 너무나 매혹적이어서 듣는 사람은 누구도 물리칠 수 없는 노래를 부르는 마녀 사이렌이 거처하는 호수를 통과해야 했다. 그러나 책은 그런 위험에 대비하여 방어하는 법도 적어놓고 있었다. 그 가르침에 따라 그는 길을 따라 걸어가면서 사방에 피어있는 꽃을 많이 따가지고 귓속을 채우고는 새소리가 들리는지 귀를 기울여보았다. 딱 벌린 주둥이, 부풀어 오른 목구멍, 그리고 곤두선 깃털을 하고 있는 새들이 눈에 들어오기는 했으나 소리는 전혀 들리지 않았다. 그는 자기 방어에 만족을 느끼며 호수 쪽으로 나아갔다. 호수는 작지만 깊었고 매우 맑고 조용했으며 밑바닥까지 들여다보였다.

그가 호수의 둑에 도착하자 콸콸거리며 흐르는 물이 보였다. 연못 한 복판에서는 사이렌이 일어선 채 너무나도 감미롭게 노래를 부르고 있었기 때문에, 새와 짐승들이 노래 소리를 듣기 위해 물가로 떼지어 모여들었다. 오르란도는 아무 소리를 듣지 못하면서도 그 마력에 굴복한 척 하며 호수의 둔덕에 털썩 주저앉았다. 그러자 사이렌은 그를 죽이려고 물에서 나왔다. 오르란도는 그녀의 머리카락을 잡고, 사이렌이 더욱 큰 소리로 노래를 (노래는 그녀의 유일한 방어수단이기 때문에) 부르는 것에 아랑곳 하지 않은 채 그녀의 머리를 잘라버렸다. 그리고 책이 지시한 대로, 그 피를 자신의 온몸에 발랐다.

이런 부적의 보호 속에서 그는, 마녀와 그녀의 정원을 지키고 있는 괴물들을 차례로 만나 성공적으로 처리했다. 그러나 그는 곧 자신이 너도밤

나무에 묶어놓은 포로 마녀가 있는 곳에 있음을 발견했다. 그러나 풍경이 바뀌었다. 정원은 사라졌고, 좀전에 그리도 거만하던 팔레리나가 자비를 간청하며 얼마나 많은 생명들이 자신의 목숨에 달려있는지 설명하며 살려달라고 애걸을 하는 것이었다. 오르란도는 그녀가 포로를 석방하겠다는 서약을 한다면 목숨만은 살려주겠다고 약속했다.

그러나 그것이 그리 쉬운 일은 아니었다. 포로들은 그녀가 맡고 있는 것이 아니라 훨씬 강력한 마녀이자 호수의 여신인 모르가나의 손아귀에 있었다. 팔레리나는 포로 석방의 약속을 지키는 일이 모르가나에 대항해야 한다는 의미임을 알기 때문에 얼굴이 창백하게 질려 있었다. 팔레리나는 오르란도에게 포로를 석방하는 일의 위험을 설명하면서 모르가나의 집으로 그를 안내했다. 그녀의 집으로 가는 도중에도 오르란도는 리날도를 포함한 많은 기사들과 싸워 그들을 포로로 만든 무례한 다리지기와 싸워야 했다. 다리지기는 아주 잔인한 성격을 가진 아리다노라는 이름의 촌뜨기였다. 모르가나가 다리지기에게 뚫을 수 없는 갑옷과, 대적하는 적수들을 물리칠 수 있는 힘이 넘쳐나게 하는 음식을 제공하고 있었다. 그와 싸워 이긴 사람은 아무도 없었다. 물 속에서도 자유롭게 숨을 쉴 정도로 그의 인내심이 대단했기 때문이었다. 그래서 그는 어느 기사라도 붙잡기만 하면 호수 바닥까지 끌고가, 승리의 표시로 기사의 무기를 가지고 수면 위로 솟아올랐다.

팔레리나가 반복해서 주의와 충고를 주는 동안, 오르란도는 악당이 뺏은 전리품들 가운데 리날도의 무기가 세워져 있음을 보고, 그와 나눈 최근의 언쟁을 모두 잊기로 생각하고 친구의 복수를 하기로 결심했다. 오솔길에 도착하자 시골뜨기가 길을 가로막았다. 두 사람 사이에 필사적인 결투가 벌어졌다. 팔레리나는 이 틈을 이용하여 도망을 쳤다. 시골뜨기는, 무기로 하는 싸움에서 강적을 만났다는 생각이 들어, 그를 붙잡고 호수 속으로 뛰어들었다. 호수 밑바닥에 도착한 오르란도는 또 하나의 세계를 볼 수 있었다. 호수는 건조한 풀밭 위에 세워져 있었고 태양광선이 호수 물을 관통하여 빛났으며, 물은 마치 수정으로 만든 벽처럼 서 있는 것 같았다. 여기서 다시 결투가 시작되었다. 오르란도는 지금까지 그 누구도 갖지 못했던 마술 검의 이점을 가지고 있었다. 게다가 그 검은 어떤 주문도 무용지물이 되도록 팔레리나가 담금질을 한 것이었다. 이렇게 무장한 오르란도는 월등한 기술로 촌뜨기의 힘을 제압하고는 곧 그를 죽여 들판에 던져버렸다.

그리고 오르란도는 급히 서둘러 공기가 있는 윗쪽으로 올라왔다. 물을 통과할 때는 그의 앞에서 통로가 열렸기 때문에 (마술검의 힘은 그렇게 대단했다), 그는 곧 해안에 상륙하여, 하늘의 별과 같이 보석이 두껍게 덮혀있는 들판으로 나왔다.

오르란도는, 모험을 미루고 온통 주위에서 찬란하게 빛나는 보석을 모으고 싶다는 유혹을 물리치면서 들판을 가로질렀다. 그리고 다음에는 과일과 꽃으로 뒤덮이고 나무가 가득 심어져 있으며 기쁨이 넘쳐 흐르는 초원을 통과했다.

초원 한복판에는 연못이 있었는데 그 옆에 모르가나가 곤히 잠자고 있었다. 그녀는 희고 주홍빛이 나는 옷을 입은 아름다운 얼굴의 여인으로, 앞이마는 머리카락으로 잘 장식되어 있었지만 뒤통수에는 머리카락이 거의 없었다.

오르란도가 말없이 그녀의 아름다움을 주의 깊게 관찰하고 있는 동안,

어떤 목소리가 외치는 소리가 들렸다. "성공하고 싶으면 요정의 앞머리를 잡아라." 그러나 오르란도는 다른 풍경으로 인해 관심이 흐트러져 경고의 외침에 신경을 쓸 수 없었다. 탑과, 높은 뾰족탑과 기둥, 발코니와 창문이 있는 궁전이 나무가 있는 오솔길로 연장되어 있는 풍경이 갑작스럽게 시야에 들어왔던 것이다. 그것은 그가 지금까지 본 것을 능가하는 웅장함이 깃든 건축물이었다. 그가 조용히 경탄하며 말없이 서서 그것을 바라보는 동안 풍경은 신기루처럼 천천히 녹아 사라졌다.

그는 놀라움에서 정신을 회복하고 다시 연못 쪽으로 시선을 돌렸다. 요정은 눈을 뜨고 일어나 노래에 박자를 맞추며 잎처럼 가볍게 연못 주위를 돌면서 춤을 추고 있었다.

"누가 이 세상의 부(富)와 보물을 나누어 가질까?
명예, 즐거움, 지위, 최상의 것을?
내 앞이마에서 휘날리는 머리카락을 잡아라, 그리고 복받으라.
주어지는 선물을 거절하지 못하도록 내버려두게나.
달아나는 복을 붙잡지 못하고 놓칠 때까지.
지금 잃어버린 것을 내일은 헛되이 좇으리니."

요정은 이렇게 노래를 하고는 껑충껑충 뛰어서 꽃이 만발한 초원에서 도망쳐 접근이 불가능한 높은 산으로 올라갔다. 오르란도는 가시와 바위를 뚫고 그녀의 뒤를 좇아갔으나, 하늘에 점차 구름이 몰려오면서 마침내는 폭풍우와 번개와 우박의 공격을 받기에 이르렀다.

그가 이렇게 그녀의 뒤를 쫓는 동안, 창백한 얼굴의 깡마른 여자가 회초리를 들고 그 앞에 나타나 그를 세차게 때렸다. 그리고 말하기를 자신의 이름은 리펜터스(후회라는 뜻)로, 프루던스(신중함이라는 뜻)의 목소리에 복종하지 않고 게으름을 피우다가 포춘(행운이라는 뜻)을 놓치는 사람을 벌주는 것이 자신의 임무라는 것이었다.

이런 징벌에 화가 난 오르란도는 자신을 괴롭히는 여인에게 덤벼들었지만, 그의 타격은 허공을 공격하는 것이나 마찬가지였다. 그래서 그녀에게 대항하는 일이 쓸데없는 짓임을 알게 된 그는 다시 요정을 추적하여 그녀를 따라잡았다. 그리고 그녀의 희고 주홍빛이 나는 옷을 잡아채려고 했지만 계속해서 그의 손아귀에서 빠져나갈 뿐이었다. 마침내 그녀가 머리를 돌리자, 그는 바로 그 순간 그녀의 앞머리를 붙잡았다. 그러자 폭풍우가 멈추며 하늘이 고요해지더니 리펜터스도 자기 동굴로 물러갔다.

오르란도는 모르가나에게 감옥 열쇠를 요구했다. 요정은 기분좋은 듯한 태도로 은(銀)으로 만든 열쇠 하나를 건네주면서 주의해서 사용해야 할 것이라고 경고했다. 자물쇠가 망가진다면 그는 물론이고 틀림없이 모든 것이 파멸되리라는 것이었다. 오르란도 백작을 한참 동안 명상하게 만든 경고는 다음과 같았다.

> "처녀에게 치근대는 구혼자 중 행운의 열쇠를 사용할 줄 아는 사람은 참으로 적구나!"

오르란도는 요정의 앞머리를 계속해서 단단히 붙잡고 감옥으로 가, 염

려했던 불행한 일을 일으키지 않고 열쇠를 돌려 포로들을 구해냈다.

구조된 사람 중에는 플로리스마트, 리날도 뿐만 아니라 프랑스의 가장 용감한 기사들이 상당 수 있었다. 모르가나는 그렇게 사라지고, 기사들은 오르란도의 안내를 받으며 그가 왔던 길로 들어섰다. 이윽고 그들은 보물의 들판에 도착했다. 리날도는 재물 가운데 있게 되자, 몽탈반의 가난한 수비대 생각이 떠올라 이 전리품의 일부를 갖고 싶은 유혹을 물리칠 수 없었다. 특히 다이아몬드가 박혀있는 금사슬을 물리치기는 너무나 벅찬 것이어서, 오르란도의 충고에도 불구하고 그것을 몰래 손에 넣었다. 하지만 그가 문에 다가가자 강풍이 불어 그를 빙글빙글 돌리더니 출발 지점으로 그를 다시 돌아가게 만들었다. 이런 일이 두 세 번 반복되었기 때문에 마침내 리날도 역시 어쩔 수 없이 전리품을 던져버렸다.

이윽고 다리에 도착한 그들은 아무 방해 없이 다리를 건너, 자신들이 빼앗긴 무기로 만들어진 승리의 기념물을 발견하고 각자의 무기를 되찾았다. 그리고 12용사와 그 친구들을 제외하고는 모두들 각자의 임무가 있는 곳으로 길을 떠났다. 구조를 받은 기사 중 하나인 덴마크인 두돈은 사촌들에게 자신이 모르가나의 포로가 된 이야기를 들려주었다. 그는 샤를마뉴의 대사직을 수행하던 중, 샤를마뉴로부터 기독교 국가를 지키기 위해 귀국 요청을 받고 돌아가던 길에 붙잡혔다는 것이었다. 오르란도는 안젤리카에게 홀딱 반해 있어서 샤를마뉴의 소환에 응할 수 없었기 때문에, 자신을 떠나지 않으려고 하는 충직한 플로리스마트를 데리고 알브라카 성으로 돌아갔다. 리날도, 두돈, 이롤도, 프라실도를 포함한 다른 기사들은 서쪽으로 길을 떠났다.

5

프랑스 침공

아프리카의 왕, 아그라만트는 가신과 군주를 소집하여 회의를 열었다. 그는 자신이 프랑스에서 입었던 부상을 그들에게 상기시키며, 샤를마뉴와 행한 전투에서 자기 아버지가 쓰러졌다는 것과, 지금까지 과거의 패배의 오점을 해소하지 못했다는 점을 꼬집었다. 다시 프랑스를 침공하여 전쟁을 벌이자는 제안이었다.

가장 현명한 고문관인 소브리노는 전쟁 계획의 경솔함을 설명하며 반대를 표시했다. 그러나 알제리아의 젊고 불같은 로도몬트 왕은, 소브리노의 조언을 비열하고 비겁한 것으로 비난하며 큰 소리로 어서 전쟁을 하자고 주장했다. 나이에 비해 존경스럽고, 예지로 유명한 가라만테스의 왕이 중간에 나서, 프랑스의 강력한 기사들과 필적할 수 있는 젊은이가 없다면 전쟁은 실패할 것이라고 말하며, 트로이의 용사이자 헥토르의 직계인 젊은 로게로를 그런 젊은이의 예로 들었다. 로게로 왕자는 수양 아버지이자 강력한 마술사인 아트란티스와 함께 카레나 산속에서 은둔 생활을 하고 있었다. 아트란티스는 마법의 힘을 통해, 만일 로게로가 세상 사람들과 어울리게 되면 그를 잃게 될 것임을 알고 있었다. 아트란티스의 마법을 무용하게 만들고 로게로를 은둔 생활에서 끄집어내는 방법은 단 한 가지 뿐이었다. 그것은 모든 마법에 효력을 발휘하는 부적인, 카테이의 공주 안젤리카가 소유하고 있는 반지였다. 이 부적만 있다면 만사가 잘 될 수 있었다. 그러나 반지 없이는 모험은 절망적이었다.

로도몬트는 늙은 예언자의 말에 코웃음을 쳤다. 만일 늙은 왕이 세월의 무게에 의지하여 예언을 재확신하는 행동을 보이지 않았다면, 아마도 의회는 예언자의 말을 중요하게 생각하지 않았을지 모른다. 하지만 그의 행동이 회의 참석자들에게 너무나 강력한 인상을 주었기 때문에, 모든 사람들은 로게로를 자기들의 진영에 끌어들일 때까지 전쟁을 연기하자는데 동의했다.

이에 따라 아그라만트 왕은 안젤리카의 반지를 얻어오는 사람에게 한 왕국의 주권을 부여하겠다고 선포했다. 아프리카 전역에서 가장 명석한 브루넬로라는 난쟁이가 반지를 찾아오겠다고 나섰다.

그는 계획을 실행하기 위해 안젤리카의 왕국으로 가는 길을 잘 이용하여 마침내 알브라카 성벽 아래에 도착했다. 성채 앞에는 포위공격을 하고 있는 군대가 진을 치고 있었다. 성의 수비대가 벌어지고 있는 전투에 온 신경을 쏟고 있는 틈을 이용하여, 그는 성벽에 올라가 아무도 모르게 공주에게 접근해서는 그녀의 손가락에서 살짝 반지를 뽑아내어 달아났다. 그리고 급히 해변으로 가서, 미리 준비해 놓은 배에 올라타고 아프리카의 비세르타에 도착했다. 그곳에는, 아트란티스의 마술을 깨트리고 로게로를 손에 넣을 수 있는 부적을 기다리며 안달하고 있는 아그라만트 왕이 기다리고 있었다. 난쟁이가 자기 앞에 무릎을 꿇고 반지를 증정하자, 아그라만트 왕은 그의 성공적인 임무 완결에 기뻐하며 보답으로 그를 린기타나의 왕으로 책봉했다.

이제 누구나 다 로게로를 찾아나서고 싶어했다. 그래서 기병대가 출발하여 곧 카레나 산에 도착했다.

이 산기슭 아래에는 큰 강에서 물을 공급받아 열매를 주렁주렁 달고 있는 나무들이 많은 평야가 있었다. 산 꼭대기로는 아름다운 정원이 딸린 아트란티스의 대저택이 보였다. 그러나 전에는 보이지 않던 것을 보게 해준 마술의 반지도, 비록 낙원을 보여주기는 했으나 아그라만트와 그의 추종자들이 그 안에 들어가게 해줄 수는 없었다. 바위는 너무 가파르고 매끄러워서, 바위로 올라가려는 브루넬로의 시도는 번번히 실패로 끝났다. 그렇다고 그가 그런 장애 때문에 임무를 달성하는 일에 절망한 것은 아니었다. 그는 아그라만트의 동의를 얻어, 조신(朝臣)과 기사들로 하여금 산 아래 평야에서 마상시합을 하게 했다. 그것은 로게로를 요새에서 유인하기 위한 것이었다.

마침내 로게로가 마상시합에 참가하게 되었고, 아그라만트로부터 프론티노라는 훌륭한 말과 매우 좋은 칼 한 자루를 선물로 받았다. 아그라만트가 프랑스를 침략하고자 한다는 말을 듣고, 자신도 그 원정에 참가하겠다고 쾌히 승락했다.

한편 너무나 성급한 마음에 아그라만트가 하는 일을 마냥 기다릴 수 없었던 로도몬트는 가능한 모든 군대를 동원하여 프랑스 해안에 상륙했다. 그리고 몇 전투에서 기독교 군대를 패배시키는데 성공을 거두었다. 그러나 이보다 앞서 오르란도와 샤를마뉴의 조카들의 적이자 반역자인 가노(때로는 가네론이라고도 부른다)는 스페인의 사라센 왕인 마르실리우스를 프랑스로 초대하여 그와 반역의 서신왕래를 하고 있었다. 이런 외부의 격려에서 힘을 얻은 마르실리우스는 군대를 이끌고 국경을 넘어 로도몬트와 합류했다. 이것이 리날도와 다른 기사들이 두돈의 소환을 받고 프랑스로 귀국하고 있는 이유였다.

리날도의 일행이 헝가리의 부다에 도착했을 때, 헝가리 왕은 샤를마뉴를 돕기 위해 아들 오타치에로를 군대와 함께 급파하려 하고 있었다. 헝가리 왕은 리날도 일행의 도착을 기뻐하며 리날도의 휘하에 아들과 군대를 맡겼다. 곧 군대는 프랑스 국경에 도착하여 롬바르디아의 왕 데시데리우스와 합세하여 프로방스로 진군했다. 이 연합군이 행군을 시작한 지 며칠 되지 않아 그들은 작은 산 뒤에서 로도몬트가 이끄는 회교도 군대와 기독교 군대 사이의 전쟁을 알리는 북과 나팔 소리가 울려퍼지는 것을 들었다. 리날도는 그 산에서 로도몬트의 용맹스런 행동를 잠시 직접 지켜본 뒤, 군대를 친구들에게 맡기고 창을 꽂은 뒤 말을 타고 그를 향해 달려나갔다. 충동을 참을 수 없었던 것이다. 로도몬트는 말을 타고 있지 않았다. 그러나 리날도는 그런 유리한 입장을 이용하고 싶지 않아서 언덕으로 다시 돌아와 베이야드를 매놓고, 결투를 위해 맨발로 걸어 그에게 다가갔다.

그러는 동안 전투는 전면전이 되어 헝가리군은 패배를 맛보았다. 리날

도는 돌아와 오타치에로는 부상을 당했고 두돈은 포로가 되었다는 소식을 듣고 굴욕을 맛보았다. 그가 결투를 재개하기 위해 로도몬트를 찾아나선 동안 다시 새로운 북과 나팔 소리가 들려왔다. 샤를마뉴 자신이 주력군을 이끌고 전투대열을 유지하며 전진해 온 것이었다.

이것을 본 로도몬트는 두돈의 말을 타고 맨발로 서 있는 리날도를 버려둔 채 새로 나타난 적을 향해 돌진해 나갔다.

이 무렵 로게로를 동반한 아그라만트도 프랑스 상륙에 성공하여 자신의 군대를 로도몬트의 군과 합류시키고 있었다. 로도몬트는 자신이 두각을 나타낼 수 있는 첫 기회를 기꺼이 받아들여 가는 곳마다 프랑스의 가장 용감한 기사들을 차례로 대적하여 패배시키면서 공포의 대상이 되었다. 마침내 그가 리날도와 마주서게 되었다. 리날도는 앞서 이야기한대로 갑작스런 방해를 받고 자기를 놔두고 다른 곳으로 달려가는 로도몬트를 보고, 자신은 말을 타고 있지 않았기 때문에 그를 뒤쫓아 갈 수 없어서 적에게 돌아와 결투를 끝내자고 고함을 친 적이 있었다. 그때 로게로는 리날도처럼 말을 타지 않고 맨발로 서 그것을 지켜보고 있었다. 그리고 기독교 기사 리날도가 열렬히 결투를 하고 싶어하는 것을 보고, 로도몬트 대신에 자기가 나서면 어떻겠느냐고 그에게 물었다. 리날도 역시 이 무어족의 군주가 상대할 만한 가치가 있다는 생각이 들어 그의 도전에 기꺼이 응했다. 얼마 동안 전투가 격렬하게 진행되었다. 그러나 전세가 이교도군에게 결정적으로 유리하게 되어가면서 샤를마뉴 군대는 만회할 수 없는 혼란으로 도처에서 후퇴를 하기 시작했다. 두 결투자 역시 도망자와 추적자 무리에 밀려 서로 갈라지고 말았다. 전쟁의 혼란 속에서 베이야드가 달아나는 바람에 서둘러 말을 회수해야 했던 리날도가 말을 뒤쫓아 울창한 숲속으로 들어갔기 때문에 어쩔 수 없이 로게로와 헤어져야 했던 것이다.

로게로 역시 그런 혼란 속에서 자신의 말을 찾다가 두 용사가 목숨을 걸고 싸우고 있는 곳에 오게 되었다. 그는 두 용사가 누구인지는 알 수 없었지만 적어도 한 사람은 회교도이고 다른 한 사람은 기독교도라는 것 정도는 식별할 수 있었다. 두 사람의 진지한 태도에 감동한 로게로가 그들에게 다가가 외쳤다. "두 분 중 그리스도를 섬기는 분은 잠깐 싸움을 멈추고 제 말을 듣기 바랍니다. 찰스의 군대가 패배하여 후퇴하고 있습니다. 찰스를 따라가고자 한다면 지금 이렇게 지체할 시간적 여유가 없다고 봅니다."

기독교 용사는 다름아닌 브라다만테로 용맹성에 있어서 최고의 기사와 필적할만한 여사 용사였는데, 그녀는 그 소식을 듣고 마치 벼락을 맞은 것처럼 깜짝 놀라 결투를 마무리짓지 않고 기꺼이 들판을 떠나려 했다. 그러나 적수인 로도몬트가 그것에 결코 동의하지 않으려 했다. 그런 그의 무례함에 분노한 로게로는 그녀에게 떠나라고 주장하며 자신이 로도몬트와의 싸움을 떠맡았다.

그러나 고집스럽게 계속되던 두 사람의 싸움은 브라다만테가 돌아옴으로써 중단되었다. 그녀는 후퇴하는 군대를 따라잡을 수도 없었고 결투의 부담과 위험을 다른 사람에게 떠넘기고 싶지도 않았기 때문에, 다시 결투를 하기 위해 돌아왔던 것이다. 그러나 그녀가 돌아와보니 그녀를 옹호하던 로게로가 적수에게 강력한 타격을 가해 칼과 고삐를 땅에 떨어뜨리게 만들어버린 참이었다. 적의 무방비 상태를 이용하기를 경멸하는 로게로는 말 위에 앉아 있었고, 로도몬트를 태운 말은 정신없이 들판을 이리저리 뛰어다니고 있었다.

브라다만테는 로게로가 그렇게 관용을 보이는 것에 용기를 높이 사고 그에게 다가갔다. 그리고 자기 때문에 싸움에 개입한 그에게 적을 맡기고 떠난 것을 양해해 달라고 말하면서, 그녀가 그렇게 한 것은 군주에 대한 의무 때문이었다고 덧붙였다. 그녀가 그런 말을 하고 있는 동안 로도몬트는 정신을 차리고 말을 타고 다시 그들에게 다가왔다. 그러나 그의 태도는 달라져 있었다. 예의상 이미 정복한 군대의 사람과 결투를 계속할 수 없다며 더 이상의 결투에 대한 생각을 접었던 것이다. 그는 그렇게 말하며 칼을 집어 들고는 말에 박차를 가하여 그들의 시야에서 급히 사라졌다.

이제 브라다만테도 다시 들판에서 물러가고자 했다. 하지만 아직 그녀의 성별 정체를 알지 못한 로게로는 그녀와 함께 동행을 하겠다고 주장했다.

그리하여 함께 길을 가면서 그녀는 자기 옆에서 걷고 있는 동료의 이름과 신분을 물었다. 로게로는 자신의 나라와 가문에 대해 알려주었다. 트로이의 헥토르 아들인 아스트야낙스가 시실리에 메시나 왕국을 건설했는데, 그로부터 현재의 유명한 가문의 기원이 된 두 개의 가문이 생겨나왔고, 그 한 가문이 페펭과 샤를마뉴 왕족이고 다른 한 가문이 이탈리아의 레기오 왕족이라는 것이었다. "레기오 왕족에서 제가 나왔지요"라고 그가 말을 이었다. "어머님은 전쟁으로 인해 집을 잃고 나를 낳다가 돌아가셨지요. 그런데 어떤 현명한 마술사가, 사막과 추격의 위험에도 불구하고, 나를 맡아 데려다가 무예를 가르쳤지요."

말을 끝낸 로게로는 그녀에게 자기처럼 그녀의 가문의 내력을 말해달라고 간청했다. 그러자 그녀는 아무 꾸밈없이, 자신이 클레르몬트 가문 출신이며, 아마 그도 들어 이미 그 명성을 알고 있을지도 모를 리날도의 자매라고 대답을 해주었다. 그 정보에 감동이 된 로게로는 그녀에게 투구를 벗어보라고 간청했다. 그리고 그녀의 얼굴을 보자 기쁨에 넘쳐 어찌할 바를 몰랐다.

두 사람이 그런 생각에 몰두해 있는 동안, 뜻하지 않은 위험이 그들을 엄습했다. 후퇴하고 있는 기독교군인들을 체포하기 위해 숲속에 잠복해 있던 사람들이 두 사람에게 달려들었던 것이다. 투구를 쓰고 있지 않던 브라다만테는 머리에 부상을 입고 말았다. 로게로는 이 공격에 화가 치밀었고, 브라다만테도 다시 투구를 쓰고 로게로와 합세하여 신속하게 적들에게 보복을 가했다. 그들은 적을 들판에서 몰아냈다. 하지만 계속해서 적을 추격하다가 도중에 서로 헤어지고 말았다. 로게로는 추격을 중지하고, 눈 앞에 나타나자마자 잃어버린 그녀를 찾아 산과 계곡을 두루 헤매고 다녔다.

그녀를 찾아다니는 동안 그는 우연히 만난 두 명의 기사에게 합세하고, 브라다만테의 무기를 설명하면서 자기 동료를 찾도록 도와달라고 부탁했다. 하지만 그는 어떤 질투심에서 그들에게 그녀의 성별을 말하지 않고 숨기고 있었다.

그들이 서로 합류한 것은 밤이었다. 밤새도록 말을 탔기 때문에 이제 동이 트기 시작했다. 낡이 밝아오자 로게로의 방패에 시선을 두게 된 한 기사가 로게로에게 무슨 권리로 트로이의 문장을 지니고 다니느냐고 답변을 요구했다. 로게로는 자신의 출신과 가문을 큰 소리로 말하고 나서 질문을 한 기사에게 자신이 지니고 있는 헥토르의 문장을 어떻게 알아보았느냐고 되물었다. 기사는 "나는 오르란도가 비열하게 살해한 카르타르 왕국의 아그리칸 왕의 아들 만드리카르도입니다. 그는 아버지를 비열하게 죽였지요. 정정당당하게 싸웠다면 그렇게 할 수는 없었을 겁니다. 나는 아버지의 원수를 갚고, 오르란도의 것이 아니라 나의 것인 유명한 칼 두린다나를 빼앗고자 프랑스에 왔습니다"라고 대답했다. 그 말을 들은 두 기사는 그에게 무슨 권리로 두린다나를 자신의 것이라고 주장하느냐고 따져 물었다. 그러자 만드리카르도가 자신의 내력을 말했다.

"아버님께서 돌아가시기 전에는, 저는 거칠고 무모한 젊은이였습니다. 아버님의 죽음이 저를 자각하게 하여 아버님의 복수를 해야한다고 생각하게 되었지요. 나 자신의 노력으로 복수를 하겠다고 결심하고 이렇게 수행원이나 말이나 무기도 없이 길을 떠났습니다. 그렇게 홀로 도보 여행을 하던 어느 날 연못 가까이에 세워져 있는 큰 천막을 발견했습니다. 모험 삼아 그 안으로 들어갔지요. 그 안에서 우아하게 생긴 처녀를 만났습니다. 처녀가 나의 질문에 대답을 해주더군요. 그 연못은 어느 요정이 만든 것으로 요정의 성이 이웃 언덕 너머에 있다는 겁니다. 그곳에서 요정은 많은 기사들이 얻으려고 노력하다가 생명이나 자유를 잃은 어떤 보물을 감시하고 있다고 합니다. 그 보물은 아킬레스가 교활하게 살해한 트로이의 왕자, 헥토르의 갑옷이지요. 헥토르의 칼 두린다나만 없을 뿐 모든 것이 완벽하답니다. 두린다나는 펜티실리아라는 어느 왕비의 수중에 들어갔는데, 다시 그녀의 후손들을 통해 알몬테스에게 들어갔고, 오르란도가 알몬테스를 살해하여 그 칼을 소유하게 되었지요. 헥토르의 나머지 무기들은 에니아스가 모아 간직하고 있다가 요정이 봉사를 해 준 대가로 그것들을 요정에게 준 것이지요. '만일 그 무기들을 얻을 용기가 있다면 제가 안내해드리지요'라고 처녀는 덧붙이더군요."

만드리카르도는 처녀의 제안을 흔쾌히 수락하고 그녀에게서 말과 갑옷을 제공받아 여인과 함께 모험의 길을 떠나게 되었다며 말을 계속했다.

그들이 말을 타고 갈 때 처녀는 모험의 위험을 설명했다. 헥토르의 갑옷은 손에 넣으려고 시도했지만 성공하지 못하고 대신 요정의 포로가 된 많은 모험가들이 매일 교대로 지키도록 강요받고 있다는 것이었다. 마침내 그들은 금으로 뒤덮힌 설화석고(雪花石膏) 성에 도착했다. 성 앞의 잔디밭에 무장한 기사가 말을 타고 있었는데, 그는 다름아닌 세리카네의 왕 그라다소였다. 그는 프랑스에 침입했으나 성공하지 못하고 귀국을 하다가, 요정의 마술에 빠져 감금되어 요정의 명령을 따르고 있었다. 만드리카르도는 그를 보자마자 투구의 면갑을 벗어 땅에 떨어뜨리고 창을 창받침에 꽂았다. 성을 지키는 투사도 싸울 준비를 하여, 두 투사는 서로를 향해 돌진했다. 똑같은 힘으로 서로 싸우다가 두 사람의 창이 모두 부러지고 말았다. 그러자 이번에는 다시 칼을 들고 결투를 계속했다. 결투는 오래 지속되었고 결과는 알 수 없었다. 이에 결투를 끝내고자 결심한 만드리카르도가 그라다소를 양팔로 붙잡았다. 그래서 두 사람 모두 땅에 떨어지고 말았다. 그러나 만드리카르도는 그라다소 위에 떨어졌기 때문에 유리한 입장이 되어 그라다소는 부득이 굴복하지 않을 수 없었다. 그러자 처녀가 개입하여 승자를 축하하고 패자를 위로했다.

다음에 만드리카르도와 처녀는 성문으로 갔다. 그러나 아무도 문을 지키고 있지 않았다. 그들이 성 안으로 들어가보니 금으로 된 벽기둥에 방패 하나가 걸려 있었다. 이 방패는 하늘색 바탕에 흰 독수리가 그려져 있었는데, 그것은 프리지아 족속의 귀감인 가니메데스를 붙잡아 달아난 주피터의 새를 기념하는 것이었다. 그 밑에 다음과 같은 두 줄의 시가 적혀 있었다.

"헥토르처럼 강하지 않은 자는
누구라도 내 방패를 만져 더럽히지 말라."

처녀는 말에서 내리고는 고개를 숙여 무기에 경의를 표했다. 타르타르 왕도 똑같이 고개를 숙여 경의를 표하고, 방패로 다가가 자신의 칼로 방패를 건드려보았다. 그러자 지진이 난 듯 땅이 흔들리며 그들이 성 안으로 들어왔던 길이 막혀버렸다. 이어 맞은편에 있는 다른 문이 열리더니 금으로 된 줄기와 낱알이 가득찬 들판이 보였다. 그러자 처녀가 그에게 눈앞의 곡식을 잘라내고 들판 한복판에 있는 나무 하나를 뽑아내는 것이 그곳에서 빠져나갈 방법이라고 말했다. 만드리카르도는 아무 대답도 하지 않고 칼로 수확물을 베기 시작했다. 그러나 칼을 채 세 번도 내려치기 전에 모가지가 잘려진 줄기들이 맹독성의 흉악한 동물로 변해 그를 공격할 태세를 갖추었다. 만드리카르도는 처녀의 지시를 받고 돌멩이 하나를 냉큼 집어서 이 동물 무리 한가운데로 던졌다. 그러자 이상한 기적이 발생했다. 돌멩이가 짐승들 사이에 떨어지자 짐승들이 분노를 서로에게 돌려 서로 갈기갈기 찢고 싸우기 시작했다. 만드리카르도는 그런 기적에 전혀 놀라지 않은 채 하던 일을 계속하면서 나무를 뿌리째 뽑을 준비를 했다. 그는 나무 줄기를 양손으로 부둥켜 안고 뿌리째 뽑아올리려고 혼신의 노력을 기울였다. 그러나 그가 힘을 한번 쓸 때마다 나뭇잎들이 소나기처럼 떨어지더니 즉시 맹금으로 변해서 끔찍한 비명 소리를 지르며 날개로 기사의 얼굴을 때리고 공격했다. 하지만 그는 여전히 낙담하지 않고 나무 뿌리를 뽑기 위해 위로 잡아당겼다. 순간 갑자기 바람이 불고 천둥이 치더니 매와 독수리들이 소리를 지르며 날아가버렸다.

하지만 새로운 적이 다시 나타났다. 나무를 뽑아낸 구멍에서 사나운 뱀 한마리가 나와 만드리카르도의 손발을 으깰 듯이 칭칭 감았다. 그러나 운명이 다시 그의 친구가 되었다. 뱀 모양의 괴물에 감겨 몸부림치던 그가 뒤쪽의 나무 구멍으로 떨어졌는데, 그것이 그의 몸무게에 눌려 압사하고 말았던 것이다.

만드리카르도는 어느 정도 정신을 회복하고 뱀이 죽었음을 확인하자, 자신이 떨어진 구덩이를 주의깊게 관찰했다. 그곳은 불타는 석탄으로 빛을 발하고, 값비싼 금속으로 장식된 둥근 돔 모양의 구덩이였다. 구멍 한복판에는 상아로 된 무덤이 있었는데, 그 무덤 위에 갑옷을 입은 것 같은 기사의 형상이 있었다. 그러나 사실은 칼을 빼고는 모든 것이 그대로인 헥토르의 값지고 귀중한 무기로 이루어진 전리품 동상이었다. 만드리카르도가 그것을 천천히 보고 있는 동안 그의 뒤에 있는 문이 열리더니 한 무리의 처녀들이 들어와 춤을 추면서 갑옷과 투구를 하나씩 집어들고 그를 방패가 매달려 있는 곳으로 안내했다. 그곳에 성의 요정이 당당한 자세로 앉아있었다. 그녀는 그가 싸워 획득한 무기들을 하사했다. 그는 오르란도로부터 빼앗아야 하는 두린나다 검 이외에는 결코 다른 칼을 휴대하지 않겠다고 맹세를 하고 헥토르의 무기를 찾는 모험을 끝마쳤다.

6

프랑스 침공(속편)

만드리카르도는 이야기를 끝내고, 시선을 로게로에게 돌려 누가 더 트로이 기사의 상징물을 소유하기에 합당한지 결투로 결정하자고 제의했다.

로게로는 그의 적수가 칼을 가지고 있지 않다는데 양심의 가책을 느끼는 것을 제외하면, 그의 제안에 별다른 반대를 느끼지 않았다. 만드리카르도는, 두린다나 검을 손에 넣을 때까지 칼을 사용하지 않겠다고 맹세한 까닭에 그것이 장애가 될 수는 없다고 주장을 했다.

그러자 만드리카르도와 동행하고 있던 그라다소가 이의를 제의했다. 그라다소는 두린다나에 대한 우선권이 자기에게 있다며, 자기가 프랑스를 침공한 이유도 두란다나를 손에 넣기 위한 것이었다고 말했다. 그래서 타르타르 왕과 세리카네 왕 사이에 다툼이 일어났다. 그들이 거세게 언쟁을 벌이는 동안 처녀 한 명을 대동한 한 기사가 그들 앞에 나타났다. 기사는 플로리스마트였고 처녀는 그의 애인 플로르델리스였는데, 로게로는 그들에게 두 사람이 왜 언쟁을 하고 있는지 이유를 알려주었다. 플로리스마트는 그들을 자기 주인인 오르란도에게 데려다 주겠다고 말함으로써 그들을 화해시켰다.

그라다소와 만드리카르도는 플로리스마트를 따라가려는 마음에서 즉시 언쟁을 중단했다. 로게로 역시 홀로 뒤에 남고 싶지 않았다.

그리하여 탐색 모험을 하던 중 그들은 난쟁이를 한 명 만났다. 난쟁이는 그들에게 날개 달린 말을 타고 다니는 마법사에게 유괴된 자기 여주인을 구해달라고 간청했다. 그를 도우려면 칼 문제를 해결하지 않고 제쳐두어야 하기 때문에 기사들은 그리 마음이 내키지 않았지만, 그렇다고 그의 호소를 거절하는 일도 쉬운 일이 아니었다. 그래서 그라다소와 로게로 두 사람이 난쟁이와 동행을 하고, 만드리카르도는 플로리스마트와 플로르델리스를 동행하여 오르란도를 찾기 위해 샤를마뉴의 진지로 향하기로 했다.

한편 로게로를 양육하며 그지 없는 애정을 쏟았던 마술사 아트란티스는 마법을 통해 그의 제자가 그에게서 벗어나 우연히 만난 왕족 처녀 브라다만테의 영향으로 기독교로 개종할 운명에 처해 있음을 알고 있었다. 그래서 그는 하나님의 뜻을 저지하고, 로게로를 다시 자기 수중에 넣기 위해 가능한 모든 계략을 총동원했다. 그를 추종하는 귀신들의 도움으로 그는 접근이 불가능한 높이의 피레네 산 속에 성을 하나 세웠다. 그리고 그것을 자기 제자를 위한 쾌적한 거처로 만들기 위해 우연히 성 부근에 오게 된 기사와 처녀들을 함정에 빠뜨려 성 안으로 끌어들였다. 그곳은 일종의 관능을 위한 낙원으로써 그곳의 사람들은 기꺼이 영광과 의무를 모두 잊은 채 나태한 향락 속에서 시간을 보냈다.

기사들을 유혹하여 자기의 세력권 안으로 들어오도록 난쟁이를 보낸 사람도 바로 그 마술사였다.

하지만 우리는 이제 로도몬토와 결투를 중단했던 리날도에게로 돌아가야 할 것 같다. 리날도는 적과 결투를 끝낼 생각으로 로도몬트가 들어갔으리라고 추정되는 아르덴 숲을 향했다. 그런 여행을 하는 도중 그는 발가벗은 어여쁜 어린아이가 아름다운 처녀 세 명과 춤을 추고 있는 환상을 보고 깜짝 놀랐다. 그 광경에 넋을 잃고 감탄을 하고 있는데, 아이가 그에게 다가와 한 줌의 장미와 백합을 던져 그를 말에서 떨어뜨렸다. 그가 땅에 떨어지자마자, 춤을 추던 처녀들이 다가와 그를 붙잡았다. 그리고 그를 이리저리 끌고다니며 그가 졸도할 때까지 꽃으로 괴롭히는 것이었다. 그가 정신을 회복하자, 무리 중 한 사람이 다가와 말하기를, 이 세상 모든 것이 복종하는 힘에 그가 복종하지 않았기 때문에 이런 처벌을 받는 것이라고 설명했다. 그리고 그가 입은 상처를 치유하고자 한다면, 사랑의 샘물을 마시는 것이 유일한 치료 방법이라고 덧붙였다. 그리고 그들은 그를 떠났다.

온 몸이 쓰라리고 머리가 어지러운 리날도는, 근처에서 흐르고 있는 샘터 쪽으로 다가가기 위해 몸을 질질 끌었다. 갈증으로 목이 바짝 마른 탓인지 그는 무의식적으로 게걸스럽게 물을 마셨다. 물 맛은 매우 달콤했다. 하지만 사실은 매우 쓴 물이었다. 몇 번 갈증을 식힌 그는 힘과 기억이 되살아나는 것을 느꼈다. 그리고 전에 안젤리카가 자기의 얼굴에 꽃을 뿌려 잠을 깨웠을 때, 그녀의 호의를 무시하고 도망을 쳤던 장소에 자신이 와 있음을 알게 되었다. 이 장면이 머리에 떠오르자 그는 자신이 지은 죄를 깨닫고 안젤리카에게 배은망덕하게 행동했던 일을 크게 후회하며, 안젤리카의 나라로 가서 그녀의 발 밑에 용서를 구하고 싶다는 마음으로 급히 베이야드에 뛰어올랐다.

이제는 발길을 돌려 샤를마뉴가 침략자를 물리치기 위해 두돈을 통해 12용사들에게 프랑스로의 귀국 소환령을 내렸던 때로 돌아가보자. 용사들은 모두 그의 명령에 복종했다. 하지만 오르란도는 안젤리카에 대한 열렬한 사랑으로 여전히 그녀의 시중을 드느라고 소환령에 응하지 않았다. 알브라카 성에 도착한 오르란도는 맨먼저 그녀가 사는 성곽이 포위공격을 받고 있음을 발견했다. 그러나 그는 성채로 들어가, 자신이 출발을 했을 때부터 시작하여, 샤를마뉴를 돕기 위해 리날도가 귀국을 하는 바람에 그와 헤어진 이야기를 해주었다. 이에 안젤리카는 수비대의 고통과 포위공격군의 힘을 설명하면서, 자신이 절박한 위험에서 탈출하여 프랑스까지 갈 수 있도록 도와달라고 그에게 간청했다. 오르란도는 이런 말을 하는 그녀의 동기가 남몰래 리날도를 사랑하고 있는데서 오는 것임을 전혀 눈치채지 못한 채, 그녀의 제의에 흔쾌히 동의하고, 출발하기로 결심했다.

그들은 성채에서 피어오르는 불빛을 뒤로 한 채 해질녘에 출발하여 적의 진지를 안전하게 통과했다. 그리고 많은 모험을 겪은 후에 마침내 해안에 도착하여 작은 배를 타고 프랑스로 향했다. 배는 안전하게 프랑스에 도착하여 프로방스에서 배를 내린 그들은 육로로 여행을 계속했다. 그러던 어느 날 더위에 지친 그들은 아르뎅 숲에서 햇빛을 피할 곳을 찾았다. 우연히 샘터를 발견한 안젤리카는 벌컥벌컥 물을 마셨다.

그리고 두 사람은 숲에서 나오다가 낯선 기사 한 명을 만났다. 기사는

다름아닌 리날도였다. 리날도는 자신의 무감각에 대해 안젤리카에게 용서를 구하며 새로 찾은 자신의 열렬한 사랑을 알리기 위해 막 출발하려던 참이었다. 리날도는 처음에는 놀라움과 기쁨으로 인해 말문이 막혔지만 곧 정신을 가다듬고 즐거운 마음으로 그녀에게 인사를 한 다음 그녀가 자신의 여자이므로 자기의 보호를 받는 것이 마땅하다고 말했다. 그러나 안젤리카는 그의 무례한 말을 경멸적인 태도로 거부했다. 오르란도 역시 자신의 권리를 침해하는 리날도의 행동에 화가 치밀어 각자의 주장을 결투로 결정짓자며 도전을 했다.

이렇게 벌어진 결투에 혼비백산한 안젤리카는 숲속으로 도망을 쳤다. 그리고 천막이 있는 평야로 나오게 되었다. 이곳은 마르실리우스에 대항하기 위해 전진한 군대를 지원하는 샤를마뉴의 예비군 진지였다. 찰스는 그의 두 사촌과 어려운 사정으로 헤어져 나온 안젤리카의 이야기를 듣고, 나모 공작에게 모든 언쟁의 원인인 그녀를 맡기며 다가올 전투에서 그녀를 얻을 자격이 있는 자에게 그녀를 주겠다고 약조했다.

그러나 이런 계획과 희망은 꺾이고 말았다. 샤를마뉴의 군대가 모든 전투에서 패배하고 사라센군을 피해 후퇴하게 되었던 것이다. 한편 두 연인 모두에게 관심을 잃은 안젤리카는 자유의 몸이 된 것을 기뻐하고 자신의 말을 타고서 숲속으로 들어갔다. 그리고 마침내 부드러운 산들바람이 불고, 실개울 두 개가 합쳐 흐르며 기분좋은 소리를 졸졸 내면서 어린 나무들에게 물을 공급하는 작은 숲에 이르렀다. 리날도로부터 멀리 떨어져 있다는 안심도 들고 피로와 여름의 더위로 지쳤던 그녀는 꽃으로 덮힌 둑이 시야에 들어오자 즐거운 기분이 들었다. 둑은 푸른 잔디를 모두 가릴 정도로 꽃들이 만발하여 마치 그녀에게 쉬라고 손짓하는 것 같았다. 그녀는 말이 실개울 근처의 신선한 풀을 뜯어 먹고 원기를 회복할 수 있도록 말에서 내렸다. 그리고 그녀 자신도 이끼로 덮히고 장미와 산사나무꽃으로 울타리를 친 은신처에서 감사의 휴식을 취했다.

잠에 빠져든지 얼마 되지 않아 그녀는 말이 접근해 오는 소리를 듣고 깨어났다. 그녀는 시냇가에 도착한 무장 기사를 보고 놀라 벌떡 일어났다.

그가 두려워해야 할 존재인지 아닌지 확신이 서지 않아 그녀의 가슴은 불안으로 뛰었다. 그에게 자신이 노출될까 두려워 제대로 숨도 쉬지 못하면서 그녀는 그가 어떤 사람인지 보기 위해 주위의 꽃을 옆으로 제치고 숨었다. 이윽고 기사는 꽃이 만발한 둑 위에 몸을 던지고는 머리를 한 손에 대고 누워서 공상 속으로 깊숙이 빠져들었다. 그러다 침묵을 깨고 깊은 한숨이 가득한 불평을 쏟아내기 시작했다. "아, 후회해보아야 모두가 헛된 일이야. 잔인한 운명이라니! 사람들은 승리를 거두는데 나는 그저 비참한 무기력감을 견디고 있으니! 이렇게 수치스럽고 답답한 사슬 갑옷을 입고 있느니 차라리 천번 죽는게 낫지 않을까!"

그제서야 그녀는 낯선 사람을 알아보았다. 그는 그녀에게 구혼을 해온 훌륭한 기사들 중 한 사람인 시르카시아의 왕 사크리판트였다. 군주는 자기 나라에서 그녀를 뒤쫓아 프랑스까지 따라왔으나, 그곳에서 그녀가 오르란도 용사의 보호를 받고 있고 샤를마뉴 황제는 그녀를 얻을 자격이 있는 용기있는 사람에게 그녀를 주겠다고 공표했다는 실망스런 소식을 듣게 되었던 것이다.

사크리판트가 계속 비탄의 말을 내뱉고 있을 때 안젤리카는 비록 그녀가 대리석같은 단단함으로 언제나 그의 탄식에 귀를 기울이지 않기는 했지만, 이처럼 불행한 위기에 그를 이용하지 못할 이유가 없다는 생각을 했다. 그를 결코 배우자로 받아들일 수는 없지만, 그녀에게 필요한 봉사를 해주면 대가를 받을 수 있다는 희망을 줄 필요가 있다는 생각이 들었다. 그래서 그녀는 마치 다이아나(달의 여신이자 처녀성과 수렵의 수호신)처럼 갑자기 나무그늘에서 나와 그에게 다가가 말했다. "신의 가호가 있으시길 빌며, 저에 대한 모든 나쁜 감정을 버리시기 바랍니다." 그리고 그녀가 자기 아버지의 궁전에서 그와 헤어진 후 일어난 모든 일을 이야기하며 포위당한 성곽 도시에서 탈출하기 위해 오르란도의 보호를 받아야 했었다고 설명했다. 그때 말과 갑옷 소리가 들리면서 누군가가 접근하는 소리가 들렸다. 대화를 중단시킨 소음에 화가 난 사크리판트는 투구를 쓰고 말에 올라타 창을 꽂았다. 그리고 눈같이 흰 깃털 장식의 스카프를 휘날리며 다가오는 기사를 보았다. 사크리판트는 그를 화난 눈으로 바라보며, 자신이 그와 좀 떨어진 곳에 있었기 때문에, 결투를 하자고 덤볐다. 기사는 상대의 화난 어조에 아무 대답도 없이 그저 방어 자세를 취했다. 그와 동시에 박차를 가한 두 기사의 말이 마치 폭풍우처럼 격렬하게 서로를 향해 돌진했다. 그들의 방패는 서로의 창 공격을 받고 구멍이 났다. 가슴받이 금속의 탄성이 아니었더라면 모두 목숨을 잃고 말았을 것이다. 두 마리의 말도 맹렬한 충격으로 몸을 움츠렸다. 하지만 미지의 기사의 말은 박차를 가하자 정신을 차렸다. 사라센 왕의 말은 죽어 쓰러지며 주인을 덮쳤다. 백인 기사는 그런 상황에 처한 적을 보고 자신이 충분한 명예를 얻었다고 생각하며, 다시 결투를 하고 싶지 않아 그대로 길을 떠났다. 그가 1마일 정도를 갔을 때에야 사크리판트는 말 아래에서 빠져나올 수 있었다.

마치 쟁기질하는 황소를 죽인 천둥 소리에 깜짝 놀란 농부처럼 사크리판트도 안젤리카가 자신의 패배를 목격했다는 굴욕감으로 말없이 자신의 패배를 인식하며 서 있었다. 그의 신음은 몸을 다친 것에서 나오는 것이라기 보다는 그녀 앞에서 그런 상태로 전락했다는 수치심에서 나오는 것이었다. 공주는 그를 동정하며 가능한 모든 위로를 보냈다. "후회는 버리십시오. 이번 사건은 단지 폐하의 말이 약했기 때문에 생긴 일입니다. 말이 많은 음식과 휴식을 취하지 못해 약해져 있었던거지요. 폐하의 적도 결투를 다시 시도하지 않고 서둘러 달아났기 때문에 명예를 얻지는 못했습니다." 그녀가 이렇게 사크리판트를 위로하는 동안 밀사(密使)처럼 보이는 사람이 그들에게 접근했다. 그는 사크리판트에게 다가와 흰 방패와 흰 깃털이 달린 투구를 착용한 기사를 보았느냐고 물었다. "물론이지요. 그가 나를 땅에 쓰러뜨리고 갔습니다. 하지만 그 사람이 누구인지 당신에게서 듣고 싶군요." 사크리판트가 대답했다. "그렇다면 알려드리지요." 밀사가 말을 이었다. "당신을 땅에 쓰러뜨린 사람은 용감하고 아름다우며 고귀한 용기를 가진 여인입니다. 당신에게서 승리의 영예를 얻은 기사는 바로 그 유명한 브라다만테이지요."

그렇게 말한 후 밀사는 말을 타고 떠났다. 사크리판트는 전보다 더 고통과 수치심을 느꼈다. 그는 말없이 안젤리카의 말 위에 올라, 그녀를 뒤에 태우고, 좀더 안전한 피난처를 찾아 길을 떠났다. 그들이 채 두 마일을 가기도 전에, 숲에서 새로운 소리가 들렸다. 용맹스럽고 힘이 센 말 한 마리가 앞길을 가로막는 나뭇가지를 뚫고 그들 앞에 달려온 것이었다. 말은 금으로 장식된 호화로운 마구를 착용하고 있었다.

"내 눈이 덤불을 꿰뚫어볼 수 있는지 모르겠으나, 덤불 사이로 힘차게 돌진해 온 저 말은 베이야드임에 틀림없군요. 우리가 타고 있는 말이 너무 약해 자기를 필요로 하고 있다는 것을 알고 있는 것 같아요." 안젤리카가 말했다. 사크리판트는 타고 있던 말에서 내려 불같은 준마 베이야드에게 접근해 고삐를 잡으려고 했다. 그러나 말은 경멸적인 태도로 대리석 담도 박살낼 정도의 힘을 실어 그에게 연달아 발길질을 했다. 그리고 마치 충직한 개가 오랜만에 만난 주인에게 하듯이 부드럽고 사랑스러운 태도로 안젤리카에게 접근했다. 말은 알브라카에서 안젤리카가 자기를 애무해주고 음식을 주었던 일을 기억하고 있었다. 그녀는 왼손으로 고삐를 잡고 오른손으로 그의 목을 가볍게 두들겼다. 놀랍도록 총명한 베이야드는 그녀에게 완전히 복종하는 것 같았다. 그래서 사크리판트는 말에 뛰어오를 기회를 포착하고 말이 높이 뛰지 못하도록 제압했다. 안젤리카도 자신의 말을 타고 원래의 자리를 잡았다.

그러나 숲에서 다시 무기 소리가 들려왔다. 그 쪽으로 눈길을 돌린 사크리판트는 리날도를 발견했다. 리날도는 이제 자기 목숨보다 안젤리카를 더 사랑하고 있었다. 하지만 안젤리카는 겁많은 학이 매를 피해 달아나듯 그를 회피하고 있었다.

안젤리카가 샘터에서 들이킨 물이 너무 큰 영향을 미쳤기 때문에, 고통에 찬 얼굴과 떨리는 목소리로 그녀는 사크리판트에게 리날도가 다가올 때까지 기다리지 말고 어서 도망을 가자고 말했다.

그러자 사크리판트는 "당신을 보호할 힘을 의심할 정도로 나를 존중하지 않는군요. 알브라카의 전투를 잊었습니까? 또 당신을 보호하기 위해 홀로 아그리칸을 비롯해 많은 기사들과 싸웠던 것은 어떻습니까?"

안젤리카는 어떻게 할지 몰라 아무 대답을 하지 않았다. 그러나 리날도가 이제는 너무 가까이 다가왔기 때문에 도망을 갈 수도 없었다. 그는 자신의 말을 알아보고 위협적인 자세로 사크리판트 왕에게 다가와 외쳤다.

"이 야비한 도둑놈아, 말에서 내려라! 감히 내 재산을 훔치다니, 그에 대한 처벌을 피할 수 있다면 어디 피해보아라! 그 공주도 내 손에 남겨놓아야 해. 그렇게도 매력적인 여자와 그렇게도 용감한 말을 그런 식으로 고통받게 하다니 그것이야말로 죄악이다."

시르카시아의 왕은 모욕적인 말을 듣고 노발대발하며 큰 소리로 대답했다. "나를 도둑놈이라고 부르다니, 거짓말쟁이 악당아! 도둑놈은 내가 아니고 바로 너다. 이 여인의 아름다움과 이 말의 완벽함은 그 어느 것과도 비교할 수 없다. 그러니 누가 이들을 소유할 자격이 있는지 시험해보자."

말이 끝나자, 시르카시아의 왕과 리날도는 전력을 다해 서로를 공격했다. 한 사람은 말을 타고 다른 한 사람은 맨발이었다. 그렇다고 사라센 왕이 유리한 입장에 있지는 않았다. 베이야드에게 익숙하지 않은 사크리판트가 리날도보다 말을 잘 다룰 수는 없기 때문이었다. 충직한 베이야드는 자신의 주인을 너무나 좋아한 나머지 그에게 상처를 입히려고 하지 않았고, 사크리판트의 손에 복종하여 도움을 주기를 거부했기 때문에, 사크리판트의 공격은 그저 상대를 때리기는 하되 아무 효과없는 타격에 불과할 수밖에 없었다. 그래서 사크리판트가 앞으로 전진하기를 원할 때는 뒷걸음질을 쳐 머리를 숙이고 뒷 몸통을 활처럼 구부리고서, 발로 몸을 바깥쪽으로 내던지는 듯한 동작을 취해 그를 안장에서 떨어지도록 흔들었다. 사크리판트는 말을 다룰 수 없다는 것을 알고, 기회를 보아 안장에 똑바로 앉았다가 가벼이 땅으로 내려왔다. 그렇게 말이 주는 당혹감에서 해방되어, 상대와 좀더 동등한 입장에서 새로이 결투를 재개했다. 찌르고 피하는 두 사람의 기술은 똑같았다. 한 쪽으로 공격하고 다른 쪽으로 방어했다. 한발을 땅에 확고하게 딛고서, 돌고 돌리면서 상대를 가격하거나 공격을 피했다. 마침내 리날도가 시르카시아에게 무시무시한 일격을 가했다. 리날도의 훌륭한 칼 후스베르타가, 표면을 잘 달군 두꺼운 강철판으로 표면을 덮은 뼈로 만들어진 사크리판트의 방패를 두 동강으로 쪼개버렸다. 사라센인의 한 팔은 방어 장치를 잃은 채, 타격의 후유증으로 마비상태에 빠졌다. 승리가 어느 방향으로 기울어졌는지 간파한 안젤리카는, 자신이 리날도의 전리품이 될 것이라는 생각에 부들부들 떨며 더 이상의 망설임 없이 말머리를 돌려 전속력으로 도망쳤다. 그리고 계곡 아래에서 몸 한가운데로 턱수염이 흘러내린 존경스러운 모습의 경건한 늙은 은둔자 한 사람을 만났다.

나이와 단식으로 몸이 오그라든 듯이 보이는 은둔자는 초라한 당나귀를 타고 천천히 여행하고 있었다. 두려움에 압도된 공주는 그녀의 목숨을 구해주고, 그녀를 바다 항구로 데려다 달라고 그에게 간청했다. 그곳에서 배를 마련하여 프랑스를 떠나면 더 이상 지긋지긋한 리날도의 이름을 듣지 않을 것 같았다.

늙은이에게는 마법사같은 어떤 요소가 있었다. 그는 안젤리카를 위로하며 그녀를 일체의 위험으로부터 보호해주겠다고 약속했다. 그리고 짐 보따리를 열더니 책을 한 권 꺼내어 한 페이지를 읽었다. 그러자 그의 마법에 복종하는 도깨비가 노동자의 모습으로 나타나 명령을 내려달라고 말했다. 도깨비는 명령을 하달받고 두 기사가 아직도 여전히 싸우고 있는 현장으로 달려가 그들 사이에 대담하게 끼어들었다.

"이 결투에서 이기는 사람에게 어떤 이득이 있습니까? 당신들이 싸우는 목적은 이미 해결되었습니다. 오르란도가 아무 노력도 하지 않고 아무 저항도 없이 공주를 데려가고 있으니까요. 오히려 그를 빨리 추격하는게 낫지 않습니까? 그들이 파리에 도착하면 더 이상 그들을 볼 수 없을테니까요.”

그들은 그 말을 듣고 당황하여 넋을 잃은 사람들처럼, 오르란도와 겨루어 승리할 공평한 기회를 갖자는데 서로 동의했다. 리날도는 베이야드에게 다가가며, 수치와 분노의 한숨을 내쉬면서, 만약 오르란도를 붙잡는다면 그의 심장을 찢어버리겠다고 끔찍한 맹세를 했다. 그리고 베이야드에 올라타 옆구리에 박차를 가한 다음, 숲속에 그대로 서 있는 시르카시아 왕을 놔두고 급히 내달렸다.

베이야드가 오랫동안 자신의 고삐를 아무도 건드리지 못하게 하고, 마침내 리날도에게 고분고분하게 응한 것을 이상하게 생각할 필요는 없다. 이 훌륭한 동물은 거의 인간과 같은 지능을 갖고 있어서, 주인으로부터 도망친 것도 안젤리카의 흔적이 있는 궤도로 주인을 이끌어 주인이 그녀를 다시 얻도록 하기 위함이었다. 공주 안젤리카가 전투 현장에서 달아나는 것을 본 베이야드는, 마침 리날도가 자기를 놔두고 맨발로 결투를 한 까닭에 자유로이 안젤리카의 뒤를 쫓아갈 수 있었다. 주인이 자기에게 접근하는 것을 허용하지 않으면서도 동시에 자기 뒤를 따라오도록 유인하여 공주의 모습을 보게 만들었던 것이다. 그러나 지금은 베이야드도, 리날도처럼 도깨비의 거짓 정보에 속아, 여느때처럼 고분고분하게 주인을 태우고 주인에게 봉사했다. 리날도는 베이야드를 타고 흥분 상태에서 온 힘을 다해 파리로 향했다. 베이야드는 바람보다 빠른 속도로 달릴 수 있었지만 주인은 그것을 몰라주는 것 같았다. 리날도는 어서 빨리 오르란도와 대결하고 싶어 그날 밤 베이야드에게 불과 몇 시간만 잠을 재우고 계속해서 달렸다. 그리고 다음 날 일찍 그는 큰 성곽도시가 자기 앞에 나타난 것을 보았다. 도시의 성벽 밑에는 찰스 황제가 집결시킨 군대가 정렬하고 있었다. 황제는 곧 사방에서 공격당할 것이라는 예상에 오래된 요새를 보수하고, 넓고 깊은 도랑으로 에워싸인 요새를 건설하고 있었다. 또한 적보다 유리한 고지를 차지하기 위해 새로운 동맹국들을 얻으려는 노력을 최대한 동원하고 있었고, 영국으로부터도 새 진지를 구축하기에 충분한 도움을 얻고자 했다. 그런 상황에서 리날도가 다시 합류하자 황제는 지원군을 보내달라고 간청하기 위해 그를 영국 대사로 임명했다. 리날도는 자신의 임명을 결코 탐탁하게 생각하지 않았으나 황제의 명령에 복종했다. 그런 까닭에 마음 속의 가장 소중한 연인을 위해 단 하루도 시간을 쓸 수 없게 되었다. 그리고 서둘러 칼레(도버해협에 면한 북부 프랑스의 항구)로 가서 임무를 신속하게 수행한 후 빨리 돌아오기를 간절히 바라며 영국행 선박에 승선했다.

7

브라다만테와 로게로

앞서 말한대로, 흰 깃털과 방패를 가지고 갑자기 사크리판트 앞에 나타나 결투를 벌였던 브라다만테는 만나자마자 헤어지고 말았던 로게로를 찾아다니는 중이었다. 그녀는 사크리판트와 결투를 벌인 후 로게로와 다시 만나리라는 희망으로, 숲길을 계속 여행하다가 마침내 아름다운 샘터에 도착했다.

샘터는 넓은 초원을 가로질러 흐르고 있었다. 늙은 나무들이 샘터에 그늘을 만들고 있었고, 나그네들은 샘터에서 흐르는 물의 달콤한 속삭임에 매혹되어 걸음을 멈추고 땀을 식혔다. 브라다만테도 이곳의 아름다움을 즐기기 위해 사방을 둘러보다가, 어떤 나무 그늘 아래에 깊은 슬픔으로 고통스러워하는 듯 보이는 기사를 발견했다.

브라다만테는 그에게 다가가 왜 그리 슬퍼하느냐고 물었다. 기사는

"아, 슬퍼라! 어느 악당이 젊고 매력적인 친구이자 아내를 내게서 빼앗아가 버렸습니다. 그 악당은 차라리 악마라고 부르는 것이 좋겠군요. 그 놈은 날개 달린 말을 타고 공중에서 내려오더니, 울부짖는 그녀를 붙들어 자기 소굴로 끌고 갔지요. 나는 말이 더 이상 올라가지 못하는 바위에 이를 때까지 계곡을 뚫고 뒤를 추격했습니다만, 이제는 그저 죽음을 기다리고 있습니다"하고 대답했다. 그리고 우연히 그곳을 지나던 두 기사도 자기를 도와주려 했으나 성공하지 못했다고 덧붙였다. 그들은 세리카네의 왕 그라다소와 무어족 로게로였는데, 현재 두 사람 모두 마술사의 계략으로 포로가 되어 산꼭대기 난공불락의 성에 감금되어 있다는 것이었다. 로게로라는 이름이 언급되자 그녀는 깜짝 놀라 기쁨을 감추지 못했다. 그러나 기쁨은 곧 애인이 마술사의 함정에 빠져 포로가 되었다는 말에 정반대의 감정으로 변했다. 그녀는 "기사님, 절망하지 마세요. 당신이 나를 통탄스럽게 생각하는 마녀의 성으로 데려다준다면, 오늘이 생각보다 행복한 날이 될 수도 있습니다"하고 위로했다.

이에 대해 기사는 "인생의 소중한 것을 모두 잃은 마당에 모험의 위험을 피할 이유는 없겠지요. 당신의 요구에 따르겠습니다. 하지만 앞으로 겪게 될 위험을 미리 경고하자면 실패를 한다 해도 그것을 내 탓으로 돌리지 말기 바랍니다."

그들은 성을 향해 출발했다. 그러나 어떤 사자가 그들의 뒤를 따라와 브라다만테가 군으로 다시 돌아와 사기가 저하된 군인들에게 용기를 불어넣고 무어족의 전진을 방어해야 한다는 전갈을 알리기 위해 자신이 파견되었다고 말했다.

그리하여 피나벨이라는 이름의 슬픔에 잠긴 기사는 브라다만테가 자기의 가문인 마이엥스와 오랜 불화를 가지고 있는 클레르몽가(家)의 자손이라는 것을 알게 되었다. 그 때부터 그는 어떻게 하면 브라다만테 일행에게서 벗어날까 하는 생각에 골몰하기 시작했다. 만일 그의 이름과 혈통에 대해 그녀가 알게된다면, 자신은 치명적인 상처를 입고 그녀도 좋지 않은 일을 겪게될 것이라는 생각이 들었기 때문이었다.

브라다만테는 군으로 복귀하라는 소환을 받았으나, 감금되어 있는 애인을 그냥 두고 떠나려는 결심이 서지 않았다. 그래서 우선 지금의 모험을 끝내기로 결정했다. 그들은 피나벨의 인도를 받아 마침내 어느 숲에 이르렀다. 숲의 한 가운데에는 바위가 많은 가파른 산이 있었다. 브라다만테로부터 도망칠 방법에 골몰하던 피나벨은 밤을 보낼 대피처를 찾으려면 넓게 볼 수 있는 산으로 올라가는 것이 좋겠다고 제의했다. 그리고 산으로 올라가는 척 하면서 브라다만테를 떠나 산허리를 올라가다 마침내 바위가 갈라진 틈에 도착했다. 그곳에서 아래를 내려다보니 갈라진 틈 밑에 넓은 공간의 동굴이 하나 보였다. 한편 브라다만테는 안내자를 잃을지도 모른다는 두려운 생각에 그의 뒤를 바짝 따라갔다. 그래서 동굴 입구에서 그를 다시 만났다. 배반자는 그녀로부터 도망가는 것이 불가능함을 간파하고 또 다른 계략을 세웠다. 그녀가 오기 전에 동굴에서 고귀한 가문 출신임을 나타내는 화려한 의상의 묘령의 아름다운 처녀가 나와 눈물을 흘리며 한탄하면서 자기를 도와달라고 애원했다는 거짓말을 둘러댔다. 그래서 그가 그녀를 구하기 위해 아래로 내려가려는데 악당이 그녀를 붙들고 동굴 안 쪽으로 서둘러 사라져버렸다는 이야기였다.

진실과 용기로 충만한 브라다만테는 배신자의 거짓말을 쉽게 믿었다. 그리고 붙잡힌 처녀를 구하고 싶다는 간절한 생각에 동굴로 쉽게 내려갈 방법을 찾기 위해 사방을 둘러보았다. 그러다 쭉 뻗은 가지가 있는 커다란 느릅나무를 발견하고 가장 큰 가지 하나를 칼로 잘라내어 동굴 앞 빈터에 던졌다. 그리고 나뭇가지를 붙들고 동굴 아래로 내려가면서 피나벨에게 큰 나뭇가지의 끝을 단단히 붙잡고 있으라고 지시했다.

그녀가 그렇게 매달린 것을 본 그는 미소를 지으며 조롱하는 듯한 어조로 그녀에게 물었다. "뛰어내리기를 잘 하십니까?" 그리고 배반의 즐거움을 느끼며 잡고 있던 큰 나뭇가지를 놓아버렸다. 브라다만테는 동굴 밑바닥으로 추락하고 말았다. 그는 "너의 가문 모두가 그곳에서 죽기를 바란다"하고 중얼거리듯 말했다.

그러나 피나벨의 잔인한 계획은 뜻대로 이루어지지 않았다. 브라다만테가 붙들고 있던 가지에 달린 나뭇잎들과 작은 가지들이 완충제 역할을 해주었기 때문에, 땅에 떨어져 기절은 했으나 중상을 입지 않아 다른 모험을 할 힘은 남아있었다.

브라다만테는 충격에서 회복되자 주위를 돌아본 후 문을 하나 발견했다. 그리고 그 문을 통해 첫번째 동굴보다 더 크고 더 높은 다른 동굴로 들어섰다. 그것은 마치 지하 사원 같았다. 매우 순수한 설화석고의 기둥들이 지붕을 버티고 있었고, 가운데에는 간단한 제단이 하나 있었으며, 등불이 설화석고의 벽에 반사되어 부드러운 빛을 사방에 던졌다.

종교적인 경외심으로 고무된 브라다만테는 제단으로 다가가 무릎을 꿇고, 자신의 생명을 지켜주시는 분에게 힘을 발휘하여 자신을 보호해달라고 기도를 하며 감사했다. 그 순간 작은 문이 열리더니 한 여자가 맨발로 나와 그녀에게 말했다. “용감하고 관대한 브라다만테여, 당신을 이곳으로 오게 만든 것은 저 높은 곳의 힘이었음을 알기 바랍니다. 이곳을 지상의 마지막 거처로 사용했던 메르렝이 나에게 당신이 이곳에 도착할 것이라는 사실과 내가 당신을 기다리게 될 것이라는 운명을 알려주었습니다.” 그리고 계속해서 “이 유명한 동굴은 마법사 메르렝이 만든 것입니다. 그의 유해는 이곳에 안치되어 있습니다. 현명하고 덕망있는 메르렝 마술사가 어떻게 죽었는지 당신도 틀림없이 들어보았을 것입니다. 호수의 교활한 요정의 희생물이 된 메르렝은 그녀의 치명적인 요청을 순순히 받아들이다가 배은망덕한 그녀의 마술에 저항할 힘을 상실하고 무덤 속으로 들어가 살게된 것이지요. 그의 영혼은 이곳의 여기저기를 떠돌고 있습니다. 그리고 그 영혼은 마지막 나팔소리로 죽은 자들을 불러 심판할 때까지 이곳을 떠나지 않을 것입니다. 그는 자신의 무덤에 가까이 다가오는 사람들의 질문에 대답을 해줍니다. 당신도 그의 목소리를 들을 권리가 있습니다.”

브라다만테는 그녀의 말과 지금 보고 있는 것들에 얼이 빠져, 이것이 꿈인지 생시인지 알 수 없었다. 그녀는 당황스러우면서도 겸손하게 얼굴을 붉히며 시선을 내리깔고 말했다. “그렇게 위대하신 분이 나같은 사람에게 말씀을 해주신다니!” 하지만 여전히 남모르는 만족감 속에서 여사제를 따라 메르렝의 무덤으로 갔다. 무덤은 단단하고 불같이 빛나는 돌로 만들어져 있었다. 돌에서 나오는 광선만으로도 햇빛이 전혀 들지 않는 무서운 그곳이 충분히 밝게 빛나고 있었다. 그러나 그 빛이 돌 자체의 인광(燐光) 때문인지, 아니면 많은 부적의 결과인지는 알 수 없었다.

브라다만테가 성스러운 곳의 문턱을 지나자마자 마술사의 영혼이 확고하고 또렷한 목소리로 그녀에게 인사를 했다. "오, 정숙하고 고상한 처녀여, 그대의 계획이 성공하길 빕니다. 미래의 영웅의 어머니이자 이탈리아의 영광인 그대는 세상을 영광으로 뒤덮을 분입니다. 그대의 자손들은 위대한 지휘관과 유명한 기사가 되어, 교회를 지키고 고대의 찬란함을 되찾을 것입니다. 그리고 아우구스투스와 슬기로운 누마 같은 군주들이 황금시대를 부활시킬 것입니다.(이 예언은 에스테의 귀족가문, 다시 말하면 훼라라의 공국(公國)인 그의 모국의 공주를 칭찬하기 위해 아리오스토가 소개한 것이다.) 이런 큰 운명적인 일들을 성취하기 위해 당신은 유명한 로게로와 결혼하게 될 것입니다. 그러므로 그를 구하러 즉시 떠나 그대에게서 그를 가로채 쇠사슬에 묶어버린 배신자를 굴복시키십시오!"

메르렝은 이렇게 말하고 여사제 멜리사에게 처녀의 진로에 대해 더 자세히 가르쳐주도록 했다. 멜리사는, "내일 제가 당신을 로게로가 포로로 잡혀 있는 바위 위의 성으로 안내하겠습니다. 거친 숲속을 통과할 때까지는 당신을 떠나지 않고, 당신이 실수를 하지 않도록 길을 안내할 것입니다."

다음 날 멜리사는 바위와 절벽을 지나 급류를 가로질러 복잡한 오솔길을 통과하는 모험에서 브라다만테를 안내하면서, 그녀의 계획이 성공하도록 필요한 정보를 제때 알려주었다.

"성은 힘으로만 뚫고 들어갈 수 없습니다. 뿐만 아니라 날개 달린 말이 당신의 노력을 수포로 만들 것입니다. 또 한 가지 알아야 할 것은 마술사의 둥근 작은 방패가 너무도 찬란한 빛을 발산한다는 것입니다. 그래서 누구나 그것을 보면 눈이 멀고 맙니다. 그렇다고 빛을 피하기 위해 눈을 감지는 마십시오. 빛을 피하려고 눈을 감는다면 어떻게 그의 공격을 피할 수 있겠습니까? 이제 한 가지 적절한 방도를 가르쳐 드리겠습니다.”

“무어족의 군주인 아그라만트는 인도 왕비로부터 모든 마술을 무용지물로 만드는 힘을 가진 반지를 훔친 적이 있습니다. 아그라만트는 로게로가 어느 무사보다도 중요하다는 것을 알고 있었기 때문에, 마법사로부터 로게로를 꺼내오고 싶었습니다. 그래서 하인 중 가장 솜씨좋고 현명한 브루넬로에게 그 놀라운 반지를 주었지요. 이제 브루넬로는 로게로를 구출하려고 열심히 노력하고 있습니다. 하지만 아름다운 브라다만테여, 나는 당신을 제외하고는 아무도 당신의 미래 배우자를 구출할 영광을 갖기를 원치 않습니다. 그러므로 제 말을 잘 듣기 바랍니다. 이제 해변가로 통하는 이 길을 따라가면 머지않아 곧 여관이 보일 겁니다. 그리고 사라센인 브루넬로가 도착할 것입니다. 4피트도 안 되는 키와, 균형을 이루지 못하는 큰 머리, 사팔뜨기 눈과 창백한 안색, 턱까지 내려온 두터운 눈썹으로 그를 쉽게 알아볼 수 있을 것입니다. 더군다나 그의 옷은 밀사의 옷같아 보이므로 그를 쉽게 식별할 수 있습니다. 당신이 그와 대화를 시작하기는 그리 어렵지 않을 것입니다. 당신을 마법사와 결투하려는 기사로 소개하십시오. 하지만 당신이 그의 반지에 대해 알고 있다는 인상을 주어서는 안됩니다. 그는 당신을 마술사의 성으로 안내하겠다고 제의할 것입니다. 그러면 그의 제의를 받아들이되 성의 빛나는 둥근 지붕이 보일 때까지는 그의 뒤에 있도록 하십시오. 그리고나서 서슴치 말고 그를 때려 죽이십시오. 비열한 그 자는 동정할 가치도 없는 자입니다. 그 다음에 그에게서 반지를 빼내십시오. 그러므로 그가 당신을 의심하게 만들어서는 안됩니다. 만약 의심을 하게 되면 그는 반지를 즉시 입에 넣을 것이고 그러면 시야에서 사라져버릴 테니까요.”

이렇게 대화를 하면서 슬기로운 멜리사와 어여쁜 브라다만테는 깨끗하고 넓은 카롱강이 바다로 흘러들어가고 있는 도시, 보르도에 도착했다. 여기서 그들은 부드럽게 포옹을 나눈 뒤 헤어졌다. 목적 달성에 모든 신경을 쓰고 있던 브라다만테는 브루넬로가 자신보다 불과 몇 분 앞서 도착해 있는 여관에 가기 위해 서둘렀다. 젊은 여걸은 그를 쉽게 알아보았다. 그녀가 그에게 말을 걸며 몇 가지 질문을 하자, 그는 교묘하게 거짓말로 대답을 했다. 브라다만테는 자신의 성(性), 종교, 출신국가, 가문 등에 대해 전혀 말을 하지 않았다. 그렇게 그들이 이야기를 나누는 동안 갑자기 여관에서 외치는 소리가 들렸다. “세상에 무슨 일로 이런 갑작스런 소리가 나는 걸까?” 그녀가 말했다. 그리고 그녀는 곧 그 이유를 알 수 있었다. 남자주인, 아이들, 하인 모두가 휘둥그레진 눈으로 마치 혜성이나 개기식(皆旣蝕 : 개기일식과 개기월식)을 보는 것처럼, 실제 존재할 것 같지 않은 비범한 형체를 응시하고 있었다. 그것은 날개 달린 말을 타고 호화로운 갑옷을 입은 기사였는데, 말은 빠른 속도로 공기를 가르며 날아가고 있었다. 이상한 준마의 날개는 넓게 펴져 있었고, 여러 가지 색깔의 깃털로 덮여 있었다. 기사의 갑옷이 내는 광택으로 깃털은 무지개 색깔을 띠었다. 잠시 후 말과 기사는 산봉우리 뒤로 사라져버렸다.

브루넬로는 “저것은 가끔 공중을 가로지르며 날아가는 마법사지요. 가끔 그는 마치 땅을 미끄러져 가듯이 별 사이를 날아다니지요. 그는 피레네 산맥 꼭대기에 굉장히 멋진 성을 가지고 있습니다. 많은 기사들이 용감하게 그를 공격하려 했지만 모두가 돌아오지 못했습니다. 목숨을 잃었거나 자유를 잃은 거지요."

브라다만테는 브루넬로에게 "그 마법사의 성으로 인도해 줄 안내인을 한 명 구해주실 수 있겠습니까?"하고 물었다. 부르넬로는 그녀의 말을 중단시키며 "믿건대, 당신은 그를 찾게 될 것입니다. 그것은 책에 쓰여 있습니다. 제가 직접 안내해드리지요." 브라다만테는 그에게 감사를 표하며 그를 안내인으로 받아들였다.

브루넬로에게는 다루기 꽤 좋은 말이 한 필 있었다. 그래서 브라다만테는 그것을 타고 갈 수 있도록 교섭을 벌여, 다음날 새벽 사라센인 부루넬로를 안내인으로 앞세우고 좁은 계곡의 길을 따라 출발했다.

그들은 프랑스, 스페인, 그리고 두 개의 바다가 보이는 피레네 산맥 꼭대기에 도착했다. 산꼭대기에서 그들은 험한 길을 따라 깊은 계곡 아래로 내려갔다. 계곡 중턱에는 거치른 수직의 바위로 이루어진 산이 하나 외로이 솟아 있었다. 그리고 산꼭대기에 놋쇠담으로 둘러싸인 성 하나가 보였다. 브루넬로는 "저쪽에 그 마법사가 포로들을 가두고 있는 요새가 있습니다. 그곳을 넘어가려면 날개가 있어야 합니다. 이 성의 주인이 자신의 거처와 감옥을 오가기 위해 사용하는 날개달린 말의 도움이 필요하다는 뜻이지요."

브라다만테는 그로부터 충분히 정보를 얻었기 때문에 반지를 손에 넣을 때가 되었다는 것을 간파했다. 그러나 무방비 상태의 사람을 살해할 결심이 쉽게 서지 않았다. 그래서 브루넬로가 눈치채지 못하게 그를 붙잡아 나무에 묶은 다음 그의 손가락에서 반지를 뽑아냈다. 배반하기를 밥먹듯

하는 사라센인은 소리를 지르며 살려달라고 간청했으나 그녀는 마음을 움직이지 않았다. 그리고 그녀는 성곽이 있는 바위 밑으로 나아가 경적을 울리며 마술사를 결투로 유인하며 한번 싸워보자고 소리를 질렀다.

마술사는 날개 달린 말을 타고 지체없이 밖으로 나왔다. 그렇게 무서운 존재로 묘사되는 사람이 창이나 곤봉이나 어떤 치명적 무기도 휴대하지 않고 나타나자, 브라다만테는 기쁨과 함께 놀라운 인상을 받았다. 그는 천으로 덮힌 작은 방패 하나를 한쪽 팔 위에 그리고 책 한 권을 한쪽 손에 들고 있었다. 날개 달린 말은 마술에 걸려 있지 않았다. 그 말은 리피이언 산맥에 사는 종족의 말이었다. 그리핀(그리스 신화에 나오는 동물로서 독수리의 머리와 날개, 그리고 사자 몸뚱이를 한 괴물)처럼, 말은 독수리 머리와 갈고리 모양의 발톱, 깃털로 덮힌 날개에 몸통은 말의 형상이었다. 이 말의 이름은 히포그리프였다.

마술사가 접근해오자 여걸 브라다만테는 혼신의 힘을 다해 이곳저곳을 타격하며 마술사를 공격했다. 하지만 상처를 입히지는 못했다. 헛된 공격을 얼마간 지속한 후, 그녀는 더 효과적으로 싸우고 싶은 듯이 말에서 내려 맨발로 섰다. 마술사는 자신의 유일한 무기를 사용할 준비를 했다. 작은 마술 방패의 뚜껑을 벗기며 상대의 감각을 박탈하려는 것이었다. 반지를 믿고 있는 브라다만테는 적의 일거수 일투족을 관찰했다. 그리고 마술사가 방패의 뚜껑을 벗기자, 방패의 찬란한 빛이 그녀를 압도한 듯이 땅 위에 쓰러지는 척 했다. 그러나 사실은 마술사를 말에서 내리게 하여 그녀에게 접근하도록 유인하려는 것이었다.

일은 그녀가 소망한대로 이루어졌다. 마술사는 그녀가 쓰러진 것을 보자, 방패를 말안장의 앞테에 올려놓은 후 쓰러진 용사를 붙잡기 위해 그녀에게 다가왔다. 그를 주의깊게 지켜보고 있던 브라다만테는 그가 가까이 오는 것을 보자마자 벌떡 일어나 있는 힘을 다해 그를 붙잡아 쓰러뜨렸다. 그리고 마술사가 그녀를 잡으려고 준비한 쇠사슬로 그를 꽁꽁 묶어 전혀 저항할 수 없게 만들었다.

마술사는 절망으로 외쳤다. "젊은이, 나를 죽이게나!" 그러나 브라다만테는 이런 요청을 들어줄 사람이 아니었다. 그녀는 마술사의 이름과, 무슨 목적으로 난공불락의 요새를 만들었는지 알고 싶어 그에게 비밀을 털어놓으라고 명령했다.

"슬프도다! 내가 성곽을 지은 것은 전리품을 숨기기 위한 것도, 비난받아 마땅한 계획을 위한 것도 아니라네. 그저 내가 애정을 품고 있는 한 젊은 기사의 생명을 보호하기 위한 것일 뿐이지. 나는 마술을 통해 그 기사가 결국은 기독교인이 되어 가장 흉악한 배반을 당한 후 곧 죽을 것이라는 것을 알게 되었다네. 로게로라는 이 젊은이는 기사 중 가장 멋지고 능숙한 기사이지. 그가 어렸을 적부터 내가 키웠네. 하지만 그는 명예와 영광을 갈망하고 내 곁을 떠나, 아그라만트가 프랑스를 침공할 때 함께 참가했다네. 나는 로게로에게 그의 부모보다 더 헌신적이었지. 그래서 그를 위협하는 잔인한 운명에서 구하기 위해 이곳으로 데려올 온갖 수단을 강구했던거야. 이 목적을 위해 자네에게 사용한 것과 똑같은 방법을 이용하여 그를 이곳에 데려왔지. 물론 그런 방법으로 많은 기사와 여인들을 성곽으로 데려오는 데도 성공했다네. 사랑하는 제자의 감금 생활의 부담을 덜어주기 위해서 말이지. 그에게 기쁨을 줄 수 있는 사교생활을 제공하고, 그가 전쟁이나 영광 같은 문제를 생각하지 않도록 하기 위해서였다네. 아아! 하지만 나의 모든 배려가 허사가 되어버렸네. 그러니 제발 내가 사랑하는 제자만 놔두고 모든 것을 다 가져가도 좋네. 이 방패도 날개 달린 준마도 다 가져가게. 포로 중 친구가 있다면 모두 풀어주겠네. 하지만 사랑하는 로게로만은 그냥 놔두게. 만일 자네가 로게로를 데려가려 한다면, 차라리 보존할 가치도 없는 내 생명을 가져가게나."

브라다만테가 대답했다. "늙은 양반, 간청으로 나를 움직일 생각은 마시구려. 정확히 말하자면, 내가 필요한 것은 로게로의 자유일 뿐이니까. 당신이 예견한 운명으로부터 그를 구하기 위해, 그를 가두고 나태한 쾌락을 누리게 하지 않았는가, 허영심 많은 늙은 양반, 당신 자신의 앞 일도 알지 못하면서 어떻게 그의 운명을 예견할 수 있단 말인가? 나더러 당신의 생명을 걷어가라구? 아니지. 나의 팔과 영혼은 그런 요청을 거부하네." 그녀는 이렇게 말하고 나서, 마술사에게 앞장서 성곽으로 가는 길을 인도하라고 요구했다. 이리하여 주색에 빠져 지내는 생활이 끝난 것을 아쉬워하는 포로를 포함하여 모든 사람들이 석방되었다. 브라다만테와 로게로는 서로 만나 기뻐 어쩔줄 몰랐다.

그들은 산에서 내려와 결투가 벌어진 곳으로 갔다. 그곳에는 히포그리프가 있었는데, 천에 싸인 마술 방패가 말 안장에 걸려 있었다. 브라다만테는 말의 고삐를 붙잡기 위해 말에게 다가갔다. 말은 그녀가 접근하는 것을 기다리는 것도 같았으나, 그녀가 자신을 붙잡기 전에 그녀를 피해 날개를 펴고는 근처 언덕으로 날아올랐다. 로게로와 더불어 석방된 다른 기사들이 그 말을 잡기 위해 언덕 꼭대기로 흩어졌다. 마침내 그 동물은 로게로가 자신의 고삐를 붙잡도록 허용했다. 용맹한 로게로는 서슴치 않고 말 위에 올라탔다. 그가 말에게 박차를 가하자 말은 원기가 되살아난 듯 단거리를 잠시 뛰다가 갑자기 날개를 펴며 공중으로 솟아올랐다. 브라다만테는 연인과 재회를 한 순간에 다시 로게로를 태운 말이 하늘로 날아가버리는 것을 보고 가슴이 미어지는 듯한 비탄을 맛보았다. 말을 다루는 방법을 모르는 로게로는 날아가는 말을 어떻게 할 수 없었다. 더욱이 산꼭대기 위에서 너무나 높이 날고 있었기 때문에 어디가 땅이고 어디가 바다인지 분간할 수도 없었다. 히포그리프는 아주 상쾌하고 유리한 강풍을 타고, 마치 파도를 가르는 범선처럼 서쪽으로 날아갔다.

8

아스톨포와 마녀

히포그리프를 타고 오랫동안 비행을 하던 로게로는 산과 바다를 지나 미지의 장소로 향하고 있었다. 말을 어느 정도 통제할 수 있게 되자, 그는 가장 가까운 땅에 말을 내리게 했다. 발이 닿을 정도로 육지에 가까이 다가 가자, 로게로는 말에서 뛰어내려 말을 도금양나무(상록수의 일종)에 묶어 놓았다. 나무 가까이에는 히말라야 삼목과 야자나무에 둘러싸인 깨끗한 샘물이 흐르고 있었다. 로게로는 방패와 투구를 벗어 옆에 두고, 즐거운 마음으로 깨끗한 공기를 들여마신 뒤 샘물로 입술을 적셨다. 말을 타고 온 것을 생각하면 그가 어느 정도 피로할지는 짐작하고도 남음이 있다. 그런 그가 달콤한 휴식을 맛보려는 찰나, 도금양나무에 묶여 있던 히포그리프가 무엇인가에 놀란 듯 나무에서 떨어져 나가려고 온 힘을 다해 발버둥치는 것이 보였다. 말의 몸부림으로 인해 흔들리는 도금양나무에서 아름다운 나뭇잎들이 땅에 떨어져 흩어졌다.

이윽고 도금양나무에서 장작 타는 소리같은 소음이 희미하고 불분명하게 나오더니, 점차 크게 들리다가 마침내 어떤 목소리가 말했다. "오, 기사님, 당신의 아름다운 모습처럼 마음씨도 부드럽다면, 제발 저를 괴롭히는 이 동물로부터 저를 구해주십시오. 나는 외부적으로 당하는 고통 없이도, 이미 내부적으로 큰 고통을 겪고 있습니다. 제발 이런 고통을 나의 운명에 더하지 말아주십시오." 로게로는 그 목소리를 듣고 재빨리 도금양나무에게 시선을 돌려 급히 내달렸다. 그리고 목소리가 나무 자체에서 나왔다는 것을 알고 놀라 잠시 나무 앞에 꼼짝도 않고 서 있었다. 그러다가 즉시 나무에서 말을 풀어주고 놀람과 후회의 어조로 말했다. "그대가 인간인지 아니면 숲의 여신인지는 알 수 없지만, 본의 아닌 실수를 용서하십시오. 딱딱한 나무껍질이 감정을 가지고 있다는 것을 상상했다면, 어찌 아름다운 도금양나무가 군마의 모욕을 받게 내버려두었겠습니까? 제가 끼친 피해를 하늘과 공기의 감미로운 힘이 보상해주도록 빌겠습니다! 저로서는 당신의 용서를 받기 위해 할 수 있는 모든 것을 다 해드릴 것을 약속드립니다."

이 말을 듣고 도금양나무는 뿌리에서 줄기까지 흔들리는 것 같았다. 로게로는 통나무가 불에 탈 때 나오는 것 같은 액체가, 눈물처럼, 나무 껍질에서 흘러나오는 것을 보았다. 도금양나무가 계속해서 말했다.

"당신의 친절한 말씀을 듣고 보니 제가 누구인지, 무슨 운명으로 이런 형상을 하고 있는지 말하지 않을 수가 없군요. 저는 그 유명한 오르란도와 리날도의 사촌인 아스톨포입니다. 저도 프랑스에서는 가장 용맹한 12용사 중 한 사람이었지요. 물론 아버지 오토의 뒤를 이어 영국을 통치할 권리를 가지고 태어났습니다. 리날도를 비롯한 많은 기사들과 함께 먼 동부 지역에서 귀국을 하던 중, 바다와 인접한 곳에 알씨나라고 하는 강력한 마녀가 소유한 성곽 근처에 도착했지요. 그때 그녀는 낚시질로 즐거운 시간을 보내기 위해 바닷가에 나와 있었습니다. 우리는 잠시 걸음을 멈추고 그녀가 낚시 바늘이나 낚싯줄도 없이 마술로 원하는 것을 무엇이나 잡아올리는 것을 보았습니다.

"그런데 해안에서 그리 멀지 않은 곳에서 마치 하나의 섬처럼 보이는 거대한 고래가 넓은 등을 보이며 모습을 나타냈습니다. 그때 알씨나는 저를 보고 나를 자기의 손아귀에 넣을 계획을 했습니다. 그녀는 우리에게 이렇게 말을 했습니다. '이 시간에는 바다에서 가장 아름다운 인어가 매일 규칙적으로 저쪽 섬의 해안에 나타나지요. 그녀의 노래가 너무도 아름답기 때문에 파도는 그녀의 노래소리를 들으며 잔잔히 흐릅니다. 당신들도 그 노래 소리를 듣고 싶다면 나와 같이 그곳으로 가봅시다.' 그리고 알씨나는 우리가 섬이라고 여긴 거대한 물고기를 가리켰습니다. 경솔하게도 나는 아무 망설임 없이 그녀를 따라갔습니다. 말은 헤엄을 치게 하고 나는 고래 잔등에 올라탔지요. 리날도와 두동은 나더러 조심하라는 신호를 보냈습니다. 하지만 알씨나는 미소를 지으며 나의 길을 인도했지요. 우리가 고래에 올라타자마자 고래는 큰 지느러미로 신속하게 물을 가르며 앞으로 나아갔습니다. 바로 그때 나는 나의 어리석음을 깨달았습니다. 물론 후회하기에는 너무 늦었지요. 알씨나는 나의 분노를 진정시키며, 나를 사랑했기 때문에 이런 일을 했다고 말했습니다. 우리는 이윽고 섬에 도착했는데, 처음에는 운명에 만족하고 하루하루를 행복하게 보낼 수 있도록 모든 일이 갖추어져 있었습니다. 그러나 알씨나는 나를 정복한 것에 만족했는지 더 이상 내게 관심을 갖지 않고 곧 싫증을 느꼈습니다. 그래서 마침내 나를 제거하기 위해 이런 모양으로 바꾸어버렸지요. 그녀는 이전의 많은 연인들에게도 이런 행위를 저질렀습니다. 그 중 몇 명은 올리브 나무로, 어떤 연인은 야자나무로, 어떤 연인은 히말라야 삼목으로, 어떤 연인들은 샘물, 바위, 아니면 심지어 야생동물로 바뀌었어요. 우연히 이 마술 섬에 오신 예의 바르신 기사님께서는 알씨나에게 정복당하지 않도록 조심하시기 바랍니다. 그렇지 않으면 우리처럼 나무나 샘물이나 바위가 될테니까요."

로게로는 그의 자세한 이야기를 듣고 매우 놀랐다. 아스톨포에 따르면 이 섬의 대부분은 알씨나의 지배하에 있었다. 그녀는 자매인 모르가나의 도움을 얻어, 세 번째 자매인 로게스틸라의 세습 재산을 모두 빼앗는데 성공했다. 사실 이 섬 전체는 아버지가 로게스틸라에게 물려준 것이었다. 로게스틸라는 성격이 온건하고 현명한 여자임에 반해, 다른 자매들은 불성실하고 방탕한 여자들이었다. 알씨나의 영토는 다른 두 자매의 영토와 만(灣)과 산으로 분리되어 있었는데, 그것이 다른 자매들로 하여금 알씨나의 영토를 빼앗지 못하게 하는 역할을 하고 있었다.

아스톨포는 여기서 이야기를 끝냈다. 로게로는 아스톨포가 브라다만테의 사촌이라는 것을 알게 되어, 기꺼이 그를 구출할 방법을 강구하길 원했으나 그럴 힘이 없었다. 그래서 그를 위로하며 로게스틸라의 궁전으로 가는 길과 알씨나의 궁전을 피해갈 수 있는 길을 알려달라고 간청했다. 아스톨포는 비록 거칠고 바위들로 가득찬 길이기는 해도 왼쪽 길로 가는 것이 좋다고 알려주었다. 물론 이 길에도 큰 장애물이 있을 것이고, 백성들이 영토에서 도망가지 못하도록 감시하는 괴물들이 그의 통행을 방해할 것이라고 충고했다. 로게로는 도금양나무에게 감사를 표시하고 길을 떠날 준비를 했다.

처음에 로게로는 날개 달린 말을 타고 산을 올라갈 생각을 했으나, 말을 잘 다스릴 자신이 없었기 때문에 또 다시 말을 타고 나는 위험을 무릅쓸 수 없었다. 게다가 배가 고파 죽을 지경이었다. 그래서 그는 말을 뒤따라오게 하고, 자신은 걸어 얼마 떨어지지 않은 곳에 있는 두 자매의 영토로 향했다.

그가 두 마일 남짓 갔을 때 아주 훌륭한 알씨나의 도시가 시야에 들어왔다. 도시는 금으로 된 벽으로 둘러싸여 있었고, 성벽의 높이가 하늘에 닿는 것 같았다. 아마도 어떤 사람은 성벽의 금이 진짜 금이 아니라 연금술로 만든 금이라고 생각할지 모른다. 하지만 나는 성벽이 금처럼 빛났기 때문에 진짜 금이라고 생각한다.

넓고 평평한 도로가 성곽도시의 문으로 이어져 있었다. 그리고 이 도로에서 좁고 거치른 길이 또 하나 갈라져 나와 산악지역으로 이어졌다. 로게로는 서슴치 않고 좁은 길을 택했다. 하지만 그가 좁은 길로 들어서자 수많은 도깨비가 길을 가로막고 그에게 공격을 해왔다.

아무도 이런 도깨비처럼 우스꽝스럽고 이상한 것은 본 적이 없을 것이다. 어떤 도깨비들은 목에서 발까지는 인간의 형태를 하고, 머리는 원숭이나 고양이의 모습을 하고 있었다. 어떤 도깨비들은 말의 다리와 귀를 가지고 있었다. 머리가 벗겨진 무시무시한 모습의 늙은 남녀들이 마치 실성한 듯 반 나체로 이리저리 뛰어다니기도 했다. 어떤 도깨비는 고삐도 없이 말을 전속력으로 몰고 있었다. 어떤 도깨비는 당나귀나 암소를 타고 느린 속도로 움직였다. 어떤 것들은 친구들이 타고 있는 동물의 꼬리나 갈기를 붙잡고 이리저리 껑충껑충 뛰어다녔다. 또 어떤 것들은 뿔나팔을 불고, 어떤 것들은 술잔들을 휘두르며, 쇠고챙이와 쇠스랑으로 무장한 것들도 있었다. 대장처럼 보이는 자는 거대한 배와 살찐 큰 머리를 하고, 아장아장 걷는 거북이에 올라 일정한 방향없이 움직이고 있었다.

목과 귀와 주둥이를 갖고는 있으나 인간과 비슷하게 보이는 괴물 하나가 로게로를 보고 맹렬하게 짖어댔다. 로게로로 하여금 오른쪽으로 방향을 돌리게 하여 성곽도시로 통하는 길로 다시 들어가게 유도하기 위해서였다. 그러나 용감한 기사 로게로가 소리를 질렀다. "내가 이 칼을 사용할 수 있는 한 그렇게는 하지 않겠다." 그리고 곧바로 칼 끝을 괴물의 얼굴에 들이밀었다. 그러자 괴물이 창으로 기사를 공격했다. 하지만 로게로가 괴물보다 훨씬 빠른 동작을 취해 칼로 괴물의 몸통을 관통했다. 마치 괴물의 등 뒤로 손 하나 넓이의 칼 끝이 길게 나온 것 같았다. 분노를 완전히 발산한 로게로 용사는 정력적으로 오합지졸들에게 대항하며 앞으로 전진했다. 그러나 그들의 수가 너무나 많고 너무나 가까이 몰려왔기 때문에, 그들을 뚫고 나가기 위해서는 브라아루스만큼 무기를 가지고 있어야 했다.

만약 로게로가 말 안장에 걸려있는 마술사의 방패 뚜껑을 벗기기만 했다면 괴물 인간들을 쉽게 정복할 수 있었을 것이다. 그러나 그는 그런 생각을 하지 않았다. 혹은 훌륭한 칼 이외에 다른 방법으로 자신을 방어하고 싶지 않았는지도 모른다. 어쨌든 그가 난처한 상황의 절정에 달한 바로 그 순간, 태도와 옷으로 보아 높은 신분과 교육을 짐작하게 하는 두 명의 젊은 미인이 성곽도시의 문에서 나왔다. 그들은 각각 흰 담비의 빛깔을 능가하는 흰색의 일각수(一角獸, unicorn : 말 비슷하며 이마에 뿔이 하나있는 전설적 동물)를 타고 있었다. 그들은 로게로가 괴물 인간들과 용감하게 싸우고 있는 풀밭으로 다가왔다. 그들이 다가오자 괴물 인간들이 모두 물러갔다. 두 여자는 몸을 많이 움직였을 뿐만 아니라 수줍은 성격으로 빰이 붉어진 젊은 무사에게 다가와 손을 내밀었다. 그는 그들의 도움에 감사를 표시했다. 그리고 그들을 거부하고 싶지 않아 그들을 따라 성곽도시의 문으로 향했다.

웅장하고 아름다운 출입구 현관은 네 개의 거대한 기둥으로 이루어져 있었는데 모두 다이아몬드로 장식되어 있었다. 나는 그 기둥들이 진짜 다이아몬드인지 아니면 인조 다이아몬드인지 말할 수 없다. 사람들 눈에 다이아몬드처럼 보이고, 무엇보다 즐겁고 찬란하게 보이기만 한다면 그것이 진짜 다이아몬드이든 인조 다이아몬드이든 무슨 상관이 있겠는가.

문간과 기둥 사이에는 한 무리의 매력적인 젊은 여자들이 어울려 놀이를 하고 있었다. 그들은 모두 다 뛰어나와 로게로를 영접하며 낙원처럼 보이는 궁전으로 그를 안내했다.

이곳을 그냥 낙원이라고 부르는게 좋겠다. 이곳의 시간은 계산할 필요도 없이 항상 새로운 즐거움 속에서 흘러가기 때문이다. 이곳에 사는 주민들은 싫증을 느낀다거나 부족한 것이 있다거나 무엇보다도 늙었다는 생각을 해본 적이 없었다. 그들은 사치와 즐거움 외에는 아무 감정도 경험하지 못하고 있었다. 그들은 행복의 술잔을 언제나 무진장 마셨다. 로게로가 도깨비 인간들과 싸울 때 도움을 준 두 젊은 처녀가 그를 여주인이 사는 곳으로 안내했다. 아름다운 알씨나가 앞으로 나와 그에게 위엄있고 정중한 대도로 인사를 했다. 그녀의 모든 신하들은 로게로를 둘러싸고 입에 침이 마르도록 아첨의 말을 했다. 성곽의 장엄함은 그 안에 사는 사람들에 비하면 덜 감탄스러운 편이었다. 그들은 남녀할 것 없이 미(美)와 젊음과 우아함으로 너무도 잘 어울려 보였다. 그러나 이 매력적인 집단 가운데서도 알씨나는 마치 태양이 별들을 무색하게 하듯 찬란하게 빛나는 존재로 보였다. 젊은 무사는 알씨나에게 매혹되었다. 그가 도금양나무한테서 들은 이야기는 모두 악의에 찬 비방에 지나지 않는 것처럼 생각되었다. 거짓과 배반이 미소와 순진한 진실 속에 은폐되어 있음을 그가 어떻게 의심할 수 있겠는가? 그는 아스톨포가 당연히 현재의 운명에 처해 있어야 하며 어쩌면 더 가혹한 운명에 처해야 한다는 것을 의심지 않았다. 그는 도금양나무의 모든 이야기를 한낱 실망한 영혼이 복수를 하고 싶다는 열망으로 만들어낸 것으로 생각했다. 하지만 로게로를 너무 가혹하게 비난해서는 안될 것이다. 그 역시 마법의 희생자이기 때문이다.

그들이 식탁에 앉자 곧바로 수금(竪琴 ; 고대 그리스의 현악기)과 하프가 아주 황홀한 소리를 내며 고요를 깨뜨렸다. 시 낭송의 매력이 연주를 더 흥겹게 만들었고, 연회의 장엄함이 여왕의 음식을 더욱 돋보이게 만들었다. 배신의 여주인은 다른 용사들에게 했던 것처럼 그를 매혹시켰다가 싫증이 나면 다른 형상으로 바꿔버리기 위해 그를 붙잡아 둘 계획에 골몰했다. 하루하루가 이와 같이 지나갔다. 즐거운 게임, 춤, 가벼운 운동이 시간을 더욱 빨리 지나가게 만들었다. 그런 오락은 목욕과 수면의 상쾌함을 더 흥미롭게 해주는 것들이었다.

샤를마뉴와 아그라만트가 제국을 위해 노력 분투하고 있는 동안, 로게로는 이렇게 안이하고 사치스런 생활에 빠져 있었다. 마음씨 곱고 용기있는 브라다만테가 로게로를 찾기 위해, 일말의 가능성이 있는 곳이면 어디든지 밤낮으로 불확실한 발걸음을 옮겨다니는 상황에서, 로게로에 대해서만 이야기할 수는 없을 것이다.

브라다만테는 들판과 도시를 돌아다니며 로게로를 찾았으나 찾지 못하고 이제는 어디로 가야하는지 막막해 하고 있었다. 그녀는 로게로의 죽음을 걱정하지는 않았다. 만약 그런 영웅이 죽었다면, 그런 소식은 히다스페스로부터 가장 멀리 떨어져 있는 서구의 강까지 울려퍼질 것이 틀림없기 때문이었다. 그러나 그녀는 그가 육지에 있는지 공중에 있는지 알 수 없었기 때문에, 마지막으로 메르렝의 무덤이 있는 동굴로 다시 가서 그를 찾을 수 있는 확실한 방향을 묻기로 결정했다.

그녀가 이런 생각에 잠겨 있는 동안 슬기로운 사제 멜리사가 갑자기 그녀 앞에 나타났다. 덕망있고 인정 많은 여사제는 주문을 걸어, 로게로가 자신의 명예와 군주를 잊어버린 채 쾌락과 나태함 속에서 시간을 보내고 있는 것을 알아냈다. 영웅으로 태어난 사람이 저속한 안일함 속에서 시간을 낭비하고, 훼손된 명예를 후세에 전해줄 것이라는 생각을 참을 수 없는 그녀는 그를 덕망의 길로 끌어내기 위해 적극적인 조치가 강구되어야 한다고 느꼈다. 로게로의 생명을 보존하는 데만 열중하고 그의 명성에 대해서는 신경쓰지 않는 아트란티스와 달리, 멜리사는 상냥한 용사에 대한 애정에 눈이 멀지는 않았다. 히포그리프를 너무나 매력적인 알씨나의 섬으로 보내어 로게로로 하여금 명예를 잊고 영광의 추구도 멈추기를 바래 계략을 쓴 이가 바로 늙은 마술사 아트란티스였다.

브라다만테는 멜리사를 보고 기뻐서 얼굴을 밝게 펴며, 희망으로 부풀었다. 멜리사는 그녀에게 아무것도 숨기지 않고 로게로가 어떻게 알씨나의 올가미에 걸려들었는지 말해주었다. 브라다만테는 갑자기 슬픔과 공포에 빠져들었다. 그러나 친절한 여마법사는 그녀를 진정시키고 두려움을 없앤 후, 며칠 지나서 용사를 그녀의 발 밑에 데려다주겠다고 약속했다.

"사랑하는 딸이여, 마술을 이겨낼 수 있는 당신의 반지를 내게 다오. 그것으로 거짓말쟁이 알씨나가 로게로를 붙잡아둔 요새로 들어가서 틀림없이 그녀를 정복하고 그를 석방시키겠소." 브라다만테는 로게로를 위해 최선을 다해 달라고 부탁하면서 선뜻 반지를 건네주었다. 멜리사는 마술을 부려 일 인치 정도의 적갈색을 제외한 아주 새까만 색깔로 뒤덮인 거대한 말을 불렀다. 그리고 그 말을 타고 빠른 속도로 달려가 다음날 아침 알씨나의 거주지에 도착했다.

이곳에서 멜리나는 늙은 마술사 아트란티스와 완전히 닮은 형태로 변신하고, 야자나무처럼 키를 늘려 전체적으로 몸을 확대시켰다. 턱은 긴 턱수염으로 가리고 얼굴에는 주름살을 만들었다. 또 그의 목소리와 버릇을 흉내내면서 로게로를 단독으로 만날 기회를 엿보았다. 마침내 그녀가 로게로를 만나게 되었을 때, 로게로는 비단과 금색의 화려한 튜니카(옛 그리스 로마 사람의 소매가 짧고 무릎까지 내려오는 속옷)를 입고, 목에는 보석으로 된 칼라를 두르고, 운동으로 거칠어진 팔에 팔찌를 착용하고 있었다. 그의 태도와 일거수 일투족은 여성의 나약함 그 자체로, 이름만 로게로이지 실제로 로게로다운 점은 하나도 남아있지 않았다. 마녀가 로게로에게 그렇게 영향을 끼치고 있었던 것이다.

멜리사는 옛 스승의 모습으로 로게로 앞에 나타나 엄숙하고 진지한 태도로 말을 했다. "그래, 내가 너를 위해 애 쓴 결과가 이것이란 말이냐? 나는 너에게 사자와 호랑이의 골수를 먹이고 용을 정복하는 법을 가르쳐주었으며, 헤라클레스(제우스의 아들로 그리스 신화에 나오는 최대의 영웅)처럼 뱀을 손으로 잡아 질식시켜 죽이는 것도 가르쳤다. 그러나 이 모든 수고에도 불구하고, 너는 나약한 아도니스(그리스 신화에 나오는 사랑과 미의 여신인 아프로디테의 사랑을 받는 그리스 신화의 미남)가 되었구나. 나는 밤마다 별들을 지켜보고 운세를 점치며 출생지를 계산했다. 그런데 이 모든 것이 네가 위대한 사람으로 태어날 것임을 잘못 지적한 것이었구나. 네가 천한 여자 마법사의 노예가 될 것이라고 누가 믿었겠느냐? 오, 로게로, 알씨나에게서 뭔가를 좀 배우려므나. 그녀의 마술을 배우고 그것에 대항할 수 있는 방법을 습득하거라. 그리고 이 반지를 받아 손가락에 끼고 돌아가 그녀의 진짜 매력이 무엇인지 스스로 알아보거라."

이 말을 듣고 로게로는 부끄럽고 당황스러워 시선을 땅에 떨군 채 무어라 대답을 찾지 못했다. 멜리사는 기회를 포착하여 슬쩍 반지를 그의 손가락에 끼워주었다. 그러자 로게로는 본연의 자세로 돌아왔다. 이것은 그에게 청천벽력같은 사건이었다. 부끄러움에 압도되어 감히 스승의 얼굴을 쳐다볼 수도 없었다. 드디어 그가 고개를 들자 눈에 들어온 것은 늙은 스승이 아니라 여자 성직자 멜리사였다. 반지 때문에 멜리사도 원래의 모습으로 돌아온 것이었다. 그녀는 그를 구출하러 오게 된 동기와 브라다만테의 슬픔과 낙담 그리고 그녀가 지칠없이 얼마나 그를 찾아다녔던지 모두 말해주었다. "그토록 매력적인 아마존이 당신에게 이 반지를 보냈지요. 이 반지는 모든 마술의 최고 해독제입니다. 만일 당신을 섬기는데 더 큰 힘이 된다면, 그녀는 내 손에 자신의 심장이라도 담아 보냈을 겁니다."

멜리사가 말을 더 할 필요는 없었다. 알씨나에 대한 로게로의 사랑은 마술의 작용에 불과했기 때문에 마술의 힘이 없어지자마자 사라져버렸다. 이제 그는 그녀를 사랑했던 것처럼 열렬히 그녀를 미워하게 되어 그녀의 악덕 이외에는 아무것도 보이지 않았고, 그녀로 인해 수모를 당한 것에 분노를 느낄 뿐이었다.

그가 다시 알씨나를 만났을 때는 놀랍게도 분개하는 마음만이 일어났다. 반지로 인해 그녀의 마법에 대항할 수 있게 된 그는 그녀가 추한 괴물임을 알아보았다. 그녀의 모든 매력은 일부러 꾸며낸 것이었고, 잘 들어다보면 모두 다 보기 흉한 것들이었다. 사실 그녀는 헤카베(그리스 신화에 나오는 트로이의 왕 프리아모스의 아내)나 로마의 무당보다 더 늙어보였다. 그러나 유감스럽게도 당시에는 존재하지 않는 마술의 힘으로 그녀는 자신을 매력적으로 보이게 만들고, 젊음의 매력을 보여줄 옷을 입을 수 있었다. 이제 로게로는 모든 것을 이해할 수 있었다. 하지만 멜리사의 충고에 따라 놀라움을 밖으로 드러내지는 않았다. 그리고 그는 어떤 핑계를 대고 믿음직한 발리사르도 칼 옆에 놔두었던 갑옷을 입고서 덮어두었던 작은 방패를 집어 들었다.

그리고 알씨나의 의심을 불러 일으키지 않고 그녀의 마굿간에서 말 한 필을 골랐다. 멜리사의 충고에 따라 히포그리프는 그냥 남겨두었다. 멜리사가 그 말을 맡아 말을 잘 듣도록 훈련시켜주겠다는 약속을 했기 때문이었다. 그가 택한 말은 아스톨포가 한때 소유했던 라비칸이었다. 그런 후 그는 반지를 멜리사에게 돌려주었다.

로게로는 말을 타고 나간 지 얼마되지 않아, 팔뚝에 매 한 마리가 앉아 있고 뒤에는 개 한 마리를 데리고 다니는 알씨나의 사냥꾼을 만났다. 힘센 말을 타고 있던 사냥꾼은 대담하게 용사에게 다가와, 약간 거만한 태도로 그에게 어디를 그렇게 바쁘게 가느냐고 다그쳤다. 로게로는 응답할 가치가 없다고 생각하고 그에게 아무 반응을 하지 않았다. 그러자 사냥꾼은 그가 도망을 가는 것이라고 생각하고 계속 말을 던졌다. "내가 만약 매를 시켜 당신을 가지 못하게 막으면 어떻게 하겠소?" 그러면서 사냥꾼은 새를 날려보냈다. 라비칸이 새의 속도를 필적할 수는 없었다. 이어 사냥꾼은 말에서 내려, 자기 말이 입을 벌려 헐떡거리며 화살처럼 빨리 로게로를 뒤쫓게 했다. 사냥꾼도 바람이나 불이 실어다주기라도 하는 듯 빨리 뛰었고, 그의 개도 라비칸과 같은 속도로 뒤따라왔다. 로게로는 도망이 불가능함을 알고 말을 멈춘 후 추격자들과 정면으로 맞섰다. 하지만 그의 칼은 무용지물이었다. 오만한 사냥꾼은 로게로에게 폭언을 하며 유일하게 지니고 있는 회초리 무기로 그를 마구 때렸다. 개도 그의 발을 물어뜯고, 사냥꾼의 말도 발굽으로 발길질을 했다. 동시에 매도 그의 머리와 라비칸의 머리 위로 날아와 발톱과 날개로 공격을 가해 라비칸을 놀라 통제 불가능한 상태로 만들었다. 그때 계곡에서 나팔과 심벌즈 소리가 들려왔다. 그것은 알씨나가 모든 군대를 동원하여 로게로를 추격하고 있다는 것을 분명하게 알리는 소리였다. 로게로는 더 이상 꾸물거릴 시간이 없다고 생각했다. 그때 다행히 목에 걸고 있던 아트란티스의 방패가 생각났다. 그가 방패의 덮개를 벗기자 마술이 놀라운 힘을 발휘했다. 사냥꾼, 개, 말은 납작하게 쓰러졌고, 퍼

덕거리던 매의 날개도 더 이상 매를 지탱하지 못해 의식을 잃고 땅에 떨어졌다. 성가신 존재들을 제거한 로게로는, 혼수상태에 빠진 그들을 그대로 놔둔 채, 말을 타고 도망을 쳤다.

알씨나는 로게로를 추격하기 위해 궁전에서 동원 가능한 모든 군대를 거느리고 출격에 나섰다. 뒤에 남은 멜리사는 기회를 놓치지 않고 반지의 보호를 받으며 모든 방들을 샅샅이 뒤졌다. 그리고 발견하는 모든 부적들을 즉시 망가뜨리고, 도장들을 깨뜨렸으며, 조상(彫像)들을 불태웠다. 그리고 급히 들판으로 달려가, 나무, 샘물, 돌, 짐승들로 변한 희생물들을 마술에서 풀어 자유를 되찾게 해주었다. 그들은 구원자에게 죽도록 감사하며 선량한 로게스틸라의 영토를 향해 있는 힘을 다해 신속히 도망쳤다. 그리고 그곳에서 그들은 각자의 집으로 길을 떠났다.

멜리사가 첫째로 석방한 사람은 아스톨포였다. 로게로가 그녀에게 각별히 그를 부탁했기 때문이었다. 멜리사는 아스톨포가 한때는 아르갈리아의 것이었던 귀중한 금머리의 창을 회수하도록 도와주었다. 그리고 그와 함께 날개 달린 말을 타고 단숨에 공중을 날아올라 로게스틸라의 성곽에 도착하여 로게로와 합류했다.

그곳에서 그들은 슬기로운 로게스틸라와 덕망있는 신하들과 더불어 즐겁고 유익한 친교를 잠시 나누었다. 그리고 로게로는 히포그리프와 반지와 작은 방패를 가지고, 아스톨포는 금창(金槍)을 휴대하고 가장 빠른 군마인 라비칸을 타고 각자의 길을 향해 떠났다. 로게스틸라는 로게로에게 히포그리프를 다룰 수 있는 재갈과 고삐를 선물하고, 아스톨포에게는 다른 무기들이 소용이 없게 되면 소리를 내는 놀라운 뿔피리를 주었다.

9

범고래

매력적인 안젤리카에 대한 이야기는 그녀의 두 연인 사크리판트와 리날도가 결투를 벌이던 중 그녀가 도망을 쳐 늙은 운둔자를 만났을 때 중단되었다. 그녀는 미운 리날도를 피하고 싶은 마음에서 은둔자에게 프랑스와 유럽을 떠날 바닷가에 도착할 수 있도록 방안을 강구해달라고 요청했다. 비열한 마법사인 가짜 은둔자는 안젤리카의 일을 도와주는 일이 그의 거짓 신들도 좋아하지 않는 일임을 잘 알고 있었기 때문에 그녀의 소망을 들어주는 척 하고 있었다. 그는 안젤리카에게 말 한 마리를 제공했다. 그러나 마술을 써서 그 말 안에 음흉한 악마를 들어가게 하고, 안젤리카를 태워 바다로 갈 진로를 지시했다.

안젤리카는 아무 의심도 없이 말을 타고 길을 떠났다. 그러나 말이 해변가에 도착하자 악마는 말에게 물 속으로 곤두박질치라고 재촉했다. 안젤리카는 말을 육지로 되돌리려고 했으나 헛된 일이었다. 말은 계속해서 전진하다가 드디어 밤이 다가오자, 등에 탄 그녀를 모래 땅에 내려놓았다.

안젤리카는 무서운 고독 속에 홀로 버려졌음을 알고는 온 몸이 마비된 듯 움직이지 않고, 그저 하늘을 향해 두 손을 모은 채 눈물을 줄줄 흘리며 소리내어 외쳤다. "잔인한 운명의 여신이여, 저에 대한 분노를 이제는 그만 거두어주소서! 저에게 무슨 비참한 운명을 또 주시렵니까? 아! 차라리 끝장을 내주세요. 저를 잔인한 짐승에게 넘겨주든지, 아니면 어떤 운명도 상관하지 않겠으니 제 목숨을 거두어가세요. 제 생명과 비참한 처지를 끝내준다면 감사하겠어요." 그리고 마침내 슬픔에 지쳐 모래 위에 쓰러져 잠이 들었다.

다음에 무슨 일이 일어났는지 말하기 전에 이 불행한 여인이 처해있는 곳에 대해 잠시 말하는 것이 좋을 듯 싶다. 아일랜드 해안을 씻어내는 바다에는 에부다라는 섬이 하나 있었다. 한때는 수가 많았던 섬 주민들이 프로테우스(자유 자재로 변신하고 예언의 힘을 가졌던 바다의 신)의 분노를 받고, 그 수가 줄어들어 남은 사람이 거의 없었다. 옛날에는 섬 주민들로부터 통상적으로 받은 존경을 더 이상 받지 못한 신(神)이 화가 치밀어 그들에게 복수를 하려는 마음에서 범고래라는 무서운 바다괴물을 그곳으로 보내 주민들을 잡아먹게 했기 때문이었다. 범고래가 만든 참혹한 피해의 공포가 너무 큰 까닭에 섬 주민들은 모두 주요 성곽도시 안에 틀어박혀 나오지 않고 성벽에 의지하여 살고 있었다. 이런 재난 속에서 그들은 예언자에게 조언을 구했다. 예언자는 나라에서 가장 예쁜 처녀를 바다 괴물에게 바쳐 그의 분노를 진정시키라고 지시를 내렸다.

무서운 예언자의 말이 발표되어 바다 괴물에게 바칠 가장 예쁜 처녀를 찾는 숙명적인 명령이 떨어진 바로 그날 안젤리카가 누워 있는 해안에 상륙한 선원들은 미녀가 잠을 자고 있는 것을 발견했다.

오, 눈 먼 기회의 여신이여, 인간사(事)에 그토록 큰 힘을 갖고 있는 그대가 여러 군주들이 자기 수중에 넣기 위해 앞다투어 결투를 자청하기도 했던 아름다운 여인을 무서운 괴물 앞에 던질 수 있단 말인가? 슬프게도 아름다운 안젤리카는 잔인한 섬 사람들의 희생물이 될 운명에 처하고 말았다.

계속 잠에 빠져 있던 그녀는 에부다 사람들에 의해 결박을 당한 채 배 위로 옮겨졌다. 그때서야 그녀는 비로소 자신이 처한 상황을 깨닫게 되었다. 배가 바람을 잔뜩 받으며 신속하게 항구에 도착하자, 이 광경을 지켜보는 사람들은 누구나 그녀가 틀림없이 프로테우스의 희생물이라고 입을 모았다. 자신의 잔인한 운명에 관한 무시무시한 상황을 깨달은 그녀가 하늘을 원망하며 불행한 처녀의 인간적 고통이 가득한 비명을 질러보아야 누가 그녀를 가여이 여기겠는가? 나도 그럴 수 없었을 것이다. 자, 이제는 이 이야기의 좀더 즐거운 부분으로 넘어가보자.

로게로는 로게스틸라의 궁전을 떠나 하늘을 나는 준마를 타고 산꼭대기 훨씬 위쪽을 비행하면서 서쪽으로 향했다. 이번에는 멜리사가 준 고삐 덕분에 쉽게 히포그리프를 조종할 수 있었다. 그는 브라다만테를 어서 찾고 싶었기 때문에 속도를 빨리 내면서, 그가 모험으로 멈추곤 했던 많은 지역과 나라의 광경을 내려다보며 기쁨을 금치 못했다. 마침내 그는 영국 해안에 도착하여 화려하고 찬란한 대군(大軍)이 승리의 희망에 부푼 채 막 출전하려는 듯 진을 치고 있는 것을 발견했다. 그는 이곳에서 그리 멀지 않은 곳에 내렸다. 그러자 감탄을 금하지 못하는 구경꾼들과 기사들, 병사들이 호기심과 놀라움을 가지고 그에게 몰려들었다. 로게로는 그들로부터 찰스 왕이 영국 대사 리날도의 요청에 따라 프랑스 황제를 돕기 위해 훌륭한 군인들을 데리고 가고 있다는 사실을 알게 되었다.

이 무렵 영국 기사들은 휴식을 취하고 있는 히포그리프를 구경하며 일부 호기심을 충족시켰다. 로게로는 그들의 놀라움과 즐거움을 새롭게 해주기 위해 다시 히포그리프를 타고 양 옆구리에 박차를 가하여, 마치 유성처럼 재빨리 공중을 날아 서쪽으로 향했다. 그리고 마침내 아일랜드 해안이 보이는 곳에 도착했다. 그곳에서 그는 예쁜 처녀가 홀로 바다로 툭 튀어나온 바위에 단단히 묶여있는 것을 발견했다. 가까이 다가가 보니 여인은 놀랍게도 아름다운 안젤리카 공주였다. 그날 그녀는 이곳으로 끌려와 바다 괴물이 잡아먹을 수 있도록 바위에 묶인 것이었다. 로게로는 그녀에게 가까이 다가가 큰 소리로 말했다. “어느 잔인한 손이, 도대체 어떤 야만스런 영혼이, 도대체 어느 숙명적인 우연이, 당신을 이렇게 묶었단 말입니까?” 안젤리카는 비오듯 눈물을 흘리면서 그저 그의 말을 알아듣는다는 응답만 할 뿐이었다. 그리고 떨리는 목소리로 자신이 이곳까지 오게 된 끔찍한 운명에 대해 설명을 해주었다. 그녀가 이렇게 말을 하는 동안, 바다 먼 곳에서 무시무시한 굉음이 들리더니, 거대한 괴물의 몸통 일부가 동굴 위로 드러났다. 공포에 질려 반죽음이 된 안젤리카는 절망한 나머지 자포자기 상태에 빠져버렸다.

로게로는 히포그리프에게 박차를 가하여 범고래 쪽으로 다가가 창으로 그것을 세차게 찔렀다. 무시무시한 괴물은 자연이 만든 것이 아니었다. 그것은 그저 이리저리 뒤척이는 하나의 몸통으로, 머리, 눈, 입이 있고, 야생 멧돼지 같은 뻐드렁니가 장식되어 있는 생물체에 불과했다. 로게로는 창으로 그것의 미간 사이를 찔렀다. 그러나 그것의 비늘이 바위와 쇠처럼 질겨서 뚫을 수 없었다. 기사는 자신의 첫째 공격이 아무 결실을 맺지 못했음을 알고 다시 두 번째 공격을 준비했다. 물 위에 히포그리프의 큰 날개 그림자가 떠있는 것을 본 괴물은 먹이감을 포기하고 더 가까이 있는 것을 잡기 위해 방향을 돌렸다. 로게로는 이 기회를 이용하여 그의 살인적인 이빨 가까이에 가지 않도록 주의하면서, 짐승의 이곳저곳을 맹렬하게 공격했다. 그러나 그것의 비늘은 어떤 공격에도 전혀 끄덕하지 않았다. 더욱이 범고래가 꼬리로 물을 쳐서 거품을 일으켜 로게로와 그의 말을 에워쌌기 때문에 로게로는 자신이 물 속에 있는지 대기 중에 있는지 분간할 수 없었다. 심지어 히포그리프의 날개가 물에 너무 많이 젖어 더이상 공기 중에 버티고 있지 못하면 어떡하나 하는 걱정마저 들기 시작했다. 순간 로게로는 안장의 앞 머리에 걸어둔 마술방패를 떠올렸다. 그러나 마술방패의 번쩍이는 빛이 안젤리카의 눈을 멀게 할지도 모른다는 생각에 함부로 사용할 수 없었다. 다시 그는 멜리사가 주었던 이미 마술의 힘을 입증한 반지를 떠올렸다. 그래서 그는 급히 안젤리카에게 다가가 그것을 그녀의 손가락에 끼워주었다. 그런 후 작은 방패의 덮개를 벗겨 빛나는 원판을 가증스러운 범고래의 얼굴에 정면으로 향하게 했다. 효과는 즉시 나타났다. 감각을 잃고 움직이지 못하는 괴물이 바다에서 뒹굴다 물 위로 둥둥 떠올랐다. 로게로는 드러난 괴물의 몸통에 창을 던지고 싶었지만, 괴물이 소생하기 전에 시간을 놓치지 말고 쇠사슬에서 풀어달라는 안젤리카의 간청에 먼저 응했다. 그는 서둘러 그녀의 결박을 풀어준 후 그녀를 데리고 히포그리프 등 위로 올라탔다. 말은 땅을 박차고 공중으로 솟아올라 빠른 속도로 하늘을 날아갔다. 로게로는 잔인한 흥분의 시간을 보낸 안젤리카에게 휴식이 필요하다고 생각하고, 곧 땅을 밟기 위해 브르타뉴(프랑스 북서부의 반도)의 해안에 내렸다. 해안 가까이에 새소리가 울려퍼지는 울창한 숲이 보였다. 숲 한가운데에는 투명한 샘물이 하나 있어 작은 풀밭의 잔디를 적시고 있었다. 그곳에서 그리 멀지 않은 곳에 경사가 완만한 작은 산도 있었다. 로게로는 히포그리프로 하여금 초원의 땅을 밟게 하고, 자신도 말에서 내려 안젤리카를 땅에 내려주었다.

첫 감정의 흥분이 가라앉자, 안젤리카는 시선을 내리깔고 이미 효능을 잘 알고 있는 반지를 바라보았다. 반지는 사라센의 브루넬로가 그녀에게서 빼앗아갔던 바로 그 반지였다. 그녀는 손가락에서 반지를 뽑아 입 속에 넣었다. 그러자 그녀는 홀연히 용사의 시야에서 사라지고 말았다.

로게로는 미친 듯이 사방을 둘러보다가 자신이 그녀의 손가락에 반지를 끼워주었다는 것을 기억해냈다. 자신의 봉사를 이런 식으로 갚는 그녀의 배은망덕에 충격을 받은 그는 큰 소리로 외쳤다. "감사할 줄 모르는 미녀여, 이런 식으로 내게 보상하는 겁니까? 그 반지를 내게서 뺏어 달아나는겁니까? 아니면 선물로 받겠습니까? 부탁을 했어도 기꺼이 드렸을 터인데." 그렇게 말하면서 로게로는 잃어버린 것을 찾기 위해 장님처럼 양팔을 벌리고 사방을 헛되이 뒤졌다. 그러나 잔인한 미인은 이미 먼 곳에 가 있었다.

안젤리카는 자기를 구해 준 사람에 대한 의무감을 알고는 있었지만 당장 옷과 음식과 휴식이 필요했다. 그녀는 곧 오두막에 도착하여 안으로 살그머니 들어가 필요한 것을 찾았다. 한 늙은 목자가 오두막에 살면서 한 무리의 암말들을 돌보고 있었다. 안젤리카는 암말 한 마리를 골라 그 위에 올랐다. 그러자 마음 속에 동부지역에 있는 고향으로 돌아가고 싶다는 욕망이 되살아났다. 그 목적을 실현하기 위해서라면 자기를 고향과 갈라놓고 있는 넓은 지역들을 가로질러 가는데 오르란도나 사크리판트의 보호 제의를 기꺼이 받아들일 수도 있을 것 같았다. 그래서 그녀는 둘 중 한 사람을 만나기 위해 그들을 찾아 길을 떠났다.

한편 로게로는 안젤리카를 다시 만나겠다는 생각을 포기하고 날개 달린 말을 남겨둔 곳으로 돌아왔다. 그러나 말은 말 굴레를 부러뜨리고 도망가고 없었다. 말을 잃어버린 그는 앞서 느낀 실망과 더불어 번뇌 속으로 휘말려 들어갔다. 그는 슬픈 심정으로 무기를 집어들고 작은 방패를 어깨에 걸친 후 넓게 펼쳐져 있는 울창한 숲 안으로 들어갔다.

그가 얼마동안 걸어갔을 때, 왼쪽에서 시끄러운 소리가 들려왔다. 조심스럽게 들어보니 무기들이 부딪치며 나는 소리였다. 그는 소리가 나는 쪽으로 향했다. 그곳에는 두 명의 무사가 사생결단의 결투를 벌이고 있었다. 한 명은 남성다운 고상한 기사였고 다른 한 명은 사나운 거인이었다. 기사는 거인의 육중한 곤봉에 대항하여 자신을 방어하면서, 그의 타격을 피하고 칼과 방패로 막으면서 완벽한 솜씨를 발휘했다. 로게로는 멈춰서서 결투를 구경했다. 사실 마음 속으로는 남몰래 기사의 편에 서고 싶었지만 그렇게 하지 않았다. 드디어 슬프게도 기사가 거인이 가한 크고 무거운 곤봉을 머리에 맞고 쓰러졌다. 거인은 그를 해치우기 위해 재빨리 그에게 달려가 그의 투구를 풀었다. 바로 그때 로게로는 기사가 다름 아닌 브라다만테임을 알아보고, 크게 당황하여 큰 소리로 외쳤다. "잠깐만, 이 악당아!" 하면서 그는 칼을 뽑아들고 달려갔다. 그러자 거인은 또 한 차례 결투를 하고 싶지 않다는 듯이 브라다만테를 어깨에 메고 숲속으로 달려가버렸다.

로게로는 그의 뒤를 쫓아갔으나 거인이 워낙 빨리 달렸기 때문에 그를 따라잡을 수 없었다. 마침내 그들은 숲에서 빠져나왔다. 로게로는 대리석으로 지어지고 대가(大家)의 조각물로 장식된 호화로운 궁전이 눈 앞에 나타난 것을 보았다. 거인은 황금 문을 통해 궁전 안으로 들어갔고 로게로도 그의 뒤를 쫓았다. 그러나 사방을 둘러보아도 거인이나 브라다만테는 보이지 않았다. 그는 비겁한 적에게 돌아와 상대를 하자고 큰소리로 외치며 이 방 저 방을 뛰어다녔다. 그러나 아무런 대답도 들리지 않았고 거인과 희생자의 모습도 보이지 않았다. 이런 헛된 추격을 하는 도중에 그는 페라우, 플로리스마트, 그라다소왕, 오르란도, 그리고 자기처럼 마술 성의 올가미에 걸린 많은 사람들을 만났다. 그러나 그는 그들을 알아보지 못했다. 로게로를 자기의 세력권 안으로 끌어들이고, 혹시 자신의 안전을 위협할지도 모르는 사람들을 담보로 잡아두고 있는 이 성은 바로 아트란티스가 새로이 고안한 계략이었다. 로게로가 브라다만테라고 생각한 것은 유령에 지나지 않았다.

로게로가 돌아오기를 오랫동안 기다리며 그를 보고 싶어하던 브라다만테는 이미 먼 곳에 가 있었다. 샤를마뉴 황제가 마르세유 성곽도시와 수비대를 브라다만테에게 맡겼기 때문에, 그녀는 용기있고 신중하게 이교도에 대항하는 임무를 이행하고 있었다. 그런데 어느 날 갑자기 멜리사가 그녀 앞에 나타났다. 그녀의 질문을 예상하고 멜리사는 말했다. "로게로는 걱정하지 마세요. 그는 살아있고 당신에게 한결같이 충실할 것입니다. 하지만 그는 자유를 잃었습니다. 잔인한 마술사가 다시 로게로를 자기 포로로 만드는데 성공했지요. 그를 구출하고 싶다면 말을 타고 나를 따라오십시오." 멜리사는 아트란티스가 브라다만테의 허깨비를 만들어 로게로의 눈을 현혹시킨 일을 이야기해주며 말을 이어나갔다. "만약 당신이 숲에 침투하여 그의 성곽에 접근한다면 당신도 같은 계략에 말려들게 될거예요. 로게로를 보고 있다고 생각하지만 사실은 마법사를 보고 있는거지요. 그러니 마법사에게 속지 말고 그의 몸 속으로 칼을 찔러넣으세요. 마법사를 죽여야 로게로 뿐만 아니라, 마법사가 유인하여 끌어들인 프랑스의 가장 용맹한 기사들을 모두 구출하게 될 것입니다. 제 말을 믿어주세요."

브라다만테는 신속하게 무장을 하고 말을 몰았다. 멜리사는 브라다만테와 흥미있는 대화를 나누며 그녀를 인도하여 들판과 숲들을 지났다. 마침내 그들이 숲에 도착하자 멜리사는 다시 한 번 더 지시사항을 반복했다. 그리고 아트란티스가 자기를 발견하여 경계하지 않도록 브라다만테와 작별을 했다.

브라다만테가 말을 타고 2마일 가량 갔을 때, 갑자기 로게로가 두 명의 사나운 거인에게 세차게 공격받고 있는 것이 보였다. 그녀가 망설이고 있는 동안 그가 도와달라고 소리를 질렀다. 그러자 멜리사의 주의사항이 중요성을 잃고 말았다. 브라다만테는 충고자의 신의와 진실에 대해 갑작스런 의문을 품게 되었다. "내가 나의 눈과 귀를 믿지 못한단 말인가?"라고 말하며 그녀는 그를 방어하기 위해 앞으로 돌진했다. 로게로가 도망치자 거인들이 그의 뒤를 추격했고, 브라다만테 역시 그들을 뒤쫓아 성곽 문을 통과했다. 성곽 문을 통과한 브라다만테는 미망(迷妄)에서 깨어났다. 물론 거인이나 기사는 보이지 않았다. 그녀는 자신이 포로가 되었다는 것을 깨달았다. 하지만 연인과 함께 감금되어 있다는 사실을 알지 못했기 때문에 아무 위로를 찾지 못했다. 그리고 여러 형태를 하고 있는 남녀를 만났지만 그들이 누구인지 아무도 알아보지 못했다. 그들의 운명도 그녀와 마찬가지였다. 그들은 모두 환상에 빠져, 서로를 마치 거인이나 난쟁이, 아니면 네 발 달린 짐승으로 보았기 때문에, 서로 친교를 나누어 의사소통을 할 수 없었다.

10

아스톨포와 이사벨라의 모험

아스톨포는 잔인한 알씨나로부터 탈출하여 덕망있는 로게스틸라의 영토에 잠시 머물렀다. 그는 조국으로 돌아가고 싶었다. 로게스틸라는 그를 본토로 실어나를 수 있는 가장 좋은 배를 한 척 빌려주었다. 또한 그녀는 그와 헤어지면서 모든 종류의 마술을 극복할 수 있는 비결이 쓰인 놀라운 책 한 권을 선물했다. 자기를 생각해서라도 항상 그 책을 지니고 다니라는 것이었다. 또 인간의 기술이 만든 것은 무엇이나 능가하는 다른 선물도 주었는데, 그것은 겉으로 보기에는 아무것도 아닌 간단한 뿔피리였다.

아스톨포는 선한 여인에게 감사의 작별 인사를 하고 선물의 보호를 받으며 프랑스로 돌아가기 위해 길을 나섰다. 순조로운 항해로 희망한 항구에 도착한 그는 충실한 선원들과 다시 작별 인사를 한 후 육로로 여행을 계속했다. 산과 계곡을 여행하는 중에 강도와 짐승, 독사를 만났지만 뿔피리를 불어 그들 모두를 도망가게 만들었다.

드디어 프랑스에 도착한 그는, 많은 지방을 지나 군(軍)으로 가던 중, 숲을 가로질러 흐르는 샘물에 이르렀다. 그는 물을 마시기 위해 말에서 내렸다. 그런데 그가 샘물에 몸을 숙이고 있을 때, 젊은 시골뜨기가 잡목 숲에서 뛰쳐나오더니 라비칸을 집어타고 달아났다. 그것은 마술사 아트란티스의 새로운 계략이었다. 시끄러운 소리를 듣고 아스톨포는 고개를 돌려 말이 도난당하는 것을 보았다. 아스톨포는 놀라 벌떡 일어나 도둑을 추격했다. 그런데 도둑은 말에게 압력을 가해 전속력으로 달리는 것이 아니라 두 사람이 모두 숲에서 나올 때까지 추격자가 자신을 볼 수 있는 거리를 유지하며 달아났다. 그런 후 라비칸과 도둑은 가까운 성 안으로 피신했다. 그 뒤를 따라간 아스톨포 역시 아무 어려움 없이 성곽의 안마당에 들어가 도둑과 말을 찾기 위해 사방을 두리번거렸다. 하지만 아무 흔적도 없었고, 물어볼 사람도 전혀 보이지 않았다. 아스톨포는 자신이 마술에 걸려 곤경에 빠진 것이 아닌가 하는 생각이 들어, 선물로 받은 책을 떠올리고 그것을 들여다보았다. 그래서 그는 자신의 생각이 근거가 있다는 것과 어느 길로 가야하는지 알게 되었다. 책의 지시에 따르면 탈출을 원하는 영혼이 누워 있는 문지방의 돌을 들어올리고 성곽을 떠나야 했다. 아스톨포는 있는 힘을 다해 바위를 들어 옆으로 옮겼다. 그러자 마술사가 마법을 썼다. 포로가 가득한 성에서 마술사는 아스톨포가 어떤 포로에게는 들짐승으로, 어떤 사람들에게는 거인으로, 어떤 사람들에게는 맹금으로 보이게 만들었다. 그래서 모든 포로들이 그에게 공격을 해왔다. 만일 아스톨포가 뿔피리를 생각해내지 못했더라면 그는 포로들에게 즉시 살해되고 말았을 것이다. 그가 뿔피리를 불자 포로들은 마치 새 사냥꾼의 총소리를 듣고 놀란 비둘기 떼처럼 마법사와 함께 혼비백산하여 도망을 쳤다. 아스톨포는 다시 힘을 써서 바위를 뒤집었다. 그리고 책이 지시한대로 마술의 글자가 새겨진 아래면을 모두 지워버렸다. 그러자 성곽과 벽과 작은 탑들이 모두 연기로 사라지는 것이었다.

자유의 몸이 된 기사들과 여인들은 로게로, 브라다만테, 오르란도, 그라다소 외에도 많이 있었다. 뿔피리 소리를 듣고 모든 사람들은 군마(軍馬)를 타고 도망을 쳤다. 아스톨포는 공포에 질린 라비칸을 붙잡았다. 뿔피리 소리가 중단되자, 로게로는 브라다만테를 알아보았다. 그들은 감금되어 있는 동안 매일 서로 만나기는 했어도, 마술사의 마법으로 인해 서로를 알아보지 못하고 있었다. 그들이 서로를 알아보고 헤어진 후 발생한 모든 일로 이야기 꽃을 피울 때의 기쁨은 말로 표현할 수 없었다. 로게로는 이 기회를 이용하여 브라다만테에게 청혼을 했다. 그가 소망했던대로 그녀도 그에게 호감을 갖고 있었다. 다만 장애물이 하나 있다면 신앙의 차이였을 뿐이었다. "만약 당신이 결혼 승낙을 얻으려면 제 아버님 아이몬 공작에게 정식으로 요청해야 하고, 가짜 예언자를 버리고 기독교인이 되어야 합니다." 그녀가 말했다. 사실 로게로도 자신을 위해 기독교를 받아들일 것을 고려하고 있었다. 그랬기 때문에 그는 그녀의 조건들을 수락한 후 그곳에서 그리 멀지 않은 곳에 탑이 있는 발롬브로사 수도원으로 당장 가자고 제안했다. 그들은 그곳으로 말머리를 돌렸다. 이제 그들이 알아서 제 갈길을 가도록 우리는 이쯤에서 그들을 내버려두기로 하자.

독자 여러분은 로게로가 안젤리카를 탐욕스런 범고래로부터 구해내고,

바로 그 순간 미녀가 반지를 입 속에 넣고 사라져버린 일을 기억하는가? 한편 히포그리프는 고삐를 벗어버리고 옛 주인을 다시 만나려고 공중을 날아 자기에게 익숙한 마굿간으로 돌아갔다. 아스톨포는 히포그리프를 발견하게 되어 기쁘기 그지없었다. 아스톨포는 로게로가 히포그리프를 타는 것을 본 적이 있었기 때문에 그 말의 힘을 알고 있었다. 아스톨포는 이 말을 타고 전 세계를 일주하면서 공중에서 여러 나라와 사람들을 보고 싶었다. 더욱이 이 말의 조종법을 로게스틸라에게서 들은 적이 있었고, 로게스틸라가 고삐를 말머리에 갖다 매는 것도 본 적이 있었다. 그래서 그는 마굿간에서 적당한 고삐를 하나 고른 다음 라비칸의 안장을 히포그리프의 등에 얹었다. 그가 당장 출발하는 것을 아무도 막을 수 없는 것처럼 보였다. 그러나 그는 떠나기 전에 필요하면 다시 회수할 수 있도록 라비칸을 안전한 곳에 두고 가야겠다고 생각했다. 그 일을 대신해 줄 시종을 어디서 찾을까 고심하던 중, 마침 브라다만테가 그에게 다가오는 것을 보았다. 아름다운 무사는 로게로와 함께 발롬브로사 사원으로 가던 중, 적절하지 못한 모험을 만나 로게로와 헤어진 참이었다. 그녀는 로게로와 몽탈반에서 만나기로 약속한 바가 있었기 때문에 그곳으로 돌아가는 중이었다. 그래서 아스톨포는 그의 미인 사촌인 브라다만테에게 라비칸과 공중여행에 부담을 주는 금창(金槍)을 맡겨 놓고, 그녀에게 작별 인사를 한 다음 공중으로 날아올랐다.

* * *

아스톨포의 도움으로 마술사의 성에서 풀려난 사람 중에 오르란도도 끼어 있었다. 오르란도는 발길이 닿는대로 걷다가 하루가 다 저물어갈 무렵 산기슭에 있는 어느 숲에 도착했다. 바위의 갈라진 틈에서 한줄기 빛이 나오는 것을 발견하고 놀란 그는 빛줄기를 따라 접근하다가 산기슭에 깊은 동굴로 통하는 좁은 통로를 발견했다.

오르란도는 말을 매어놓고 통행을 막는 덤불을 헤치고 바위들을 딛고 아래로 내려가 어느 동굴에 이르렀다. 동굴에 들어가자 슬픔 때문인지 홍분으로 얼룩진 얼굴의 젊고 예쁜 여인이 있었다. 그녀 옆에는 한 늙은 여인도 있었는데, 젊은 여인은 그 노파를 공포와 분노의 대상으로 보고 있는 것 같았다. 예의 바른 용사는 두 여인에게 정중히 인사를 한 뒤, 누구의 만행으로 그들이 이렇게 감금되어 있는지 말해달라고 간청했다.

젊은 여인은 간헐적으로 흐느끼는 울음소리를 내며 대답했다.

“그 말씀을 드린다면 저를 이곳에 감금시킨 야만적인 남자로부터 더 나쁜 처우를 받을 것입니다. 이 여자가 틀림없이 그것을 보고할 테니까요. 그것을 잘 알고 있지만 저는 당신에게 숨김없이 이야기를 하고 싶어요. 아! 왜 제가 그의 분노를 두려워하겠어요? 그가 나를 죽인다면 도리어 그것은 더할나위 없는 은혜인데요. 제 이름은 이사벨라로 갈리시아 왕의 딸입니다. 아니 불행과 슬픔이 제 부모라고 하는 편이 더 낫겠군요. 사실 저는 젊음과 재물, 고요한 성품, 모든 것으로 행복했었습니다. 그러나 슬프게도 지금의 나는 가난하고 천하고 비참한 상태가 되었지요. 어쩌면 더 많은 고통을 겪어야 할지도 모릅니다. 그러니까 저의 아버지가 바욘에서 마상 시합을 한다는 공표를 한 지 어언 일 년이 지났지요. 그때 사방에서 수 많은 기사들이 궁전으로 모여들었습니다. 기사들 중에는 스코틀랜드 왕의 아들

제르비노가 있었는데, 그는 결투를 할 때마다 승리를 거두어 미와 용기에서 그를 따를 자가 없어 보였습니다. 그는 갈리시아 궁전을 떠나기 전에 저와 결혼하고 싶다는 것을 확언한 바 있었고, 저 역시 그가 아버님에게 나와의 결혼을 간청하는 것에 찬성했어요. 하지만 저는 회교도였고 제르비노는 기독교도였기 때문에 아버님께서 반대를 했지요. 그는 프랑스 황제를 돕는 군대를 지휘하기 위해 귀국하라는 아버지의 부름을 받자 자기와 비밀결혼을 해서 스코틀랜드로 가자고 저를 설득했어요. 그는 저를 태울 대형 보트 한 척을 장만하고, 육상과 해상에서 세운 공으로 유명한 비스카얀 출신의 오데릭 기사로 하여금 배의 책임을 맡게 했지요. 오데릭은 약속된 날짜에 제 아버님의 해변 휴양지로 배를 가져왔고 저는 그 배에 승선했어요. 하인 몇 명을 태우고 저는 그렇게 조국을 떠났던 것입니다. 순풍을 타고 항해한 지 몇 시간이 지났을 때 강력한 폭풍이 우리를 엄습했습니다. 돛을 모두 내렸으나 별 소용이 없었지요. 우리는 바람에 밀려 곧장 바위가 많은 해안에 오게 되었지요. 더 이상 안전한 곳을 찾을 수 없음을 안 오데릭이 부하 몇 명과 위험을 무릅쓰고 육지에 상륙했던 겁니다. 딱딱한 땅에 닿자마자 저는 무릎을 꿇고 저를 구해주신 하나님께 진심으로 감사드렸습니다. 저희들이 상륙한 해안에는 사람이 살지 않는 것 같았습니다. 대피할만한 집도, 더 안전한 곳으로 이끄는 길도 전혀 보이지 않았습니다. 저희 앞에는 바다와 맞닿아 있는 높은 산이 있을 뿐이었습니다. 그런데 오데릭은 나의 눈물어린 간청에도 불구하고, 나를 해적들에게 팔아넘겨 버렸습니다. 해적들은 자기 군주인 모로코 황제에게 제가 마음에 드는 선물이 될지 모른다고 생각한 것 같습니다. 이 동굴은 그 해적들의 소굴로 편리한 시기에 나를 데리고 나가기 위해 노파를 시켜 저를 감시하고 있는 것입니다."

이사벨라의 말이 끝나기가 무섭게 무장한 남자들이 동굴로 들어오기 시작했다. 이 중 한 명이 오르란도 왕자를 보고는 다른 사람들에게 말했다."덫을 놓지 않았는데도 새를 잡게 되다니!" 그리고 그가 오르란도에게 말했다. "내가 원하는 멋진 갑옷과 조끼를 가지고 이곳에 오다니 정말로 고맙기 그지없군, 친구." 오르란도는 "그렇다면 그 대가를 치루게 해주지"하고 대답하며 반쯤 타다 남은 나무 조각을 집어 그에게 던졌다. 그는 머리에 나무 조각을 맞고 의식을 잃은 채 바닥에 쭉 뻗어버렸다.

동굴 한 가운데에는 해적들이 식사를 할 때 사용하는 육중한 식탁 하나가 있었나. 오르란도는 그 탁자를 집어들어 동굴 입구에 무리지어 있던 해적들을 향해 던졌다. 이들 중 반은 머리가 깨지고 팔다리가 부러져 땅에 쓰러졌다. 나머지는 재빨리 도망을 쳤다.

오르란도는 동굴의 거주자들을 그들 나름의 운명에 맡긴 채 이사벨라를 보호하며 길을 떠났다. 어떤 사건도 일어나지 않은 채 그들은 며칠동안 여행을 계속했다.

그러던 어느 날 그들은 손발이 묶인 채 사형을 당하기 위해 끌려가는 포로 한 명을 호송하는 남자들을 만났다. 포로는 고상하고 순진해 보이는 젊은 기사였다. 남자들은 불충실한 마간자 가문의 우두머리인 안셀름 백작의 깃발을 가지고 있었다. 오르란도는 말을 타고 그들에게 다가가 무슨 일로 그렇게 행진을 하고 있는지 물어보겠다며, 이사벨라에게 기다리라고 말했다. 그리고 그들에게 다가가 우두머리에게 끌려가고 있는 포로가 누구이고 무슨 죄를 지었느냐고 물었다. 우두머리는 포로가 안셀름 백작의 아들

피나벨을 음흉하게 살해한 살인자라고 대답했다. 그러자 포로가 큰 목소리로 외쳤다. "나는 살인자가 아닙니다. 또한 무엇으로도 그 젊은이를 죽게 만들지 않았습니다." 오르란도는 마간자 가문의 지도자들이 잔인하고 사나운 성격을 가지고 있다는 것을 알고 있었기 때문에, 우두머리에게 젊은 포로가 불의의 희생자라는 것을 납득시키려고 노력하지 않았다. 그래서 우두머리에게 희생자를 즉시 석방하라고 명령했다. 하지만 그들로부터 건방진 대답을 듣자, 창으로 그를 쳐서 쓰러뜨리고는 다시 두세 번 힘차게 공격을 가하여 무리들을 해산시키고, 뒤처져 미처 들판을 빠져나가지 못한 자들에게 치명상을 입혔다.

그리고 오르란도는 서둘러 포로의 결박을 풀어주고, 나쁜 마겐시안 사람이 감히 빼앗으려 했던 자신의 갑옷을 그에게 입혔다. 그런 후 오르란도는 싸움의 현장으로 다가오는 이사벨라에게 그를 데려갔다. 젊은 포로가 자기 남편 제르비노라는 것을 알아본 이사벨라의 기쁨과 놀라움은 도저히 말로 표현할 수 없었다. 왕자 역시 이사벨라가 파도에 휩쓸려 실종되었을 것이라고 생각하고 있었는데 이렇게 다시 만나게 된 것이었다. 오르란도는 그들과 기쁨을 같이 나누며, 그를 구하는데 도움이 되어서 기쁘다고 말했다. 공주는 유명한 이 용사가 자기를 위해 행한 행동을 제르비노에게 모두 들려주었다. 왕자는 오르란도의 발 밑에 엎드려 두 번이나 구해주었다며 감사를 표했다.

그렇게 축하와 감사의 말이 오가는 동안 그들의 주목을 끄는 소리가 덤불에서 들려왔다. 두 기사는 재빨리 투구를 착용하고 경계 태세에 돌입했다. 무엇이 그들의 대화를 중단시켰는지는 다음 장(章)이 알려줄 것이다.

11

메 도 로

이 무렵 프랑스에서는 무서운 사건들이 일어나고 있었다. 사라센군과 기독교군은 수많은 전투에서 서로를 죽이고 있었다. 리날도는 이교도(이슬람교도를 말함)를 공격하는 군대를 지휘하며 그들을 격파하던 중, 오르란도의 문장(紋章)이 새겨진 갑옷을 입은 (그것이 우연인지 아닌지는 중요하지 않다) 기사와 맞대결하게 되었다. 기사는 주마라 왕국의 젊고 용감한 다르디넬 왕자였다. 리날도는 자신이 행한 살륙을 이렇게 표현했다. "위험한 식물은 다 자라기 전에 뽑아버리자."

리날도가 앞으로 나아가자, 앞에 있던 군중들이 길을 열어주었다. 기독교인은 그가 마음대로 칼을 휘두르도록, 이교도들은 그것을 피할 수 있도록 흩어졌다. 다르디넬과 리날도가 얼굴을 마주보고 서자, 리날도가 아주 큰 소리로 외쳤다. "젊은이, 그 작은 방패를 누가 자네에게 주었는지는 몰라도 그것은 위험한 선물일세. 나는 자네가 붉고 흰 문장(紋章)을 어떻게 방어할 수 있는지 보고싶구만. 나와 싸워 그것을 방어하지 못한다면 오르란도가 도전하는 경우 어떻게 방어를 하겠는가?" 다르디넬이 응답했다. "나의 무기를 지키고 그것을 영광스러운 무기로 만들 수 있다는 것을 그대는 알겠지. 누구도 생명을 내놓지 않고는 내게서 무기를 뺏을 수 없을테니까." 이렇게 말하며 다르디넬은 칼을 높이 쳐들고 리날도에게 달려들었다.

마치 사자가 어린 황소를 공격하듯이 리날도가 왕자를 공격하기 위해 전진하는 것을 본 사라센 군인들은 공포에 사로잡혔다. 다르디넬이 먼저 첫 공격을 가했으나 아무 효과가 없었다. 리날도는 미소를 지으며 말했다. "나의 일격이 더 효과적이라는 것을 보여주겠다." 그리고 리날도는 그의 가슴을 세차게 찔렀다. 이 타격이 어찌나 격렬했던지 잔인한 무기는 왕자의 몸을 꿰뚫고 등 뒤에 넓은 구멍을 만들었다. 이 상처로 인해 다르디넬의 몸은 피를 줄줄 흘리며 맥없이 쓰러지고 말았다.

스치는 쟁기로 인해 뿌리가 뽑혀 힘없이 고개를 숙이는 꽃처럼 다르디넬은 죽음의 그림자로 창백하게 질린 얼굴을 한 채 숨을 거두며, 한 종족의 희망을 꺼버렸다.

제방으로 인해 막혔던 물이 제방이 무너지면 사방으로 퍼지듯 다르디넬이 쓰러지자 이교도들은 더 이상 전투 대열을 유지하지 못하고 뿔뿔이 도주했다. 리날도는 쉽게 이긴 것이 너무나 경멸스러워 더 이상 그들을 추격하지도 않았다. 그는 용감한 자가 아니면 싸우고 싶지 않았다. 같은 시각, 12용사들은 무어인(아프리카에 살았고 8세기에 스페인을 점령한 무어 사람의 일파. 인도의 이슬람교도를 일컫기도 함)을 무자비하게 살륙하고 있었다. 찰스 황제, 올리버, 귀도, 덴마크인 오기에르도 사방에서 병사들을 살해했다.

이 무시무시한 날, 이교도들은 한 사람도 남김없이 살해당하는 것 같았다. 그러나 현명한 왕 마르실리우스는 패주하는 병사들에게 약간의 질서를 잡았다. 그는 패잔병들을 모아 하나의 대부대를 형성한 다음 진지로 질서 있게 후퇴시켰다. 그의 진지는 참호와 넓은 도랑으로 잘 만들어진 요새였다. 도망병들이 급히 이곳에 들어오면서 무어군(軍)의 모든 패잔병들도 모두 이곳에 집결했다.

찰스 황제는 어쩌면 그날 밤 적을 완전히 분쇄할 수 있었을지 모른다. 그러나 그는 피로해진 병사들로 하여금 요새같은 적의 진지를 공격하게 하는 일이 신중한 처사가 아니라고 생각하고, 정상적인 포위 공격을 준비하면서 적을 에워싸는데 만족했다. 그래서 무어인들은 한밤중에 인명 손실이 어느 정도인지 알아볼 시간을 갖게 되었다. 그들의 막사에서 통곡의 울음소리가 울려퍼졌다. 어떤 무사는 형의 죽음을 어떤 무사는 친구의 죽음을 애도해야 했다. 많은 병사들이 중상을 입었으며, 모두가 다 자신의 운명에 대해 치를 떨었다.

그 당시 신분이 그리 높지 않은 두 명의 젊은 무어인이 있었는데, 그들의 애국심과 충성심은 인류역사에서 그 유례를 찾아보기 힘들 정도로 높은 것이었다. 그들은 군주 다르디넬을 따라 프랑스 전쟁에 참가한 클로르단과 메도로였다. 메도로는 한창 피어나는 꽃처럼 고운 뺨을 가진 평범한 젊은이였다. 사라센 군인들 중 그처럼 우아함과 미를 겸비한 사람은 없었다. 그의 선명한 머리칼은 검고 반짝이는 눈으로 더욱 돋보였다. 두 친구가 성벽에서 함께 보초를 서고 있었다. 자정이 되자 그들은 깊은 좌절에 빠져 싸움터를 뚫어지게 바라보았다. 메도로는 눈물을 머금고 훌륭한 다르디넬 왕자에 대해 말했다. 장례식도 치르지 못한 채 왕자의 시체가 들판에 내팽개쳐 있다는 생각에 슬픔을 참을 수 없었던 것이다. "아, 친구여, 우리 왕자님의 시체가 늑대와 갈가마귀의 먹이가 되어야 하겠는가? 왕자님이 얼마나 나를 사랑해주셨는지를 생각하면, 그의 체면을 세워주기 위해 이 몸을 다 바쳐도 모자랄걸세. 이보게 친구, 전쟁터에서 왕자님의 시체를 찾아 장례를 치러드리도록 하세. 어쩌면 찰스 왕의 진지는 모두 다 자고 있을지 모르잖나. 내가 몰래 그의 진지로 들어가보겠네. 내가 만일 이 모험에서 죽게 된다면 그것은 왕자님에 대한 나의 감사와 충성심에서 나온 것이라고 사람들에게 말해주게나, 클로리단 친구."

클로리단은 친구의 헌신적인 사랑에 놀라면서도 감동을 받았다. 또한 메도로를 좋아했기 때문에 계획을 포기하라고 오랫동안 설득했다. 그러나 메도로는 목적을 달성하거나 아니면 죽을 각오가 서 있었다.

메도로의 목적을 바꿀 수 없던 클로리단이 말했다. "메도로, 나도 자네와 함께 자비 가득한 이 모험을 돕겠네. 생명은 명예와 비교할 수 없을 만큼 소중한 걸세. 자네를 잃는 슬픔으로 죽느니 차라리 적의 무기에 쓰러지고 싶네."

두 친구는 보초의 임무가 끝나자 아무 추종자도 거느리지 않고 기독교군의 진지로 들어갔다. 가보니 그곳은 모든 것이 조용했고 불은 꺼져가고 있었으며, 사라센군의 공격을 두려워하고 있는 것 같지도 않았다. 병사들은 피로와 술에 취해 무기와 장비를 땅 위에 둔 채 누워 자고 있었다. 클로리단이 걸음을 멈추고 말했다. "메도로, 나는 왕자님의 죽음에 복수를 하지 않고는 이 진지를 떠나지 않겠네. 아무도 깨어나 우리를 놀라게 하지 않는지 지켜봐주게나. 나는 원수군대 내에 내 칼로 길 하나를 만들고야 말겠어." 이렇게 말하고 그는 일년 전에 찰스 왕의 진지에 들어와 의사와 점성술사 행세를 하고 있는 알피우스의 천막에 들어갔다. 만일 알피우스의 과학적 지식이 그가 노년에 이르러 침대에서 평화롭게 죽으리라는 희망을 준 적이 있다면 그것은 그를 속인 것이라고 할 수 있었다. 그는 아무 경고도 없이 죽을 운명에 처했던 것이다. 클로리단은 칼로 그의 심장을 꿰뚫었다. 그때 밤늦게 주사위 놀이를 하던 그리스인과 독일인이 천막으로 들어왔다. 만약 그들이 조금만 더 오랫동안 게임을 했더라면 운이 좋았을 것이다. 그들은 결코 칼의 공격을 받으리라는 생각조차 하지 않았다. 다음에 클로리단은 베개를 베고 누워 있는 불운한 그릴옹에게로 향했다. 그는 아마 축제에서 방금 돌아오는 꿈을 꾸고 있었을지도 몰랐다. 클로리단이 그의 머리를 베어버리자 피와 함께 포도주가 쏟아졌던 것이다.

두 젊은 무어인은 샤를마뉴의 천막까지 침투해 들어갈 수도 있었다. 그러나 용사들이 그의 주위에 진을 치고 교대로 감시하고 있었고, 보초 용사 모두가 한꺼번에 잠을 자는 일은 불가능했기 때문에 접근을 포기했다. 또 값진 전리품을 얻을 수도 있었지만 왕자의 시신을 찾으려는 목적에 열중한 나머지 진지를 가로질러 피비린내 나는 싸움이 일어났던 곳으로 향했다. 그곳에는 부자이건 빈자이건 혹은 보통 병사이건 왕자이건 혹은 말이건, 피의 웅덩이라고 할만한 시체 더미 사이에 방패와 창과 칼이 여기저기 흩어져 있었다. 희미한 달빛의 도움마저 없었더라면, 새벽이 올 때까지 무시무시한 살륙의 현장을 헤매며 왕자의 시체를 발견하리라는 희망을 버려야 했을지도 모를 지경이었다.

메도로가 달을 쳐다보며 말했다. "우리의 조상들이 세 가지로 숭배했던 성스러운 여신이여, 하늘과 땅과 지하 세계에서 힘을 보여주시는 그대여, 숲에서는 짐승들의 뒤를 좇는 님프(그리스 신화에 나오는 바다, 강, 숲 따위에 산다는 반신반인[半神半人]) 가운데서 가장 눈에 띄는 그대여, 나의 소중한 주인님이 어디에 누워있는지 제발 알려주소서. 그리하여 그대가 보여준 자비와 사랑의 귀감을 제가 일생 동안 따르게 하소서."

우연인지, 아니면 달이 메도로의 기도를 알아듣기라도 한 것인지, 구름이 걷히며 달빛이 마치 대낮같이 밝아졌다. 달빛은 특별히 다르디넬 왕자가 누워있는 곳을 환하게 비쳐주는 것 같았다. 메도로는 눈물을 머금고 괴로운 심정으로 다르디넬 왕자의 붉고 흰 방패골 문장(紋章)이 그려진 방패를 발견하고 왕자를 알아보았다.

메도로는 눈물로 신음과 비탄을 억눌렀다. 두려워서가 아니었다. 자기 목숨에 대해서는 신경을 쓰지 않는 자가 그럴 이유는 없는 것이다. 그러나 누군가를 깨워 채 끝나지 못한 충성스러운 의무를 방해받고 싶지 않기 때문이었다. 메도로는 동료에게 사모하는 왕자의 시체를 어깨에 메고 가자고 제안했다.

소중한 짐을 메고 성큼성큼 걸어갈 때 별이 지기 시작하자 그들은 밤의 어두움이 새벽을 향하여 사라지고 있다는 것을 알았다. 바로 그 순간 극도의 용기를 내어 도망병을 추적하여 진지에서 멀리 나갔던 제르비노가 그들이 있는 숲속으로 들어오고 있었다. 그와 동행하던 기사들은 좀 떨어진 곳에 두 명의 전우가 있다고 생각했다. 클로리단은 제르비노 일행을 보고, 그들이 전리품이라도 찾듯이 들판에서 흩어지는 것을 지켜보다가, 메도로에게 시체를 내려놓고 도망쳐 목숨을 구하자고 말했다. 그리고 메도로가 짐을 내려놓으리라 생각하고 짐을 내려놓았다. 그러나 왕자를 너무나 사랑했던 착한 젊은이는 그를 버릴 수 없었기 때문에, 클로리단이 도망친 후에도 힘이 닿는데까지 혼자서 계속해서 그를 메고 갔다. 근처에 들짐승 이외에는 아무도 들어오지 않은 듯이 보이는 숲이 보였다. 불행한 젊은이는 죽은 주인의 시체를 메고서 숲속 깊이 들어갔다.

한편 이제 적을 피했다고 생각한 클로리단은 메도로가 자기 옆에 있지 않음을 발견했다. 그리고 "아! 사랑하는 메도로, 자네의 안전은 아랑곳하지 않고 나의 안전만 생각하다니!" 하고 탄식했다. 그러면서 클로리단은 숲속의 수풀 우거진 길을 통해 처음 도망을 쳤던 곳으로 다시 발길을 돌렸다 그곳에 가까이 접근해가는 중 그는 무장한 사람들의 위협적인 목소리를 들었다. 메도로가 기사들에게 둘러싸여 있었다. 그들의 지휘자인 제르비노는 메도로를 체포하라고 명령했다. 운이 나쁜 메도로는 여전히 시체를 멘 채 떡갈나무나 바위 뒤에 몸을 숨기려 이리저리 움직이고 있었다. 클로리단은 그를 도와 줄 방법을 알지 못했지만 만일 죽어야 한다면 그와 함께 죽기로 결심하고, 화살을 활에 꽂아 당겨 어느 기독교 기사의 가슴을 관통했다. 기사는 무력하게 쓰러지고 말았다. 다른 기사들은 치명적인 화살이 어디서 날아왔는지 몰라 사방을 두리번거렸다. 또 다른 한 기사도 동료에게 화살이 어느 방향에서 날아왔느냐고 묻다가 목구멍에 화살을 맞고 세상을 떠났다.

두 명의 동지가 죽은 것에 분노한 제르비노는 메도로를 살해하기 위해 그의 금발 머리칼을 붙잡고 질질 끌고갔다. 그러나 제르비노는 그렇게도 젊고 잘 생긴 메로도를 보자 동정심이 솟아났다. 메도로가 탄원조로 말했다. “아! 나리. 나리께서 섬기는 하나님을 두고 나리께 탄원합니다. 제가 저의 주인인 왕자님의 시체를 매장할 때까지만 살려주십시오. 다른 부탁은 하지 않겠습니다. 이 성스러운 의무가 끝나면 생명을 내놓겠습니다. 그때 저를 원하는대로 처리하십시오. 제 사지(四肢)를 새나 들짐승에게 주셔도 좋습니다. 그렇지만 우선 왕자님을 땅에 묻어드리도록 해주십시오. 그것 뿐입니다.” 메도로가 매우 달콤하고 부드럽게 말을 했기 때문에 돌같은 무정한 사람도 마음이 움직일 정도였다. 그 말이 제르비노의 영혼의 밑바닥까지 움직였다. 그리하여 그가 자비로운 대답을 막 그에게 하려는 순간, 어느 잔인한 부관이 지휘관에 대한 예의를 망각하고 젊은 무어인을 창으로 찔렀다. 잔인한 행위에 분노한 제르비노는 보복을 하기 위해 비열한 자에게 달려들었으나 그는 목숨을 구하기 위해 멀리 달아났다.

메도로가 쓰러지는 것을 본 클로리단은 더 이상 참을 수 없었다. 그는 활을 던져버리고 손에 칼을 든 채 은신처에서 뛰어나왔다. 메도로의 복수를 하고 그와 함께 죽고 싶었다. 얼마 되지 않아 그는 여기저기 온몸에 부상을 입고 마지막 힘을 다해 몸을 질질 끌어 메도로한테 다가가 그를 껴안았다. 기사들은 메도로의 살인자를 쫓느라 현장을 떠난 제르비노와 합류하기 위해 클로리단과 메도로를 그대로 놔둔 채 그곳을 떠났다.

클로리단은 숨을 거두었다. 많은 피를 흘리던 메도로도 구원의 손길이 도착했을 때 마지막 숨을 거두려 하고 있었다.

이런 급박한 순간에 어느 젊은 처녀가 쓰러진 기사들에게 다가왔다.

그녀는 농부의 옷을 입고 있었으나, 태도가 고상하고 얼굴은 더없이 아름다웠다. 그녀의 아름다운 얼굴에는 사랑스러움과 선함이 깃들어 있었다. 그녀는 다름아닌 케세이의 공주 안젤리카였다.

앞 장에서 나왔듯이, 귀중한 반지를 다시 찾은 안젤리카는 반지의 가치를 알고 있었을 뿐만 아니라 반지가 보여주는 힘을 자랑스럽게 여기고 있었기 때문에 혼자 여행하는 것을 두려워하지 않았다. 또한 이제는 오르란도 백작과 사크리판트의 보호를 구해야 했던 과거의 방황에 대해 남몰래 느꼈던 수치심도 더 이상 갖고 있지 않았다. 그녀는 리날도와 결혼하려고 생각했던 것을 자책하기도 했다. 요컨대, 그녀는 이 세상 어느 남자도 자기와 결혼할 사격이 없다고 생각한 정도로 자존심이 강해져 있었다.

그녀는 부상당한 젊은이의 모습을 보고 불쌍한 마음이 들기도 하고, 그가 이런 처지에 빠지게 된 이야기를 듣고서는 눈물이 날 정도로 측은함을 느껴 자기가 인도에서 습득한 지식을 떠올렸다. 인도에서는 공주들에게 약초의 효능과 치료 기술을 교육의 일부로 가르치고 있었다. 그녀는 흐르는 피를 지혈하는데 효과가 있는 약초를 채집하기 위해 근처 초원으로 달려갔다. 그러다 길을 잃은 암소를 찾고 있던 말 탄 시골 사람을 만나 부상당한 남자를 안전한 피난처로 옮기는데 도움을 달라고 간청했다.

안젤리카는 돌멩이 두 개를 가지고 약초를 빻아 메도로의 상처 부위에 가져다 붙였다. 이 약으로 어느 정도 원기가 회복된 메도로는 그곳을 떠나기 전 친구와 왕자의 시신을 흙과 잔디로 덮어 매장할 수 있었다. 메도로는 자신을 구해준 사람들의 동정을 받아들이기로 하고, 목동의 말을 타고 오두막으로 향했다. 오두막은 숲 변두리에 자리잡은 편안하고 안락한 곳이었다. 목동은 부인과 자녀들과 함께 살고 있었다. 이곳에서 안젤리카는 메도로를 헌신적으로 간호하고 돌보아 이윽고 그의 부상은 아물고 그는 건강을 완전히 회복하게 되었다.

오! 리날도 백작, 오! 사크리판트 왕, 그대들이 아무리 덕망이 높고 유명한들 그게 무슨 소용이 있는가? 그대들이 모험으로 얻은 소득이 무엇인가? 오, 불운의 왕 아그리칸이여, 그대가 다시 살아나서 당신이 결혼하고자 하는 여인에게 거절당하고 대신 그녀가 비천한 출신의 젊은 병사와 휘멘(그리스 신화에 나오는 결혼의 신)신의 결혼 굴레에 고개를 숙인다면, 어떻게 그것을 견딜 것인가? 또한 그대 프라우, 그리고 잔인한 미녀를 얻기 위해 수없이 생명을 위태롭게 만들었던 많은 기사들이여, 그대들이, 그녀가 비천한 메도로를 얻기 위해 자기 희생을 하는 것을 본다면 얼마나 가슴이 아프겠는가?

목동의 낮은 지붕 아래에서 결혼의 여신인 휘멘의 불꽃이 거만한 왕비를 위해 타올랐다. 그녀는 목동의 부인을 자신의 어머니로 목동과 아이들을 증인으로 삼아, 메도로와 행복한 결혼식을 올렸다.

안젤리카는 결혼을 한 후 아직도 자신이 쥐고 있는 여러 나라의 주권을 메도로에게 부여하기 위해 그를 데리고 동양으로 향했다. 그녀는 모험 도중 내내 오르란도 백작이 선물로 준 보석이 박힌 금팔찌를 지니고 다녔는데, 착한 목동과, 충실하게 봉사를 해준 목동의 부인에게 보상을 할 물건이 없었던 관계로 그것을 뽑아 그들에게 주었다. 그리고 두 신혼부부는 동양으로 향하는 배를 바르셀로나에서 기다리기 위해, 프랑스와 스페인을 둘로 가르고 있는 산을 향해 발길을 옮겼다.

12

광인 오르란도

안젤리카를 잃은 오르란도는 자신의 투구와 무기를 치워두고, 절망을 표시하는 검은 갑옷과 투구를 입었다. 그가 이런 모습을 하고 이교도들을 무참하게 살육했기 때문에 양쪽 군대 모두 낯선 기사가 행하는 업적에 매우 놀라고 있었다. 전투에 참가하지 않은 만드리카르도는 그런 수훈에 대한 보고를 받고, 그렇게도 찬사를 받는 기사의 용기를 스스로 시험해 볼 작정을 했다. 두 연인 제르비노와 이사벨라가 기쁘게 재회하여 재회를 도와준 오르란도와 축하를 나누고 있을 때, 갑자기 나타났던 사람이 바로 이 만드리카르도였다.

만드리카르도는 잠시 동안 깊이 생각을 한 후 다음과 같이 오르란도에게 말했다. "그대는 내가 찾는 사람임에 틀림없다. 나는 열흘 이상 그대를 찾았다. 그대의 무공에 대한 명성을 듣고, 나의 힘과 그대의 힘을 비교하기 위해 이곳에 온 것이지. 그대의 투구와 방패를 보니 우리 군대 안에서 살육을 자행한 사람이 당신임을 알겠네. 하지만 그런 표시가 없이 자네를 수백 명의 사람 가운데서 보았더라도 투사같은 자네의 모습은 자네가 바로 내가 찾는 사람이라는 것을 알려주었을 것이네."

오르란도가 대답했다. "그대의 용기를 존경한다. 그대의 그런 계획은 용감하고 너그러운 정신이 아니면 생겨날 수 없는 것이지. 만일 그대가 나를 만나고 싶어 왔다면, 그대에게 나의 마음 가장 깊은 곳의 기백을 보여주겠네. 그대의 호기심을 충족시킬 수 있도록 투구의 면갑(面甲)을 벗겠네. 하지만 그런 후에는 자네가 나의 용기와 외양이 일치하는지 시험해보기 바라네."

사라센인이 말했다. "자, 어서 그렇게 하게나. 나의 첫째 소망은 자네를 보고 자네가 누구인지 아는 것이니까. 그리고 둘째 소망을 만족시키겠네."

오르란도는 만드리카르도를 관찰한 후 그가 옆구리에 칼을 차지도 않고, 안장 앞테에 철퇴도 가지고 있지 않은 것을 보고 놀라 말했다. "창으로 실패를 한다면 무슨 무기를 쓸 건가?"

"그런 것은 신경쓰지 말게." 만드리카르도가 말했다. "훌륭한 기사는 그대가 보는 무기 외에는 휴대하지 않네. 나는 오르란도 용사가 지니고 다니는 유명한 두린다나 검을 다시 쟁취할 때까지는 결코 칼을 휴대하지 않으리라고 맹세했다네. 그 칼은 내가 입고 있는 갑옷에 속한 것일세. 내가 필요한 것은 그것뿐이지. 그것은 틀림없이 도난당한 거야. 하지만 그것이 어떻게 해서 오르란도 수중에 들어가게 되었는지는 모르겠네. 그렇지만 오

르란도를 찾는다면 그에게 혹독한 대가를 치르게 만들 작정이네. 또한 내가 그를 더욱 열심히 찾는 이유는 그가 음흉하게 나의 부친 아그리칸 왕을 살해했기 때문에 복수를 하려는 것이야. 나는 그가 나의 아버지를 음흉하게 살해했다고 생각하네. 그가 공정하게 싸웠더라면 아버님같은 무사가 정복될 수 없었을 테니까!"

오르란도가 외쳤다. "자네는 거짓말을 하고 있어. 그렇게 말하는 사람

은 모두 다 거짓말을 하는 것이지. 자네가 찾고 있는 오르란도가 바로 나

일세. 물론 자네 아버지를 영예롭게 살해한 것도 바로 나야. 자, 여기 그 칼이 있으니까 자네가 그것을 사용할 자격이 있을 만큼 용기가 있다면 칼을 주겠네. 내가 이 칼을 소유할 권리가 있기는 하지만, 이 싸움에서는 그것을 사용하지는 않겠네. 자, 보게. 이 나무 위에 칼을 걸어놓겠네. 자네가 내 생명을 빼앗아 간다면 자네는 이 칼의 주인이 되는 걸세."

이렇게 말하고 오르란도는 두린다나를 칼집에서 뽑아 가까이 있는 나뭇가지에 그것을 걸어놓았다.

똑같이 펄펄 끓는 것 같은 열정 속에서 두 기사는 말을 타고 반원을 그리며, 고삐를 느슨하게 풀고 돌진하며 창으로 서로를 찔렀다. 그들은 말 위에 앉은 채로 움직이지 않았다. 창의 파편이 공중으로 튀어, 두 기사의 손에는 파편만이 남아 있었다. 그래서 철갑 옷을 입은 두 기사는 목장 경계선과 샘물 소유권으로 다투는 시골뜨기들처럼 막대기를 가지고 싸우지 않으면 안되었다.

그러나 강건한 타격자들의 손에서 막대기도 오래 지탱될 수 없었기 때문에 그들은 곧 맨손으로 싸움에 임했다. 이런 싸움은 타격을 받는 사람보다 가하는 사람에게 더 괴로움을 주었다. 이윽고 그들은 서로를 껴안고 상대를 잡아당겼다. 마치 헤라클레스가 안타이오스(그리스 신화에 나오는 인물로서 땅에 발이 닿고 있는 한 무적이었으나 헤라클레스가 공중으로 들어올려 죽였다)와 싸우는 것 같았다. 만드리카르도는 오르란도보다 더 화가 치밀어 그를 말에서 떨어뜨리려고 격렬하게 달라들다가 그만 말의 고삐를 땅에 떨어뜨리고 말았다. 상대보다 침착한 오르란도는 그 사실을 간파하고 한 손으로

는 만드리카르도에 저항하면서 다른 한 손으로 말의 고삐를 잡아당겼다. 사라센인도 있는 힘을 다해 오르란도를 잡아당겼으나 오르란도의 넙적다리는 마치 바이스(공작기계나 공구 따위를 움직이지 못하도록 꽉 죄는 기구)처럼 안장을 꼭 낀 채 전혀 동요되지 않았다. 마침내 사라센인은 오르란도의 말의 뱃대끈(말이나 소의 배에 걸쳐 조르는 줄)을 끊어버렸다. 그러자 오르란도의 말 안장이 스르르 미끄러지면서 추락을 의식할 사이도 없이 등자(䪻子)와 함께 땅에 떨어졌다. 그 때 그의 갑옷이 내는 소음에 고삐 풀린 만드리카르도의 말이 깜짝 놀라 나무, 바위, 울퉁불퉁한 땅을 개의치 않고 전속력으로 내달렸다. 말이 공포에 질려 주인을 싣고 전속력으로 달렸던 것이다. 그러나 화가 나서 제 정신이 없는 주인이 소리를 지르며 주먹으로 말을 때렸기 때문에 오히려 말의 도망을 더 재촉하고 말았다. 이렇게 삼 마일 이상을 달리던 그들 앞에 깊은 도랑이 나타났다. 그래서 말과 만드리카르도는 도랑에 거꾸로 처박히고 말았다. 그러나 도랑 바닥이 깃털과 장미로 덮혀 있어서 심한 타박상을 입기는 했지만 다행히도 팔다리는 부러지지 않아 그곳에서 빠져나올 수 있었다.

만드리카르도는 발을 다시 쓸 수 있게 되자 화가 나서 말의 갈기를 붙잡았다. 그러나 고삐가 없었기 때문에 말을 제어할 수 없었다. 그는 고삐가 될만한 것을 찾으려고 주위를 돌아보았다. 바로 그때 그를 마지막으로 도우려는 운명의 여신의 덕분인지 손에 고삐를 들고 길 잃은 농장 말을 찾아다니던 농부가 그곳으로 다가왔다.

뱃대끈을 빨리 고친 오르란도는 다시 말에 올라가 사라센인이 돌아오기를 몇 시간 동안 기다렸다. 하지만 그를 볼 수 없자 찾아나서기로 했다.

그는 제르비노와 이사벨라에게 다정하게 작별인사를 했다. 그들도 기꺼이 그를 따라가고 싶어했지만, 용감한 용사는 그것을 허락하지 않았다. 그는 자기를 방어해 줄지도 모를 친구를 데리고 가는 것이 기사답지 않다고 생각했던 것이다. 오르란도는 그들을 남기고 떠나면서, 혹시 만드리카르도를 만나게 된다면, 그가 이웃 동네에서 사흘간 머물 것이고 그래도 그가 나타나지 않으면 샤를마뉴 진지로 갈 것이라고 전해달라고 부탁했다. 그리고 오르란도는 나무에 걸어둔 두린다나 검을 집어들고 사라센인의 말이 달려나간 방향으로 나아갔다. 그러나 그의 말도 공포에 사로잡혀 있었기 때문에, 길을 혼동하고 급속도로 방향을 돌리곤 했다. 그런 이유로 오르란도는 이틀 동안 그들을 찾아 헤매다가 수색을 포기하고 말았다.

사흘째 되는 날 정오에 오르란도는 꽃들로 울긋불긋한 목초지를 구비쳐 흐르는 시냇물이 있는 강둑에 도착했다. 높은 나무들이 정자를 이루어 샘물에 그림자를 던지고 있었다. 나뭇잎들 사이로는 미풍이 불어 더위를 식혀주었다. 목동들은 이곳에 와서 갈증을 끄고 한낮의 태양을 피하는 피난처로 사용하곤 했다. 꽃의 향기를 머금은 공기가 신선한 힘을 혈관에 불어넣어 주는 것 같았다. 오르란도는 비록 갑옷을 입고는 있었지만 자연의 영향을 느끼고 있었다. 그래서 모든 것이 휴식을 권하는 것처럼 보이는 즐거운 정자 앞에 그 역시 걸음을 멈추었다. 그러나 그는 가장 치명적인 피난처를 선택한 셈이었다. 이곳에서 그는 평생 가장 비참한 시기를 보냈다고 할 수 있었다.

그는 주위를 돌아보며 즐거운 마음으로 숲의 아름다움을 주시했다. 그러다 그는 몇 그루의 나무에 새겨진 글자를 보았다. 그는 가까이 다가가 글자를 읽고는 그것이 안젤리카의 이름임을 알고 깜짝 놀랐다. 더욱이 그녀의 이름과 함께 메도로의 이름이 섞여 새겨져 있었다. 그는 마치 날기 위해 솟아오르다 그물에 발이 걸린 새처럼 그대로 멈춰섰다.

오르란도는 시냇물을 따라 산의 바위가 굽어 일종의 동굴을 형성한 곳에 이르렀다. 담쟁이 덩쿨과 비틀린 야생 포도나무 줄기들이 자연의 손길이 파헤쳐 구석을 만든 곳의 입구에 피륙처럼 드리워져 있었다.

불행한 용사는 동굴에 들어가자마자 방금 새긴 것처럼 보이는 글자를 보았다. 이 글자는 메도로가 아름다운 왕비와 행복한 결혼을 한 것을 축하하는 시였다. 오르란도는 이 시가 축하하고 있는 안젤리카가 자신이 알고 있는 안젤리카와 틀림없이 다른 인물일 것이라고 스스로를 설득했다. 메도로라는 이름을 들어본 적이 없기 때문이었다. 그리고 바야흐로 해가 지자 오르란도는 다시 말을 타고 길을 떠났다. 그리고 얼마 되지 않아 연기가 솟아오르는 한 오두막을 보았다. 그곳에서는 개 짖는 소리와 소울음 소리도 들려왔다. 그는 하룻밤을 보낼 은신처를 제공해줄 듯한 누추한 집에 다가갔다. 농가에 사는 사람들은 그를 보자마자 기꺼이 그에게 은혜를 베풀었다. 한 사람은 그의 말을 다른 한 사람은 방패와 동체 갑옷을 또 다른 사람은 황금색 박차를 돌보아주었다. 오두막은 메도로가 중상을 입고 운반되어 와서 안젤리카의 간호를 받고 안젤리카와 결혼한 바로 그곳이었다. 이곳에 사는 목동은 누구에게나 그 결혼에 대해 이야기하기를 좋아했기 때문에 곧 비참한 오르란도에게도 아주 자세히 그 결혼 이야기를 들려주었다.

목동은 이야기를 끝내고 나서 잠시 자리를 떴다가 돌아왔다. 그의 봉사에 대한 감사의 표시로 안젤리카가 주었던 기념 팔찌를 가지고 왔던 것이다. 그것은 오르란도 자신이 그녀에게 주었던 것이었다.

그 팔찌가 흥분하고 있었던 용사에게 최후의 일격을 가했다. 격노하여 미쳐버린 그는 프랑스의 용사들 중에서 가장 유명하고 가장 꿋꿋한 자기를, 가장 놀라운 위험 속에서도 그녀를 구해준 자기를, 또한 그녀를 위해서 가장 무시무시한 싸움까지 벌였던 자기를 무시하고, 대신 젊은 사라센인을 선택한 잔인하고 배은망덕한 그녀에 대해 절규했다. 고상한 백작의 자존심이 깊은 상처를 입었던 것이다. 억제할 수 없는 분노에 이끌려 미치광이처럼 되어버린 그는 아주 끔찍한 비명의 소리를 지르며 숲으로 달려나갔다.

"아니야, 아니야, 그들이 나를 잘못 본거야! 오르란도는 죽었어! 나는 그저 지옥의 고통을 당하며 비참히 떠도는 백작 유령이야!" 그가 울부짖었다.

오르란도는 발길이 닿는대로 숲속을 헤매다가, 해가 뜨자 메도로가 치명적인 글자를 새겨놓은 샘물이 있는 곳으로 가게 되었다. 두 번째 분노의 눈으로 그 곳을 다시 보게 된 용사는 칼을 뽑아들고 바위를 내리쳤다.

불행한 동굴! 이제는 더 이상 그늘과 시원함으로 사람들을 더 이상 끌어들이지 못할 것이다. 궁형(弓形)을 가지고 목동이나 가축에게 더 이상 피난처를 제공하지 못할 것이다. 그대, 시원하고 깨끗한 샘물! 사납게 날뛰는 오르란도의 분노를 피하지 못하다니! 그는 나무줄기를 송두리째 뽑아내고, 바위를 조각내며, 식물과 잔디와 덤불을 흙이 붙은 채로 뿌리채 뽑아, 샘물 속에 던져 깨끗한 샘물을 더럽히고 망쳤다. 이렇게 난폭한 행동으로 지친 그는 땀에 흠뻑 젖어 헐떡거리면서 땅에 몸을 던진 채, 사흘간 밤낮으로 의식을 잃고 누워 있었다.

나흘째 되는 날 그는 갑자기 벌떡 일어나 무기를 집어들었다. 투구와 작은 방패를 멀리 던져버리고, 미늘 갑옷과 옷도 갈기갈기 찢어 숲속에 조각조각 던져버렸다. 한 마디로 그는 미쳐버리고 말았다. 너무 미쳐 그는 칼을 휴대하지 않는 것도 개의치 않았다. 그러나 사실 놀라운 일을 하기 위해 두린다나나 다른 무기들이 필요하지도 않았다. 그의 엄청난 힘만으로 모든 것이 충분했다. 그는 강력한 손을 한번 비틀어 소나무 한 그루를 뿌리채 뽑아버렸다. 그리고 이어 떡갈나무, 너도밤나무, 단풍나무 등 가릴 것 없이 모두 뽑았다. 오랜 숲은 들새 사냥꾼이 덫을 놓기 위해 덤불을 제거한 늪의 가장자리처럼 벌거숭이가 되어버렸다. 숲속에서 들려오는 무너지는 듯한 끔찍한 소리를 듣고 목동들은 예사롭지 않은 소음의 원인을 알아보기 위해 가축 떼를 두고 그곳으로 달려갔다. 그들의 운세가 나빠서인지 아니면 지은 죄 때문인지 그들은 일이 벌어지고 있는 곳에 도착했다. 그리고 백작의 분노한 상태와 엄청난 힘을 보고 놀라 그의 시야에서 벗어나 도망가려 했다. 하지만 두려운 나머지 침착성을 잃어버렸기 때문에 광인은 그들의 뒤를 쫓아가 그들 중 한 명의 사지를 마치 사과나무에서 사과를 따듯 찢어버렸다. 또 한 목동은 발을 떼어내어 그것으로 다른 사람을 때려눕혔다. 다른 목동들은 모두 도망을 쳤다. 그러나 그가 똑같은 분노를 가축 떼에게 발산하느라 그들에게 잠시 관심을 끄지 않았더라면, 그리 쉽게 도망갈 수는 없었을 것이다. 농부들은 쟁기와 써래를 버리고 떡갈나무와 참나무에 몸을 숨기는 대신 건물 지붕과 바위 위로 올라갔다. 그들은 높은 곳에서 비참한 오르란도의 맹렬한 분노를 벌벌 떨며 바라보았다. 발 빠른 놈들만 제외하고는 소와 양과 돼지들이 그의 두 주먹, 이빨, 손톱, 발에 의해 구타를 당하고 사지를 찢기웠다.

마침내 자기 앞의 모든 것을 산산이 때려부수고, 오르란도는 주민이 버리고 간 어느 오두막에 들어가 음식거리를 찾았다. 오랫동안 음식을 먹지 못했기 때문에 큰 시장기를 느끼고 있었다. 그래서 그는 뿌리, 도토리, 빵, 날고기든 구운 고기든 닥치는대로 가리지 않고 먹을만한 것은 집어서 게걸스럽게 먹어치웠다.

그리고 다시 오두막에서 나온 광인 오르란도는 살아있는 것이라면 사람이든 동물이든 상관없이 뒤쫓아갔다. 어떤 때는 사슴의 뒤를 쫓았고, 어떤 때는 곰과 늑대의 뒤를 쫓아 그들을 맨손으로 때려잡아, 찢어서 먹기도 했다.

그렇게 온 프랑스의 여기저기를 방황하며 수없이 자신의 생명을 위태롭게 만들었으나, 그는 어떤 신비로운 섭리에 의해 치명적인 결과를 당하지 않고 생명을 보존했다. 하지만 여기서 오르란도의 이야기는 잠시 접어두고 오르란도와 헤어진 제르비노와 이사벨라에게 무슨 일이 일어났는지 보기로 하자.

사흘 동안 왕자와 아름다운 신부는 결투 현장에서 만드리카르도가 돌아오기를 기다렸다. 만일 그가 돌아온다면, 오르란도가 요청한대로, 그와 또 한 차례 결투를 하겠다고 알려준 장소를 전하기 위해서였다. 사흘이 지나, 그들은 오르란도에게 무슨 일이 생겼는지 걱정이 되어 그의 뒤를 따라오다가, 마침내 안젤리카와 메도로의 이름이 새겨진 나무가 있는 곳까지 오게 되었다. 그들은 이 글자가 어떻게 지워졌고, 동굴이 어떻게 난장판이 되었으며, 샘물이 어떻게 망쳐졌는지 주목했다. 그러나 무엇보다도 그들을 슬프게 만든 것은 풀 위에 있는 오르란도의 동체 갑옷과 유명한 알몬테스가 착용했던 투구였다.

숲에서 말 울음 소리가 나는 것을 들은 제르비노는 시선을 돌려 안장 앞에 고삐가 걸린 채 서 있는 브리글리아도로를 발견했다. 그는 두린다나 검이 어디 있는지 살피다가 그 유명한 칼마저 칼집도 없이 풀 위에 버려져 있는 것을 보았다. 또한 오르란도의 다른 무기와 옷조각들도 들판에 흩어져 있었다.

제르비노와 이사벨라는 놀랍고도 슬퍼서 이것을 어떻게 생각해야 할지, 이 일의 진짜 이유가 무엇인지 도무지 상상이 가지 않았다. 만약 무기나 옷조각에 핏자국이 보였다면 차라리 그가 살해되었을 것이라고 추측할 수도 있었지만 그렇지도 않았다. 그들이 고통스런 불확실함에 잠겨있는 동안 어떤 젊은 농부가 그들에게 다가왔다. 그는 아직 바위 위에 올라가 목격한 일의 공포에서 벗어나지 못하고 있었지만, 그들에게 모든 슬픈 사건을 이야기해주었다.

제르비노는 눈에 눈물을 가득 머금고 흐트러진 무기들을 모두 모았다. 이사벨라도 말에서 내려 슬픈 의무를 수행하는 제르비노를 도왔다. 그들은 화려한 갑옷의 조각들을 모두 모아서, 마치 전리품처럼 소나무에 걸어놓고 지나가는 사람들이 그것을 훼손하지 못하게 해놓았다. 제르비노는 나무 껍질에 경고문을 붙여 놓았다. "이것은 12용사, 오르란도의 무기들이다."

충성스런 일을 마친 후, 제르비노는 다시 말에 올랐다. 그때 한 기사가 말을 타고 그들에게 다가와 그 전리품이 어떻게 된 것인지 말해달라고 요청했다. 왕자는 일어난 사건을 그대로 다 말해주었다. 사라센 기사 만드리카르도는 기쁨에 충만되어 앞으로 뛰어나와 칼을 집어들며 말했다. "아무도 나의 행동에 대해 비난할 수는 없다. 이것은 내 검이니까. 어디서 발견했던 간에 내 것은 내가 가질 수 있다. 이 칼을 감히 나에게서 지킬 수 없는 오르란도는 미친 것처럼 행세하며 칼을 포기한 것이다."

제르비노가 격렬하게 소리쳤다. "그 칼에 손대지 말게. 결투를 하기 전에는 그 칼을 가질 생각을 하지 않는 것이 좋아. 당신이 지니고 있는 무기가 진짜 헥토르의 것이라면, 아마도 그것은 당신이 용맹성을 발휘해서 얻은 것이 아니라 훔친 것이 틀림없어."

그들은 즉시 극도로 맹렬하게 서로를 공격했다. 탁한 소리를 내며 타격을 가하는 소리가 공중에 울려퍼졌다. 능숙하고 기민한 제르비노는 얼마 동안 두린다나의 공격을 성공적으로 피했으나, 마침내 목에 무시무시한 타격을 입고 말았다. 그는 말에서 떨어지고, 승리의 전리품을 소유하게 된 타르타르 왕은 말을 타고 달아났다.

13

제르비노와 이사벨라

타르타르 왕이 칼을 갖고 달아나는 것을 보는 제르비노의 고통은 결투에서 입은 상처의 고통보다 큰 것이었다. 그러나 출혈로 인해 심하게 기력이 빠진 그는 넘어진 곳에서 조금도 움직일 수 없었다. 이사벨라는 어디에서 도움을 구해야할지 몰라 그저 슬퍼하며 잔인한 운명을 탓할 수밖에 없었다. 제르비노가 입을 열었다. “사랑하는 당신을 안전한 장소에 데려갈 수 있다면 죽음도 슬프지 않겠소. 하지만 이렇게 당신을 보호하지 못하고 내버려두게 되어 정말 슬프군요.” 이사벨라가 대답했다. “여보, 저를 떠난다고 생각하지 마세요. 우리들의 영혼은 결코 이별하지 않을거예요. 이 칼이 저에게 당신을 따라갈 방법을 줄 테니까요.” 제르비노의 마지막 말은 이사벨라가 자신을 따라 죽겠다는 생각을 버리고 살아남아 자기를 기억해달라는 것이었다. 이사벨라는 목숨이 붙어있는 한 그에게 충실하겠다고 눈물로 약속했다.

그가 숨을 거두자, 이사벨라의 울음소리가 숲 가득히 울려퍼져 어느 존경스러운 은둔자의 귀에까지 들어갔다. 그는 그곳으로 서둘러 가, 하나님의 말씀으로 그녀를 위로하고 달랬다. 마침내 그녀는 자신의 남은 여생을 전적으로 종교에 바치겠다고 마음을 다졌다.

그리고 그녀가 죽은 남편을 놔두고 떠나고 싶어하지 않자, 은둔자는 그녀를 도와 제르비노의 시체를 말 위에 싣고는 적합한 관을 만들어 운반을 용이하게 할 수 있는 가까운 곳으로 가져갔다. 은둔자의 계획은 며칠 걸리지 않는 거리에 있는 수도원으로 가서 이사벨라가 여생을 보내게 하려는 것이었다. 그래서 그들은 무장한 사람들이 어디나 가득했기 때문에, 사람들이 가장 다니지 않는 한적한 길을 택해, 며칠 동안 여행을 했다. 그러던 어느 날 그들은 기사 한 명을 만났다. 그들의 길을 가로막은 기사는 다름 아닌 알지에의 왕 로도몬트였다. 그는 아그라만트가 자기를 학대했다고 생각하고 분개하여 방금 그의 진지를 떠나온 참이었다. 아름다운 여인과 말 위에 검은 천으로 덮은 짐을 싣고 있는 존경스러운 수행자를 본 로도몬트는 그들에게 여행을 하는 목적이 무엇이냐고 물었다. 이사벨라는 자신이 처한 고통과 이제는 속세를 버리고 종교에 헌신하여 잃어버린 남편을 기억하며 살겠다고 결심한 이야기를 그에게 모두 해주었다. 로도몬트는 그 말을 듣고 경멸의 웃음을 짓고는 그녀의 계획이 그리 이성적인 것이 아니라고 대답했다. 그녀처럼 매력있는 여인은 땅 속에 묻힐 것이 아니라 즐기게 되어 있는 것이라며, 자기가 죽은 연인을 보상해주겠다는 것이었다. 수도승은 그들 사이에 즉시 끼어들어 불경스러운 기사를 꾸짖었다. 그러나 기사는 그에게 잠자코 있으라고 명령하면서, 그를 붙잡아서는 절벽 아래 바다로 던져 익사시키고 말았다.

로도몬트는 은둔자를 제거하고, 공포에 떨고 있는 슬픈 여인에게 주의를 돌리고는 연인같은 말투로 그녀에게 말을 걸었다. "당신이야말로 나의 애인이자 생명이요, 빛입니다." 그리고 모든 폭력을 버린 채 그녀에게 가까운 곳에 있는 자신의 은신처로 함께 가자고 간청했다. 그곳은 당대의 혼란으로 인하여 수도승들이 쫓겨난 망가진 예배당이었는데 현재 로도몬트가 소유하고 있었다. 복종할 길 이외에 다른 방법이 없는 이사벨라는 그를 따라가면서 그에게서 빠져나갈 묘안을 생각했다. 목숨이 붙어있는 한 죽은 남편에 대해 충성을 다하겠다는 맹세를 지킬 방도를 찾고 싶었다. 마침내 그녀가 입을 열었다. "나리, 나리께서 저를 풀어주시고 제가 이미 선언한대로 맹세와 뜻을 이루도록 해주신다면, 백 명의 여자들이 주는 사랑보다 더 가치있는 것을 나리께 드리겠습니다. 저는 약초를 하나 알고 있습니다. 이곳으로 오는 도중에 그것을 보았지요. 그것을 알맞게 조제하면 약초의 즙이 굉장한 힘을 발휘하게 됩니다. 예를 들어, 그 즙으로 살을 씻으면 칼이나 불(火)도 피부를 관통할 수 없게 됩니다. 저는 그 액체를 만들 수 있습니다. 제 제의를 받아들인다면 오늘 당장 그것을 만들어드리겠습니다. 효능을 보신다면 나리께서는 전 유럽을 얻는 것보다 더 가치가 있음을 아시게 될 것입니다."

로도몬트는 그녀의 이야기를 듣자 요청한 모든 것을 들어주겠다고 약속했다. 자기를 옛날의 아킬레스(그리스 신화에 나오는 인물로 호머의 작품 일리어드의 중심적 인물. 트로이 전쟁 때 파리스가 쏜 화살에 발꿈치를 맞고 죽었다) 같은 인물로 만들어 줄 비결을 배우고 싶은 마음이 간절했던 것이다. 이사벨라는 적당한 분량의 약초를 수집하여, 신비로운 몸짓과 주문을 외우며 약초를 끓인 다음 일을 완성했다고 선언했다. 그리고 그 효능을 자기에게 시험해보라고 제의했다. 그녀는 제조한 액체를 목과 가슴에 바르고서, 로도몬트에게 칼을 들고서 있는 힘을 다해 자기를 세차게 치라고 말했다. 그래야 칼이 자신에게 해를 가할 수 있는지 없는지 볼 수 있다는 것이었다. 이사벨라가 약초를 달이는 동안, 자주 포도주를 마셨던 이교도는, 얼떨결에 그녀의 말대로 칼을 뽑아 있는 힘을 다해 그녀의 목을 쳤다. 그러자 예쁜 머리가 눈같이 흰 목과 가슴에서 떨어져나갔다.

이교도 기사는 무례하고 목석(木石)같은 인간이기는 했지만, 이 슬픈 결과에 대해 몹시 후회했다. 그래서 그녀를 기리기 위해 그녀의 헌신에 상응하는 일을 하기로 결심했다. 그는 주위의 모든 지역에서 노동자들을 불러모아, 제르비노와 이사벨라가 묻힌 예배당 주위에 탑을 하나 세웠다. 또한 가까이 흐르는 시냇물 위에 그것을 가로지르는 흉벽과 난간이 없는 2미터 폭의 다리를 만들었다. 그리고 탑 꼭대기에 보초를 한 명 배치하여 여행자가 다리에 접근하면 그것을 자신에게 통고하라고 명령했다. 그러면 로도몬트는 신나게 다리로 나아가 접근하는 기사에게 다리에서 결투를 하자고 도전장을 보내고, 발을 조금이라도 옆으로 헛디디는 자는 거꾸로 시냇물 아래에 떨어지게 했다. 그는 기사들을 정복하여 갑옷 천 벌을 얻어 자기에게 희생된 이사벨라와 그녀의 남편인 제르비노를 기념하는 전승 기념비를 세울 때까지 다리를 계속 유지하겠다고 맹세했다.

열흘 내에 다리가 건설되고 탑 공사가 진행되었다. 빠른 시간 내에 지름길을 찾거나 모험의 유혹에 빠진 많은 기사들이 이 다리를 건너려고 시도했다. 그러나 모두 예외없이 무기나 자신의 생명을 내놓아야 했다. 어떤 기사들은 로도몬트의 창 앞에 쓰러졌고, 어떤 기사들은 강물 속으로 떨어져 죽었다. 어느 날 로도몬트가 일꾼들을 독려하며 서 있을 때, 성난 오르란도가 다리에 접근했다. 로도몬트가 소리쳤다. "정지! 촌뜨기! 다리에 발을 들여놓지 마라. 이 다리는 너같은 자를 위해 만들어진 것이 아니다." 이 말을 알아듣지 못한 오르란도는 서둘러 다리로 향했다. 바로 그 때 유순한 처녀 한 명이 말을 타고 다가왔다. 그녀는 애인 플로리스마트를 찾고 있는 플로르르델리스였다. 그녀는 비록 오르란도가 이상한 모습을 하고 있기는 해도 그가 오르란도임을 알아보았다. 한번도 자기의 명령을 거부하는 자를 보지 못한 로도몬트는 광인에게 손을 써서 그를 강물 속에 던져버리려고 했다. 그러나 처음으로 그렇게 쉽게 처리할 수 없는 사람의 손에 걸려든 것이었다. "이 바보같은 놈이 어찌 이다지도 힘이 셀 수 있을까?"하고 로도몬트가 숨을 죽이며 투덜거렸다. 플로르르델리스는 걸음을 멈추고, 힘센 두 무사가 서로를 다리에서 떨어뜨리기 위해 싸우는 것을 지켜보았다. 드디어 오르란도가 갑옷으로 완전 무장을 한 적을 들어올려 옆으로 던지려고 했다. 하지만 충분히 그럴 수 있는 힘이 있었음에도 로도몬트를 완전히 자기 몸에서 떼어내지 못했다. 그래서 두 사람 모두 다리 아래로 떨어졌다. 그들이 물의 표면에 부딪치자 갑자기 큰 소리가 울려퍼졌다. 그때 오르란도에게 유리한 점이 있다면 그것은 그가 나체 상태라는 것이었다. 그래서 그는 마치 물고기처럼 수영을 할 수 있었다. 곧 그는 둑으로 올라와 모험의 결과에 대한 찬미나 비난에 전혀 신경을 쓰지 않고 그곳을 떠났다. 갑옷에 뒤엉

킨 로도몬트는 간신히 둑으로 피신했다. 그러는 동안 플로르델리스는 도전을 받지 않고 다리를 건널 수 있었다.

아무 성공도 없이 오랫동안 방랑을 하던 플로르델리스는 마침내 파리에 도착했다. 그런데 그곳에서 그녀가 그렇게 찾아 헤매던 사람을 만날 수 있었다. 애인 플로리스마트는 알브라카가 함락되자 파리로 돌아왔던 것이다. 두 사람은 서로를 만나 기뻐했다. 하지만 플로르델리스가 오르란도의 비참한 처지에 대해 말해주자, 애인은 침울한 표정을 지었다. 그녀가 오르란도를 마지막으로 본 것은 그가 로도몬트와 함께 강물 속으로 떨어졌을 때였다. 오르란도를 마치 형제처럼 사랑하는 플로리스마트는 여인의 안내를 받으며 그를 즉시 찾아나섰다. 오르란도가 신분에 합당한 대접을 받을 수 있는 곳으로 데려다주고 싶었던 것이었다. 2, 3일 후 그들은 디르타르 왕이 여전히 다리를 지키고 있는 곳에 오게 되었다. 늘 그랬듯이 다리에서 도전과 저항의 싸움이 일어나 두 기사는 서로를 공격하기 위해 말을 타고 달렸다. 첫번째 공격에서 두 마리의 말이 모두 넘어졌다. 하지만 다시 발을 딛고 일어날 공간이 없었기 때문에 기사들은 말과 함께 물 속으로 곤두박질하고 말았다. 작은 강의 수심(水深)을 알고 있던 로도몬트는 곧 육지로 올라왔다. 그러나 플로리스마트는 강물에 떠밀려 하류로 내려가다 마침내 진흙 제방에 도착했다. 하지만 그의 말은 발을 딛고 일어날 곳을 찾을 수 없었다. 다리에서 싸움을 지켜보던 플로르델리스는 연인이 비참한 상황에 빠진 것을 보고 큰 소리로 외쳤다. "오, 로도몬트, 당신이 존경하는 그녀를 위해서 그리고 저 기사를 사랑하고 있는 저를 가여이 여긴다면 그를 죽이지 마세요. 그가 갑옷을 포기하고 당신의 무기 더미에 갖다놓는 것으로 충분하다고 생각해주세요. 그렇게 하시는 것보다 더 영광스러운 일은 없을 것입니다." 그녀의 탄원이 너무도 핵심을 꿰뚫고 있었기 때문에 딱딱한 이교도의 마음도 감동되어 그는 기사가 육지에 올라오도록 도와주었다. 그러나 그는 기사를 포로로 만들고 그의 갑옷은 무기 더미에 갖다놓았다. 플로르델리스는 무거운 마음으로 다시 길을 떠났다.

* * *

이제는 로게로에게 돌아가보자. 로게로는 브라다만테를 신부로 맞이하는 자격을 갖추기 위해 침례를 받으려는 목적을 가지고 수도원으로 가던 중, 모험적인 사건에 말려들게 되었다. 우연히 만드리카르도를 만났던 것이다. 두 사람은 누가 헥토르의 상징물을 소유할 권리가 있는지 언쟁을 벌였다. 그런 열렬한 토론을 하다가 그들은 그 문제를 아그라만트 왕에게 맡기자고 동의를 하고 사라센 진지를 향했다. 그곳에서 그들은 그라다소를 만났는데, 그 역시 이미 그 문제로 인해 만드리카르도와 논쟁을 벌인 적이 있었다. 그라다소는 오르란도가 버린 칼을 발견하여 그저 소지하고 있을 뿐인 만드리카르도는 칼을 소유할 권리가 없다며, 자신이 그 칼을 가져야 한다고 주장했다. 아그라만트 왕은 그들을 화해시키려고 노력을 했지만 뜻대로 되지 않았다. 그래서 만드리카르도가 다른 기사와 결투를 하여 분쟁을 끝내자는데 동의하지 않을 수 없었다. 그라다소와 로게로 두 사람 중 한 사람이 만드리카르도와 싸운다면 그것은 두 사람의 이익을 위해 싸우는 것이 되는 셈이었다. 로게로가 추첨에서 결투 상대로 뽑혀 자신의 이익과 그라다소의 이익을 위해 싸우게 되었다. 아그라만트와 전군(全軍)이 보는 앞에서 약속 날짜에 결투가 벌어졌다. 결과는 로게로의 승리였다. 그러나 헥토르의 무기를 빼앗고 오르란도에게 도전한 바 있으며, 제르비노를 살해한 만드리카르도는 결투에서 목숨을 잃고 말았다. 그라다소는 상으로 두린다나를 받았다. 하지만 그가 자신의 용기를 발휘하여 칼을 얻은 것이 아니라 다른 사람의 용기로 대신 얻은 것이기 때문에 가치는 반밖에 되지 않았다.

로게로는 승리를 거두기는 했지만 중상을 입은 까닭에 아그라만트 진지에서 여러 주 동안 무력하게 누워지내야 했다. 한편 브라다만테는 로게로가 몽탈반에 오지 않고 지체하는 이유를 모른 채 그곳에서 그를 만나리라 생각하며 기다리고 있었다. 로게로는 15일이나 길어도 20일 정도 후에는 브라다만테에게 가겠다고 약속한 바 있었다. 그는 그 기간 동안 사라센군의 사령관에 대한 자신의 의무를 다 마칠 수 있다고 생각했던 것이다. 그러나 20일이 지나고 다시 한 달이 지났지만 로게로는 돌아오지 않았다. 브라다만테는 로게로가 오지 않는 이유마저 듣지 못하고 있었다. 바로 그 무렵, 방랑 모험을 하던 기사가 로게로와 로도몬트의 유명한 결투와 로게로의 부상 소식을 가지고 그녀를 찾아왔다. 더욱이 젊고 아름다운 여류 무사 바르피사가 부상당한 로게로에게 시중을 들어주고 있다는 것이었다. 브라다만테는 그 소식을 듣고 매우 놀랐다. 로게로의 부상이 낫는대로 두 사람이 결혼할 것이라는 소문이 모든 군인들 사이에 돌고 있다는 말 때문이었다.

브라다만테는 모든 소식을 완전히 믿지는 않았지만, 비탄에 잠겨 즉시 로게로에게 가 보기로 결심했다. 그녀는 로게로가 자기에게 맡겨둔 아스톨포의 말 라비칸을 타고 금(金)창을 휴대한 채 성곽을 떠나 파리의 사라센 진지를 향했다.

부상당한 로게로를 헌신적으로 간호하면서 브라다만테의 질투를 자극한 마르피사는 사실 로게로의 쌍둥이 누이였다. 그녀는 로게로와 함께 마술사인 아트란티스의 손에 맡겨져 자라다가 아직 갓난아기일 때 어느 아랍인에게 유괴를 당해 아랍 부족 추장의 양녀로서 마술(馬術)과 무술을 배우며 자라났다. 그리고 전 세계에 명성을 떨치는 두 진영의 무사들이 어떤 용감성을 가지고 있는지 직접 보고 시험하기 위해 아그라만트의 진지까지 온 것이었다. 로게로와 로도몬트의 결투가 벌어지는 바로 그 순간에 진지에 도착한 그녀는 로게로의 이름과 그에 관한 몇 가지 이야기를 듣고, 단 한번의 결투로 승리를 거둔 사람이 바로 자신의 오빠라는 생각이 들었다. 그래서 사람들에게 여러 가지를 물어보고는 더욱더 그가 자신과 가까운 혈육임을 확신하고, 그 때부터 새로 찾은 사랑하는 오라버니를 헌신적으로 간호했던 것이다.

로게로는 그렇게 은거하고 있는 동안 누이에게 자신이 늙은 아트란티스의 양육에서 배우고 들은 것을 모두 이야기해주었다. 로게로의 아버지는 기독교 기사였는데, 아그라만트 왕의 누이이자 아프리카 이슬람교 나라의 군주의 딸의 사랑을 얻게 되어, 그녀를 기독교로 개종시키고 비밀리에 결혼을 했다는 이야기였다. 물론 딸의 결혼에 분노한 이슬람교국 군주는 사위를 귀양보내고, 로게로와 마르피사 두 갓난아이를 딸과 함께 보트에 실어 바람과 풍랑에 죽게 만들었는데, 어떤 운명으로 아트란티스가 그들을 구해냈다는 것이었다. 이야기를 듣고 마르피사가 격한 어조로 말했다. “오라버니, 그렇다면 어떻게 그렇게 오랫동안 부모님의 원수를 갚지 않으셨나요? 어떻게 부모님을 학대한 폭군의 아들까지 섬기게 되었나요?" 이에 로게로는 자신이 최근에 와서야 완전한 진실을 알게 되었고, 진실을 알게 되었을 때는 이미 자신이 아그라만트와 관계를 맺고 있었으며, 그에게서 기사 작위까지 얻은 뒤였노라고 대답했다. 그리고 명예롭게 아그라만트 진지에서 나와 조상들의 신앙으로 돌아갈 적당한 기회를 기다리고 있다고 덧붙였다. 마르피사는 그의 결심을 기쁘게 환영하면서 자기도 그와 같이 기독교 신앙을 받아들일 의사가 있다고 선언했다.

* * *

한편, 로게로의 오랜 부재가 도대체 어떤 이유인지 알아내기 위해 아스톨포의 창으로 무장하고 루비칸에 올라탄 브라다만테에게 가보기로 하자. 어느 날 그녀는 훌륭한 용모와 예의범절을 갖춘 처녀가 슬픔에 잠겨있는 것을 보았다. 그녀는 다름 아닌 자신의 주인을 해방시키고 복수를 해 줄 사람을 도처에서 찾고 있는 플로르델리스였다. 플로르델리스는 다가오는 무사들을 눈여겨보다가 이 무사가 바로 자기가 찾는 투사라고 생각했다. 플로르델리스는 "기사님, 당신은 제 주인을 포로로 만들고 저를 이처럼 방랑의 탄원자로 만든 사납고 잔인한 무사와 용감하게 싸우는 친절을 베풀어 주시겠습니까?"하고 물으며, 다리 위에서 일어난 사건을 이야기해주었다. 고상한 일이라면 언제나 환영하는 브라다만테는 흔쾌히 그녀의 요청을 받아들였다.

다음 날 두 여자는 다리에 도착했다. 그들이 접근하는 것을 발견한 보초가 왕에게 보고했다. 그러자 왕은 싸우기 위해 갑옷을 입고 다리로 나왔다. 늘 그랬듯이, 그는 전진해 오는 무사에게 무덤에 바칠 헌납물로써 가지고 있는 무기를 내놓으라고 요구했다. 브라다만테는 무슨 권리로 죄도 없는 사람에게 속죄하게 하느냐고 되물었다. 그리고 덧붙여, "당신의 생명과 갑옷이야말로 그녀의 무덤에 바치기에 가장 적합한 봉헌물이다. 그리고 여자인 나야말로 그 봉헌물을 가질 적임자다"라고 말했다. 그리고 그녀는 창을 들고 공격 자세를 취한 뒤, 말에 박차를 가하여 상대를 향해 달려나갔다. 다리 위의 말 발굽소리가 마치 천둥 소리처럼 울려퍼졌다. 결투는 순간적으로 결정되었다. 금창(金槍)이 일을 끝낸 것이다. 마상시합에서 그렇게도 유명했던 사나운 무어인은 다리 위에 사지를 뻗고 누워버렸다. "이제 누가 패자인가?" 브라다만테가 물었다. 여자의 손이 자기를 그렇게 납작하게 눕혀버렸다는 것에 놀란 로도몬트는 아무 대답을 할 수 없었고, 하려고도 하지 않았다. 그는 말없이 그리고 슬프게 몸을 일으킨 후 투구와 갑옷을 벗어 무덤으로 던졌다. 그리고 침울하게 그곳을 떠났다. 그러나 그는 먼저 시종들에게 모든 포로를 석방하라고 명령했다. 포로들은 모두 아프리카에 가 있었다. 플로리스마트 외에도 오르란도를 찾아 다리에 왔던 산소네트와 올리버도 그들 중에 끼어 있었다. 모두 결투를 하다가 차례로 다리 아래로 떨어진 것이었다.

브라다만테는 승리를 거둔 후 다시 길을 떠나 곧 기독교 진지에 도착했다. 그리고 그렇게도 근심을 주었던 알쏭달쏭한 소식의 내막을 쉽게 알게 되었다. 로게로와 그의 용감한 미녀 누이는 신분과 공적 면에서 너무나 유명했기 때문에 심지어 적들이 나누는 대화에서도 빈번한 주제가 될 정도였다. 그래서 브라다만테는 알고 싶었던 모든 문제를 직접 물어보지 않고도 소문으로 들어 알 수 있었다.

이제 로게로의 승리를 통해 두린다나를 소유하게 된 그라다소에게 다시 가보자. 그에게 남은 일은 리날도의 말을 되찾는 것이었다. 도전이 제안되고 수락되었으나, 말라기기가 사용한 마술로 방해를 받아 아직 결투가 이루어지지는 않고 있었다. 그라다소는 다시 리날도에게 결투를 신청했고 리날도는 그것을 쉽게 수락했다. 결투의 목적이 베이야드를 소유하는 것이었기 때문에 두 기사는 말을 타지 않고 싸웠다. 결투는 오래 지속되었다. 리날도는 두린다나의 치명적인 타격을 잘 알고 있었기 때문에 자신의 모든 기술을 이용하여 그 칼의 타격을 받아넘기며 피했다. 그라다소는 전력을 다해 공격했지만 그저 허공을 칠 뿐이었고, 또 실제 타격을 가해도 옆으로 빗나가서 그에게 거의 손상을 입히지 못했다.

이런 식으로 그들은 서로의 눈동자를 바라보며 오랫동안 싸웠다. 그러다가 그들은 어떤 이상한 소음에 정신을 빼앗겼다. 고개를 돌려보니 훌륭한 베이야드가 어떤 괴물새의 공격을 받고 있는 것이 보였다. 정말이지 그것은 새처럼 보였다. 그것은 투르핀 주교를 제외하고는 그 어디에서도 보거나 들어본 적이 없는 생물체였다. 하지만 나는 그것이 새가 아니라 결투를 중단시키기 위해 말라기기가 지하에서 불러온 악마라고 믿는다. 어쨌든 그것이 악마이든 새이든 괴물은 베이야드에게 곧장 날아들어 날개로 말의 얼굴을 때리고 있었다. 베이야드는 굴레를 벗고 하늘을 나는 새의 추적을 받으며 미친 듯 들판을 뛰어다녔고, 마침내 숲속으로 사라졌다.

베이야드가 도망가는 것을 지켜본 리날도와 그라다소는 그들이 결투를 하는 목적의 대상인 말을 찾을 때까지 결투를 중단하자는데 동의했다. 그라다소는 자신의 군마를 타고 베이야드의 발자국을 따라 숲속으로 들어갔다. 매우 화가 난 리날도는 그 자리에 그대로 있었다. 그라다소는 만약 자신이 말을 찾게 되면 말을 데리고 리날도가 있는 곳으로 다시 오겠다고 약속했다. 그리고 오랫동안 헤매다 마침내 그라다소는 말을 찾아냈다. 운이 좋게도 베이야드의 울음 소리가 들렸던 것이다. 자기 나라에서 군대까지 이끌고 프랑스를 침략하여 말을 손아귀에 넣으려던 목적이 드디어 달성된 순간이었다. 그러나 그는 리날도를 남겨둔 그 곳으로 베이야드를 데리고 가겠다는 약속을 잊지 않고 있었다. 그라다소는 그저 "말을 얻긴 했는데, 이놈의 말이 나를 거의 모르고 있단 말이야. 내가 자기를 포기하기를 바라고 있어. 리날도가 말을 원한다면 내가 프랑스에서 말을 찾은 것처럼 그도 이 말을 인도에서 찾게 해야지"하고 투덜거렸다. 그리고 자신의 선박이 있는 아르레스로 가서 야망의 목표물이었던 말과 칼을 실은 채 자기 나라로 출발했다.

14

아비시니아의 아스톨포

모험심 많은 아스톨포 용사에 관한 이야기가 중단된 것은 그가 큰 만족을 기대하며 히포그리프를 타고 세계 여러 나라로 비행을 막 시작하려고 하던 때였다. 독수리나 매도 아스톨포가 타고 있는 히포그리프만큼 빠르지 않다는 것을 독자들은 이미 알고 있을 것이다. 용사는 말머리를 동남쪽으로 돌려 큰 나일강의 수원(水源)이 있는 아프리카의 어느 지역에 도착했다. 말에서 내려보니 그곳은 막대한 부(富)와 권력을 가진 세나푸스 통치하의 아비시니아의 수도 근처였다. 그의 궁전은 휘황찬란했다. 문의 빗장, 경첩, 자물쇠들이 모두 순금으로 만들어져 있었다. 사실 이 나라에서는 다른 나라에서 쇠로 만들어 쓰는 것을 모두 금으로 대신 만들어 쓰고 있었다. 그곳에서는 금이 너무 흔했기 때문에 장식용으로는 금보다 수정을 더 선호하여, 모든 기둥들이 수정으로 만들어져 있었다. 루비, 에메랄드, 사파이어,

토파즈와 같은 여러 가지 종류의 보석들이 장식용으로 박혀 있었고, 벽과 천장은 진주로 장식되어 있었다.

유명한 향유(香油)나무가 자라는 곳도 바로 이 곳이었다. 길레아드라고 하는 유태지역에는 이 나무가 없었다. 유럽에서는 상당히 귀중한 사향, 용연향, 많은 종류의 고무나무들도 원산지가 바로 이곳이었다. 이집트의 술탄 군주도 이 나라의 군주에게 막대한 공물을 바쳐, 나일강의 수원을 차단하여 다른 곳으로 흘러가게 만들지 말라는 부탁을 함으로써 이집트의 비옥함의 원천을 지켰다는 이야기도 전해지고 있다.

아스톨포가 이곳에 도착했을 무렵, 이 나라의 왕은 큰 고통을 겪고 있었다. 나라는 부유하고 귀중한 물건들을 생산하고 있었으나, 왕은 굶어죽을 위험에 처해 있었다. 연유인즉, 왕이 식사를 할 때마다 하르피스라는 괴상한 새떼들이 왕을 공격하기 때문이었다. 새들은 발톱으로 모든 것을 잡아채고, 찢고, 흐트러뜨리고, 그릇들을 뒤집으며, 음식을 게걸스럽게 먹어치우고, 남긴 음식에는 더러운 접촉을 하여 병균을 감염시키고 있었다. 소문에 따르면, 왕이 이런 벌을 받게된 것은 그가 오만과 시건방진 태도로 가득했던 젊은 시절에 나일강의 수원인 산꼭대기 지상낙원을 군대를 이끌고 침략했기 때문이었다.

아스톨포는 왕국의 영토에 도착하자마자 서둘러 그에게 문안을 드렸다. 세나푸스 왕은 그를 자비롭게 맞이하고, 그의 도착을 기념하기 위해서 훌륭한 식사를 준비하라고 명령했다. 아스톨포가 왕의 오른쪽 고관석에 앉고 손님들도 모두 식탁에 앉자 공중에서 하르피스 새떼들이 내는 끔찍한 금속성 소리가 들려왔다. 곧 새들은 탁자 위로 날아들어 접시에 있는 음식을 집어가고 넓은 날개를 펄럭이며 모든 물건들을 뒤집어놓았다. 손님들은 칼과 휴대하고 있는 무기를 사용하여 새들을 공격했으나 효과가 없었다. 아스톨포도 칼을 뽑아 새들에게 반복적으로 타격을 가했으나 소용이 없는 것 같았다.

마침내 아스톨포는 뿔피리를 생각해냈다. 우선 그는 왕과 손님들에게 귀를 막으라고 경고한 뒤 한바탕 뿔피리를 불었다. 뿔피리 소리에 놀란 하르피스들은 가능한 한 날개를 재빨리 저어 멀리 날아갔다. 용사는 히포그리프를 타고 뿔피리를 불면서 그들 가까이 다가가며 뒤를 좇았다. 그들은 악마의 거처 입구로 여겨지는 동굴이 있는 큰 산을 향해 날아갔다. 무시무시한 새들은 동굴이 마치 자기들 집이라도 되는양 안으로 날아 들어갔다. 새들이 깊숙한 곳으로 다 들어간 것을 본 아스톨포는 더 이상 그들의 뒤를 좇지 않고 말에서 내려 동굴 입구에 거대한 바위들을 굴려놓고 동굴 속에 나뭇가지들을 쌓아 새들의 통로를 효과적으로 차단했다. 그 이후로 새들이 공중으로 날아다녔다는 증거는 보이지 않았다.

아스톨포는 이런 수고를 한 뒤에 갈라진 바위 틈에서 거품을 내며 나오는 깨끗한 샘물에 목욕을 하고 원기를 되찾았다. 그리고 잠시 휴식을 취한 뒤 위에 솟아 있는 산에 오르고 싶은 욕망에 사로잡혔다. 그래서 히포그리프를 타고 신속하게 위로 올라가보니 산꼭대기는 넓은 평야로 되어 있었다.

평야 한복판에는 화려한 궁전이 우뚝 솟아있었는데, 궁전의 벽이 너무나 찬란했기 때문에 인간의 눈으로는 바라보기가 힘들었다. 아스톨포는 날개 달린 말을 건물 쪽으로 유도하여 공중에서 균형을 취하며 그것을 관찰했다. 자연과 예술이 누가 가장 멋지게 건물을 장식하는지 보기 위해 애쓴 것이 아닌가 하는 생각이 들 정도였다.

아스톨포가 건물에 접근하자 존경스러운 모습의 한 남자가 다가왔다. 그는 눈처럼 흰 옷을 입고 땅까지 드리워진 자주빛 망토를 어깨에 걸치고 있었다. 흰 턱수염은 몸의 중간 부분까지 내려왔고 흰 머리카락이 어깨를 뒤덮고 있으며, 눈동자가 너무도 찬란히 빛났기 때문에, 아스톨포는 그가 천국의 저택에 사는 복받은 주민이라는 확신이 들었다.

존경하는 마음을 가지고 말에서 내린 용사를 보고 현인은 다정하게 미소를 지으며 말했다. "고상한 기사여, 그대가 지상천국에 오게 된 것은 모두 다 하나님의 뜻임을 알기 바라네. 찰스를 구하고 우리의 성스러운 신앙의 영광을 유지하기 위해 그대가 교육을 받을 필요가 있다는 신의 뜻이 없었다면, 그대가 이 높은 곳의 복된 자리까지 올라와 앉을 수는 없었을 것이네. 나는 필요한 조언을 그대에게 해주기 위해 준비했네. 조언을 받기 위해 우리와 함께 있게 된 것을 환영하네. 빨리 그리고 멀리서 여행해 온 까닭에 자네가 식욕이 왕성하리라는 것은 의심할 바 없겠지."

왕자는 존경스러운 어른의 모습을 보고 경탄을 금할 수 없었다. 그러나 그는 이 존경스러운 남자가 주의 사도의 한 사람임을 듣고 놀라움을 멈추었다.

성(聖) 요한은 아스톨포 왕자를 동료들에게 데려갔다. 족장 에녹과 예언자 엘리야가 그곳에 있었다. 현인들은 아무도 자신이 언제 죽는지 아직 알지 못한 채, 속세에서 올라와 최후 심판의 날이 올 때까지 영원한 봄의 기후 안에서 평화로이 살고 있었다.

지상낙원에 사는 세 명의 성스러운 주민들은 아스톨포에게 최대한의 친절을 베풀며 그를 영접한 뒤, 그를 쾌적한 성으로 데려가 입에 맞는 음식을 제공했다. 히포그리프 역시 각별한 보살핌을 받았다. 아스톨포는 너무나 맛있는 과일을 받고, 인간의 첫 조상이 신의 허락 없이 금단의 사과를 먹었던 죄를 용서하고 싶은 기분이 들었다.

아스톨포는 뛰어난 과일을 먹고 달콤한 수면을 취해 기력을 회복했다. 동이 트기가 무섭게 그는 잠자리에서 일어나 방을 나섰다. 그리고 자기를 만나러 온 존경하는 사도를 만났다. 성 요한은 그의 손을 잡고 그에게 과거와 미래에 관해 많은 이야기를 해주었다. 특히 그는 아스톨포에게 다음의 이야기를 들려주었다. “이보게, 지금 프랑스에서 벌어지고 있는 일에 대해 말해주겠네. 그 유명한 오르란도는 태어날 때부터 인간 이성의 힘과 용기를 부여받고, 고대의 삼손처럼 진정한 신앙의 옹호자가 될 교육을 받았지. 하지만 자신의 지원이 절실히 필요했을 때, 어느 사라센 공주를 쫓느라고, 기독교를 떠나 가장 비천한 배은망덕의 죄를 범하고 말았네. 사라센 공주가 그를 경멸해도 그는 기꺼이 그녀와 결혼하고 싶어했지. 그래서 그는 이성(理性)을 박탈당하는 벌을 받았네. 지금 그는 벌거벗은 채 육지와 산과 계곡을 돌아다니고 있다네. 그의 처벌 기간은 3개월로 정해져 있는데 이제 거의 다 끝나가고 있지. 자네가 여기 온 이유는 오르란도로 하여금 다시 이성을 회복하게 만들 수 있는 방법을 우리에게서 배우기 위한 것이라네. 정말이지 자네는 나와 함께 여행을 해야 할거야. 우리는 심지어 지구를 떠나 달로 올라가기도 할거라네. 달이 오르란도 용사의 광기를 고쳐줄 수 있는 곳이기 때문이지. 오늘밤 우리 머리 위에 달이 뜨는대로 여행하는 것이 어떻겠나?"

태양이 바다 밑으로 가라앉고 달이 둥근 모습을 보이자, 성자(聖者)는 별들 사이로 여행하기 위해 오래 전 엘리야를 지구에서 하늘로 끌어올릴 때 사용했던 이륜전차(戰車)를 꺼내왔다. 성자가 아스톨포를 자기 옆에 앉히고 고삐를 쥔 다음 준마들에게 명령을 내리자 그들은 놀라우리만치 신속하게 높은 곳을 향해 올라갔다.

마침내 그들은 하나의 큰 대륙처럼 보이는 달에 도착했다. 달 표면은 광택이 나는 강철 같았다. 달의 빛을 흐리게 하는 녹처럼 보이는 반점들도 여기저기 보였다. 바다와 강이 보이는 지구를 멀리서 바라보자니, 별볼일 없는 하나의 점에 불과하다는 것을 깨달은 용사는 놀라움을 금치 못했다.

아스톨포 왕자는 달에서 강, 호수, 평야, 언덕, 계곡이 있는 새로운 지역을 발견했다. 많은 아름다운 도시와 성곽들이 풍경을 더 아름답게 꾸미고 있었다. 또한 방대한 숲이 있었는데, 그곳에서 뿔피리 소리와 개짓는 소리가 들렸다. 그래서 님프들이 자기 뒤를 쫓아오는 것이 아닌가 하는 생각이 들었다.

기사는 자신이 보는 모든 것에 경탄하며 성자의 안내를 받고 계곡으로 들어갔다. 그리고 주변에 흩어져 있는 재물들을 보며 감탄을 연발했다. 이 계곡은 인간의 잘못으로 인해 지상에서 잃어버린 것들을 저장하는 곳이었기 때문이다. 그렇다고 독자 여러분은 내가 지금 보물의 왕국을 말하고 있다고 생각하지 말기 바란다. 보물의 왕국에 있는 물건들은 운명의 여신이 가지고 노는 장난감으로 그녀가 바퀴를 돌리며 사람들에게 나누어주는 것들이다. 그러나 이곳의 물건들은 운명의 여신도 주거나 뺏을 수 없는 것들이었다. 일순간 찬란하게 다가왔다가 얼마 안가 사라지는 명성 같은 것이 이곳의 보물인 까닭이었다. 또한 얻을 수 없는 것을 얻기 위한 수많은 맹세와 기도, 연인들의 한숨과 눈물, 게임과 옷치장으로 보낸 시간, 아무 일도 하지 않고 그저 게으르고 비천하게 보내려던 한가한 계획들, 모함과 음모, 그런 저런 것들이 계곡을 가득 메우고 있었다.

아스톨포는 자기 눈으로 보고 있는 비범하게 여겨지는 모든 것을 이해하고 싶은 강력한 욕구를 느꼈다. 특히 불분명한 소음을 내는, 산처럼 막대한 부푼 공기 주머니들이 보였는데, 성자는 그것들이 한때는 지상의 경이로 여겨지던 앗시리아와 페르시아 왕조들이라고 설명하며 그렇지만 지금은 이름조차 들어볼 수 없는 것이 되었다고 말했다.

아스톨포는 성자의 말에 웃지 않을 수 없었다. "자네가 보고 있는 이 모든 금과 은으로 된 갈고리들은 신복(臣僕)들이 더 나은 것을 얻기 위해 군주들에게 바친 선물들이지." 성자는 또한 올가미가 숨겨져 있는 꽃다발들을 그에게 보여주었다. 꽃다발들은 그것을 받는 자를 속이려고 바친 아첨의 선물이었다. 그러나 무엇보다도 그를 웃기게 한 것은 찌찍 울다가 허파가 터져버린 수많은 메뚜기의 모습이었다. 성자의 말에 따르면 이것들은 타락한 시인들이 위인들에게 바친 소네트나 송시(頌詩) 혹은 헌시(獻詩)라는 것이었다.

용사는 놀라움을 가지고 우유를 흘려 만든 듯한 호수 모양의 형상을 보았다. "저것은 구두쇠들이 죽음을 맞이할 때 놀라서 자기도 모르게 베푼 자비의 표시라네." 성자가 말했다. 계곡에 있는 모든 것들, 다시 말해 비열함, 잘난 척 하는 태도, 거짓의 미덕 그리고 은폐한 악덕에 대해 모두 말하려면 시간이 너무 많이 걸릴 것이다.

무엇보다도 아스톨포는 허무하게 보낸 많은 날들과 생각하고 싶지도 않은 자신의 무분별한 출격들에 대해 다시금 생각하게 되었다. 하지만 그는 잃어버린 많은 것들 중에서 인간이 모두 가지고 있다고 생각하고 그것을 얻기 위해 기도할 필요를 느끼지 못하는 것에 대해 알게 되었다. 그것은 분별력이었다. 이런 분별력은 매우 가볍고 증발하기 쉬운 알콜 음료의 형태로 되어 있어서 병 속에 넣어져 단단히 밀봉되어 있었다. 이런 병들 중 한 병에 "오르란도 용사의 분별력"이라는 딱지가 붙어있었다.

성자는 이런 딱지가 붙은 병 하나를 아스톨포의 손에 쥐어주었다. 그것은 반 이상이 남아 있었는데, 아스톨포는 그것이 자신의 것이라는 것을 알았다. 물론 그는 지혜를 구하며 살았던 사람들의 거의 모든 지혜를 담은 병들도 많이 있다는 사실에 감탄을 금할 수 없었다. 아, 사람이 이성(理性)을 잃어버리기가 얼마나 쉬운가! 어떤 사람들은 정열에 굴복하여 이성을 잃고, 어떤 사람들은 부(富)를 찾으려고 폭풍우에 맞서 싸우다 이성을 잃고, 어떤 사람들은 위대한 사람들의 서약을 과신하여 이성을 잃고, 어떤 사람들은 사소한 것에 너무 열중하다가 이성을 잃는 것이다. 생각대로 점성술사, 발명가, 형이상학자 그리고 무엇보다도 시인의 지혜를 담은 병들이 가장 좋은 병이었다.

아스톨포는 자신의 병을 집어 코에 대고 병 안의 내용물을 흡입했다. 투르핀 대주교는 그 후로 그가 오랫동안 현명함을 유지했다고 말하고 있다. 그렇지만 소중한 액체가 그후 다시 병 안에 고이게 될 수도 있다는 점을 두려워해야 한다고 그는 덧붙이고 있다. 아스톨포는 병이 매우 크고 내용물이 꽉 차 있는 오르란도의 병마저 집어들어 흡입했다.

아스톨포는 달을 떠나기 전에 강변에 있는 어느 건물로 인도되었다. 그곳에는 면, 마, 양모의 실꾸러미가 가득한 굉장히 큰 홀이 있었다. 실타래는 수천 가지 다른 색깔로 빛나기도 하고 우중충한 색을 띠기도 하고 완전히 까맣기도 했다. 홀의 한쪽에는 한 노파가 여러 실타래에서 실을 감느라고 바삐 움직이고 있었다. 그녀가 한 실타래를 다 끝내자, 다른 노파가 그 실타래를 받아 그것을 다른 실타래 위에 놓았다. 그리고 세번째 노파는 양털실을 골라 그것을 적당한 비율로 섞었다. 용사는 성자에게 이것이 무엇이냐고 물었다. 그러자 성자가 대답했다. “이 늙은 여인들은 인간의 수명을 연장하고 새고 종결시키는 유명의 세 여신들일세, 저 실타래에서 실이 나오는 동안 그 실에 속한 인간은 대낮의 햇빛을 즐길 수 있지. 하지만 사연과 죽음은 실이 감기고 있는 자들의 눈을 감게 만들려고 항상 노려보고 있다네.”

각 실타래에는 소유자의 이름이 적힌 금, 은, 쇠로 된 딱지가 붙어 있었다. 나이가 들었지만 활발하고 적극적인 어느 노인이 앞치마에 딱지를 채워넣고 뛰어다니다가, 그것을 레테(그리스 신화에서 이 강의 물을 마시면 일체의 과거를 잊는다는 망각의 강)의 강물 속에 던지기 위해 자리를 떠났다. 노인은 강가에 오자 앞치마를 털어 딱지를 강 밑에 가라앉게 했다. 천개 중 하나 꼴로 딱지 몇 개가 강물 위에 둥둥 떠올랐다. 많은 수의 매, 까마귀, 독수리 같은 새들은 시끄러운 소리를 내며 강물 위를 날아다니면서 이 딱지들을 잡아채려고 애썼다. 그러나 딱지들이 새들에게는 너무 무거웠기 때문에, 얼마 후에는 다시 그것들을 망각의 강물 속으로 떨어뜨리지 않으면 안되었다. 그러나 눈처럼 흰 아름다운 백조 두 마리가 딱지를 몇 개 모아 강가로 가지고 가기도 했는데, 그곳에서는 어느 아름다운 님프가 그것들을 주둥이로 받아, 언덕에 있는 사원으로 운반하여, 불멸(不滅)의 조상(彫像)이 있는 신성한 기둥 위에 매달았다.

아스톨포는 이 모든 것에 압도되어 안내자에게 설명을 해달라고 요청했다. 그러자 성자가 대답했다. "그 늙은이는 시간이라네. 만일 그 늙은이가 딱지 위에 적힌 이름들을 망각의 강에 던지지 않는다면 그들은 불멸의 이름이 될걸세. 어떤 이름들을 구해내려고 헛되이 애쓰는 소란스러운 새들은 아첨가, 연금 생활자, 부패한 엉터리 시인들이지. 그들은 자신의 무가치한 이름을 망각에서 구해내려고 최선을 다하고 있지. 하지만 망각의 강은 그들을 틀림없이 삼켜버린다네. 아름다운 선율의 노래를 부르며 어떤 이름들을 영원한 기억의 신전으로 가져가는 백조들은 위대한 시인들을 뜻한다네. 백조는 영생을 누릴 자격이 있다고 판단되는 이름들을 죽음보다 더 나쁜 망각에서 구해낸다네. 이런 백조는 매우 드물지. 군주들이여, 참된 혈통을 알아보고 자신의 시대에 나타날지 모르는 혈통을 키워나가길!"

15

아프리카 전쟁

아스톨포가 귀중한 유리병을 가지고 지상으로 내려갈 때, 성 요한은 그에게 놀랄만한 효능을 지닌 식물을 주며, 그 식물을 아비시니아 왕의 눈에 대면 바로 그 순간 시력이 회복될 것이라고 말했다. “자네가 하르피스로부터 그를 구해준 것 외에도 한 번 더 그에게 중요한 봉사를 베풀도록 하게. 그러면 그는 자네에게 군대를 제공할걸세. 자네는 그 군대를 이끌고 아프리카인들의 후방을 공격하게. 그렇게 되면 자기 나라를 수호하기 위해 아프리카군은 프랑스에서 귀국하지 않을 수 없을걸세.” 그리고 성자는 움직이는 모래기둥 때문에 상인들이 기만을 당하곤 하는 사막의 땅에서, 그의 군대가 안전하게 지나갈 수 있는 방법도 알려주었다. 많은 가르침을 받은 아스톨포는 히포그리프에 다시 올라 탄 다음, 성자에게 감사를 표시하고 축복을 받은 후 지구를 향해 날아갔다.

그는 나일강의 진로를 따라 곧 아비시니아의 수도에 도착하여 세나푸스 왕에게 합류했다. 왕은 자기를 하르피스로부터 구해준 영웅의 목소리를 다시 듣게 되자 매우 기뻐했다. 아스톨포는 낙원에서 가져온 식물을 왕의 눈에 갖다대어 그의 시력을 회복시켜 주었다. 왕은 그에게 어떻게 감사해야 할지 몰라, 그에게 자기가 보답해줄 것이 있으면 말해달라고 간청했다. 요청하면 무엇이든지 들어주겠다는 것이었다. 아스톨포는 샤를마뉴를 도울 군대를 달라고 요청했다. 왕은 그에게 십만의 군대를 주었을 뿐만 아니라 자기가 직접 그들을 지휘하겠다고 말했다.

군대가 출발하기로 한 전날 밤, 아스톨포는 날개 달린 말을 타고 맹렬한 남풍이 불어오는 산을 향해 날아갔다. 바람은 누비아(이집트와 수단에 걸친, 나일강부터 홍해에 이르는 지역) 사막의 모래를 일으켜 소용돌이를 만들고 막강한 구름이 되어 이동하고 있었다. 성 요한의 충고에 따라 아스톨포 용사는 가죽 자루를 하나 준비했다. 그리고 가죽자루의 입을 벌려 끔찍한 바람을 일으키는 통풍구를 향해 펼쳐놓았다. 새벽이 되어 동굴에서 바람이 다시 불어왔지만 바람은 자루 속에 붙잡혀 안전하게 밀봉되었다. 아스톨포는 자신의 군대로 돌아와 군대의 맨 앞에 서서 행군을 시작했다. 아비시니아인들은 아무 위험이나 어려움 없이 자신의 나라를 북부 아프리카 왕국들과 분리시키고 있는 광대한 모래벌판을 가로질렀다. 무서운 남풍은 완전하게 자루에 갇혀 촛불 하나도 끌 수 없었다.

세나푸스 왕은 아스톨포에게 기병을 제공할 수 없는 것이 괴로웠다. 그의 나라에 낙타와 코끼리는 풍부했지만 말이 부족했기 때문이었다. 성자는 이런 애로사항을 예견하고 아스톨포에게 구제방안을 가르쳐주었다. 아스톨포는 그 방법을 이용했다. 광대한 평야와 바다가 보이는 장소에 도착한 아스톨포는 군인 중 가장 체격이 좋고 가장 총명하게 생긴 군인들을 뽑았다. 그리고 그들을 평야와 경계를 이루는 높은 산기슭에 방진(方陣)으로 배치하고 자신은 큰 계획을 집행하기 위해 산꼭대기로 올라갔다. 그는 산꼭대기에서 방대한 양의 바위 부스러기와 조약돌을 찾아 그것들을 산기슭 아래로 굴러보냈다. 놀랍게도 돌들은 굴러내려가면서 크기가 점차 확대되면서 몸, 다리, 목, 기다란 얼굴을 만들었다. 그러더니 평원에 닿자 말처럼 울음소리를 내며 껑충껑충 뛰며 날쌔게 움직였다. 어떤 말들은 적갈색이고, 어떤 말들은 밤색털에 흰색이나 색털이 섞여 있고, 어떤 말들은 얼룩덜룩했으며, 어떤 말들은 밤색이었다. 산기슭에 있던 병사들은 새로 탄생한 말을 잡기 위해 애쓰며 제각기 말을 잡았다. 아스톨포의 기적은 모든 말들에게 고삐와 안장을 마련해줄 정도까지 사려깊은 것이었다. 이리하여 아스톨포는 갑자기 8천이나 되는 (투르핀 대주교의 주장에 따르면) 우수한 기병대를 얻게 되었다. 아스톨포는 이 병력을 가지고 온 나라를 정복하여 마침내 아그라만트의 수도인 비세르타의 성벽 앞에 도착하여 포위공격을 하게 되었다.

* * *

이제는 리날도의 야간 공격을 받아 패배한 사라센군이 도망을 친 아르레스로 가보자. 도시 앞에는 기독교군의 진지가 자리를 잡고 있었다. 아그라만트는 아비시니아인들이라는 새로운 적이 침입하여 비세르타가 적들의 손에 함락될 위험에 처했다는 소식을 듣게 되었다. 그는 장교들과 의논하여 사절단을 찰스 왕에게 보내어 양 진영에서 한 명의 무사를 뽑아 그 결투에 모든 것을 맡기고, 결투의 결과에 따라 전쟁을 끝내자고 제안하기로 했다. 아프리카에서 발생한 유리한 상황을 전혀 듣지 못하고 있던 샤를마뉴는 이 제안을 받아들이고, 리날도를 기독교군의 대표로 뽑아 결투에 임하게 했다.

사라센군은 로게로를 투사로 뽑았다. 로게로는 단지 명예 때문에 사라센 진영에 계속 남아 있었다. 그러나 사실 그는 브라다만테가 주장한 기독교 신앙의 진리에 마음을 열고 있었다. 그래서 적당한 기회에 이교도 진지를 떠나 기독교 측에 가담하리라고 결심하고 있던 터였다. 하지만 그는 친구들이 어려운 처지에 있는 동안에는 명예를 위해서라도 그렇게 할 수 없었다. 그래서 상황이 돌아가는 것을 보며 기다리고 있었다. 그런데 자기가 기독교군에 대항하여 사라센군을 방어하는 투사로 선택되었고, 상대로는 브라다만테의 오빠인 리날도가 적으로 나온다는 것에 깜짝 놀랐다.

로게로가 이런 정보를 듣고 당황하는 동안, 브라다만테 역시 결투 소식을 듣고 깊은 슬픔에 빠졌다. 만약 로게로가 쓰러진다면 이 세상에서 자기를 사랑할 사람이 사라질 것이고, 반면 하나님이 프랑스의 투사를 죽여 프랑스를 처벌한다면, 소중한 오빠에 대해 애통해하지 않을 수 없기 때문이었다.

아름다운 미인이 이런 슬픈 생각에 잠겨있을 때 갑자기 여자 마술사 멜리사가 그녀 앞에 나타났다. “두려워하지 말라. 너를 그렇게도 슬프게 만드는 이 결투를 중단시킬 방법을 찾겠다.”

한편 리날도와 로게로는 결투를 위한 무기를 준비했다. 리날도가 무기 선택권을 갖게 되어 그들은 전투용 도끼와 단도 이외에는 다른 무기를 휴대하지 않고 말을 타지 않은 맨발로 서서 싸우기로 했다. 결투 장소는 샤를마뉴 진지와 아를레스의 성벽 사이에 있는 평원이었다.

기념비적인 결투의 날이 밝아오자 양측의 전령(傳令)들이 나와 결투를 알렸다. 이어 아프리카 병사들이 도시에서 나오는 것이 보였고, 그들 앞에 아그라만트 왕이 있었다. 그는 무어인의 양식으로 장식되어 빛나는 무기를 들고, 머리에 흰 별을 단 적갈색 말을 타고 있었다. 로게로가 그의 옆에서 행진을 했다. 사라센 진영의 가장 위대한 무사 몇 명도 여러 가지 종류의 갑옷과 무기를 휴대하고 그의 뒤를 따랐다. 샤를마뉴는 성채에서 나와 반원(半圓)으로 정열된 병사들을 사열하고 귀족들과 용사들을 옆에 거느렸다. 그들 중 몇 명이 리날도를 위한 갑옷의 일부를 들고 있었고, 유명한 덴마크인 오기에르는 리날도가 맘브리노에게서 빼앗은 투구를 들고 있었다. 바바리아의 나모공작과 브레타그네의 살로몬은 결투를 위해 준비된 같은 무게의 전투용 도끼 두 개를 갖고 있었다. 모든 당사자들이 결투의 조건을 매우 엄숙하게 선서했다. 합의된 조건은 다음과 같았다. 어느 한 나라가 결투를 중단하려고 하면 두 결투자는 함께 결투를 중단시킨 죄를 저지른 나라에 대항하여 무기를 들 것이라는 것이었다. 또 양국의 왕은 이런 경우 죄를 지은 나라의 투사는 자기 나라에 대한 충성을 바쳐야 하는 의무가 면제되고 그의 무기를 마음대로 다른 상대국으로 옮겨갈 수 있다는 것에 동의했다.

모든 준비가 끝나자 국왕과 수행원들은 각자의 진영으로 물러가고 투사들만 남았다. 두 무사는 서로를 향해 조심스럽게 나아가다가 결투장의 중심에서 부딪쳤다. 그들이 서로를 공격할 때 내는 타격 소리가 공중에 울려퍼졌다. 전투용 도끼에서 불꽃이 튀고, 무기를 사용하는 속도는 결투를 지켜보는 사람들을 놀라게할 정도였다. 로게로는 자신의 적이 자기와 약혼한 여인의 오빠라는 것을 항상 기억하고 있었기 때문에, 그에게 치명상을 입힐 수 없었다. 그는 그저 자신에게 가해지는 공격을 막으려고 노력할 뿐이었다. 반면 리날도는 로게로를 무척 존경하기는 했지만 공격을 아끼지 않았다. 자신을 위해서 그리고 자기 나라와 자신의 신앙을 위해 승리를 열렬히 갈망했기 때문이었다.

사라센군은 자기들의 투사가 나약하게 싸우고 리날도가 가하는 공격만큼 리날도를 공격하지 않는다는 것을 감지했다. 로게로의 불리한 점이 너무나 두드러졌기 때문에, 아그라만트의 얼굴에 걱정과 수치심이 분명하게 나타났다. 지금까지 살았던 여 마술사 중 가장 날카로운 멜리사는 얼마 동안 사라센 진지에서 사라진 채 보이지 않는 무례하고 충동적인 로도몬트로 변장하기 위해 기회를 노리고 있었다. 마침내 그녀는 로도몬트로 가장하여 아그라만트에게 접근했다. "폐하, 프랑스의 가장 무서운 용사와 싸운 경험이 없는 젊은이를 어떻게 그리 경솔하게 선택하셨습니까? 틀림없이 폐하께서는 폐하의 무기의 명예와 제국의 운명에 대해 관심을 갖지 않으셨습니다. 그러나 그렇더라도 시간이 너무 늦은 것은 아닙니다." 이렇게 말하고 그녀는 가까이 서 있는 병사들에게 말했다. "친구들이여, 나를 따르라. 여러분 한 사람 한 사람이 나약한 기독교인 스무 명과 맞서 싸울 수 있느니!" 아그라만트는 로도몬트가 다시 자기 곁에 온 것을 보고 그것을 쾌히 승낙했다. 사라센군은 즉시 창을 아래로 꼽고, 군마에 박차를 가한 다음 기독교인들을 향해 돌격했다. 멜리사는 자신의 일이 잘 먹혀들어가는 것을 보고 사라져버렸다.

리날도와 로게로는 양 진영의 군사들이 전면전에 돌입한 것을 보고 결투를 멈추었다. 싸움의 분노는 즉시 사라지고 그들은 서로의 손을 잡았다. 그리고 어느 편이 서약을 준수하지 못했는지 확인할 때까지 서로 중립을 지키기로 결의했다. 그리고 거짓 위증을 한 진영을 영원히 떠나기로 약조했다.

한편 첫 기습을 당한 기독교군 중에는 리날도의 동생이자 경쟁자인 귀도와 올리버의 아들인 그리퐁과 아퀼라트, 그리고 앞서 언급했던 유명한 사람들이 끼어 있었다. 그들은 적에 대한 분노로 더욱 용기를 내어 사라센군에 저항하며 그들을 몰아냈다. 엄청난 살육을 저지르면서 마침내 그들은 적군을 아를레스의 성벽 안으로 들어가게 만들었다.

＊＊＊

한편, 완전히 미쳐 바보처럼 분노를 터트리면서 수없는 폭력을 저지르던 오르란도에게 이야기를 돌려보자. 어느 날 그는 자신의 진로를 가로막고 있는 강가에 오게 되었다. 그는 수달처럼 수영을 잘 했기 때문에 강을 헤엄쳐 건널 수 있었다. 강 건너편에 도착한 그는 한 농부가 말에게 물을 먹이고 있는 것을 보았다. 농부의 저항에도 불구하고 그는 말을 붙잡아 타고, 스페인과 아프리카를 분리하는 좁은 해협이 있는 해안에 도착할 때까지 전속력으로 달렸다. 그가 해안에 도착하자 해협을 횡단하기 위한 배 한 척이 길을 떠나려고 하고 있었다. 그 배에는 손에 거울을 들고 육지를 향해 작별인사를 하는 사람들로 가득 차 있었다.

오르란도는 미친 듯이 그들을 향해 다가가며 배를 멈춰 자기를 태워달라고 외쳤다. 그러나 미친 사람을 일행으로 받아들일 의사가 없었기 때문에, 아무도 그에게 주의를 기울이지 않았다. 오르란도 용사는 그들의 행동이 무례하다고 생각하고, 그 배를 추격하기 위해 말에 박차를 가해 말이 자기를 싣고 물 속으로 들어가게 했다. 비참한 말은 머리만 물 위에 올라왔다. 그러나 오르란도가 말에게 앞으로 나가도록 재촉하는 바람에 가련한 동물은 아프리카로 헤엄쳐 가든지 아니면 물에 빠져 죽는 도리밖에 없었다.

배는 이미 오르란도의 시야에서 멀어지고 있었다. 이제는 거리와 큰 파도가 배를 완전히 가렸다. 그러나 그는 계속해서 말에게 압력을 가하며 앞으로 나아가게 했다. 마침내 말은 더 이상 발버둥치지 못하고 오르란도와 함께 물 속으로 가라앉아 버렸다. 하지만 결코 걱정하는 법이 없는 오르란도는 양 팔을 쭉 뻗어 입에서 바닷물을 뿜어내며 머리를 파도 위로 내밀었다. 다행히 파도는 거칠지 않았고 바닷물 표면에도 바람이 거의 불지 않았다. 그렇지 않았다면 무적의 오르란도도 죽음을 맞이했을 것이다. 그러나 바보들을 총애하는 운명의 여신은 이런 위험에서 그를 구출하여 세우타 해안에 안전하게 상륙시켰다. 여기서 그는 해안을 따라 걸어가다 아스톨포의 우방 군사들이 진을 치고 있는 곳에 이르렀다.

이런 일이 일어나기 바로 전에 로도몬트가 다리에서 붙잡은 포로를 가득 실은 배 한 척이 그곳에 도착하여 아비시니아 군대가 있는 줄도 모르고 곧바로 항구로 들어가고 있었다. 물론 앞서 말한 이야기대로 배가 항구에 도착하자 포로들과 포로를 붙잡은 자의 신분은 바뀌게 되었다. 포로들은 자유의 몸이 되어 반가운 영접을 받았고, 그들을 붙잡은 자들은 갤리선(옛날에 노예와 죄수들에게 노를 젓게 한 돛배)으로 보내졌다. 아스톨포 역시 기독교 기사들에게 둘러싸여 인사와 축하의 말을 나누고 있었다. 바로 그때 진지에서 시끄러운 소리가 나더니 점차 큰 소리로 바뀌었다.

아스톨포와 친구들은 무기를 들고 말을 타고서 소음이 나는 곳으로 달려갔다. 그런데 그 소란이라는 것이 먼지와 햇빛에 노출되어 갈색으로 그을은 자기에게 손을 대는 것이면 무엇이나 뒤집어 엎을 정도로 너무나 힘이 세고 격노한 알몸뚱이의 사람이 만들고 있다는 것을 보고, 그들이 얼마나 놀랐는지 상상해보라!

아스톨포, 두동, 올리버, 플로리스마트는 놀라 그를 쳐다보다가 간신히 그를 알아보았다. 성직자의 충고를 통해 오르란도의 상태에 대해 경고를 받은 아스톨포가 맨먼저 그를 알아보았다. 용사들이 오르란도를 에워싸자 광인은 주먹으로 그들을 때렸다. 만약 그들이 갑옷을 입지 않았거나 반대로 혹시 그가 무기를 들고 있었더라면, 그의 주먹 세례에 그들은 모두 죽고 말았을 것이다. 그러나 플로리스마트가 그를 뒤에서 붙잡고 산소네트와 다른 사람이 그의 다리를 붙잡아, 마침내 그를 밧줄로 묶는데 성공했다. 그들은 그를 물가로 데리고 가서 잘 씻어주고, 아스톨포는 그가 코로 숨을 쉴 수 있게 하고 그의 입을 붕대로 감은 다음 자신이 달에서 가져온 귀중한 병을 가지고 와 마개를 열고 그것을 능숙하게 그의 콧구멍 아래에 놓았다. 그러자 착한 오르란도는 코로 모든 내용물을 한꺼번에 흡입했다. 얼마나 놀라운 일인가! 용사는 자신의 모든 총명함을 즉시 회복했다. 그는 마치 고통스런 꿈, 괴물들이 막 자기를 갈기갈기 찢으려는 찰나에 있다고 믿어지는 꿈에서 깨어나는 것을 느꼈다. 그는 부끄러워하는 듯 한동안 말없이 엎드려 있었다. 그가 다시 고개를 들어 사방을 응시하는 동안, 플로리스마트, 올리버, 아스톨포도 서서 그를 응시했다. 오르란도는 자신이 나체로 결박되어 해변가에 누워 있는 것을 깨닫고 놀란 것처럼 보였다. 잠시 후 그는 친구들을 알아보고 그들에게 너무나도 부드러운 어조로 말했다. 그들은 급히 그의 결박을 풀어주며 그에게 옷을 주었다. 그리고 그를 위로하고 그의 기분을 억눌렀던 무거운 짐을 덜어주며, 그가 빠져들었던 비참한 상태를 잊게 하려고 노력했다.

이성(理性)을 되찾은 오르란도는 케세이의 여왕을 향해 느꼈던 미친 듯한 열정을 벗어버릴 수 있었다. 이제 그는 그녀에 대해 더 이상 생각하지 않고, 혁혁한 공적을 세워 옛 명성을 되찾고 싶은 간절한 욕구를 느꼈다. 아스톨포는 그에게 군의 통수권을 기꺼이 주고 싶어했다. 하지만 오르란도는 많은 영광을 빛진 그로부터 통수권을 받고 싶지 않았다. 하지만 두 사람은 모든 일에 협력을 보내며 서로의 조언을 구했다. 그리고 비세르타 도시를 총공격하자는 제안을 내놓고 적절한 시기를 기다렸다. 그러나 그 계획은 새로운 사건에 의해 중단되지 않을 수 없었다.

휴전이 깨져 피비린내 나는 전투를 벌인 후, 몸이 너무나 허약해진 아그라만트는 프랑스에 남아있고자 하는 시도가 헛된 일임을 깨달았다. 그는 지휘관 중 가장 용기있고 가장 신뢰하는 소브리노와 제휴하여, 남아 있는 병사들을 미리 귀국시키고, 이어 자기도 귀국길에 올랐다. 그렇게 아그라만트와 소브리노를 태운 배가, 아스톨포의 군대가 진을 치고 있는 비세르타 성의 해안에 접근했다. 아스톨포의 군대가 해안에 진을 치고 있다는 사실을 너무 늦게 알게 된 아그라만트 왕은, 이집트 왕에게 보호를 구할 목적으로 동쪽으로 선수를 돌리라는 조타수에게 명령을 내렸다. 그러나 날씨가 험악해지고 있었기 때문에 동료들의 충고를 받아들여, 그는 시칠리아섬과 아프리카 사이에 있는 섬의 항구로 향했다. 이곳에서 그는 세리카네의 호전적인 왕 그라다소를 만났다. 그라다소는 베이야드 말과 두린다나 칼을 얻기 위해 프랑스에 왔다가 두 가지를 모두 얻은 후 귀국하던 참이었다.

파리의 성벽 아래에서 전우로 지내던 두 왕은 서로를 사랑스럽게 포옹했다. 그라다소는 아그라만트의 불운을 들어 알게 되었다. 그래서 그는 아그라만트에게 자신의 군대를 주겠다고 제의하며 자신도 그 군대와 함께 싸우겠다고 말했다. 그라다소는 이집트의 원조에 의존하는 일을 강력하게 반대하며 말했다. "위대한 폼페이우스를 기억하게나. 그 치명적인 해안을 피해야 하네. 나의 계획을 들어보게나. 나는 오르란도에게 결투를 하자고 도전장을 보내겠네. 내게는 아주 좋은 칼과 군마가 있으니까, 그가 강철이나 구리로 만들어졌다 해도 나를 막을 수는 없을 것이네. 오르란도가 제거되면 아비시니아인들을 물리치는 일은 어려움이 없을거야. 그리고 아비시니아군인들을 저지하기 위해 나일강 맞은 편에 있는 회교도인, 말하자면 아라비아인, 페르시아인, 칼데아인들을 고무하는거지. 그러면 세나푸스 왕은 자신의 영토를 방어하기 위해 군대를 소집하게 될 것이네."

아그라만트는 한 가지 세부사항을 제외하고는 그의 충고를 모두 받아들였다. "오르란도와 결투를 하는 일은 내가 하겠네. 결투의 영광을 다른 사람에게 넘겨줄 수는 없으니까."

나이 많은 무사 소브리노가 대답했다. "그렇다면 제 삼의 방법을 택하기로 하지. 나는 그런 결투를 혼자서 구경하지는 않겠어. 일단 세 명의 시종을 아프리카 해안에 보내 오르란도에게 도전장을 보내세. 그래서 그와 그의 기사 두 명이 무장하게 하고, 우리도 기사 하나를 끌어들여 3 대 3으로 람페두사 섬에서 싸우도록 하세."

이 조언이 받아들여져, 세 명의 시종들이 급히 떠나 목적지에 도착한 후 기독교 기사들에게 메시지를 자세히 전달했다.

오르란도는 기뻐하며 세 시종에게 값진 선물을 주었다. 그는 이미, 그라다소를 찾아 그가 소유하고 있는 것으로 알려진 두린다나를 내놓게 할 생각을 하고 있었기 때문이었다. 그래서 그는 두 명의 기사로, 충직한 친구 플로리스마트와 사촌 올리버를 선택했다.

세 명의 무사가 배를 타고 순풍의 항해를 하여, 다음날 아침에 중요한 결투를 벌이기로 약속한 섬에 도착했다. 오르란도와 두 동료도 섬에 도착하여 천막을 치고 있었다. 아그라만트는 그들과 반대편에 자리를 잡았다.

다음날 아침 지평선에 동이 트자, 양 진영의 무사들은 무장을 하고 말에 올랐다. 그들은 서로를 마주보며 자리를 잡고서는 창을 아래로 꽂은 후 말에 박차를 가해 비호같이 돌진했다. 오르란도는 그라다소의 돌격에 맞섰다. 그는 동요되지 않았지만 그의 말은 상대편 베이야드의 무시무시한 돌격을 버티지 못했다. 말은 움츠리고 비틀거리다가 몇 발자국 뒤에서 쓰러지고 말았다. 오르란도는 말을 일으켜 세우려 했지만 뜻대로 되지 않았다. 그래서 그는 방패를 붙잡고 유명한 발리사르도 칼을 뽑았다. 한편 아그라만트와 용감한 올리버는 서로 유리한 고지를 점령하지 못한 상황에 처해 있었고, 플로리스마트는 소브리노 왕을 말에서 떨어뜨린 상태였다. 플로리스마트는 적을 땅에 떨어뜨렸지만 승리를 추구하지 않고, 오르란도를 내던진 그라다소를 공격하기 위해 급히 달려갔다. 상황이 이렇게 전개되자, 오르란도는 그라다소와의 싸움에 끼어들지 않고, 대신 칼을 높이쳐들고서 소브리노에게 달려가 일격을 가해 그를 기절시켰다. 그가 죽었다고 생각한 오르란도는 사랑하는 플로리스마트를 돕기 위해 다시 몸을 돌렸다. 용감한 용사 플로리스마트는 말도 무기도 없이 무시무시한 두린다나의 공격을 이리저리 피하고 있었다. 오르란도는 그를 구하겠다는 생각에, 소브리노 왕의 말을 빼앗아 타려고 잠시 지체했다. 그가 곧바로 칼을 높이 쳐들고 그라다소에게 돌진한 것은 그로부터 채 한 순간도 지나지 않았다. 그러나 그라다소는 두 번째 적에 대해 조금도 당황하지 않고, 무시하는 어조로 고함을 치며, 칼을 들어 오르란도를 찔렀다. 하지만 거리를 잘못 계산하는 바람에, 칼이 오르란도에게 미치지 못하고 더더구나 그의 갑옷을 꿰뚫지도 못했다. 그리하여 오르란도는 발리사르도를 가지고 일격을 가해 그의 얼굴, 가슴, 넓적다리에 상처를 입혔다. 만일 그가 조금만 더 가까이 있었더라면 두 동강이 나고 말았을 것이다. 그때 소브리노는 중상을 입기는 했지만 혼수상태에서 회복되어 두 발을 딛고 일어나 친구들을 도울 방법을 찾기 위해 주위를 두리번거렸다. 아그라만트가 올리버에게 크게 밀리고 있는 것을 본 소브리노는 올리버가 타고 있는 말의 배를 칼로 찔렀다. 그러자 말이 쓰러지면서 주인을 눌러버렸기 때문에 올리버는 빠져나오지 못하는 곤경에 처하게 되었다. 플로리스마트는 친구가 위험에 처한 것을 보고, 말을 타고 소브리노에게 달려가 그를 쓰러뜨렸다. 그리고 아그라만트로부터 자신을 방어하기 위해 몸을 돌렸다. 브리글리아도로라는 말을 타고 있던 아그라만트는 플로리스마트의 말에 비해 보다 유리한 점을 가지고 있었지만 올리버와의 싸움에서 중상을 입었다.

어떤 것도 오르란도와 그라다소와의 격렬한 결투를 능가할 수는 없었다. 그라다소의 손에 들린 두린다나는 무엇을 치든지 두동강이로 만들었다. 그러나 이 칼의 위험을 완벽히 알고 있던 오르란도는 출중한 칼 솜씨를 발휘해 두린다나 칼에 부상을 전혀 입지 않았다. 반면 많은 부상을 당한 그라다소는 피를 흘리며, 분노와 경솔한 행위를 시시각각 드러내고 있었다. 그는 절박함에서 양 손으로 두린다나를 들어올려 오르란도의 투구를 강력하게 타격했다. 잠시 오르란도가 의식을 잃었다. 오르란도는 고삐를 떨어뜨렸고, 놀란 말은 그와 함께 들판으로 달아났다. 그라다소는 그를 추격하려고 하다가 바로 그 순간 플로리스마트가 아그라만트에게 치명적인 일격을 가하고 있는 것을 보았다. 아그라만트는 이미 플로리스마트에 의해 말에서 굴러 떨어져 있었다. 플로리스마트가 완전한 승리를 마무리 지으려 하는 바로 그 순간, 그라다소는 칼로 그의 옆구리를 찔렀다. 플로리스마트는 말에서 떨어져 들판에 홍건히 피를 적셨다.

때마침 의식을 회복한 오르란도가 이 광경을 목격했다. 분노에 휩싸였는지 아니면 슬픔 때문이었는지 알 수 없지만, 그는 발리사르도를 집어들고 자기에게 가장 가까이 있는 아그라만트에게 먼저 일격을 가했다. 이것을 본 그라다소는 처음으로 자신에게서 용기가 사라지고 죽음의 어두운 전조가 내려앉는 것을 느꼈다. 그가 자기를 방어하기 위해 일어나자 오르란도는 그에게 몸을 던져 치명적인 부상을 입혔다. 그의 칼이 그라다소의 갈빗대를 관통하여 몸의 반대쪽에 넓은 구멍이 나게 만들었던 것이다.

이렇게 프랑스의 가장 유명한 용사의 칼을 맞고 사라센의 가장 용감한 무사는 쓰러지고 말았다. 오르란도는 자신의 승리를 대수롭게 생각하지 않는 듯이 땅에 가볍게 뛰어내려 사랑하는 플로리스마트에게 달려가 그를 포옹하며 눈물로 그를 적셨다. 플로리스마트는 아직 숨을 쉬고 있었다. 그리고 몇 마디 작별의 말을 할 수 있었다. “사랑하는 친구여, 나를 잊지 말아주게. 그리고 날 위해 기도해주게. 오! 그리고 플로르델리스에게 오빠가 되어주기 바라네.” 플로리스마트는 그녀의 이름을 부르며 숨을 거두었다.

오르란도는 몇 분 동안 비탄에 잠겨있다가 다른 동료와 적을 찾기 위해 고개를 돌렸다. 올리버는 자기 말의 무게에 눌려 누운 채 허우적거리며 빠져나오려고 헛되이 노력하고 있었다. 오르란도가 가까스로 그를 구출했다. 이어서 그는 소브리노를 땅에서 일으켜 그를 자신의 시종에게 맡기고는 친동생이나 되는 듯이 부드럽게 간호했다. 무시무시한 무사 오르란도도 쓰러진 적에게는 가장 관대한 사람일 수 있었던 것이다. 그는 정복당한 기사들의 무기, 베이야드, 그리고 브리글리아도로를 자신의 것으로 만들고, 그들의 시체와 다른 것들은 그들의 시종을 통해 되돌려보냈다.

그러나 용사들이 돌아오는 것을 지켜보다가 플로리스마트가 없는 것을 발견한 플로르델리스의 슬픔이 얼마나 컸는지는 오직 신만이 알 수 있을 것이다. 그녀는 다른 사람들의 얼굴에서 그가 살해되었다는 것을 알았다. 그런 생각이 들자 그녀는 이유를 묻지도 못한 채 곧바로 의식을 잃고 땅에 쓰러졌다. 잠시 후 의식을 회복하여 최악의 두려움에 대한 진실을 알게 되자, 그녀는 그를 혼자 떠나게 내버려둔 것에 대해 심하게 자신을 질책했다. "적이 그에게 반역의 일격을 가했을 때, 단 한번이라도 소리를 질렀다면 내가 그의 생명을 구할 수 있었을 텐데. 혹은 내 몸을 그들 사이에 던져 보잘것없는 나의 생명을 바쳐 그를 구했을텐데. 아니면 그의 마지막 말이라도 들었거나, 그에게 마지막 키스를 할 수 있었더라면." 그녀가 한탄했다. 어떤 것도 그녀를 달랠 수는 없었다.

16

로게로와 브라다만테

앞서 말했듯이, 리날도와 결투를 중단한 후 로게로는 어느 진로를 택해야할지 당황하고 있었다. 결투 협정의 조건에 따르면 그는 협정을 깨뜨린 아그라만트를 버리고 샤를마뉴에게 충성을 해야 했다. 물론 브라다만테를 향한 그의 사랑도 그를 같은 방향으로 부르고 있었다. 하지만 그는 어려운 시기에 군주이자 지도자를 버리고 떠나고 싶지 않았다. 그래서 그는 아프리카행 배를 타고 사라센군이 있는 곳으로 향했다. 그러나 항해 도중 폭풍을 만나 배가 바위에 부딪치고 말았다. 선원들은 보트로 뛰어내렸으나 파도가 재빨리 보트를 삼켜버렸기 때문에, 로게로를 비롯한 모든 사람들은 생명을 구하기 위해 헤엄을 쳐야 하는 상황에 빠졌다. 로게로는 파도와 싸우는 동안, 기독교인이 되겠다는 공언(公言)을 오랫동안 실천하지 못한 죄를 생각하고, 만일 자신이 육지에 도달할 수 있다면 더 이상 침례를 연기하지 않겠다고 온 마음으로 맹세했다. 그런 그의 맹세가 응답을 받았는지, 그는 성공적으로 육지에 다다를 수 있었다. 그리고 어느 경건한 은둔자의 도움을 받아 구조되었다. 바다가 바라보이는 암자에 살고 있는 은둔자는 로게로와 함께 며칠을 보내며, 검소한 식사를 하고 그에게 기독교신앙의 교리를 가르치고 세례를 베풀어주었다.

이런 일이 벌어지고 있는 동안 그라다소를 만나 베이야드를 다시 찾으려고 길을 떠난 리날도는 도중에 아프리카에서 벌어지는 중요한 소식을 듣고 그들과 합류하기 위해 아프리카로 향하고 있었다. 그러나 그곳에 너무 늦게 도착했기 때문에, 친구들과 함께 플로리스마트의 죽음을 애도하며, 이교도 기사들로부터 거둔 승리를 기뻐하는 것에 만족해야 했다. 아프리카인들은 왕이 죽자 결투를 포기하고 비세르타는 항복을 했다. 기독교 군은 아프리카의 병사들을 해산시킨 후 귀향 조치했다. 아스톨포는 아비시니아군과 작별인사를 하고 나서 그들에게 전리품을 주어 귀국시켰다. 이때 그는 그들이 이곳에 올 때 아무 위험 없이 모래 사막을 건너게 했던, 바람잡는 자루를 잊지않고 그들에게 주었다.

오르란도와 많은 간호와 보살핌이 필요한 올리버, 이미 그런 보살핌을 받고 회복한 소브리노는 기독교 땅에 묻힐 플로리스마트의 시신을 쾌속선에 싣고 시칠리아로 향했다. 리날도는 산소네트와 다른 기독교 지도자들과 함께 오르란도 일행과 동행했다. 그들은 시칠리아에 도착하여 모든 종교의식을 갖추고, 평소 플로리스마트를 알고 지낸 모든 사람들과 그의 명성을 들어 알고 있던 사람들의 슬픔 속에서 엄숙하게 장례식을 거행했다. 그리고 다시 마르세유를 향해 여행을 시작했다. 그러나 올리버의 부상이 호전되지 않고 점점 더 악화되어 그의 고통을 지켜보는 친구들을 너무나 비통하게 만들었기 때문에 그들은 어떻게 해야할지 회의를 열었다. 그에 수로 안내자가 말했다. "여기서 그리 멀지 않은 섬에 어느 기독교 은둔자가 혼자 살고 있습니다. 그의 자문이나 도움을 구하는 자는 헛되지 않는다고 합니다. 그가 놀라운 치료약을 만들 수 있기 때문에 그에게 도움을 청하면 틀림없이 기사는 병이 나을 것입니다." 오르란도는 수로 안내인에게 그 쪽으로 뱃머리를 돌리라고 명령했다. 이윽고 배는 호젓한 바위 옆에 안전하게 도착했다. 부상자는 보트에 옮겨 실려져 은둔자의 암자로 운반되었다. 그곳은 배가 난파된 후 로게로가 찾았던 피난처였다. 로게로는 은둔자에게서 침례를 받고, 지금도 그와 함께 지내며 신학 공부와 명상에 몰두하고 있었다.

성자는 오르란도와 다른 사람들을 친절하게 맞이하며 무슨 일 때문에 이곳에 왔느냐고 물었다. 그리고 기독교 신앙을 위해 싸우다가 위험한 궁지에 몰린 사람을 도와달라는 말을 듣고 즉시 치료에 나섰다. 그의 처방은 간단했지만 기도를 병행한 것이었다. 곧 용사에게서 통증이 사라지고, 며칠이 지나자 그의 발은 완전히 건강을 되찾았다. 소브리노는 기독교 수도승이 기적과 같은 일을 행한다는 것을 깨닫고, 즉시 자신의 거짓 예언자를 버리고 참회하는 마음으로 참된 하나님을 받아들였다. 그리고 그에게 세례를 받게 해달라고 요청했다. 은둔자는 그의 요청을 받아들이고 기도를 드려 그를 회복시켰다. 그러자 모든 기독교 기사들은 올리버가 건강이 회복되었을 때와 같이 소브리노의 기독교 개종을 기뻐했다. 무엇보다도 로게로는 기쁨과 감사의 마음을 느끼고 은총과 신앙심을 나날이 키웠다.

로게로의 명성이 모든 기독교 기사들에게 알려져 있고, 그가 결투에서 용맹함을 입증했음에도 불구하고, 리날도조차 그의 얼굴이 어떻게 생겼는지 모르고 있었다. 소브리노는 그들에게 로게로가 어떤 사람인지 알려주었다. 그러자 그들은 용기와 예의가 가히 세계적인 명성을 가진 그가 더 이상 자신들의 적이자 무신론자가 아니라, 기독교도로 개종하여 진실한 종교의 수호자가 되어 있는 사실을 기뻐했다. 모든 사람들이 로게로의 주위에 모여들었다. 어떤 사람은 그의 손을 붙잡는가 하면 어떤 사람은 그를 껴안기도 했다. 그러나 누구보다도 리날도가 그를 소중히 여겼다. 그는 그의 가치를 누구보다도 잘 알고 있기 때문이었다.

얼마 가지 않아 로게로는 리날도에게 그의 누이와 결혼을 하고 싶다고 터놓았다. 리날도는 그의 결혼 계획을 쾌히 승인해주었다. 그러나 그 당시 로게로에게는 알려지지 않은 어떤 이유들이 결혼의 성공을 가로막고 있었다.

그리스의 황제 콘스탄티누스 황제가 브라다만테의 미모와 진가(眞價)의 명성을 듣고, 샤를마뉴에게 사람을 보내, 자기 왕위를 계승할 아들 리오와 브라다만테를 결혼시키고 싶다고 요청했던 것이다. 그녀의 아버지 아이몬은 지금 집을 떠나고 없는 아들 리날도와 우선 이야기를 할 수 있게 될 때까지 결혼 승낙을 보류하고 있었다.

이제 무사들은 항해를 재개할 준비를 했다. 로게로는 진실된 신앙을 가르쳐 준 선한 은둔자에게 친절하게 작별인사를 했다. 오르란도는 본래 로게로의 것이었던 말과 무기 뿐만 아니라, 오르란도 자신이 여자 마법사로부터 얻은 발리사르도 칼의 소유권도 그에게 넘겨주었다.

은둔자의 축복을 받으며 그들은 다시 배에 올랐다. 항해 속도가 빨랐기 때문에 그들은 곧 마르세이유 항구에 도착했다.

아스톨포는 군대를 해산시킨 후 히포그리프를 타고 쏜살같이 날아가 사르디니아에 도착했다. 거기서 코르시카로 갔다가 왼쪽으로 방향을 약간 돌려 프로방스의 상공을 떠다니던 중 마르세이유 근처에 내렸다. 거기서 아스톨포는 기독교 성자의 명령을 수행했다. 히포그리프의 고삐를 풀어 말이 더 이상 안장이나 재갈에 물리지 않고, 스스로 은신처를 찾아가게 풀어주었다. 뿔피리의 놀라운 능력도 그가 달을 갔다온 이후 사라져 있었다.

오르란도, 리날도, 올립, 소브리노, 로게로가 마르세이유에 도착한 바로 그날, 아스톨포도 마르세이유에 도착했다. 찰스는 사라센 왕들이 패배했다는 소식 뿐만 아니라 그것에 관련된 모든 사건을 듣고 있었다. 용감한 기사들이 자신에게 오고 있다는 소식을 들은 찰스는 가장 유명한 귀족 몇 명을 보내 그들을 영접했다. 찰스 자신은 그들을 만나기 위해 조신들, 왕들, 공작들, 귀족들, 왕비, 그리고 아름답고 화려한 여자들과 함께 아를레스를 향해 출발했다.

서로 인사를 나눈 후 오르란도와 친구들은 찰스 황제에게 로게로를 소개하기 위해 데려갔다. 그들은 로게로가 기독교 무사 중 가장 용감한 무사인 리사의 공작의 아들이라고 말하며, 그가 갓난아기일 때 운이 나쁘게도 유괴를 당해 사라센의 거짓된 신앙 안에서 양육되었으나, 이제는 하나님의 섭리에 의해 기독교로 개종하여, 그의 아버지가 한때 왕권과 교회의 중요한 옹호자로서 누렸던 자리를 다시 회복했다고 설명했다.

로게로는 말에서 내려 황제 앞에 공손하게 섰다. 샤를마뉴는 그에게 다시 말을 타고 자기 옆에 나란히 서라고 명령했다. 그리고 군인들이 보는 앞에서 그에게 명예가 되는 의식을 하나도 빠트리지 않고 수행했다. 승리를 자랑하는 화려함과 축제 분위기를 가지고 군인들은 도시로 돌아갔다. 거리는 화환으로 장식되었고, 집집마다 화려한 벽걸이 융단이 걸렸으며, 아름다운 부인과 처녀들은 발코니와 창문에 서서, 마치 비처럼, 꽃다발을 정복군에게 떨어뜨렸다. 강력한 황제는 이런 환영 속에서 궁전으로 돌아와, 며칠 동안 귀족들과 결투 시합을 벌이고 주연을 베풀며, 춤과 노래의 축제를 열었다.

한편 리날도는 아버지 아이몬 공작에게 누이를 로게로에게 주기로 약속했다고 말했다. 아버지는 그녀를 그리스 황제의 아들과 결혼시키려고 마음 먹고 있었던 까닭에 그에게 화를 냈다. 어머니 비아트리스 부인 역시 딸 브라다만테를 만나, 직위도 땅도 없는 기사를 거절하고, 그녀를 넓은 리반트 제국의 여황제로 만들어줄 사람을 선택하라고 호소했다. 그러나 브라다만테는, 존경심으로 어머니의 간청을 거절할 수는 없었지만, 전혀 마음에 없는 일을 하겠다는 약속을 하지 못하고 한숨만 내쉬다가, 혼자 있게 되자 그만 울음을 터뜨리고 말았다.

한편 로게로는 낯선 사람이 주제넘게 자신의 신부를 뺏는다는 생각에 화가 나서, 그리스 왕자를 찾아 죽음의 결투를 하자는 도전을 하기로 결심했다. 이런 계획 아래에서, 그는 갑옷을 입고, 투구와 문장(紋章)을 진홍색 바탕에 흰 일각수(一角獸, 이마에 뿔 하나, 양의 엉덩이, 사자의 고리를 가진 전설의 동물)로 교체하여 착용했다. 그는 신뢰하는 시종을 선택하여 자기를 로게로라고 부르지 말라는 명령을 내리고, 말을 타고서 그리스 왕자를 찾아 길을 나섰다. 라인강과 오스트리아 지역을 가로질러 헝가리로 들어간 그는 벨그라드에 도착할 때까지 다뉴브 강을 따라갔다. 벨그라드에 도착한 그는, 도시 앞에 제국의 깃발과 군인들이 모여있는 흰 천막을 보았다. 이것은 콘스탄티누스 황제가 얼마 전 불가리아인들이 빼앗은 도시를 탈환하기 위해 포위공격을 하고 있는 진지였다.

황제의 진지와 불가리아인들 사이에는 강이 흐르고 있었다. 로게로가 그곳에 가까이 다가갔을 때, 물을 뜨기 위해 강에 접근한 양 진영의 사람들 사이에 사소한 충돌이 발생했다. 싸움판의 그리스인과 불가리아인의 비율이 4대 1이었기 때문에 불가리인들은 허겁지겁 도망을 갔다. 로게로는 이 광경을 보고 또 그리스 왕자에 대한 증오심으로 인해 도망치는 무리의 한 가운데로 쏜살같이 달려가 도망자들에게 다시 돌아서라고 소리쳤다. 그리고 우선 훌륭한 갑옷을 입은 그리스군의 지도자이자 그리스 황제가 아들처럼 소중히 여기는 조카와 맞붙었다. 로게로의 창이 그의 방패와 갑옷을 관통하여 무사는 사지를 쭉 뻗고 들판에 쓰러져 숨을 거두었다. 로게로 앞에서 그리스군들이 연달아 쓰러지자 그리스 병사들은 놀라 전진을 중단했다. 불가리아인들은 로게로 기사에게서 용기를 얻어 재집결을 하고는 방향을 바꾸어 도망치는 그리스 병사들을 추격했다. 이런 갑작스러운 싸움이 벌어지는 동안 리오는 그곳에서 좀 떨어진 곳에서 높은 지대에 올라 자리를 잡고 있었던 관계로 전투의 상황이 한 사람으로 인해 바뀌는 것을 놓치지 않고 보고 있었다. 그는 로게로의 용기에 칭찬을 아끼지 않았다. 그리고 로게로의 문장을 보고 그가 비록 불가리아 병사들을 도와주기는 했지만 불가리아 병사가 아니라는 것을 알았다. 또한 리오는 로게로의 용기가 자신의 자존심을 상하게 했음에도 불구하고 그에게 악의를 품지는 않았다. 그에 대한 찬미가 분노를 능가했기 때문이었다. 그 무렵 그리스 병사들은 강을 탈환하기는 했지만, 병사들이 걷거나 헤엄을 쳐서 도망을 치는 바람에 불가리아군의 수중에 많은 포로를 남기게 되었다. 로게로는 리오가 좀 떨어진 강 하류에 있다는 것을 포로들로부터 듣고 그와 싸우기 위해 말을 타고 그가 있는 곳으로 향했다. 그러나 그리스 왕자가 강 건너쪽으로 물러가며 다리를 파괴해버려 그와 싸울 수는 없었다. 날이 저물자 로게로는 피로에 지쳐 밤을 보낼 피난처를 찾기 위해 사방을 둘러보았다. 그러다 오두막을 찾아 휴식을 취하게 되었다. 그때 싸움에서 로게로의 칼을 간신히 피한 어느 기사 역시 피난처를 찾던 중 오두막에서 그의 갑옷을 발견하고 자고 있던 무명 기사를 붙잡아 쇠사슬로 묶어서 황제에게 인계했다. 황제는 자신의 누이이자 로게로의 창에 첫 희생을 당한 젊은 기사의 어머니 디오도라에게 그를 넘겨주었고 그녀는 그를 지하감옥에 처넣었다.

한편 브라다만테는 아버지와 어머니의 끈질긴 간청을 피하기 위해 샤를마뉴에게 온정을 베풀어달라고 요청을 했다. 그는 명예를 걸고 그렇게 해주겠다고 약속을 했다. 누구든지 단 한번의 결투로 그녀를 정복하지 않는 한 그녀는 누구와도 결혼을 강요받지 않을 것이라고 선포하고, 다음과 같이 마상시합을 한다고 공표했다. "아이몬 공작의 딸과 결혼하고 싶은 자는 해가 떠서 해가 질 때까지 그녀와 칼로 결투를 하여 그 때까지 지지 않는 경우 그녀를 갖는다."

아이몬 공작과 비아트리스 부인은 사태가 이렇게 진전된 것에 크게 화가 났지만 마상시합 날을 기다리기 위해 그녀를 궁전으로 데려갔다. 브라다만테는 자신의 마음이 머물고 있는 남자가 궁에서 보이지 않자, 그가 왜 궁전에 없는지 이유를 궁금해하며 비탄에 잠겼다. 그러나 만일 약혼자가 지금 얼마나 고생을 하고 있는지 알게 된다면 그녀의 괴로움은 얼마나 더 커질 것인가!

그는 쇠사슬에 묶여 햇빛이 전혀 들어오지 않는 지하감옥에 던져진 채 쥐꼬리만한 조악한 음식을 먹고 있었다. 절망이 그의 가슴을 휘감는 것은 너무도 당연했다. 차라리 죽음이 위로가 될 것 같았다. 그러던 어느 날 밤 (그러나 그 곳은 언제나 캄캄했기 때문에 어쩌면 낮일 수도 있었다.) 횃불에 정신을 차린 로게로는 두 남자가 감방으로 들어오는 것을 보았다. 싸움에서 그의 용기를 보고 감탄한 리오 왕자가 용감한 기사의 비참한 운명에 대해 알게 되어 시종 한 명을 대동하고 지하 감옥으로 온 것이었다. "기사여, 나는 그대의 용기에 마음이 끌려 이곳에 왔네. 나의 안전이 위태롭게 되는 한이 있더라도 기꺼이 그대를 도와주겠네." 리오 왕자가 말했다. 이에 로게로가 대답했다. "큰 은혜를 지는군요. 제게 주시는 생명을 언젠가 원하시면 충실하게 되돌려 드릴 것을 약속드립니다. 언제나 당신을 위해 즉시 목숨을 바치겠습니다." 그러자 왕자는 로게로에게 자신의 이름과 직위를 말했다. 그것을 들은 로게로는 복받쳐오는 감정을 억제할 수 없었다. 어쨌든 그는 석방되어 말과 무기도 모두 되돌려받았다.

한편 브라다만테와 결혼하고자 하는 자는 누구나 칼과 창을 가지고 그녀와 결투를 해야한다는 찰스 왕의 포고령이 떨어졌다. 그리스 왕자는 자신이 그녀의 상대가 되지 않는다는 것을 알고 있었기 때문에 그 소식을 듣고 안색이 창백해졌다. 곰곰이 생각한 끝에 그는 기지를 발휘하여 아직 이름도 알지 못하는 석방된 프랑스 기사를 고용하여 자기 대신 결투를 하게 해야겠다고 생각했다. 로게로는 왕자의 제안을 듣고 매우 고통스러웠다. 그러나 생명을 구해 준 사람의 첫 요구를 거부하는 일은 죽음보다 더 나쁜 일이라고 생각한 그는 성급히 왕자가 명령하는 것은 무엇이든지 하겠다고 승낙을 했다. 하지만 쓰라린 후회가 그를 덮쳤다. 그렇다고 이제 와서 마음이 바뀌었다고 털어놓을 수는 없었다. 그러기보다는 차라리 죽음이 더 나을 것 같았다. 죽음이 그의 유일한 치료 방안이 될 것 같았다. 하지만 어떤 방식으로 죽어야 하겠는가? 그는 때로 거짓 저항을 하면서 그녀가 칼로 자신을 쉽게 찌르게 해야겠다고 생각했다. 그녀가 사용하는 무기로 살해당하는 것만큼 더 행복한 죽음은 결코 없을 것이었다. 그러나 그것은 부질없는 생각이었다. 왜냐하면 그가 그리스 왕자로 하여금 그녀를 얻게 해주지 못한다면, 그것은 그가 그리스 왕자에게 진 빚을 갚지 못하는 것이기 때문이었다. 그리고 가짜 결투가 아니라 진짜 결투를 하겠다고 약속한 까닭에, 약속의 진실을 지키는 것 이외에 다른 모든 생각은 버리기로 마음먹었다.

젊은 왕자는 많은 수행원을 거느리고 로게로와 함께 출발하여 파리에 도착했다. 리오는 파리에 들어가지 않고 성벽 밖에 천막을 치고서 사신을 보내 샤를마뉴에게 자신의 도착을 알렸다. 샤를마뉴 황제는 반가워하며 선물을 가지고 그들을 방문하여 예의를 갖추었다. 왕자는 황제에게 자신이 파리에 온 목적을 설명하고 자신의 구애를 전달해 달라고 간청했다. 승자의 부인이 되거나 그녀의 칼 아래 죽어야 하는 조건의 결투에서 자기보다 열등한 사람과는 결코 결혼하지 않겠다는 그 처녀에게!

로게로는 마치 사형선고를 받고 죽음을 기다리는 중죄인처럼 결전일까지 며칠을 보냈다. 그는 말을 타지 않고 맨발로 오직 칼만으로 싸우기로 선택했다. 만일 그녀가 그의 프론티노 말을 보면 그것을 알아볼 것이기 때문이었다. 그는 레오 왕자의 겉옷과 금빛의 쌍두 독수리 문장이 있는 방패를 휴대했다. 왕자는 자신의 모습을 누구에게도 드러내지 않도록 조심했다.

한편 브라다만테는 그와는 완전히 다르게 결투 준비를 했다. 그녀는 청용도의 날을 무디게 만들지 않고 날카롭게 갈았다. 결투의 순간이 다가오자 그녀는 피 속에 불이 붙는 것 같았다. 그녀는 나팔소리를 초조하게 기다렸다. 결투의 신호가 울리자 그녀는 칼을 뽑아들고 로게로를 맹렬하게 내리쳤다. 그러나 잘 지어진 성벽이나 오래된 바위는 격렬한 폭풍우에도 꼼짝하지 않듯이 트로이의 헥토르가 한때 소유했던 무기로 무장한 로게로는 그의 머리, 가슴, 그리고 옆구리를 사정없이 타격하는 그녀의 공격을 잘 버텨냈다. 그의 방패, 투구, 흉갑(胸甲, 가슴받이)에서 불꽃이 튀어나왔다. 때로는 위에서, 때로는 아래에서, 정면에서, 뒤에서, 마치 오두막 지붕에 떨어지는 우박처럼 그녀는 그에게 타격을 가했다. 그러나 로게로는 능숙한 방어 자세로 타격을 모두 피하거나 방패가 확실히 보호해주지 않으면 타격을 그대로 맞으며 자신만을 방어할 뿐 그녀에게 반격을 가하지 않았다. 이렇게 몇 시간이 흘러 태양이 서쪽으로 기울자 처녀는 절망하기 시작했다. 그러나 그녀의 분노도 그만큼 따라 증가했고 하루를 거의 보냈지만 아직 작품을 완성하지 못한 숙련공처럼 더 한층 노력을 기울였다. 오, 비참한 처녀여, 그대가 누구를 죽이려 하는지 알고 있는가? 그대가 상대하고 있는 사람이 그대의 생명줄인 로게로라는 것을 안다면, 차라리 그를 죽이느니 자살을 택할 텐데! 그는 그녀에게 자신의 생명보다 더 소중한 사람이 아닌가!

찰스 왕과 귀족들은 그렇게도 대단한 힘과 기술을 보여주는 기사를 그리스의 왕자라고 생각하면서, 어떻게 그녀를 공격하지도 않고 자신을 방어할 수 있는지 감탄을 금치 못했다. 왕은 두 투사가 잘 어울리는 한 쌍이 될 것이라고 선언했다.

마침내 해가 지자, 샤를마뉴는 결투를 끝내라는 신호를 보낸 후 로게로에게 브라다만테를 신부로 넘겨주었다. 로게로는 깊은 비탄에 잠겨 자신의 천막으로 돌아왔다. 리오는 천막 안에서 로게로의 투구 끈을 풀어주며 그의 양쪽 뺨에 키스를 했다. 그리고 "이제부터 자네는 나의 무한한 감사에 따라 하고 싶은대로 하게나"하고 말했다. 로게로는 아무 대답을 하지 않고, 착용한 문장을 치우고, 일각수 문장이 있는 갑옷을 다시 착용한 채 보는 사람들이 보이지 않는 곳으로 급히 물러갔다. 자정이 되자 그는 프론티노 말에 안장을 올리고 천막을 떠나 군마가 원하는 방향으로 기운차게 달렸다. 밤이 새도록 그는 깊은 괴로움에 잠겨 말을 타고 달리면서 자신의 고통을 덜어 줄 죽음의 신(神)을 불렀다. 마침내 그는 어느 숲속의 깊숙한 은신처로 들어갔다. 거기서 그는 프론티노의 마구를 풀어 말이 마음대로 돌아다니도록 풀어놓았다. 그리고 땅 위에 몸을 던지고 너무나 비통한 통곡을 쏟았다. 사람이라고는 보이지 않는 그곳의 새와 짐승들이 그의 비통함에 감동하여 그를 측은하게 여길 정도였다.

브라다만테의 슬픔도 이에 못지 않았다. 그녀는 로게로 외에 누구와도 결혼하고 싶지 않았기 때문에 자신의 약속을 깨고 친척과 신하와 샤를마뉴에게 도전하기로 결심했다. 그것도 안된다면 죽기로 마음먹었다. 그러나 뜻하지 않은 곳에서 구원의 손길이 찾아왔다. 로게로의 누이 마르피사는 브라다만테와 필적할만한 용기를 지닌 여걸이었다. 그녀는 로게로와 브라다만테의 사랑을 확신하고 있었기 때문에, 그들의 결혼을 위협하는 위험을 보고 그들과 마찬가지로 애통해 마지 않았다. "그들은 이미 서로 결혼하기로 맹세했다. 하늘 앞에 무엇이 더 필요하겠는가?"라고 말하며 그녀는 깊은 생각에 잠겼다. 그리고 샤를마뉴 앞에 나아가 자신이 두 사람의 깊은 결혼 서약과 맹세의 증인이라고 증언하며, 그들 사이의 맹약이 너무도 확고하고 굳기 때문에 그들은 서로 자유로이 다른 배우자를 만나 서로를 버릴 수 없다고 털어놓았다.

샤를마뉴는 그 말을 듣고 심히 당황하여 브라다만테를 불러 마르피사가 선언한 내용을 전했다. 브라다만테는 그 말을 부인도 승인도 하지 않은 채 머리를 숙이고 잠자코 있었다. 아이몬 공작은 화를 내며 그런 거짓 결혼계약은 로게로가 세례를 받기 전에 이루어졌기 때문에 무효라며 파기되어야 한다고 주장했다. 그러나 리날도나 착한 오르란도는 그렇게 생각하지 않았다. 샤를마뉴는 마르피사가 다음과 같이 말하자 어떻게 결정을 내려야 할지 알 수 없었다.

"제 오라버니가 살아있는 한 다른 사람은 아무도 이 처자와 결혼할 수 없습니다. 그러므로 그리스 왕자가 로게로와 죽음의 결투를 하여 살아남은 자가 그녀를 신부로 맞이하게 하십시오."

황제는 그 말을 듣고 기뻐했고, 리오 왕자도 무명 투사의 도움을 받는다면 결투에서 틀림없이 승리할 것으로 생각했기 때문에 다시 그 제의를 받아들였다. 그리하여 샤를마뉴 황제는 로게로를 향해 결투에 나타나 자신의 배우자를 방어하라는 포고령을 발표했다. 리오도 나름대로 일각수의 기사를 사방에서 찾았다.

한편 로게로는 절망에 짓눌려 아무것도 먹지 않고 밤낮으로 숲속에 누워 죽음을 자초하고 있었다. 리오의 한 부하가 그를 숲속에서 발견했다. 그러나 그는 데려가려는 그들에게 저항하며 움직이지 않았다. 이에 부하는 그리 멀지 않은 곳에 있던 주인에게 급히 달려가 그를 숲속으로 데려왔다. 그에게 다가온 리오 왕자는 로게로가 절망에 빠진 것이 사랑 때문이라는 말을 듣게 되었다. 하지만 사랑의 대상이 누구인지에 대한 단서는 주어지지 않았다. 왕자는 몸을 숙여 흐느끼고 있는 무사를 껴안고 아주 부드러운 목소리로 말했다. "왜 그리도 슬퍼하는지 제발 말을 해보게나. 고치지 못할 만큼 불행한 일은 인간에게 일어나지 않는 법이네. 자네가 내게 슬픔을 감추고 있으니 나까지 슬퍼지네. 자네와 나는 끊을래야 끊을 수 없는 유대 관계가 있지 않나. 그러니 왜 그리 슬퍼하는지 말해보게. 돈, 책략, 교활함, 힘, 설득, 무엇이든 자네의 마음을 달랠 것이 있는지 내 알아보겠네. 그렇게 다 해보아도 마음을 달랠 수 없다면 그때 죽어도 늦지 않을 걸세."

그가 너무나 심금을 울리는 어조로 말했기 때문에 로게로는 굴복할 수밖에 없었다. 그래서 그는 드디어 입을 열었다. "왕자님, 왕자님이 제가 누구인지 아신다면 틀림없이 제가 죽어 마땅하다고 생각하실 것입니다. 말씀드리죠. 저는 왕자님이 그렇게도 미워하는 로게로입니다. 저 로게로도 왕자님이 너무 미워서 왕자님을 찾아 죽이려고 왕자님 부친의 궁전으로 갔었습니다. 이유는 저와 결혼 약속을 한 신부를 왕자님이 뺏어가는 것을 눈뜨고 볼 수 없었기 때문입니다. 하지만 인간이 계획한 것을 하나님이 승패를 가르듯이 제가 곤경에 빠졌을 때 당신이 저를 정중하게 대접해주셨기 때문에 저의 확고한 결심이 흔들리게 되었습니다. 왕자님에 대해 품었던 증오심을 버렸을 뿐만 아니라 왕자님과 영원한 친구가 되기로 결심했습니다. 그런데 왕자님은 제 영혼의 모든 것과 같은 브라다만테를 얻게 해달라고 요청을 했습니다. 제가 왕자님을 충심으로 섬겼는지 아닌지는 알고 계실 것입니다. 평화롭게 그녀를 소유하십시오. 하지만 왕자님께서 그녀를 소유하는 것을 제가 살아 지켜보도록 요청하지는 말아주십시오. 나의 죽음에 만족하시기 바랍니다. 저는 살아 있는 한 그녀가 다른 사람의 합법적인 부인이 되는 것을 금하는 맹세를 그녀에게 했기 때문입니다."

점잖은 리오는 그 말을 듣고 너무 놀라 입술을 꽉 다물고 말없이 동상처럼 서 있었다. 이방인이 로게로임을 알게 된 리오는 그러나 그에 대한 호의를 버리지 않았다. 오히려 호의를 더 갖게 되었다. 그래서 로게로가 겪은 슬픔이 자신의 슬픔처럼 여겨졌다. 이것 때문에도 그렇고 당연히 황제의 아들로서의 체면 때문에도 그렇고 다른 일에 대해서는 부족한 점이 있더라도 정중한 행동에 대해서는 남에게 뒤떨어지지 않는 리오가 입을 열었다.
"로게로, 무적같은 용기로 자네가 나의 병사를 패배시키던 날, 그대가 로게로라는 것을 알았다 할지라도 자네의 용맹은 나를 자네의 친구로 만들었을 것이네. 자네가 나의 적인줄도 모르고 자네에게 덕을 베풀어 디오도라의 지하 감옥에서 자네를 기꺼이 석방시켜준 것처럼 말일세. 그리고 그런 일을 기꺼이 했다면, 어찌 자네가 나를 위해 포기한 여자를 기쁘게 돌려주지 못하겠는가? 그 여자는 나보다는 자네에게 더 합당한 여자일세. 나는 그녀의 가치를 알고 있지만, 자네 같은 기사를 슬프게 만들기보다는 차라리 그

녀를 잊고 인생 자체를 망각하겠네."

그는 이와 같이 말하며 같은 취지에서 많은 말을 덧붙였다. 로게로가 마침내 대답했다. "제가 졌습니다. 다시 살겠습니다. 두 번씩이나 목숨을 구하는 빚을 지게 되는군요."

그리고 며칠이 지나 몸을 회복한 로게로가 궁전으로 돌아갔다. 그런데 궁전에는 불가리아 왕자들이 보낸 사신 한 명이 전투에서 쓰러진 왕을 대신해 불가리아의 왕권을 가질 자격이 있는 일각수의 기사를 찾기 위해 도착해 있었다.

리오 왕자는 브라다만테와의 싸움으로 난타당해 쭈그러진 갑옷을 입고 있는 로게로의 손을 잡고 왕 앞에 나타났다. 그리고 "보십시오. 새벽부터 해질녘까지 힘든 결투를 한 투사가 이 사람입니다. 그가 결투의 포상을 받기 위해 이곳에 왔습니다"하고 말했다. 샤를마뉴 왕은 귀족들과 함께 깜짝 놀란 채 서 있었다. 모든 사람이 그리스 왕자 자신이 브라다만테와 싸운 것으로 믿고 있었기 때문이었다. 그러자 마르피사가 앞으로 나와 말했다. "로게로가 지금 이곳에 없기 때문에 자신의 권리를 주장할 수 없는 관계로 누이 동생인 제가 오라버니의 명분을 대신해 답변하겠습니다." 그녀가 너무나 화가 나고 경멸적인 어조로 말을 했기 때문에 왕자는 위장이 더 이상 현명하지 않다고 생각하고 로게로의 투구를 벗겼다. "그가 여기에 있습니다." 마르피사의 기쁨과 놀라움을 누가 묘사할 수 있었을까? 그녀는 달려가 오라버니의 목을 끌어안았다. 마치 샤를마뉴, 리날도, 오르란도, 그리고 주위에 모인 사람들이 모두 오빠를 포옹하고 이마에 정다운 키스를 할 수 있도록 양보하지 않을 것처럼 보였다. 이 기쁜 소식이 많은 사자들에 의해 슬픔으로 남 몰래 방 속에 처박혀 울던 브라다만테에게 전달되었다. 그 소식을 듣고 그녀의 심장에서 정체되어 멈춰있던 피가 너무도 빨리 흘렀기 때문에, 그녀는 기쁨으로 하마터면 죽을 뻔 했다. 아이몬 공작과 비아트리스 부인은 더 이상 결혼 승낙을 보류하지 않고, 용감한 일행 앞에 서 있는 용감한 로게로에게 딸을 주겠다고 서약했다.

이제 불가리아 대사들이 로게로 앞으로 나와 무릎을 꿇고, 아드리아노플에서 왕관과 왕권이 기다리고 있는 자기 나라로 가자고 간청했다. 리오 왕자도 그들의 설득에 합류하여 로게로를 설득했고, 아버지의 이름으로 그들의 나라에 평화가 깃들기를 기도했다. 로게로는 이것을 받아들였다. 그가 행한 모든 빛나는 덕망이 그가 군주 사위가 되어 인사를 할 때 비아트리스 부인의 귀에 모두 소개되었다.

17

론세스발레스의 전투

사라센군을 프랑스에서 격퇴시킨 후, 샤를마뉴는 최근의 전쟁에서 사라센군에 가담한 스페인의 마르실리우스 왕을 응징하기 위해 군대를 이끌고 스페인으로 들어갔다. 샤를마뉴는 이 전쟁에서 승리를 거두어 마르실리우스를 복종시키고 프랑스에 공물을 바치게 했다. 독자들은 앞 장(章)에서 언급된 간 또는 가넬론이라고 하는 가노를 기억할 것이다. 이 사람은 샤를마뉴의 조신으로 오르란도, 리날도, 그리고 그들 친구들의 불구대천의 적이었다. 그는 샤를마뉴와 나이가 같았고 또 오랫동안 그와 친한 관계를 유지했기 때문에 샤를마뉴에게 많은 영향력을 행사하고 있었다. 그에게 좋은 점이 없는 것은 아니었다. 그는 용감하고 영리했다. 그러나 동시에 질투심이 많고 거짓되며 믿을만하지 않았다. 가노는 찰스를 설득하여 자기를 공물을 주선하는 대사로 임명하게 하고 마르실리우스 왕에게 가기로 했다.

그는 오르란도를 여러 번 포옹하며, 사랑스럽고 진실하게 보이는 듯한 고통의 작별 인사를 했다. 그런 위선은 늙은 군주를 제외하고는 모든 사람들에게 명백해 보였다. 그는 올리버에게도 똑같이 부드럽게 대했다. 그러나 올리버는 그의 면전에 경멸적인 웃음을 지어보이며 속으로 이렇게 말했다. '당신은 원하는대로 좋은 말을 얼마든지 할 수 있지. 하지만 모두 거짓말이야.' 작별 인사에 참석한 용사들도 모두 똑같은 생각으로 왕에게 가노를 결코 스페인 대사로 보내서는 안된다고 말했다. 그러나 찰스 왕은 그를 전적으로 믿고 있었다.

가노는 마르실리우스로부터 융숭한 영접을 받았다. 왕은 그를 맞이하기 위해 귀족들을 대동하고 사라고사로부터 15마일 떨어진 곳까지 나와 군중의 박수 갈채를 받으며 그와 그의 일행을 시내로 인도했다. 며칠 동안이나 무도회, 게임, 기사들의 무술 시범이 벌어지고, 여자들이 프랑스 기사들의 머리에 꽃을 던져주었다.

첫번째 환영식이 끝나자 왕과 대사는 서로를 이해하기 시작했다. 어느 날 그들은 정원의 샘물가에 나란히 앉았다. 샘물은 너무나 깨끗하고 잔잔하여 주변의 모든 물체를 물 속에 반사하고 있었고, 신선한 공기에 살랑거리는 과일나무들이 샘물을 둘러싸고 있었다. 그들이 나란히 앉아 아무 거리낌없이 이야기를 할 때 가노는 왕의 얼굴을 쳐다보지도 않고 물 속에 비친 왕의 얼굴 표정을 살피며 말을 조정했다. 마르실리우스도 가노처럼 빈틈없는 사람이었기 때문에 가노가 말을 하는 동안 그의 얼굴을 바라보았다. 마르실리우스는 대사가 아니라 친구에게 늘어놓듯이 한탄부터 시작했다. 찰스 황제가 왕국을 빼앗아 오르란도에게 주기 위해 자기 왕국을 침략해서 입혔던 피해를 털어놓았다. 그리고 만일 야심적인 오르란도 용사가 죽기만 한다면 좋은 사람들이 제 권리를 되찾을 것이라고 믿고 있다고 명백하게 말했다.

가노는 왕의 말을 마지못해 인정하는 것처럼 한숨을 지었다. 그러나 마음 속을 오랫동안 억제할 수 없던 그는 곧 의기양양한 사악함으로 빛나는 얼굴을 들어올리며 다음과 같이 말했다. "폐하께서 말씀하신 것은 모두 사실이지요. 오르란도는 죽어 마땅하며 궁전에서 제게 비열한 공격을 가했던 올리버도 죽어야 합니다. 그런 모욕적인 행위를 처벌하는 것이 반역적인 행위입니까? 제 계획을 들어보십시오. 오르란도는 폐하에게서 공물을 받기 위해 국경인 론세스발레스로 올 것입니다. 찰스 황제도 산기슭에서 그를 기다릴 것입니다. 오르란도는 틀림없이 몇 사람만을 데리고 올 것입니다. 폐하가 그를 만나실 때 비밀리에 병사들을 폐하의 뒤에 배치해 두십시오. 오르란도는 포위되고 그렇게 되면 누가 공물을 받겠습니까?"

가롯 유다같은 자가 이런 말을 하며 기뻐 어쩔줄 몰라 하는 중에, 자연이 그것을 가로막았다. 갑자기 하늘에 구름이 끼고, 천둥이 치며, 번개가 번쩍이더니, 월계수 나무가 꼭대기에서 밑까지 둘로 쪼개어졌다. 가노는 가롯 유다가 목을 매어 자살했다는 구주콩나무 밑에 앉아 있었는데, 나무의 꼬투리 열매 하나가 가노의 머리 위로 떨어졌다.

가노와 마찬가지로 마르실리우스 왕도 이 징조에 경악했다. 그러나 그는은 점쟁이들을 불러모아, 월계수에 나타난 조짐은 시저의 계승자인 샤를마뉴 황제에게 불리한 조짐이라는 결론을 내렸다. 다만 한 점쟁이가 유다의 나무의 의미를 이해하지 못했다며 가노 대사가 그것에 대해 설명을 해주면 좋겠다고 말해 가노를 새삼 놀라게 했을 뿐이었다. 그래서 가노의 속상함은 분노로 바뀌고 사악함의 버릇이 그의 모든 생각을 휩싸게 되었다. 마르실리우스 왕은 모든 군대를 이끌고 론세스발레스로 진군할 준비를 했다.

가노는 샤를마뉴에게 편지를 보내, 마르실리우스가 얼마나 겸손하고 고분고분하게 오르란도의 손에 공물을 바치려고 길을 가고 있는지, 그리고 샤를마뉴 황제가 그를 중간에 배웅나와 그를 영접한다면 얼마나 멋진 일이 될지를 설명했다. 또한 그는 공물의 목록과 함께 수반되는 선물을 멋지게 덧붙여 묘사했다. 착한 샤를마뉴 황제는 답장을 보내어, 대사의 부지런함에 대해 대단히 만족하고 있다는 것과 아울러 모든 일은 그가 원하는대로 잘 준비될 것이라고 전했다. 조신들은 이 일에 대해 여전히 의구심을 품었지만, 가노가 마르실리우스로 하여금 오르란도를 살해하게 하고 찰스 황제를 론세스발레스 근처에서 마르실리우스의 손아귀에 넘기려고 계획하고 있으리라는 것은 감히 상상도 하지 않았다.

어쨌든 오르란도는 군주의 명령대로 행동했다. 자기를 기다리고 있는 잔혹한 일을 꿈도 꾸지 않고 온건한 무사들을 대동하고서 론세스발레스로 갔던 것이다. 한편 가노는 음모를 성공시키기 위해 찰스 황제의 면전에서 자유롭고 쉽게 행동할 필요가 있었기 때문에 급히 프랑스로 돌아왔다. 마르실리우스는 성공을 확실히 하기 위해, 최악의 경우 숫적인 우세를 통해서라도 오르란도 용사를 계속 공격하여 그를 죽일 수 있도록 삼군(1군은 2개 군단으로 편성함)을 론세스발레스의 오솔길에 배치했다. 또한 가노의 충고에 따라 희생자들이 즐길 술과 음식을 많이 준비했다. 반역자가 다음과 같이 말했던 것이다. "그것이 공격을 더 효과적으로 만들어 줄 것입니다. 흥에 빠진 자들은 무장을 하지 않으니까요. 하지만 한 가지를 잊어서는 안됩니다. 내 아들 볼드윈이 틀림없이 오르란도와 함께 있을 것입니다. 나를 위해 아들을 돌보아 주십시오."

왕이 대답했다. "내가 입고 있는 옷을 벗어서 아들에게 주겠소. 전투 중 그가 이 옷을 입게 하고 두려워하지 말라고 전하십시오. 병사들에게는 그에게 손을 대지 말라고 지시를 하겠습니다."

가노는 기쁜 마음으로 프랑스로 향했다. 그리고 축복 이외에는 아무것도 가지고 오지 않은 사람처럼, 황제와 신하를 포옹했다. 늙은 왕은 그의 친절함과 유쾌함을 보고 눈물을 흘릴 정도였다.

한편 선량한 마법사 말라기기는 이렇게 생각하고 있었다. "무언가 잘못되어 가고 있고, 불길하게 보인다. 여기에 리날도도 보이지 않는다. 리날도가 반드시 이곳에 있어야 하는데. 리날도와 리시아르데토가 어디 있는지 찾아 그들을 빨리 이곳에 보내겠다."

말라기기는 계략을 써서, 현명하고 무시무시하며 잔인한 아쉬타로스라는 악마를 불렀다. 그리고 악마에게 "리날도에 대해서 말해주게나. 진실을 말해줘"라고 말했다. 악마는 그를 열심히 바라보며 아무 말도 하지 않았다. 악마의 얼굴은 수심과 격렬함의 표정을 담고 있었다.

악마보다 훨씬 더 우울한 모습의 마법사는 아쉬타로스에게 그런 표정을 짓지 말라고 명령하며, 더 화를 낼 듯한 표정을 지었다. 그러자 악마가 놀라 입을 열었다. "리날도에 대해 무엇을 알고 싶은지 아직 제게 말씀해주지 않았습니다."

"내가 알고자 하는 것은 그가 어디서 무엇을 하고 있는지 하는 것이다." 마법사가 대답했다.

"그는 동서쪽 지역을 정복하며 그 곳에 기독교를 전파하고 있지요. 지금은 리시아르데토와 함께 이집트에 있습니다." 악마가 말했다.

"그러면 가노는 마르실리우스와 함께 무슨 음모를 꾸몄지? 그리고 그 음모의 결과가 무엇이냐?"

"나는 알지 못합니다. 그때 나는 가노에게 신경쓰지 않고 있었으니까요. 저희 타락한 악마들은 미래에 대해서는 모릅니다. 다만 하늘의 조짐과 혜성을 보고 알 수 있는 것이 있다면, 아주 이상하고 무시무시하며 반역적이고 피비린내나는 어떤 일이 금방이라도 일어나리라는 것과 가노가 지옥에 자리를 하나 준비해두고 있다는 것 뿐입니다."

"사흘 내에 리날도와 리시아르테토를 론세스발레스의 오솔길로 데리고 오게. 지금 당장 그 일을 하도록 해. 그러면 앞으로 자네는 더 이상 부르지 않겠네." 마법사가 큰소리로 말했다.

"그들이 제 말을 믿지 않으면 어떻게 하죠?" 악마가 물었다.

"리날도의 말(馬) 속에 들어가 리날도가 너를 믿든지 안 믿든지 상관하지 말고 그를 데리고 오게."

"그러면 그렇게 하겠습니다." 악마가 대답했다. 그리고 땅이 흔들리더니 아쉬타로스는 사라졌다.

* * *

마르실리우스는 오르란도를 죽이기 위한 첫 조치로 자신의 제후(諸侯)인 블란샤르딘 왕으로 하여금 자신보다 먼저 술과 사치품을 가지고 출발하게 했다. 온건하면서 예의바른 이 용사는 선물을 가져다가 반역자가 시킨 대로 모두 나누어주었다. 그리고 샤를마뉴 황제에게 인사를 하러 간다는 핑계를 대고, 다시 돌아와 제2군의 지휘를 맡았다. 그 지위는 전투에서 오르란도에게 아들을 살해당한 바 있는 팔세론 왕이 그에게 준 자리였다. 팔세론 왕이 제1군을 발루간테 왕이 제3군을 맡고 있었다. 마르실리우스는 그 세 사람에게 자신의 계획을 설명하고, 친구 가노의 아들을 돌보아야 한다는 것으로 말을 맺었다. 자기가 가노의 아들에게 보내준 조끼를 보고 그를 알아볼 수 있을 것이라면서, 만일 기독교군 가운데 목숨을 구원받을 자가 있다면 가노의 아들이 유일한 사람이라고 덧붙였다.

한편 가노의 아들과 가노를 믿지 않아 오르란도와 무슨 일이든 함께 하고자 하는 몇 용사들이 오르란도와 동행하여 숙명의 계곡으로 들어왔다. 적은 수이기는 했어도 그들의 굉장한 용기를 고려해볼 때, 헛되이 목숨을 잃을 사람들은 아니었다. 그러나 기독교군에서 두 번째로 무서운 존재인 리날도는 이 사태에 대처할 시간에 맞추어 오지 못할 운명에 처해 있었다. 용사들은 오르란도에게 배반을 경계하려면 더 많은 병력을 요청해야 한다고 간청했다. 하지만 뜻대로 되지않았다. 믿음을 가진 자의 위대한 마음은 될 수 있는 한 의심을 품으려 하지 않기 때문이었다. 오르란도는 불필요한 도움을 요청하려 하지 않았다. 또한 군주가 지시한 것 외에는 어떤 것도 하고 싶지 않았다. 그렇다고 그 역시 의구심을 완전히 지운 것은 아니었다. 위대하고 활기찬 그의 마음에도 어두운 그림자가 드리워져 있었다. 명랑한 표정으로 친구들을 바라보기는 했지만 친구들의 예견이 그를 불안하게 하고 있었다. 어쩌면 그는 어떤 선견지명에 의해 죽음이 다가오고 있음을 느끼고 있었는지 모른다. 그러나 그는 그런 인상을 드러내지 않아야 한다고 생각했다. 게다가 시간도 촉박했다. 기대했던 공물을 받는 순간이 가까이 다가왔기 때문이었다.

마르실리우스 왕이 다음날 일찍 공물을 가지고 오게 되어 있어서, 올리버는 아침 해가 뜨자 말을 타고 정찰을 나가 멀리서 스페인 조신들의 평화롭고 화려한 행렬이 보이는지 알아보았다. 그는 가장 가까운 고지에 올라갔다. 그리고 마르실리우스의 제1군이 이미 오솔길에 배치되어 있음을 발견했다. "오, 악마같은 가노, 이런 결과를 보려고 그렇게 애를 썼구나!" 올리버는 소리를 지르며 말에 박차를 가해 오르란도를 향해 산 아래로 단숨에 내달렸다.

"그래, 무슨 소식이라도 있는가?" 오르란도가 물었다.

"좋지 않은 소식이야. 어제까지도 듣지 못한 뉴스지. 마르실리우스가 무장을 하고 이곳에 와 있다네. 많은 군사들과 함께 말이네."

용사들은 오르란도 주위에 모여들어 그에게 뿔나팔을 불어 도움이 필요하다는 것을 알리라고 간청했다. 그러나 오르란도는 아무말 없이 말을 타고 산소네토와 함께 산 위로 올라갔다.

그리고 많은 군인들이 자신을 에워싸고 있음을 보고, 슬픈 표정으로 론세스발레스 계곡을 내려다보며 말했다. "오, 비참한 계곡이여, 오늘 흘릴 피가 영원히 그대의 이름을 물들이겠구나!"

오르란도의 작은 진지는 사라센군에 대한 분노로 가득 차 있었다. 그들은 황급히 무장을 했다. 투구의 끈을 매고 말에 올랐다. 투르핀 대주교는 기독교 무사들을 이리저리 찾아다니며 그들을 훈계하고 격려했다. 오르란도와 지휘관들은 잠시 회의를 가졌다. 오르란도는 비통한 나머지 처음에는 아무말도 하지 않았다. 자기 사람들을 이곳 론세스발레스로 데려와 죽게 하고 있다는 사실이 너무도 비참했다. 그가 입을 열었다. "내 마음 속에 스페인 왕이 그렇게도 비열한 자라는 생각이 조금이라도 들었더라면, 그대들은 오늘 같은 날을 맞이하지 않았을걸세. 그는 나와 수없이 많은 정중한 인사와 대화를 나누었지. 나는 과거의 사악한 적도 시간이 지나면 현재의 좋은 친구가 될 것이라고 생각했네. 좋은 기회가 오면 인간은 누구나 그런 미덕을 발휘할 수 있으리라고 생각한거지. 자기를 용서한 사람을 결코 용서하지 못하는 비열한 마음을 가진 자도 기회가 주어지면 그러리라고 생각했어. 그래서 나는 그가 이런 사람이라고는 짐작도 못했던 것일세. 만일 죽어야 한다면 우리 모두 죽기로 하세. 정직하고 용감한 사람들처럼 말일세. 그러나 사람들은 우리에 대해 말을 할걸세. 죽는 것은 오직 우리의 육체 뿐이라고 말이지. 내가 뿔피리를 불지 않는 이유는 뿔피리를 부는 것이 우리들에게 어울리지 않을 뿐만 아니라 설사 황제께서 우리의 뿔피리 소리를 듣는다해도 우리들을 구할 수는 없다는 것을 알기 때문일세." 그리고 오르란도는 "자, 사라센군과 싸우러 나가세" 라고 외쳤다. 그러나 그는 몸을 돌리면서 통곡을 터트렸다. "오, 성모 마리아여, 죄인 오르란도는 생각하지 마시고 당신의 하인들을 불쌍히 여겨주시옵소서."

이교도 제1군은 구름같은 먼지를 일으키며 뿔피리와 북소리를 계곡에 울려 퍼지게 하면서, 수많은 깃발을 공중에 펄럭이고 말울음 소리와 함께 모습을 드러냈다. 이들을 지휘하고 있는 팔세론 왕은 참모들에게 말했다. "아무도 오르란도에게 손을 대서는 안된다. 그는 내가 처치하겠다. 죽은 아들의 원수는 내가 갚을 것이다. 내 손으로 그를 쳐죽이겠어."

오르란도는 "자, 친구들이여, 스스로 각자를 지키도록 하게. 성 미가엘이여, 우리 모두를 돌봐주소서! 여기 있는 기사들은 모두 완벽한 분들입니다" 하고 말했다. 그의 말은 너무도 당연한 말이었다. 리날도와 리시아르테토를 제외한 프랑스의 꽃들이 모두 그곳에 있었다. 그들은 모두 오르란도가 손수 뽑은 친구들이자 한결같은 동료였다.

이렇게 오르란도의 기사들과 대군의 지휘관들은 말을 타고 서로를 마주보았다. 오르란도의 용사들은 접근해 오는 대군의 병사들을 맞이하여 한 명씩 창을 들고 상대를 공격하며 싸움에 임했다.

아스톨포가 맨 처음으로 나섰다. 그는 소리아의 아르롯데에게 달려가 그의 몸을 찔러 말에서 떨어뜨리고 저세상으로 가게 만들었다. 올리버는 말프리모를 대적하여, 비록 자신도 상처를 입었으나, 창으로 그의 심장을 관통했다.

팔세론은 이런 격돌을 보고 기가 꺾여 "정말로 경이로운 일이로군" 하고 생각했다. 올리버는 상처가 너무나 고통스러워 더 이상 사라센군에게 달려나가지 않았다. 그러나 오르란도는 다른 용사들과 함께 적진 속으로 뛰어들었다. 그후 얼마나 큰 일이 벌어졌는지 독자 여러분은 상상하고도 남을 것이다. 서로의 투구를 치고 공격하는 소리가 마치 불카누스(불과 대장일의 신)의 대장간이 활짝 열린 것 같았다. 팔세론은 오르란도가 매우 맹렬하게 다가오는 것을 보고, 쇠사슬을 끊어버린 마왕 루시퍼를 보는 것 같아 그를 혼자서 상대하겠다는 마음을 고쳐먹었다. 그는 오르란도를 상대하지 않고 자신을 신에게 맡긴 채 복수하기에 더 좋은 기회를 기다리기로 하고 발길을 돌렸다. 하지만 오르란도가 무시무시한 목소리로 외쳤다. "오, 그대 반역자여, 오랜 싸움의 끝이 이것인가?" 그리고 맹렬하게 너무나 빨리 너무나 놀라운 능숙한 솜씨로 창을 들고 그에게 달려가 그의 몸을 찔렀다. 그는 즉시 죽음을 맞이했지만 말에서 떨어지지는 않았다. 오르란도는 앞으로 달려가 자신의 완벽한 타격이 어떤 결과를 냈는지 보고자 칼로 그의 시체를 건드렸다. 그러자 시체는 즉시 땅에 떨어졌다.

이교도들은 지도자가 죽어 땅에 떨어지는 것을 보고 혼비백산하여 싸움터에서 물러나려 했다. 그러나 그렇게 할 수가 없었다. 마르실리우스가 나머지 군대를 그물처럼 계곡 주위에 포진시켜 놓았기 때문이었다. 공포에 질린 사라센군은 어디로도 빠져나갈 수 없었다. 그리하여 오르란도는 사라센 병사들이 가장 밀집되어 있는 곳으로 달려나가 가는 곳마다 벼락을 내리듯 투구들을 파괴했다. 올리버는 월터, 볼드윈, 아비노, 아볼리오와 함께 다시 싸움을 재개했고, 투르핀 대주교는 홀장(笏杖, 주교나 수도원장의 직표[職標])을 창 대신 사용하여 자기 앞의 무리들을 산까지 추격했다.

그러나 어떻게 셀 수 없이 많은 적을 대적할 수 있겠는가? 마르실리우스는 끊임없이 병사들을 투입했다. 용사들은 각각 수천 명의 병사를 상대해야 했다. 리날도와 리시아르테토의 말들은 왜 아직까지 꾸물거리고 있는지?

그러나 말들이 꾸물거린 것이 아니라 운명이 마법보다 빨랐던 것이다. 아쉬타로스는 이집트에 있는 리날도에게 가서 그에게 용건을 말한 후 리날도와 리시아르테토의 말 속으로 들어갔다. 그러자 말들이 울음 소리를 내며 콧김을 내뿜고서 몸 속에 있는 악마와 함께 달리기 시작했다. 그들은 피라미드 상공을 날아 사막을 가로질러 스페인에 도착하여 마르실리우스가 제3군을 방금 배치한 현장에 도착했다. 말을 탄 두 용사가 사라센 병사들의 한가운데로 들어가 그들을 쑥밭으로 만들기 시작했다. 산 위에서 이것을 내려다보던 마르실리우스는 자신의 병사들이 서로 싸우고 있는 것으로 생각했다. 오르란도는 이것을 보고 그 용사들이 다름 아닌 자신의 사촌들이라는 생각에 그들을 향해 황급히 내달렸다. 동시에 올리버도 그것을 알아보았다. 이에 오르란도 진영의 환희는 말로 표현할 수 없었다. 용사들은 급히 몇 마디 말을 서로 주고 받은 뒤 헤아릴 수 없이 많은 적들과 대항했다.

오르란도는 마르실리우스에게 다가가기 위해 피나는 싸움을 하다가 어느 젊은이의 머리를 내리쳤다. 그런데 그의 투구가 너무나 견고해서 깨지지 않고 머리에서 그냥 벗겨졌다. 오르란도가 다시 한 번 더 그를 내리치려 하자 젊은이는 소리쳤다. "잠깐만요, 당신은 저의 아버지를 사랑했지요. 저는 부자포르테입니다." 오르란도는 부자포르테를 한번도 본 적이 없었지만, 젊은이가 늙은 아버지의 훌륭한 모습을 그대로 닮고 있어 칼을 떨구고 말했다. "오, 부자포르테, 나는 네 아버지를 정말로 사랑했다. 그런데 어이하여 너는 아버지의 친구들에 대항해 싸우고 있는가?"

부자포르테는 눈물이 나서 즉시 말할 수 없었다. 마침내 그가 입을 열었다. "저는 마르실리우스 군주 때문에 이곳에 강제로 오게 되었습니다. 저는 그저 싸우는 흉내만 냈을 뿐 기독교인들을 한 명도 해치지 않았습니다. 하지만 기사님 진영에 배신자가 있습니다. 볼드윈이 마르실리우스가 준 조끼를 입고 있지요. 그것 때문에 누구나 볼드윈이 마르실리우스의 친구인 가노의 아들이라는 것을 알아볼 수 있습니다. 그래서 아무도 그를 해치지 않는 것입니다."

오르란도가 말했다. "다시 투구를 쓰고 지금처럼 행동하게. 자네 아버지의 친구는 결코 그 아들에게 적이 되지는 않을테니."

격분한 영웅 오르란도는 몸을 돌려 볼드윈을 찾아나섰다. 바로 그때 볼드윈이 다정한 표정을 지으며 오르란도를 향해 급히 달려왔다. "이상해요, 가능한한 나의 의무를 다 하고 있는데 아무도 내게 공격을 가해오지 않습니다. 좌우에서 적을 살해했는데도 아주 힘센 이교도들까지 저를 피하고 있으니 이해가 가지 않아요."

오르란도가 말했다. "그 비밀을 알고 싶다면 조끼를 벗게나. 비밀을 알게 될걸세. 자네 아버지가 자네만 빼고 우리 모두를 마르실리우스에게 팔아넘겼으니까."

"나의 부친이 그렇게 사악한 짓을 하다니! 만일 그것으로 제가 죽음을 피할 수 있었다면, 저는 이 칼로 제 심장을 꿰뚫겠습니다. 하지만 저는 배신자는 아닙니다. 그렇게 오해하지 마십시오. 설마 제가 불명예스럽게 살 것이라고 생각하지는 않으시겠지요." 볼드윈이 조끼를 찢듯이 격렬하게 벗으며 말했다.

그리고 볼드윈은 오르란도의 말을 더 이상 귀담아 들으려 하지 않고 말에 박차를 가해 싸움터로 달려나갔다. 오르란도는 젊은이가 절망에 빠졌다는 것을 감지하고 자신이 한 말에 대해 미안한 생각이 들었다.

이제 전투는 전보다 더 맹렬히 전개되었다. 20명의 이교도들이 용사 한명을 공격하여 용사들이 쓰러지기 시작했다. 산소네토는 그란도니오의 곤봉을 맞고 쓰러졌고, 월터 다물리온은 어깨가 부러졌으며 베르링기에레와 오토네는 살해되었고, 마침내 아스톨포마저 쓰러졌다. 오르란도는 아스톨포의 죽음에 보복하기 위해 그가 죽은 장소를 사라센 병사들의 피로 물들일 만큼 그들을 살육했다. 운이 나빴던 부자포르테는 리날도를 만나 그가 어떻게 사라센 진영에 가담하여 싸우는 듯 보이는지 설명할 겨를도 없이 머리에 치명적인 타격을 받고 말 한 마디도 못하고 쓰러지고 말았다. 오르란도는 큰 소동이 벌어지며 싸움이 벌어지고 있는 곳으로 끼어들어가, 가노의 아들인 가련한 볼드윈의 가슴 위에 두 개의 창이 꽂혀 있는 것을 발견했다. "이제 나는 반역자가 아닙니다" 라는 마지막 말을 남긴 채 볼드윈은 숨을 거두었다. 오르란도는 그가 죽은 것이 자기 때문이라고 생각하고 크게 후회하며 하염없이 눈물을 흘렸다. 마침내 올리버도 쓰러졌다. 그는 자신의 피로 인해 눈이 멀어 오르란도를 알아보지도 못한 채 타격을 가해 왔다. 오르란도가 울부짖었다. "이보게나, 사촌, 적을 바꾸었는가?" 그러자 올리버가 외쳤다. "오, 형님, 용서하십시오. 앞이 보이질 않습니다. 저는 죽어가고 있어요. 어느 배신자가 저를 뒤에서 찔렀지요. 저를 사랑하신다면 복수를 하고 죽을 수 있도록 제 말을 적병이 많이 있는 곳으로 데려다주십시오."

"나도 비통과 피로로 곧 죽을 것이네. 우리 함께 가세."

오르란도는 사촌과 함께 적병이 가장 많이 모인 곳으로 말을 몰았다. 죽어가는 용사와 그의 지친 동료의 힘은 가공할만했다. 그들은 싸움터 한 가운데에 길을 만들 정도였다. 오르란도는 사촌을 자신의 천막으로 데리고 갔다. "내가 돌아올 때까지 이곳에서 기다리게. 저쪽 언덕에 올라가서 뿔나팔을 불겠네."

"소용없는 짓입니다. 제 영혼은 빨리 떠나가고 있습니다. 하나님과 구세주와 함께 있고 싶습니다."

올리버는 좀더 말을 하려고 했지만 마치 꿈을 꾸는 사람처럼 말이 불완전하게 나왔다. 그리고 끝내 숨을 거두고 말았다.

오르란도는 올리버가 죽는 것을 보자, 이 세상에 자기 밖에 남지 않았다는 생각이 들어 자기도 지상을 떠나고 싶었다. 그러나 떠나기 전에 산기슭에 있는 찰스 왕에게 상황이 어떻게 전개되고 있는지 알리고 싶었다. 그래서 그는 뿔피리를 집어들고 코와 입에서 피가 터져나올 정도로 세차게 세 번을 불었다. 투르핀은 그가 뿔피리를 세 번째 불 때 두동강이 나버렸다고 적고 있다.

전투의 소음에도 불구하고 뿔피리 소리는 마치 다른 세상에서 들려오는 목소리처럼 모든 소음을 뚫고 퍼져나갔다. 새들이 그 소리에 떨어져 죽고 모든 사라센 병사들은 공포에 질려 후퇴했다고 이야기는 전하고 있다. 그 소리가 샤를마뉴의 귀에 전달된 것은 샤를마뉴가 신하들의 한 복판에 앉아있을 때였다. 가노도 그곳에 함께 있었다. 황제가 맨 먼저 그 소리를 들었다.

“저 소리가 들리나? 경들도 짐이 들은 저 뿔피리 소리를 들었는가?” 황제가 귀족들에게 말했다.

그 말에 그들 모두가 귀를 기울였고 가노는 심장이 뛰는 것을 느꼈다. 두 번째의 뿔피리 소리가 들려왔다.

“이 뿔피리 소리는 무슨 뜻인가?” 찰스가 물었다.

“오르란도가 사냥을 하는 것이지요. 수사슴 한 마리가 살해되었습니다”하고 가노가 대답했다.

그러나 뿔피리 소리가 세 번째 울려퍼졌다. 더욱이 이번에는 소리가 무서울 정도로 격렬했기 때문에, 모든 사람이 서로의 얼굴을 바라보다가 화난 얼굴로 가노에게 시선을 돌렸다. 찰스도 자리에서 일어섰다.

“이것은 수사슴 사냥이 아니다. 그 소리는 내 마음 속에 사무치는 소리였어. 오, 가노! 가노! 나는 너를 부끄럽게 생각하기보다 내 자신을 부끄럽게 생각한다. 오, 이 더럽고 괴물같은 악당! 당장 이 자를 가까운 감옥에 처

넣도록 하라. 어찌 신은 내가 오늘 같은 꼴을 보도록 살게 내버려두었단 말인가!"

하지만 더 이상 말할 시간이 없었다. 찰스와 신하들은 반역자를 감옥에 가두고, 몹시 슬퍼하면서 기도를 드리며 론세스발레스 계곡을 향해 출발했다.

뿔피리 소리가 울린 것은 오후였는데 황제는 그로부터 반 시간 후에 출발했다. 한편 오르란도는 말에 앉아 버틸 수 있는 힘이 있는 한, 아무리 절망적일지라도 자신의 의무를 다하기 위해 싸움터로 돌아왔다. 마침내 그는 자신의 종말이 다가오고 있음을 알고, 전에 갈증을 끄기 위해 간 적이 있던 샘물로 혼자 말을 달렸다. 그의 말은 그보다 더 피곤에 지쳐 있었다. 그가 말에서 내리자마자 말은 마치 작별의 말을 하듯이 무릎을 꿇었다. "저는 당신을 편히 쉴 수 있는 장소로 모셔왔습니다." 그리고 숨을 거두었다. 오르란도는 말이 죽지 않기를 바라면서 샘터에서 물을 떠서 말에게 뿌렸다. 그러나 그것이 헛된 일임을 알고, 말이 마치 인간이나 되는 듯 몹시 슬퍼하며 그의 이름을 부르며 눈물을 떨구었다. 그리고 혹시 자기가 잘못 대한 일이 있다면 용서해달라고 말했다. 이 말을 듣고 말이 눈을 조금 떠서 다정하게 주인을 바라본 다음 몸을 움직이지 않았다는 이야기가 전해지고 있다. 그리고 오르란도는 아름다운 칼 두린다나를 부숴버리기 위해 옆의 바위를 혼신의 힘을 다해 내리쳤다고 한다. 칼이 적의 수중에 들어가지 못하게 하기 위해서였다. 바위는 마치 석판처럼 갈라졌는데 그후 큰 틈바구니가 아직도 남아 순례자들의 감탄을 자아내고 있지만, 칼은 아무 손상을 입지 않은 채 그대로 남게 되었다고 한다.

이때 리날도와 리시아르테토는 사라센 병사들을 물리친 후 투르핀과 함께 올라와 전투의 승리를 오르란도에게 전했다. 오르란도는 투르핀 앞에 무릎을 꿇고 죄를 용서해달라고 간청했다. 투르핀은 그의 죄를 용서해주었다. 오르란도는 칼자루를 십자가인 양 뚫어지게 바라보다가 그것을 가슴에 껴안았다. 그리고 눈을 들어 올렸다. 그는 마치 천사로 변한 것처럼 보이더니 이윽고 고개를 떨구었다. 그의 몸에서 순수한 영혼이 신속히 빠져나갔다.

그런 후 찰스 왕과 귀족들이 그곳에 도착했다. 황제는 죽은 오르란도를 보고 마치 무모한 젊은이처럼 말에서 몸을 던져 시체를 껴안고는 그에게 키스를 했다. "그대를 축복하겠네, 오르란도. 그대의 전(全) 생애를 축복하고, 그대의 모든 것을 축복하네. 그대의 과거와 과거 행적과 그대를 낳은 부친을 축복하네. 자네에게 이런 종말을 가져온 사람을 믿은 나의 잘못에 대해 자네의 용서를 빌겠네. 그들에게 벌을 주겠네. 오, 사랑하는 그대! 하지만 정말로 산 사람은 자네일세. 나는 죽은 사람보다 더 못한 사람일세."

황제의 눈에 비친 론세스발레스 들판의 광경은 끔찍했다. 사라센 병사들은 후퇴를 하고 정복을 당했다. 그러나 두 명을 제외한 모든 용사들도 죽어 들판에 남아 있었다. 계곡 전체가 마치 하나의 거대한 도살장처럼 보였다. 피와 먼지에 휩싸여 열(熱)을 발산하며 악취를 풍겼다. 찰스는 놀라움과 괴로움으로 심장 속까지 떨리는 것 같았다. 황제는 말없이 계곡을 응시한 다음, 그곳을 엄숙한 어조로 저주하고 나서, 그곳에 다시는 풀도 나지 않고 어떤 씨앗도 자라지 않으며 하나님의 분노가 영원히 깃들라고 기원했다.

찰스와 용사들은 사라센 병사들을 추격하며 스페인으로 진격했다. 그리고 사라고사를 점령하여 불지르고 마르실리우스를 붙잡아 가노와 함께 비열한 행위를 계획했던 구주콩나무에다 목매달아 죽였다. 가노는 론세스발레스에서 사람들의 저주를 받으며 목매달아 죽은 후, 다시 능지처참을 당했다.

18

리날도와 베이야드

샤를마뉴는 론세스발레스의 불행한 전투에서 용감한 기사들을 너무나 많이 잃고 슬픔에 잠겼다. 배신자 가노 백작의 조언에 자신을 완벽하게 맡긴 자신의 고지식함에 스스로를 심하게 질책했다. 그러나 그는 곧 이것과 비슷한 올가미에 다시 걸려들었다. 자식이라고 하기에는 부끄러운 아들인 샬로트로 하여금 왕인 자신에게 너무나 많은 영향력을 행사하도록 허용했던 것이다. 올바른 정신만 가지고 있다면 저지르지 않을 잔인함과 불의를 샬로트가 저지르도록 왕은 끊임없이 허용했다. 리날도와 그의 형제들은 오만한 젊은 왕자에게 사소한 불쾌감을 주었다는 이유 하나로 부득이 파리를 떠나 몽탈반 성에서 피난처를 찾지 않으면 안되게 되었다. 찰스 왕이 리날도와 그의 형제들을 잡으면 모두 교살형에 처할 것이라고 공언했기 때문이었다. 그는 가장 용감한 기사들로 하여금 그들을 체포하라는 명령을 내렸으나 아무 성공을 거두지 못했다. 리날도는 체포자들의 노력을 사전에 좌절시키고 그들의 갑옷을 벗겨 되돌려보냈다. 그렇지 않은 경우에는 그들을 만나 상의를 한 후 왕에게 돌아가서 리날도를 잡아올 수 없다고 말하게 만들었다.

마침내 찰스는 큰 군사를 일으켜 손수 리날도를 잡고자 했다. 그는 식량 공급이 차단되도록 몽탈반 주위의 모든 지역을 쑥밭으로 만들었다. 그리고 몽탈반 수비대들이 식량 부족으로 항복하기를 바라는 마음에서 식량을 내주려고 하는 자는 누구나 사형에 처하겠다고 위협했다.

리날도는 식량이 거의 바닥나자 더 이상 싸운다는 것이 무의미하다고 생각하게 되었다. 더욱이 그의 형제들이 소규모 전투에서 포로가 되었기 때문에 그가 목숨을 구할 수 있는 유일한 희망은 왕과 타협하는 것 뿐이었다.

그래서 그는 사자를 보내, 만약 왕이 자기와 형제들의 목숨을 살려준다면, 자기와 성을 내놓겠다고 제의했다. 전령이 떠나자, 리날도는 그가 가지고 올 소식을 알고 싶어 말을 타고 나갔다. 적절하다고 생각되는 어느 숲에 도착하여 그는 베이야드에서 내려 말을 나무에 매어놓았다. 그리고 앉아 기다리다 잠이 들었다. 나무에서 풀려 자유의 몸이 된 베이야드는 풀이 많은 곳을 따라 이리저리 돌아다녔다. 바로 그때, 몇 명의 시골 사람들이 다가와 말을 주고 받았다. "저것 보게, 저건 리날도가 타고 다니는 훌륭한 말 베이야드가 아닌가? 저 말을 잡아 찰스 왕에게 갖다준다면 수고비로 우리에게 돈을 많이 주실걸세." 그들은 말대로 실천을 했고 왕은 훌륭한 말에 기뻐하며 그들에게 죽을 때까지 부자로 지낼 만큼의 선물을 하사했다.

리날도는 잠에서 깨어나 말을 찾으려고 사방을 둘러보다가 말이 없어진 것을 알고 신음을 하며 말했다. "나는 왜 이다지 불행한 시기에 태어났을까?" 그리고 너무나 절망한 나머지 갑옷과 박차를 벗어버렸다. "베이야드가 없어진 마당에 이것들이 무슨 필요가 있단 말인가?" 그가 이렇게 한탄을 하며 서 있을 때, 나이가 지긋한 한 남자가 숲에서 나왔다. 그의 턱수염은 가슴까지 내려왔고 눈썹은 눈을 거의 다 덮고 있었다. 그가 리날도에게 좋은 날이 되기를 바란다는 인사를 하자, 리날도 역시 그에게 감사를 표시하며 말을 건넸다. "저는 태어난 이후 좋은 날이라고는 하루도 없었지요." 그러자 노인이 대답했다. "리날도 선생님, 절망해서는 안 됩니다. 하나님께서 모든 것을 잘 되게 해주시니까요." 그러자 리날도가 덧붙였다. "제 문제는 너무 심각해서 구원을 받을 수 없답니다. 왕이 저의 형제들을 붙잡고 죽이려하고 있으니까요. 제 말 베이야드를 이용하여 그들을 구할 생각을 했지만 제가 자고 있는 동안 어떤 도둑이 말을 훔쳐가버렸지요." 노인이 대답했다. "그대와 그대 형제들을 생각하며 기도를 해드리겠소. 하지만 가난한 제게 뭔가 주실 것은 없는지요?" 리날도가 말했다. "드릴 것은 아무것도 없는데요." 그러나 그때 자신의 박차가 떠올라 그것을 거지에게 주었다. "자, 박차들을 받으시오. 이 박차는 제 부친 아이몬 백작이 제게 기사 작위를 주던 날, 어머님이 주신 첫 선물이지요. 이것들을 처분한다면 10파운드 정도는 만들 수 있을거요."

노인은 박차들을 받아 자루에 넣으며 말했다. "고매하신 선생님, 그외에 또 주실 것은 없으신지요?" 이에 대해 리날도가 대답했다. "지금 나를 놀리시는 겁니까? 당신같이 무력한 사람을 때리는 것이 부끄러운 일이 아니라면 정말로 버릇을 고쳐드리고 싶소이다." 늙은이가 대답했다. "선생님, 만약 정말 그렇게 하신다면 큰 죄를 짓는 겁니다. 나의 구걸을 받는 사람들이 모두 나를 때렸다면, 나는 오래 전에 죽었겠지요. 나는 교회나 수도원이나 어디서건 적선을 구합니다." 리날도가 말했다. "맞는 말씀이지요. 도와달라고 요청하지 않으면 아무도 당신을 돕지 않을테니까." 늙은이가 말했다. "맞는 말씀이십니다. 고매하신 선생님, 그러므로 더 주실 것이 있으시면 주십시오." 리날도가 그에게 외투를 주면서 말했다. "하나님께서 형제들을 수치스런 죽음에서 구해주시고, 제가 찰스 왕의 세력에서 빠져나갈 수 있도록 도와달라고 그리스도에게 이것을 드리는거요."

순례자는 외투를 받아 접어서 자루 속에 넣었다. 그리고 세 번째로 리날도에게 말했다. "선생님, 제가 기도하며 선생님을 기억할 수 있도록 남아있는 물건이 있다면 주실 수 없습니까?" 그러자 리날도는 "비열한 놈, 나를 놀리고 있는가?" 하고 외치며 칼을 뽑아 그를 내리쳤다. 그러나 노인이 지팡이로 타격을 막으며 말했다. "리날도, 자네는 말라기기 사촌을 죽일 셈인가?" 리날도는 정체를 드러내어 진짜 말라기기처럼 보이는 노인을 의심스러운 눈길로 응시했다. 그리고 "용서하십시오. 누구신지 알아보지 못했습니다. 하나님 다음으로 저는 사촌을 신뢰합니다. 제 형제들이 감옥을 빠져나올 수 있도록 도와주십시오. 말을 잃은 저는 그들에게 아무 도움을 줄 수 없습니다"하고 말했다. 이에 말라기기가 대답했다. "리날도 사촌, 말을 찾도록 도와주겠네. 말을 찾는 동안 내가 하라는대로 해야 하네."

말라기기는 자루에서 가운을 꺼내 리날도에게 주며 그것을 갑옷 위에 입으라고 말하고는 구멍이 많이 뚫려 있는 모자와 낡은 신발 한 켤레를 건

네며 그것을 착용하게 했다. 이제 그들은 매우 늙고 가난한 두 순례자처럼 보였다. 그렇게 그들은 숲에서 나와 길을 걷다가 잠시 후 네 명의 수도승이 말을 타고 가는 것을 보았다. 말라기기가 리날도에게 말했다. "내가 가서 수도승들을 만나보겠네. 무슨 소식이 있는지 알아볼 참이야."

말라기기는 수도승들로부터 다가오는 축제에 왕자가 리날도의 유명한 말 베이야드를 타고 그것을 여자들에게 보여주려고 한다는 소문이 있어 궁전에 많은 사람들이 모여들 것이라는 말을 들었다. "아니! 베이야드가 궁전에 있다구요?" 순례자가 놀라 외쳤다. "그렇소. 왕이 샬로트에게 그 말을 주어서 왕자가 그 말을 타고 있지요. 이제 왕은 리날도 형제들에게 사형 선고를 내리고 그들을 교살형에 처하려 하고 있습니다." 그러자 말라기기는 수도승들에게 적선을 구했다. 하지만 그들이 아무 것도 주려 하지 않자, 말라기기는 순례복을 벗어던지고 갑옷을 드러내보였다. 그제서야 그들은 자선을 베풀며 공포에서 벗어나고 싶은 마음에 햇빛에 반짝이는 보석 장식의 금잔 하나를 건네주었다.

그러자 말라기기는 급히 리날도에게 돌아가 자초지종을 말해주었다.

축제일 아침, 리날도와 말라기기는 축제가 벌어지는 곳으로 향했다. 말라기기가 리날도에게 박차를 돌려주며 말했다. "사촌, 그 박차를 갖고 있게. 필요하게 될테니까." 리날도가 물었다. "말을 잃어버렸는데 어떻게 박차가 필요하게 될거란 말입니까?" 그러나 그는 말라기기가 시키는대로 했다.

두 사람이 들판의 가장자리에 자리를 잡자 왕자들과 궁전의 여인들이 모이기 시작하며 왕이 행차했다. 샬로트 왕자도 왕과 함께 있었다. 왕자 가까이에 베이야드가 보였다. 말은 특별 보호 명령을 받은 마부들이 관리를 하고 있었다. 왕은 구경꾼들을 둘러보다가 말라기기와 리날도가 가지고 있는 빛나는 컵을 보고 샬로트에게 말했다. "저것봐라, 저기 두 순례자가 참으로 빛나는 컵을 갖고 있구나. 금화 백 개의 가치는 있을 듯이 보인다." 샬로트가 대답했다. "맞습니다. 저들에게 가서 그것을 어디서 얻었는지 물어보기로 하지요." 그래서 그들은 말을 타고 순례자들이 서 있는 곳으로 갔다. 샬로트는 베이야드를 그들 가까이에 멈추게 했다.

말은 순례자들의 냄새를 맡다가 리날도를 알아보고는 자기 주인에게 애무를 했다. 왕이 말라기기에게 물었다. "이보게, 그대는 그 아름다운 컵을 어디서 얻었나?" 말라기기가 그것에 대답했다. "폐하, 11년 동안 교회와 수도원에서 구걸하여 모은 돈으로 샀습니다. 교황께서 친히 이 컵을 축복해주셨고, 이 컵으로 먹거나 마시는 사람이면 누구나 죄를 용서받을 수 있는 힘을 이 컵에 부여해주셨습니다." 그러자 왕이 샬로트에게 말했다. "아들아, 이분들은 올바른 성자들이다. 말 못하는 저 동물이 그들에게 존경의 표시를 하는 것을 보아라."

그리고 왕이 말라기기를 향해 말했다. "내가 죄사함을 받도록 그 컵에서 음식 한 조각을 줄 수 있겠나?" 말라기기가 대답했다. "저명하신 폐하, 폐하를 화나게 만든 사람들을 모두 다 용서하지 않는 한, 저는 감히 폐하의 요청을 들어줄 수 없습니다. 아시는 바와 같이, 그리스도는 자신을 배반하고 십자가에 못박히게 한 자들도 모두 용서해주셨습니다." 왕이 대답했다. "이보게, 그것은 진실이지. 하지만 리날도는 나를 너무나 화나게 했기 때문에 그를 용서할 수는 없다네. 그리고 마술사 말라기기도 용서할 수 없네. 두 사람은 다시는 나의 왕국에서 살 수 없을거야. 그들을 잡기만 하면 둘 다 교살형에 처하겠어. 하지만 순례자, 자네 옆에 서 있는 남자는 누구인가?" 말라기기가 대답했다. "그는 귀가 먹고 말도 못하고 눈도 멀어버린 사람입니다." 그러자 왕이 다시 말했다. "죄를 용서받을 수 있도록 내가 그 컵으로 물을 마시게 해주게." 말라기기가 대답했다. "폐하, 이 사람은 가련한 제 동생으로 50일 동안 듣지도 말하지도 보지도 못하고 있습니다. 불행이 저희가 은신처를 찾은 어느 집에 떨어졌던 것입니다. 그런데 그저께 어느 현명한 여자를 만났는데, 그녀가 말하기를 동생이 치료될 수 있는 유일한 방법은 그가 베이야드를 타고 달려볼 수 있는 곳에 가야한다는 것이었습니다. 그것이 그 어떤 방법보다 더 효능이 있다는 겁니다." 그러자 왕이 말했다. "이보게, 그렇다면 자네들은 제대로 온 셈이네. 오늘 누가 베이야드를 타기로 되어 있지. 그 컵으로 물을 한 모금 마시게 해주게. 그러면 자네 동료를 베이야드에 태워주겠네." 말라기기는 그 말을 듣고 대답했다. "그렇게 하시지요." 그러자 왕은 진지하게 기도를 드린 후 숟가락을 하나 집어들고, 자신의 죄가 용서받으리라 믿으며 순례자의 컵에서 물을 한 숟가락 떠마셨다.

왕은 이런 행위를 한 후 샬로트에게 말했다. "아들아, 이 병든 순례자가 너의 말을 타게 해드려라. 그의 모든 병이 낫도록 말이야." 샬로트는 "기꺼이 그렇게 하겠습니다"하고 대답하고 말에서 내렸다. 그러자 하인들이 순례자를 데려다 말에 태워주었다.

리날도는 말에 타자 등자(말을 탈 때 두 발을 디디도록 만들어놓은 세모꼴의 제구)에 발을 올리고 말했다. "조금 타 보겠습니다." 말라기기는 그가 그렇게 말하는 것을 듣고 기뻐하며, 그가 보고 들을 수 있게 된 것 같냐고 물었다. "네, 모든 병이 모두 고쳐졌습니다." 왕은 이 말을 듣고 투르핀 주교에게 말했다. "십자가와 깃발을 가지고 시가 행진을 하면서 이 기적의 사건을 경축해야겠소. 이것은 큰 기적이니까."

리날도는 사람들이 자기를 주의깊게 주시하고 있지 않다는 것을 주목하고 말에게 속삭였다. 그러면서 박차를 가해 말을 건드렸다. 베이야드는 자기 주인이 등에 올라탄 것을 알고 있었기 때문에, 빠른 속도로 출발하여 몇 분 지나지 않아 상당히 먼 곳까지 내달렸다. 말라기기는 아주 놀란 척

하고 있었다. 그리고 "오, 고매하신 왕이시여, 그 불쌍한 친구가 달아났군요. 아마 말에서 떨어져 목이 부러지고 말았을 것입니다"하고 큰 소리로 말했다. 왕은 기사들에게 말을 타고 순례자를 추격해서 데려오거나 필요하다면 그를 도와주라고 명령했다. 그들은 왕의 명령을 따랐지만 모두가 허사였다. 리날도는 기사들을 모두 따돌리고 몽탈반에 도착할 때까지 계속해서 내달렸다. 말라기기는 의심을 받지 않고 그곳을 떠나도록 허락을 받았다. 그는 리날도가 말을 타고 가다 틀림없이 박살나리라는 생각을 하는 척 하며 그의 운명을 애도하면서 길을 떠났다.

말라기기는 멀리 가지 않았다. 대신 변장을 바꾸고 왕에게 되돌아가 자신의 최고의 마술을 이용하여 리날도의 형제들을 감옥에서 성공적으로 탈출시켰다. 이리하여 세 형제는 모두 몽탈반에 안전하게 되돌아오게 되었다. 형제들이 구조되고 베이야드를 다시 찾게 된 리날도의 기쁨은 말로 표현할 수 없었다.

19

리날도의 죽음

포위공격의 압력을 받는 리날도의 성곽에서는 식량 부족의 고통이 나날이 심각해졌다. 수비대들은 식량을 절약하고 고기를 얻기 위해 말[馬]을 죽여야 했다. 마침내 베이야드만 제외하고 모든 말들이 살해되는 지경에 이르자 리날도가 형제들에게 말했다. "더 이상 먹을 것이 없으니 베이야드도 죽여야겠다." 그래서 그들은 베이야드를 살해하기 위해 마굿간으로 가서 말을 꺼냈다. 그러나 알라르도가 말했다. "형님, 베이야드는 조금 더 살게 합시다. 하나님이 우리를 위해 무엇인가를 해주실지 누가 알겠어요?"

베이야드는 이 말을 듣고, 마치 인간처럼 그것을 이해라도 한 듯 자비를 비는 듯이 양 무릎을 꿇었다. 리날도는 그런 말의 슬픈 모습을 보자 마음이 약해져서 말을 살려주기로 했다.

바로 그때 황제의 누나이며 리날도의 어머니인 아야가 아들들을 위한 중재노력의 마음에서 기사들과 여인들을 대동하고 진지에 도착했다. 그녀는 왕 앞에서 무릎을 꿇고 리날도와 그의 형제들을 용서해달라고 간청했다. 모든 기사들과 귀족들도 그녀의 편을 들어 그녀의 소원을 들어주어야 한다고 요청했다. 그러자 왕이 말했다. "사랑하는 누님, 누님은 훌륭한 어머니의 역할을 행하시는군요. 누님의 부드러운 마음씨를 존경합니다. 만일 누님의 아들들이 나의 뜻을 무조건 받아들인다면 목숨만은 살려주겠어요."

샤로트가 그 말을 듣고 왕에게 다가가 귓속말로 속삭였다. 그러자 왕은 다시 누나에게 고개를 돌려 말했다. "베이야드는 내가 샤로트에게 주었으므로 샤로트가 그 말의 주인입니다. 자, 누님, 어서 가서 내 말을 리날도에게 전하세요."

아야 부인은 왕의 말을 듣고 기뻐하며, 마음 속으로 하나님께 감사하며 말했다. "훌륭한 오라버니요, 왕이신 분이여, 분부대로 거행하겠습니다." 그것이 그녀가 리날도의 성에 올 수 있었던 연유였다. 아들들은 매우 기뻐하며 애정을 가지고 어머니를 영접했다. 그녀는 왕의 제의를 그들에게 전달했다. 그러자 알라르드가 말했다. "형님, 나라면 베이야드를 샤로트에게 주느니 차라리 왕의 적이 되겠습니다. 샤로트는 베이야드를 죽일 것입니다." 모든 형제들도 이구동성으로 말했다. 리날도는 형제들의 말을 듣고 대답했다. "사랑하는 형제들이여, 말을 포기하고 용서를 받는다면 그렇게 하도록 하세. 다같이 화해하도록 하세. 우리가 왕의 권력에 저항할 수는 없네." 그리고 리날도는 어머니에게 다가가 만약 왕이 그들을 용서하고, 왕위와 왕의 존엄에 대해 거역했던 모든 행위도 용서한다면 말을 샤로트에게 주겠노라고 말했다. 여인은 왕에게 돌아가 아들의 답변을 전달했다.

이렇게 화해가 이루어지자, 리날도의 형제들은 베이야드를 데리고 성(城)에서 내려와 왕 앞에 엎드려 용서를 빌었다. 왕은 그들에게 일어나라고 말하며 모든 귀족들과 조언자들이 보는 앞에서 그들을 용서하여, 모든 사람들과 특히 어머니인 아야 부인을 기쁘게 만들었다. 리날도는 베이야드를 샬로트에게 건네주었다. "왕자님, 이 말을 왕자님께 드립니다. 원하시는대로 이용하십시오." 샬로트는 약속대로 말을 받고, 하인들을 시켜 그 말을 다리로 데려가 물 속에 던져버리라고 명령했다. 베이야드는 물 밑바닥으로 가라앉았으나 물 위로 올라와 헤엄을 치면서, 리날도가 자기를 바라보고 있는 것을 보더니 육지로 나왔다. 그리고 옛 주인한테로 달려가 마치 모든 것을 이해하고 있다는 듯 자랑스럽게 그의 옆에 섰다. "왜 이렇게 저를 다루셨습니까?" 하고 묻는 것 같았다. 왕자가 그것을 보고 말했다. "리날도, 그 말을 다시 내게 주게. 그 말은 죽어야 하네." 이에 리날도는 "왕자님, 이 말은 두말할 필요도 없이 왕자님의 것이지요" 하며 말을 다시 그에게 넘겨주었다. 왕자는 사람들을 시켜 이번에는 말의 발에 멧돌을 하나씩 매달고 어깨에는 멧돌 두 개를 매단 후 다시 물 속으로 던지게 했다. 베이야드는 물 속에서 허우적거리며 주인을 쳐다보다가 멧돌들을 던져버리고 리날도에게로 돌아왔다.

마르도는 그것을 보고 말했다. "말을 다시 한 번 더 포기한다면 형님은 틀림없이 영원히 부끄러운 사람이 될 것입니다." 그러나 리날도가 대답했다. "아우야, 잠자코 있어라. 말의 목숨 때문에 다시 왕의 노여움을 사야 하겠느냐?" 그러자 알라르도가 말했다. "아, 베이야드, 그대의 진실된 사랑과 봉사에 어떻게 보답해야 하겠는가!" 리날도는 말을 다시 왕자에게 건네주며 말했다. “왕자님, 이제 말이 다시 제게 돌아온다면 더 이상 그것을 왕자님께 돌려드릴 수는 없습니다. 그것은 제 가슴을 쥐어짜는 일입니다.” 샬로트는 전과 같이 사람들을 시켜 베이야드에게 돌멩이를 매달아 물 속으로 던지게 하고, 리날도에게 말이 보지 못하는 곳에 있으라고 명령했다. 마침내 베이야드는 수면 위로 올라와 목을 길게 빼고 주위를 살피며 주인을 찾았으나 주인이 보이지 않았다. 그래서 말은 물 밑으로 가라앉고 말았다.

리날도는 베이야드를 잃은 슬픔에 싸여 결코 다시는 말을 타지 않고, 칼도 차지 않고 은둔자로 일생을 보내겠다고 맹세했다. 그리고 거친 숲으로 가기로 결심하고 우선 성(城)으로 돌아가 자식들을 만나서 그들에게 재산을 분배해주기로 했다.

그렇게 왕과 형제들에게 작별인사를 하고 형제들을 왕과 머물도록 한 채 리날도는 몽탈반으로 돌아왔다. 그는 자식들을 불러 장자 메릭에게 기사 작위를 부여하고 성(城)과 토지를 다스리게 했다. 그리고 다른 자식들에게는 나머지 소유물을 분배해주고, 그들과 키스와 포옹을 나누며 그들을 하나님께 맡기고는 무거운 마음으로 그들과 작별했다.

그리고 멀지 않은 곳에 있는 숲에 들어가 그곳에서 오랫동안 세상을 등지고 살아온 은둔자를 만났다. 리날도의 인사에 그는 정중하게 응답하며, 어떤 신분이고 무엇 때문에 숲으로 왔는지 목적을 물었다. 리날도가 대답했다. “선생님, 저는 죄많은 인생을 살았습니다. 폭력적인 일도 많이 저질렀습니다. 명분 때문에 많은 사람들을 죽였을 뿐만 아니라, 가끔은 제 자신의 고집스런 정열에 휩쓸려 사람들을 살해하기도 했습니다. 또 저를 편들어주었던 많은 친구들도 죽게 만들었지요. 그들은 제가 올바른 사람이었기 때문이 아니라 저를 사랑했기 때문에 저를 지지했습니다. 이제 하나님께서 자비를 베푸시어 저를 용서하신다면, 저는 모든 죄를 고백하고 인생을 참회하며 보내겠습니다." 은둔자가 대답했다. "그대는 죄를 많이 짓고 하나님의 계명을 어겼지만 하나님의 자비는 그대의 죄보다 크시다네. 마음으로 참회하고 새로운 삶을 산다면 하나님께서 당신과 당신의 과거를 모두 용서해주시리라 믿네." 이 말에 리날도가 위안을 얻어 말했다. "선생님, 저는 선생님과 함께 머물고 싶습니다. 그리고 시키시는대로 행하겠습니다." 은둔자가 대답했다. "뿌리와 야채가 그대의 음식이 될 것이네. 셔츠와 신발은 착용하지 않아도 되네. 나와 함께 있으면 가난과 궁핍이 그대의 운명이 될 것이야." 리날도가 대답했다. "저는 모든 것을, 아니 이보다 더한 것도 기쁜 마음으로 견디겠습니다." 그래서 리날도는 은둔자와 3년 동안 지내게 되었다. 그의 기력은 약해져갔고 곧 죽을 사람처럼 보였다.

어느 날 밤 은둔자는 꿈 속에서 하늘의 목소리를 들었다. 목소리는 은둔자에게 리날도로 하여금 지체없이 예루살렘으로 가서 이교도와 싸우라고 알리라고 말했다. 은둔자는 목소리를 듣고 기뻐서 리날도를 불러 그것을 전했다. "여보게, 하나님의 천사가 자네에게 이렇게 전하라고 하시더군. 자네더러 지체하지 말고 어서 예루살렘으로 가서 이교도와 싸우는 동료 기독교인을 도와야한다는거야." 그러자 리날도가 말했다. "아, 선생님, 제가 어떻게 그런 일을 할 수 있겠습니까? 말도 타지 않고 칼이나 창에 손대지 않으리라 맹세한 지도 3년이나 지났는데요." 은둔자가 대답했다. "이보게, 하나님의 말씀에 따라 전한 천사의 명령을 행하게나." 그러자 리날도가 말했다. "그렇다면 그렇게 하겠습니다. 하나님께서 저를 옳은 길로 이끌어 주시기를 기도해주십시오." 그리고 리날도는 길을 떠나 해안에서 배를 타고 시리아의 트리폴로 향했다.

그가 여행을 하는 동안 그의 기력은 다시 돌아왔고 전성기 때와 맞먹는 힘이 솟구쳤다. 그는 말도 타지 않고 손에 칼도 없이 오직 순례자의 지팡이만을 가지고 기독교군에 합류하여 훌륭하게 싸웠다. 많은 전투에 참가했으되 부상을 입지도 않고, 오히려 그의 용기가 병사들의 사기를 고취하여 하나님을 기쁘게 했다. 마침내 사라센군과 휴전이 성립되었다. 이제는 늙고 허약해진 리날도는 죽기 전에 고향의 땅을 보고 싶다는 마음에 배를 타고 프랑스로 향했다. 고향에 도착한 그는 높은 지위의 사람들이 있는 곳을 피해 자신의 신분을 알지 못하는 비천한 사람들의 거주지를 찾았다. 그리고 시골에서 일하며 우유와 빵과 물만으로 만족스럽게 지냈다. 그렇게 사는 동안 그는 쾰른이라는 도시가 신앙을 위해 피를 뿌리고 순교한 성자들의 시신과 유물이 가득한 성스럽고 훌륭한 도시라는 소문을 듣게 되었다. 그는 그 곳으로 가고 싶다는 욕구를 느꼈다. 마침내 경건한 용사는 쾰른에 도착했고 그 곳의 성 베드로 수도원에 가서 밤낮으로 기도하며 성스러운 생활을 했다. 그때, 콜로뉴 옆 마을에 무서운 전염병이 크게 번지는 일이 일어났다. 많은 사람들이 리날도를 찾아와 전염병을 막아내는 기도를 해달라고 간청했다. 성자는 주민들로부터 전염병이 사라지게 해달라고 하나님께 열렬히 기도했다. 드디어 전염병이 기세를 멈추자 온 주민들이 그에게 감사를 드리며 하나님을 찬양했다.

당시 쾰른에는 아기로프스라는 주교가 살고 있었는데, 그는 현명하고 이해심이 많으며 속세를 떠나 깨끗한 생활을 하는 만인의 귀감이 되는 사람이었다. 성 베드로 교회를 짓는 일에 책임을 지고 있던 주교는 임금을 받고 일하고자 하는 모든 석공과 일꾼은 쾰른으로 오라는 공고문을 냈다. 리날도도 다른 일꾼들처럼 그곳으로 와서 일을 했다. 보통 그는 혼자서 네 다섯 명 이상의 일을 해냈다. 다른 일꾼들이 저녁식사를 하러 가면 돌과 회반죽을 가져와 다른 사람들이 충분히 일할 수 있게 만들고, 다른 일꾼들이 잠자리에 들면 자기는 바깥 돌 위에서 잠을 자면서도 임금을 하루 한 페니 이상 받지 않았다. 작업반장은 그의 이름이 무엇이며 어디에 소속된 사람이냐고 물었다. 그는 아무말도 하지 않고 그저 묵묵히 일만 했다. 그렇게 자기 일에만 전념한 까닭에 사람들을 그를 성 베드로 일꾼이라고 불렀다.

감독관은 이 성자의 부지런함을 보고, 다른 노동자들의 나태함을 꾸짖으며 말했다. "너희들은 이 훌륭한 사람보다 돈을 더 많이 받으면서도 일은 그의 반도 못하고 있다." 이것이 계기가 되어 일꾼들은 그를 미워하게 되었고 마침내 그를 몰래 죽이기로 합의했다. 그들은 그가 매일 밤 어느 교회에 가서 기도를 드리고 구호금을 낸다는 것을 알고 있었다. 그래서 그를 죽이기 위해 숨어 기다리기로 했다. 그가 교회에 들어오자 그들은 그를 붙잡아 죽을 때까지 머리를 두들겼다. 그리고 시체를 자루에 넣어 돌과 함께 라인 강 속에 던지고 그것이 강 바닥에 가라앉아 모든 일을 은폐시키려 했다. 하지만 일이 그렇게 되기를 원치 않으신 하나님은 자루가 물 위로 떠올라 강둑에 도달하게 만들었다. 그리하여 성스러운 순교자의 영혼은 찬송가가 울려퍼지는 가운데 천사들의 이끔을 받고 하늘나라로 옮겨졌다.

당시 도르트문트의 주민들은 기독교로 개종된 상태였다. 그래서 그들은 쾰른의 주교에게 나아가 이 도시에 가득한 성스러운 유물의 일부를 조금 나누어달라고 요청했다. 주교는 성직자들을 소집하여 주민들에게 어떻게 대답해 주어야 하는지를 논의했다. 그래서 그들은 도르트문트 주민들에게 방금 순교한 성인의 시신을 주기로 결정했다.

관(棺)에 안치된 시신이 마차에 놓이자, 이상하게도 마차는 말과 사람들의 도움도 받지 않고 절로 도르트문트를 향해 움직이기 시작하여 성 리날도 교회가 있는 곳에 멈추었다. 주교와 성직자들은 그에게 경의를 표하기 위해 찬송가를 부르며 성자를 따라 3마일을 걸었다. 그후 성 리날도는 그 곳의 수호신이 되었고, 하나님은 그를 통해 전설에서나 볼 수 있는 많은 기적을 행했다.

20

보르도의 후온

샤를마뉴는 늙어가면서 해가 거듭될수록 통치의 부담을 느꼈다. 그래서 귀족과 동료들을 소집하여 아들 샬로트와 루이스에게 프랑스 제국과 왕위를 물려주는 일을 논하기로 했다.

황제는 맏아들에게 불합리할 정도로 편파적인 두둔을 보이고 있었다. 그래서 귀족과 동료들이 샬로트를 유일한 군주로 받들자고 요청을 했다면 기뻐했을 것이다. 그러나 샬로트는 거짓됨과 잔인함으로 너무나 악명이 높았기 때문에 회의에 참석한 사람들은 황제가 물러나겠다는 제의를 열심히 반대하며, 그 동안 영광스럽게 지켜온 통치권을 계속 견지하라고 간청했다.

가넬론의 사촌이자 현재 마간자 가문의 사악한 한 분파를 이끌고 있는 하우테빌의 아마우리는 비밀리에 샬로트를 열렬히 지지해온 사람으로, 방탕한 도덕 의식과 좋지 않은 성품에 있어서 샬로트와 꼭 닮아 있었다. 그런 아마우리가 구이엔 가문에 대해 아주 지독한 분노를 품고 있었다. 전(前) 공작 세비누스가 가끔 아마우리의 비행을 비난했기 때문이었다. 그래서 아마우리는 세비누스 공작이 죽자 그의 부인 알리스가 맡아 키우는 어린 두 아이들을 중상모략하려는 계획을 세웠다. 또한 자신의 부(富)와 권력을 강화하여 샬로트와의 관계를 촉진시키려고 노력하고 있었다. 이 계획을 염두에 두고 그가 샬로트 왕자에게 새로운 아이디어를 제안했다.

그는 귀족들의 의견에 동의하는 척 하며 다음과 같이 말했다. 왕위를 물려주기 전에 먼저 샬로트에게 비옥한 성(省) 몇 개를 주어 통치능력을 시험하는 것이 최선의 방책이 될 것이라고 제안했다. 그러면서 샬로트에게 구이엔 가의 권한을 넘기면 왕이 통치 영역의 일부를 떼어내지 않고도 그런 시험을 할 수 있다고 덧붙였다. 세비누스가 죽은 지 7년이 지났지만 아들인 어린 공작들이 한번도 충성을 맹세하는 방문을 하지 않았기 때문에 충분히 그들의 권한을 박탈할 수 있다는 것이었다.

우리는 기회가 있을 때마다 샤를마뉴 황제에게 현명하고 정의로운 조언을 하여 우리를 감탄시킨 바 있는 바바리아의 나모 공작을 기억하고 있다. 이번에도 그는 아마우리의 이기적인 조언에 화를 내며 불쾌감을 표시했다. 나모 공작은 세비누스의 자식들이 아직 어리다는 것과 작고한 그들의 아버지가 얼마나 유익하고 영광스러운 봉사를 했는지 설명을 했다. 그리고 보르도에 있는 공작 부인에게 기사 두 명을 보내어 두 아들이 황제의 궁전에 와서 경의를 표하고 충성의 서약을 하도록 하는 것이 좋다고 제의했다.

샤를마뉴는 이 조언에 동의하고 공작 부인이 두 자식을 자신에게 보내도록 요구하는 기사를 보냈다. 공작 부인은 두 기사가 오고 있다는 소식을 듣자마자 그들을 영접하기 위해 높은 지위의 사신을 내보냈다. 마침내 기사들이 궁전에 들어오자 그녀는 큰 아들 후온과 작은 아들 기라르드를 데리고 그들 앞에 모습을 드러냈다.

존경과 극진한 예우를 받은 사절단은 값진 선물을 받아 보르도를 떠났다. 그들은 궁으로 돌아와 어린 공작 후온이 틀림없이 용감한 아버지의 뒤를 이을 것이고 3개월 후에는 어린 공작들이 궁전을 방문할 것이라고 샤를마뉴에게 보고했다.

공작부인은 아들들에게 짤막하게 마지막 지시를 내렸다. 후온은 지시를 가슴에 아로새기고 기라르드도 역시 어린 아이가 할 수 있는 한 최대로 어머니의 지시에 관심을 두었다.

출발 준비가 끝나자 공작 부인은 자식들을 다정하게 껴안고 그들을 하나님께 부탁하는 기도를 드린 후, 길을 가는 도중 유명한 클루니 수도원에 들러서 아버지의 동생인 수도원장을 만나보라고 말했다. 높은 존경을 받는 수도원장은 기회가 있을 때마다 선행을 행함으로써 사람들의 훌륭한 본보기가 되어 사람들로 하여금 자신의 덕망을 따르게 만드는 사람이었다.

그는 조카들을 아주 장엄하게 영접했다. 샤를마뉴의 의미있는 조언자이기도 했던 수도원장은, 자신이 조카들과 함께 샤를마뉴 앞에 나아가면 도움이 될 것이라는 생각에 그들과 함께 파리로 떠났다.

아마우리는 샤를마뉴의 사신들이 보르도에서 어떤 영접을 받았고, 어린 공작들이 황제의 궁전을 방문할 준비를 한다는 소식을 들었다. 그래서 그는 샬로트에게 두 어린 공작들을 몬틀레리 숲속에서 숨어 기다렸다가 살해하여 구이엔 공국(公國)을 갖게 해주겠으니 자기에게 경호원을 제공해달라고 제안했다.

그들이 동의한 배반과 폭력의 계획은 샬로트의 성격에 너무도 잘 어울리는 것이었다. 샬로트는 아마우리의 제안을 받아들이는 것을 넘어 자신도 그 계획에 참여하겠다고 주장했다. 그래서 그들은 한밤중에 검은 복장을 한 다수의 경호원 뒤를 따라 두 형제가 지나가기로 되어 있는 숲에 잠복을 하고 기다렸다.

두 형제 중 나이가 어린 기라르드가 말을 타고 매사냥을 하며 재미있는 시간을 보내느라고 형과 클루니 수도원장을 앞서 가고 있었다. 기라르드가 무장도 하지 않고 홀로 다가오는 것을 본 샬로트는 그의 앞으로 뛰쳐나가 그에게 시비를 걸며 창으로 공격을 해서 그를 말에서 떨어뜨렸다. 기라르드는 말에서 떨어지며 소리를 질렀다. 후온은 그 소리를 듣고 동생을 방어하기 위해 칼을 들고 달려왔다. 기라르드의 상처에서 피가 흐르는 것이 생생하게 보였다. 후온이 말했다. “이 비열한 놈, 이 애가 너에게 뭘 잘못했느냐? 자기 방어 수단도 없는 아이를 이렇게 공격하다니 너는 참으로 비겁한 놈이로구나.” 그러자 샬로트가 대답했다. “너도 똑같은 맛을 보여주겠다. 나는 아르데니스의 티에리 공작의 아들이다. 네 아버지가 우리 아버지에게서 성을 3개나 빼앗았지. 나는 아버님의 복수를 하기로 맹세했다. 어디 덤벼봐라.” 후온이 말했다. “겁쟁이 같은 자식. 나는 너 같은 족속의 비열함을 잘 알고 있다. 티에리의 알량한 아들아, 부디 입고 있는 갑옷 값이나 해라. 나는 두렵지 않다.” 이 말에 샬로트는 사악한 자처럼 창을 들고 후온에게 달려들었다. 그러나 후온은 아슬아슬하게 망토로 팔을 가렸다. 방패치고는 참으로 부드러운 방패인 셈이었다. 창은 망토를 관통하기는 했지만 몸을 찌르지는 못했다. 후온은 등자에 올라 칼로 샬로트를 매우 세차게 공격하여 그의 투구와 머리를 둘로 갈라버렸다. 그래서 비겁한 왕자는 땅에 떨어져 죽고 말았다.

후온은 숲에 무장한 사람들이 꽉 차 있다는 것을 감지했다. 그는 자신의 수행원들을 불러 급히 정렬을 시켰다. 그러나 아무도 숲에서 나와 그들을 공격하지는 않았다. 샬로트가 쓰러지는 것을 본 아마우리는 후온과 타협하고 싶지 않았다. 샤를마뉴가 아들의 복수를 할 것이라고 확신했기 때문에 어떤 행동도 취할 이유가 없다고 생각했던 것이다. 그는 후온과 클루니의 수도원장이 기라르드의 상처에 붕대를 감고 다시 파리를 향해 길을 떠나는 것을 지켜본 후, 샬로트의 시신을 말 위에 얹어 파리로 가져갔다. 그가 파리에 도착한 것은 후온이 도착한 지 4시간 후였다.

클루니 수도원장은 조카를 샤를마뉴에게 소개했다. 그러나 후온은 황제에게 공손한 인사를 하지도 않고 자기를 죽이려고 매복해 있던 복병들에 대해 이야기를 했다. 그것은 황제의 허락이 없이는 불가능한 일이라는 불평이었다. 샤를마뉴는 자기처럼 너그러운 정신을 가진 사람이라면 저지를 수 없는 수치스런 행위를 질책하는 것에 깜짝 놀라, 후온이 왜 그런 불평을 하느냐고 수도원장에게 물었다. 수도원장은 자초지종을 충실하게 설명하며 티에리의 아들이라고 하는 어느 비겁한 기사가 기라르드에게 부상을 입히고 무장도 하지 않은 후온을 공격했다고 알려주었다. 그러나 후온이 힘과 용기로 반역자를 물리치고 그를 죽여 들판에 놔두었다고 덧붙였다.

샤를마뉴는 자신이 티에리의 아들과 어떤 관련도 없다고 부인하며, 젊은 공작의 승리를 축하하면서 두 형제를 호화로운 안식처로 손수 데려다주었다. 그리고 그곳에서 붕대를 감고 누워 있는 기라르드를 보고 형제들을 바바리아의 나모 공작에게 맡겼다. 나모 공작은 세비누스의 전우(戰友)였기 때문에 젊은이들을 친 아들처럼 생각하고 있었다.

샤를마뉴는 그들을 떠나 자기 방으로 들어왔다. 그런데 창에서 외치는 소리가 들리더니 무장한 사람들이 궁전으로 들어오는 것이 보였다. 황제는 죽은 기사를 말 위에 싣고 온 사람이 아마우리임을 알아보았다. 그리고 궁전의 뜰 안에 모인 사람들이 샬로트의 이름을 외치는 소리가 들렸다.

존경할 가치도 없는 아들에 대한 찰스의 편파적인 사랑이 그의 약점이었다. 그는 온몸을 부들부들 떨며 안 뜰에 서 있는 아마우리한테 달려가 죽은 샬로트를 보고는 슬프게 울부짖었다. “보르도의 후온이었습니다. 그는 제가 샬로트를 방어할 준비를 하기도 전에 그를 살해했습니다.” 반역자 아마우리가 말했다. 이 말을 들은 샤를마뉴는 크게 분개하여 칼을 집어들고 아들을 살해한 자의 심장을 찌르기 위해 두 형제가 있는 아파트로 달려갔다. 나모 공작이 순간적으로 샤를마뉴의 손을 막아서자, 찰스는 나모 공작에게 후온이 저지른 죄를 말했다. “후온은 폐하 왕국의 동료입니다. 그가 죄가 있다면 폐하는 마땅히 처리할 권한이 있으며 우리 귀족들도 그에게 사형선고를 내릴 수 있지 않습니까? 폐하의 손을 그의 피로 더럽히지 마시기 바랍니다.” 황제는 나모 공작의 현명함에 마음이 진정되어 아마우리를 불렀다. 귀족들이 아마우리의 증언을 듣기 위해 모였다. 반역자는 보르도의 후온이 샬로트에게 자신을 방어할 기회도 주지 않고, 또한 샬로트가 황제의 맏아들이라는 것을 알면서도 그에게 치명적인 공격을 가했다고 후온을 비난했다.

거짓된 비난에 분개한 클루니의 수도원장이 앞으로 나와 말했다. “폐하, 저 반역자가 거짓말을 하고 있습니다. 제 조카가 샬로트를 살해했다면 그것은 자기를 방어하기 위해서였습니다. 그것도 자기 동생이 샬로트에게 부상당한 것을 본데다가 적이 왕자라는 사실은 전혀 몰랐기 때문입니다.

저는 교회에 몸을 담고는 있으나 본래는 기사 출신입니다. 우리가 계속 거짓말을 한다면 이 몸을 던져 그가 거짓말을 하고 있다는 것을 입증하겠습니다. 찬송가나 부르고 아침 기도를 드리기보다는 배신적인 반역자를 처벌하는 것이 더 나은 일이니까요."

그 때까지 후온은 아마우리의 사악한 중상모략에 놀라 침묵을 지키고 있었다. 그러나 이윽고 앞으로 나와 아마우리를 향해 말했다. "반역자야! 어떻게 감히 거짓말을 하느냐?" 용맹한 기사인 아마우리는 후온이 어리고 체구가 작은 것을 깔보며 서슴치 않고 결투를 제의했다. 후온은 이 제의를 받아들이면서 귀족들에게 시선을 돌리고 말했다. "여러분, 제게 결투를 허락해주시기 바랍니다. 이렇게 정당한 명분은 있을 수 없습니다." 나모 공작과 귀족들은 이 문제를 하나님의 판단에 맡기기로 하고 결투날짜를 정했다. 샤를마뉴도 마지못해 그것에 동의했다. 후온을 다시 맡게 된 나모 공작은 그에게 기사 작위의 영광을 부여하고 갑옷과 흰 방패를 내주었다. 클루니 수도원장은 조카가 출신 성분에 걸맞는 생각을 하고 있다는 것에 기뻐하면서 그를 포옹하고 축복한 뒤 급히 게르마인스 교회로 달려갔다. 그 동안 왕의 무관들은 결투를 준비했다.

결투는 집요하게 오래 계속되었다. 후온은 잔인한 아마우리가 가해오는 무서운 타격을 능숙하고 민첩하게 피하면서 한번 이상으로 그가 피를 흘리게 만들었다. 그 결과 반역자의 힘이 점차 줄어드는 것이 보였다. 마침내 그가 말에서 몸을 던져 무릎을 꿇고는 자비를 베풀어 달라고 빌었다. "살려주게, 그러면 모든 것을 자백하겠네. 나를 일으켜 세워주게. 그리고 샤를마뉴 황제에게 데려다주게나." 이 말을 듣고 용감하고 충직한 후온은 칼을 왼쪽 겨드랑이에 넣고 오른팔을 뻗어 엎드려 있는 그를 일으켜세웠다. 그러나 그는 이 기회를 이용하여 후온의 옆구리를 칼로 찔렀다. 하지만 후온의 쇠사슬 갑옷은 칼침에 아무 손상도 입지 않았다. 비열한 행위에 분개한 후온은 어떻게 해야할지 알 수 없어 자신의 죄가 완전히 사면되기 위해서는 아마우리의 자백이 꼭 필요하다는 것을 망각하고 그에게 즉시 치명타를 입히고 말았다.

나모 공작과 귀족들이 그들에게 다가가 아마우리의 시체를 결투장에서 치운 다음 후온을 샤를마뉴에게 인도했다. 그러나 아들의 죽음에 대한 슬픔과 분노에 사로잡힌 황제는 지금의 상황에 전혀 만족하지 않았다. 황제는 고소자가 고소를 취하시키지 못했다는 핑계로 후온의 재산을 몰수하고 그를 프랑스에서 영원히 추방하기로 결심한 듯 보였다. 나모 공작과 다른 귀족들이 오랫동안 간청을 한 후에서야 겨우 몇 가지 조건을 내세워 그에게 사면을 내렸다.

후온은 황제 앞으로 다가가 무릎을 꿇고 충성의 선서를 한 다음 부지불식간에 황제의 아들을 죽이고 만 것에 대해 자비를 베풀어 달라고 말했다. 샤를마뉴는 후온의 손을 직접 잡지 않고 권장(權杖)으로 그를 건드리며 말했다. "그대가 하는 충성의 선서를 받아들이고 내 아들의 죽음에 대해 그대를 용서하겠으나 한 가지 조건이 있다. 그대는 당장 가우디소 왕의 궁전으로 가서 식사를 하는 왕 앞에 서라. 그리고 왕의 가장 가까운 곳에 앉아있는 유명한 손님의 목을 베어오너라. 또한 왕의 딸인 예쁜 공주 입에 세 번의 키스를 하라. 그리고 나에 대한 존경의 증거로 그 왕의 턱수염 한 줌과 치아 4개를 요구하여 가져오너라. "

모인 사람들이 이와 같은 조건을 듣고 술렁였다. "아니 그럴 수가! 먼저 세례를 권하지도 않고 사라센 왕자를 살해하다니요!" 클루니의 수도원장이 말했다. "두 번째 조건은 그렇게 어려운 것은 아니지만 늙은 왕에게 하는 요구치고는 너무 무례한 것이므로 이루기 어려운 일입니다." 젊은 귀족들이 거들었다.

그러나 황제가 어떤 일을 결심하면 매우 완강하다는 것은 잘 알려져 있었다. 그럼에도 불구하고 후온의 용기는 불가능이 없다고 생각하는 것 같았다. 그래서 바바리아의 늙은 공작의 중재를 종결지으며 그가 대답했다. "조건들을 수락하겠습니다. 폐하, 사면을 위해서 지불할 대가를 받아들입니다. 폐하의 신하이자 프랑스의 동료 귀족으로서 저는 폐하의 명령을 수행하러 떠나겠습니다."

나모 공작과 클루니의 수도원장은 샤를마뉴가 내린 판결을 완화시킬 수 없었기 때문에 원정 여행을 즉시 떠나기로 작정한 후온을 앞세워 길을 나섰다. 착한 수도원장은 우선 후온이 로마에 가서 후온의 어머니 알리스 공작 부인의 오빠인 교황에게 인사를 드리고 그로부터 사면과 축복을 받아 위험한 일에 대비하라는 충고 이외에 달리 해 줄 것이 없었다. 후온은 지시대로 하겠다는 약속을 하고 즉시 로마를 향해 떠났다.

21

보르도의 후온(속편1)

후온은 아페닌 산맥과 이탈리아를 가로질러 로마교회에 도착하자, 갑옷을 벗고 순례자의 옷을 입었다. 그런 복장으로 교황 앞에 나아가 자신의 죄를 고백한 후 그는 자신이 교황의 조카라고 알렸다. "아, 사랑하는 조카야! 내가 어찌 이미 황제가 네게 부과한 것보다 힘든 시련을 네게 줄 수 있겠느냐?" 교황이 그의 죄를 용서하며 큰소리로 말했다. "하나님께 너를 돌보아주시라고 기도를 드리겠다." 그리고 조카를 데리고 궁전으로 들어가 모든 추기경과 로마의 군주들에게 그가 누이인 알리스 공작 부인의 아들 구이엔의 공작이라고 소개했다.

후온은 황제의 궁에서 출발을 할 때 한 장소에 사흘 이상 머무르지 않겠다는 맹세도 함께 했었다. 교황은 이 기간 내에 그가 기독교의 영광을 지키기 위해 필요한 열정과 하나님을 수호할 자신감을 갖도록 용기를 북돋아주었다. 또한 그에게 팔레스타인행 배를 타고 성묘(聖墓, 그리스도가 부활할 때까지 누워 있었던 묘지)를 참배한 다음 거기서 아시아 내륙 지방으로 들어가라는 조언도 내렸다.

교황의 축복을 받은 후온은 그의 조언에 따라 팔레스타인행 배를 타고 아주 경건한 마음으로 성지(聖地)들을 참배했다. 그러나 그 고장과 언어를 모르고 있었던 까닭에 숲속에서 길을 잃고 사흘 동안이나 한 사람도 만나지 못한 채 꿀과 과일을 먹으며 연명해야 했다. 사흘째 되는 날 그는 바위투성이의 좁은 골짜기에서 길을 찾던 중 한 남자와 마주쳤다. 그는 누더기 옷에 가슴과 어깨까지 덮인 턱수염과 머리칼을 하고 있었다. 그는 후온을 보자 걸음을 멈추고, 그의 무기와 태도로 보건대 그가 프랑스의 기사임에 틀림없을 것이라고 생각했다. 그래서 후온에게 즉시 다가가 프랑스 남부의 언어로 중얼거렸다. "하나님, 찬양합니다! 한 명의 동포도 보지 못하고 이 사막에서 15년을 보낸 후 드디어 조국의 기사를 보게 되었습니다."

후온은 그를 더욱 만족시키려는 마음에 자신의 투구를 벗고 미소를 지으며 그에게 다가갔다. 누더기 지휘관은 아까보다 더 놀랍다는 태도로 후온을 바라보았다. "아니, 이럴수가! 이렇게도 닮을 수 있단 말인가! 아! 선생님, 어느 왕국의 어떤 출신인지 말해주십시오." 그가 큰 소리로 말했다. 이에 후온이 대답했다. "제 대답을 듣기 전에 먼저 당신에 대해 말해주십시오. 저는 기독교인이고 구이엔에서 태어났다는 것만 우선 말씀드리겠습니다." "아! 하나님, 저의 눈과 마음이 저를 속이지 않게 해주십시오. 제 이름은 쉐라스민으로 보르도의 시장인 귀르의 동생입니다. 저는 사랑하던 세비누스가 숨을 거둔 전투에서 포로가 되었지요. 3년 동안 비참한 노예생활을 참고 견디다가 드디어 쇠사슬을 끊고 이 사막으로 탈출하여 고독 속에서 살아왔습니다. 선생님의 얼굴을 보니 제가 어릴 때부터 그 분이 돌아가실 때까지 섬겼던 존경하는 군주가 생각납니다." 후온은 그것에 아무 대답을 하지 않고 눈물을 글썽이며 늙은이를 포옹했다. 쉐라스민은 자신의 두 팔이 세비누스 공작의 아들을 포옹하고 있다는 것을 알았다. 그는 후온을 자신의 오두막집으로 데리고 가 유일한 음식물인 과일과 꿀을 그의 앞에 펼쳤다.

후온이 자신의 모험을 쉐라스민에게 자세히 말해주자 그는 감동되어 눈물을 흘렸다. 그리고 그들은 함께 그런 모험적인 일을 수행할 방법을 상의했다. 쉐라스민은 서슴치 않고 성공은 불가능하다고 솔직히 털어놓았다. 그럼에도 불구하고 결코 후온을 버리지 않겠다고 맹세했다. 그의 능통한 사라센어는 그들이 사막을 떠나 사람들과 어울릴 때 도움이 될 것이었다.

그들은 홍해를 거쳐 아라비아로 들어갔다. 쉐라스민은 그 지역을 통과하는 길에 얼마나 무시무시한 일이 가득할 것인지 자세히 묘사했다. 그곳에는 파이리스의 왕인 오베론이 살고 있는데 경솔하게 이곳에 들어오는 기사들을 포로로 잡아 도깨비로 만든다는 것이었다. 좀더 먼 길로 돌아가는 수고를 하면 그곳을 지나가지 않아도 되었지만 보르도의 후온을 저지할 위험이란 없었다. 이제 다시 기사의 갑옷을 입게 된 용감한 쉐라스민 역시 마지 못해 지름길로 가는 위험을 후온과 함께 감수하기로 했다.

그들은 숲에 들어가 오솔길이 여러 방향으로 갈라지는 장소에 이르렀다. 한 오솔길이 끝나는 곳에 다이아몬드로 덮이고 바람개비로 장식된 지붕을 가진 훌륭한 궁전이 보이는 것 같았다. 이윽고 훌륭한 이륜전차 한 대가 궁전의 대문에서 나오더니 마치 후온과 그의 동료를 마중이라도 나온 듯 그들을 향해 달려왔다. 후온은 이 전차 위에 보석으로 반짝이는 긴 겉옷을 입은 다섯 살 정도 되어보이는 아름다운 아이 한 명이 있는 것을 보았다. 쉐라스민은 그 아이를 보더니 극도의 공포에 질렸다. 그래서 후온의 말고삐를 잡고 방향을 바꾸어 서둘러 후온을 다른 곳으로 가게 했다. 어리게는 보이지만 사실은 나이가 많고 배신을 밥먹듯이 하는 사악한 난장이와 이야기하기 위해 가던 길을 멈추다가는 길을 잃고 말 것이 분명하다는 것이었다. 후온은 사람들을 겁먹게할 것 같지 않은 멋진 난쟁이 아이의 얼굴을 보지 못하고 떠나는 것이 섭섭하기는 했지만, 가능한 빠른 속도로 말을 달리는 친구의 뒤를 따랐다. 그러나 이윽고 숲에 굉음을 내면서 폭풍우가 일어나 햇빛을 가려 그들은 길을 잃고 말았다. 간혹 어린아이의 목소리가 들려오는 것도 같았다. "가지 말아요, 후온 공작님, 제발 내게 귀를 기울여요. 내게서 달아나는 일은 헛수고예요!"

쉐라스민은 더 빨리 도망을 치다가 당시 종교 행렬을 위해 모인 남녀 수도사들이 거처하는 수도원의 대문에 이르자 가던 길을 멈추었다. 쉐라스민은 성스러운 사람들과 깃발이 많이 있는 그곳에서는 사악한 난쟁이를 완전히 피할 수 있다고 생각했다. 그래서 피난처를 구해 말을 멈추고 후온을 안내했다. 그러나 바로 그때 난쟁이가 나타나 목에 걸려있는 상아 뿔피리를 불어댔다. 즉시 착한 쉐라스민은 자기도 모르게 젊은 대학생처럼 춤을 추기 시작했다. 그리고 죽음을 예비하고 있는 듯한 늙은 수녀의 손을 잡고 잔디 위에서 활발하게 발을 움직였다. 그러자 다른 모든 남녀 수도승들도 한데 어울려 춤을 추었다. 지금까지 열린 무도회 중 가장 이상한 무도회였다. 그러나 후온은 홀로 춤을 추고 싶은 기분이 나지 않았다. 하지만 사람들의 우스꽝스러운 자세와 뛰어오르는 동작을 보며 배꼽을 쥐며 웃지 않을 수 없었다.

그때 난쟁이가 후온에게 다가와 후온이 사는 나라의 언어로 상냥하게 말을 건넸다. "구이엔 공작이여, 어찌 저를 피하십니까? 하나님의 이름으로 간청하오니 제발 제게 말을 건네주십시오." 그는 난쟁이가 진지하게 자신에게 말을 건네는 것을 보고, 자신의 계획을 돕기 위해 어떤 악령도 성스러운 하나님의 이름을 감히 사용하지 못하리라는 생각에 마침내 입을 열었다. "선생, 당신이 누구신지는 모르겠으나 나는 당신의 말을 듣고 대답할 준비가 되어 있습니다." 그러자 난쟁이는 "나의 친구, 후온이여, 저는 항상 당신의 민족을 사모해왔습니다. 당신이 태어난 이후로 당신은 제게 언제나 소중한 존재였습니다. 당신이 제 숲에 들어왔을 때 당신에게 마술을 쓸 수도 있었지만, 당신의 고상한 양심이 당신을 모든 마술에서 보호하더군요. 만약 여기 모인 남녀 수도승들과 쉐라스민이 당신만큼 깨끗한 양심을 가지고 있었다면, 제가 뿔피리를 불어 그들을 춤추게 만들지 않았을 것입니다. 하지만 여기 악마의 목소리에 항상 귀를 막을 수 있는 수도승들이 어디 있습니까? 쉐라스민도 사막에서 종종 하나님의 힘을 의심했지요."

이 말에 후온은 사람들이 열심히 춤추는 것을 보았다. 그리고 난쟁이를 향해 그들에게 자비를 베풀라고 간청했다. 난쟁이가 그의 간청을 들어주자 뿔피리의 효과는 즉시 사라졌다. 수녀들은 함께 춤을 추던 상대에게서 떨어져 옷을 단정히 다듬고 급히 행렬 안으로 다시 들어가 제 자리들을 찾았다. 쉐라스민은 더위와 헐떡거림으로 인해 조용히 서 있을 수 없는 지경이었기 때문에 풀 위에 몸을 던지며 말했다. "제가 말씀드렸잖……" 그는 화난 어조로 말을 계속하려 했다. 하지만 난쟁이가 그에게 다가가 말했다. "쉐라스민, 그대는 왜 하나님께 불평을 했소? 그대는 왜 나를 사악하다고 생각했소? 그대는 이 정도의 가벼운 벌을 받을만하오. 하지만 나는 그대가 착하고 충성스러운 사람이라는 것도 알고 있소. 곧 알게 되겠지만 나는 그대의 친구가 되고 싶소." 그리고 난쟁이는 쉐라스민에게 값비싼 술잔 하나를 선물했다. 그리고 말을 이었다. "이 술잔에 십자가를 그으시오. 그리고 나의 힘은 당신이 숭배하는 하나님으로부터 온 것이고 내가 당신과 마찬가지로 하나님의 충직한 하인이라는 것을 믿으시오." 쉐라스민은 그의 말에 복종했다. 그러자 즉시 술잔에 맛좋은 포도주가 가득 채워졌다. 그가 술잔의 술을 한 모금 마시자 손과 다리에 다시 원기가 회복되며 젊음을 느낄 수 있었다. 그는 감사한 마음에 어찌할 바를 몰라 무릎을 꿇었으나, 난쟁이는 그를 일으키며 자기 옆에 앉으라고 말하고는 자신의 내력을 말하기 시작했다.

"줄리우스 시저(B. C, 100 ~ 44, 로마의 장군·정치가·역사가)는 자기 군대와 합류하기 위해 배를 타고 가던 중 폭풍우를 만나 글리안다라는 선녀가 사는 셀리아 섬에서 피난처를 구한 적이 있었습니다. 저는 유명한 그들 사이에서 태어났습니다. 나는 부모님들로부터 가장 훌륭한 것을 상속받았습니다. 아버님의 영웅적인 성품과 어머님의 미모와 마술을 말입니다. 하지만 어머님의 악독스러운 한 자매가 어떤 사소한 모욕적인 일에 복수를 하기 위해 내가 다섯 살이 되자 요술 지팡이로 나를 건드려 나를 더 이상 자라지 못하게 만들었습니다. 어머니가 아무리 힘을 써도 요술 지팡이의 효력을 멈추게 할 수는 없었습니다. 그래서 나는 사실 나이도 들고 경험도 쌓았으나 겉보기에는 어린아이처럼 보이는 것입니다. 나는 어머니한테서 물려받은 힘을 가끔 기분전환용으로 쓰기도 하지만, 항상 정의를 지지하며 미덕을 보상하는데 그 힘을 쓰고 있습니다. 나는 구이엔 공작, 당신을 도울 수 있고 또 기꺼이 도와드리겠습니다. 나는 당신이 왜 이곳에 왔는지 알고 있습니다. 제 충고대로 한다면 완전히 성공을 거두고 아름다운 클라리문다를 아내로 맞이할 것이라고 저는 예언합니다."

이렇게 말하고 난쟁이는 후온에게 소중하고 유용한 술잔을 선물했다. 그 술잔은 착한 사람이 선물로 받으면 절로 술이 채워지는 능력을 가진 술잔이었다. 또한 상아 뿔피리도 건네며 난쟁이가 말을 덧붙였다. "후온, 이 뿔피리를 부드럽게 불면 보신 바와 같이 그 소리를 듣는 모든 사람들은 춤을 추게 됩니다. 그것을 세차게 불면 300마일 떨어진 곳의 사람들도 그 소리를 듣고 당신을 구하려고 달려올 것입니다. 하지만 아주 다급한 경우가 아니면 세차게 불지 않도록 조심하십시오."

이어 난쟁이 오베론은 가우디소 왕의 나라에 가기 위해 택해야 하는 길을 지시해주었다. "그곳에 도착하기 전에 큰 위험을 만나게 될 것입니다." 하면서 오베론은 눈물을 머금고 덧붙였다. "그때 당신은 모든 일에서 내 지시를 따르지 않게 될 것이고 그리하여 많은 재앙을 겪게 되겠지요." 그리고 후온과 쉐라스민을 포옹하고 그들과 헤어졌다.

후온과 추종자는 사막을 여러 날 여행한 후 사람이 사는 지역에 이르렀다. 그 동안 오베론에게서 선물받은 놀라운 술잔이 그들에게 술 뿐만 아니라 음식까지 제공해주어 그들의 목숨을 유지해주었다. 마침내 그들은 큰 도시에 도착했다. 그들이 도시 변두리에 들어올 즈음에는 날이 저물고 있었다. 사라센어를 완벽하게 구사할 수 있었던 쉐라스민은 밤을 보낼 여관을 알아보았다. 그때 품위가 있어 보이는 낯선 이방인 두 사람이 여관을 찾는 것을 보고 지방 유지같은 모습을 한 사람이 그들에게 다가가 자신의 저택에서 쉬어가도 좋다고 말했다. 그들이 집안으로 들어가자 주인은 사라센인으로서는 드물게 놀라울 정도의 공손한 태도로 그들을 대했다. 그들에게 커피와 서벗(과즙 아이스크림)을 내놓으며 모든 일을 아주 예의바르게 처신했다. 그러던 중 하인 한 명이 뜨거운 커피 잔을 내오다가 그만 주인의 다리 위에 엎지르고 말았다. 이에 놀란 주인은 아주 훌륭한 가스콘(프랑스의 가스콘뉴 사람)식 불어로 소리를 질렀다. "이 벼락맞아 죽을 놈아! 이 바보야! 회교사원 위에서 떨어져 죽어 마땅할 놈아!"

후온은 자기 나라의 언어가 무의식중에 활발하게 튀어나오는 것을 보고 웃음을 터트리지 않을 수 없었다. 손님들이 자기의 말을 이해하고 있음을 알지 못하고 있던 주인은 후온이 프랑스의 방언을 사용하는 것을 듣고 깜짝 놀랐다. 이윽고 하인들이 물러가자 그들 사이에는 즉시 신뢰감이 구축되었다. 자신의 정체를 들킨 주인은 두 사람 역시 가짜 사라센인으로 행세하는 프랑스 가롱 출신임을 알고, 그들을 껴안고 자신이 기독교인임을 털어놓았다. 오베론의 충고에서 신중함을 배운 후온은 집주인의 진실함을 시험하기 위해 오베론에게서 받은 술잔을 긴 겉옷에서 꺼내 그에게 건넸다. "아름다운 컵이지요. 하지만 잔이 채워지면 더 좋은 술잔이 되지요." 술잔은 즉시 채워졌다. 집 주인은 놀라 감히 입술을 술잔에 대지도 못했다. 그러자 후온이 입을 열었다. "대담하게 술잔을 마셔도 좋습니다, 고향 친구. 당신이 진실한 사람인지 아닌지 이 술잔이 입증하니까요. 술잔은 정직한 사람의 손에 들어가면 절로 술이 채워집니다." 집 주인은 더 이상 주저하지 않았다. 그들은 채워진 술잔을 돌아가며 마셨다. 술잔이 돌아가면서 그들의 따뜻한 우정도 깊어갔다. 그들은 각자의 모험을 상세히 설명했다. 후온의 모험을 듣고 집 주인은 후온을 더 한층 존경하게 되었다. 후온이 자신의 합법적인 군주임을 깨달았기 때문이었다. 집 주인이 입을 열었다.

"제 이름은 플로리악입니다. 들으시면 놀랍고 슬픈 이야기입니다만, 이 강력한 거대 도시는 세비누스 공작의 동생이자 당신의 삼촌되는 사람이 통치하고 있습니다. 구이엔 공작의 어린 동생이 바닷가에서 동료들과 함께 해적들에 의해 납치되었다는 소식은 당신도 들어본 적이 있을 것입니다. 그 당시 그의 하인이었던 나는 그들과 함께 해적들에게 끌려 바바리에서 노예로 팔렸습니다. 바바리의 왕은 그의 군주인 가우디소 왕에게 매년 바치는 공물(貢物)의 일부로 우리들을 바쳤습니다. 시종들의 아첨에 다소 우쭐해진 당신의 삼촌은 자신의 지위를 가우디소 왕에게 알려 가우디소 왕과의 관계에서 자신의 중요성을 높이려 했습니다. 진정한 회교도들처럼 모든 기독교인을 싫어하던 가우디소 왕은 우리를 사라센 종교자로 개종시키기 위해 힘을 썼습니다. 당신의 삼촌은 회교 성직자들의 계략과 가우디소 왕이 제공한 쾌락과 관용에 빠져 끔찍스럽게도 기독교를 배신하는 범죄를 저질렀습니다. 그는 세례받은 사실을 부인하고 이슬람교를 받아들였지요. 그래서 가우디소는 그에게 명예로운 자리를 내어주고, 자신의 조카 딸과 결혼을 시켰으며, 그로 하여금 이 도시와 인접 지역을 통치하게 했습니다. 당신의 삼촌은 소년시절에 품었던 나에 대한 우정을 그대로 지니고는 있지만, 나의 신앙을 포기하게 할 수는 없었습니다. 아마 그도 자신의 설득에 내가 저항한다는 것을 마음 속으로는 존경했을지 모릅니다. 혹은 머지않아 내가 자기를 따를 것을 바랬을지도 모르지요. 그는 나에게 자신이 통치하는 도시까지 동행하자고 제의할 정도로 나를 신뢰했고, 내가 몇 기독교인들의 신앙을 보호해주는 것도 그대로 허용했습니다."

"아! 나를 그 죄많은 삼촌한테 데려다주십시오. 구이엔 가문의 왕자인 그가 조상의 신앙을 그렇게 비겁하게 버린 것에 대해 틀림없이 부끄러워해야 하니까요." 후온이 말했다.

"아아, 슬픈 일입니다! 그는 당신이 꾸지람을 한다 해도 부끄러워하지 않을 것입니다. 그렇게 쾌락을 즐기는 것에 대해 조카 앞에서도 아무 죄책감을 느끼지 않을 것입니다. 짐승처럼 육체적인 쾌락에 빠져 가끔 잔인하게 행사하는 권력에만 신경쓰는 그는 아마 당신을 힘으로 구속하거나 사형에 처할지 모릅니다." 플로리악이 말했다.

"그렇다면 그렇게 하라고 하지요. 그보다 더 좋은 명분으로 죽을 수는 없습니다. 그에게 내가 도착했다는 것과 나의 출생에 대해 말해주고 내일 나를 그에게 데려다주십시오." 용감하고 정렬적인 후온이 말했다. 플로리악은 그의 제안을 계속 반대했으나 후온이 그것을 받아들이지 않았기 때문에, 그의 요구를 들어주겠다고 약속했다.

다음날 플로리악은 시장의 시중을 들면서 그의 조카 보르도의 후온이 이곳에 도착하여 궁에서 그를 만나고 싶어한다는 뜻을 전했다. 놀란 시장은 즉시 어떻게 해야할지 결심을 하고서도 당장 대답을 주지는 않았다. 그는 플로리악이 기독교인들과 프랑스 왕자들을 너무나 사랑하기 때문에 그들이 반역 행위를 저지른다해도 그들을 도울 것임을 잘 알고 있었다. 그래서 그는 집안의 맏아들이 자기 궁에 도착했다는 소식을 듣고 기쁜 척 가장했다. 그리고 즉시 사람을 시켜 후온을 데려오게 했다. 그런 다음 그는 궁에 긴 의자들을 모아 축제 분위기를 조성하고 몇 가지 비밀스런 명령을 내린 후, 조카를 만나 궁에 있는 고관들에게 그의 이름과 직함을 말하며 그를 소개했다.

후온은 삼촌이 초승달 모양의 보석을 박은 화려한 두건을 이마에 두르고 있는 것을 보고 화가 치밀었다. 본래 솔직한 성격의 소유자였던 후온은 배신한 시장이 자신을 너그럽게 포옹하는 것을 고통스럽게 받아들였다. 한편 후온은 삼촌의 배교(背敎)에 대해 질책할 수 있는 적당한 기회를 찾았으나 삼촌이 계속해서 자기를 추켜세우는 말을 하는 바람에 뜻을 이루지 못했다. 시장은 후온과 함께 있게 되는 기회를 능숙하게 피하며 그와 함께 정원과 궁 여기저기를 다니면서 하루를 보냈다. 마침내 저녁식사 시간이 되어 시장이 후온의 손을 잡고 식당으로 들어갈 때 기회를 포착한 후온이 시장에게 낮은 목소리로 말했다. "오, 삼촌! 세비누스 공작의 동생이신 왕자여, 도대체 어떤 이유로 나는 당신을 보며 이렇게 슬프고 부끄러워 해야하나요!" 시장은 감동한 척 그의 손을 잡고 그의 귀에 속삭였다. "조용하게! 사랑하는 조카, 내일 아침에 자네 이야기를 모두 듣겠네."

후온은 이 말을 듣고 약간 위안이 되어 시장의 옆자리에 자리를 잡고 앉았다. 하급 법관들, 회교 법률 고문들, 회교 고위관리들, 회교 성직자들은 시장의 맞은편에 앉았다. 쉐라스민은 그들과 함께 자리를 잡았다. 하지만 손님들을 돌보아야 하는 플로리악은 선 채로 궁 안에서 벌어지는 일을 관찰하며 여기저기 움직여 다녔다. 곧 그는 많은 사람들이 무장을 하고, 통로와 대식당과 연결된 대기실을 조용히 움직여 지나가는 것을 감지했다. 방금 자신이 본 것을 후온과 추종자에게 알리기 위해 그가 막 대식당으로 들어가려는 순간 식당에서 난폭한 소음과 소란이 벌어지는 소리가 들려왔다.

후온과 쉐라스민은 첫번째 나온 음식에 만족스러움을 느끼고 입맛이 돌아 맛있게 먹고 있었다. 그러나 대개의 프랑스 사람들이 식사를 할 때 물을 마시는 것에 익숙지 않은 까닭에 그들 역시 이것만으로 만족스럽지 않다는 듯 서로를 바라보았다. 후온은 쉐라스민의 초조한 모습을 보고 거리낌없이 웃음을 터트렸다. 그러나 곧 그는 쉐라스민과 똑같은 심정에서 술을 마시고 싶은 생각에 오베론의 술잔을 꺼내어 십자가를 그었다. 컵이 술로 채워지자 그는 한 잔을 모두 마시고는 그것을 다시 쉐라스민에게 건넸다. 시장과 관리들은 혐오스러운 그들의 행동을 보고 이맛살을 찌푸리며 놀라움을 잠재우면서 잠자코 앉아 있었다. 그러나 후온은 그들을 못 본 척하고 잔을 다시 채워 삼촌에게 건네며 말했다. “삼촌, 우리들과 함께 한 잔 합시다. 이 술은 탁월한 보르도 포도주입니다. 삼촌에게는 마치 어머니의 젖과 같은 술이지요.” 시장은 가끔 좋아하는 그리스와 쉬라즈 포도주를 왕비들과 비밀스럽게 마시곤 했지만, 사람들 앞에서는 결코 물 이외에는 공개적으로 어떤 것도 마시지 않고 있었다. 너무도 오랫동안 그는 고향의 훌륭한 포도주를 맛보지 못했던 것이다. 그래서 그는 자기에게 주어진, 금보다 더 밝게 빛나는 잔 속의 포도주를 마시고 싶은 유혹을 크게 느꼈다. 그는 손을 내밀어 가득 채워진 술잔을 받아 입술에 갖다댔다. 그러나 술이 모두 말라 사라져버렸다. 후온과 쉐라스민은 가스콘 사람들처럼 시장이 놀라는 것을 보고 웃음을 터트렸다. 그러자 시장은 큰 소리로 “이 망할 기독교도들! 내 식탁에서 감히 나를 모욕하다니! 곧 복수를 해주겠다”하고 말했다. 그리고 술잔을 조카의 머리 위로 던졌다. 하지만 조카는 그것을 왼손으로 받고 오른손으로는 시장의 머리에서 초승달 모양의 두건을 낚아채 마루바닥에 내던졌다. 모든 사라센인들은 깜짝 놀라 식탁에서 일어나며 큰 소리를 지르고 그들의 모욕적인 행동에 보복을 하려고 준비했다. 후온과 쉐라스민은 방어 자세를 취하고, 자기들을 겨냥해서 날아 들어오는 초승달 모양의 칼을 막아냈다. 그때 큰 식당의 문이 열리더니 한 무리의 병사들과 무장한 내시들이 급히 들어와 후온과 쉐라스민을 공격하는 일에 합세했다. 후온과 쉐라스민은 넓은 선반과 찬장으로 자신을 방어하며 공격자들을 저지했지만, 병사들이 점차 더 많이 들어오고 있었다. 보르도 포도주로 기분이 좋아진 용감한 후온은 장난 가득한 자신의 홍취를 깨트린 사건에 화를 내지 않고 부드럽게 뿔피리를 불었다. 뿔피리 소리가 나자 병사들의 분노는 잠잠해지고 모두 함께 춤을 추기 시작했다. 더 이상 공격을 받지 않게 된 후온과 쉐라스민은 높은 위치에서 아주 독특하고 재미있는 모습을 구경했다. 곧 왕의 후궁들도 춤추는 소리를 듣고 경비원들마저 사라진 것을 알게 되자 홀 안으로 들어와 춤추는 사람들에게 합세했다. 왕의 후궁 한 명은 높이 뛰어올라 어느 회교 성직자의 손을 붙잡았다. 하지만 두 사람의 긴 옷이 서로 엉켜서 모두 넘어지고 말았다. 회교 성직자의 턱수염이 왕의 후궁의 목걸이에 걸려 두 사람이 서로 떨어질 수 없었던 것이다. 이런 행위를 결코 용인할 수 없던 시장은 회교 성직자를 향해 앞으로 두어 발자국 나오다가 넘어져있는 수도승에 걸려 큰 대자로 넘어졌다. 그리고 사람들은 지쳐 쓰러질 때까지 춤을 계속 추었다. 시장은 후온이 자기를 쉬게만 해준다면 모든 것을 양보하겠다고 신호를 보냈다. 후온은 그의 요청을 들어주었다. 시장도 후온과 쉐라스민이 그 고장을 안전하게 통과하여 가우디소 왕에게 갈 수 있도록 도움을 주는 반지까지 선물하고 그들을 떠나게 했다. 두 사람은 플로리악에게 작별인사를 하고 다시 길을 떠났다.

22

보르도의 후온(속편2)

후온은 어머니의 궁전에 있을 때 미인들을 많이 보아왔지만 한번도 사랑으로 마음이 움직인 적은 없었다. 당시 그의 주된 관심사는 명예를 지키는 일이어서 사랑에 대해 생각할 시간이 없었다. 목석같은 마음도 꿈처럼 실체가 없는 것에 의해 움직인다는 것은 이상한 일이지만 그러나 그것은 사실이었다.

삼촌과의 이상한 사건을 경험한 다음 날, 후온과 쉐라스민은 어떤 숲을 지나가다가 밤을 맞이했다. 그들은 근처에서 동굴 하나를 발견하고 밤이슬을 피했다. 마술의 술잔이 그들에게 저녁식사를 제공해주었다. 술잔은 포도주 뿐만 아니라, 필요할 때에는, 음식까지 제공하는 효능이 있었다. 피로에 지친 그들은 곧 깊은 잠에 빠져들었다. 살랑거리는 나뭇잎의 자장가를 듣고, 향기로운 꽃 냄새를 호흡하며, 후온은 꿈을 꾸게 되었다. 전에 한번도 본 일이 없는 어떤 여인이 자기에게 몸을 숙이고 키스를 하는 꿈이었다. 그가 그녀를 포옹하려고 손을 내밀자 갑작스런 돌풍이 그녀를 휩쓸어갔다.

후온은 실망의 고통으로 잠에서 깨어났다. 그러나 얼마 지나지 않아 모든 일이 한낱 꿈에 불과했음을 깨닫고 마음의 위안을 얻었다. 하지만 그의 어지럽혀진 마음과 슬픈 표정이 쉐라스민의 눈길을 피할 수는 없었다. 후온은 잠시 망설이다가 자기가 왜 그렇게 수심에 잠기게 되었는지 이야기를 해주었다. 하지만 마음은 여전히 혼란스러웠다.

이른 새벽에 그들은 다시 길을 떠났다. 정오가 될 때까지 서로 아무 말도 나누지 않은 채 계속해서 여행을 했다. 후온은 꿈에 대해 곰곰이 생각하고 있었고, 쉐라스민은 꽃이 만발했던 까롱의 둑에서 보낸 어린 시절을 생각하고 있었다.

갑자기 그들은 고통스러운 외침 소리를 듣고 깜짝 놀라 숲의 한 모퉁이에 시선을 돌렸다. 궁지에 몰린 기사가 사자와 싸우고 있었다. 기사의 말은 죽어 쓰러져 있었고, 기사는 공포와 피로로 인해 사자에게 저항할 수 없는 듯 보여 싸움은 금방이라도 끝날 것 같았다. 마침내 기사가 쓰러지고 사자의 앞발이 그를 덮치려는 순간, 후온은 사자에게 칼로 일격을 가했다. 그러자 사자는 분노를 새로운 적에게 돌렸고 사자의 울부짖는 소리가 숲을 진동시켰다. 사자는 덤벼들려는 자세를 취하며 몸을 웅크렸다. 바로 그때 후온은 전광석화(電光石火)처럼 칼을 들어 사자의 옆구리를 찔렀다. 사자는 고통스러운 소리를 내며 들판에서 뒹굴며 죽고 말았다.

그들은 기사를 일으켜세웠다. 쉐라스민은 재빨리 마술 술잔을 기사의 입술에 갖다댔다. 잔에 포도주 거품이 생겨났고 용사는 포도주를 마시기 위해 입술을 갖다대었다. 하지만 포도주가 말라 채 기사의 입술을 적시지 도 못했다. 그는 분개의 소리를 지르며 술잔을 땅바닥에 내팽개쳤다. 그것은 용납할 수 없는 일이었다. 이어 더 좋지 않은 일이 일어났다. 그도 그럴 것이, "기사님, 하나님께서 당신을 구해준 것에 대해 감사드립니다"라는 후온의 말에 기사가 "마호멧에게 아니면 당신에게 감사를 드리지요. 마호멧이 당신으로 하여금 히르카니아같은 귀인(貴人)에게 봉사하게 해주었으니까요"라고 대답한 것이었다.

이런 신성 모독의 말을 들은 후온은 칼을 빼들고 이단자에게 덤벼들었다. 그러나 조금 전에 그의 용감무쌍함을 목격했던 히르카니아는 후온의 용맹에 맞서기 싫어 도망을 가려고 했다. 그래서 후온의 말에 가볍에 뛰어올라 말 옆구리에 박차를 가한 다음 전속력으로 달아났다.

짜증스러운 일이기는 했지만 두 나그네는 어떻게 할 도리가 없었다. 그래서 그들은 남은 말을 타고 여행을 계속했다. 마침내 저녁이 되면서 멀리 유명한 바그다드 도시의 작은 뾰족탑과 망루들이 보이기 시작했다.

그들이 바그다드 부근에 도착했을 즈음에는 피로로 거의 지친 상태였다. 어둠 속에서 어느 길을 택해야 하는지 모르던 차에 그들은 반갑게도 한 늙은 여자를 만났다. 여자는 그들의 질문에 대답을 하며 자기 오두막에서 머무는 것이 어떻겠냐고 제의했다. 그들은 그녀의 제의를 감사하는 마음으로 받아들이고 그녀의 낮은 문을 들어섰다. 착한 부인은 비축된 식량 중 가장 좋은 음식이라고 할 수 있는 우유, 무화과 열매, 복숭아를 서둘러 준비하며, 살을 에는 듯한 찬바람에 편도(扁桃)나무 봉오리가 얼었다고 실망의 말을 했다.

후온은 평생 이렇게 맛있는 음식은 처음 먹어본다는 생각이 들었다. 노파는 손님들이 식사를 하는 동안, 다음날 아침 거행될 왕의 따님의 큰 결혼잔치에 온 것이냐고 물었다. 그들이 신랑이 누구냐고 묻자 그녀가 대답했다. "히르카니아 왕자입니다. 하지만 우리 공주는 그를 싫어하지요. 공주는 그와 결혼하느니 차라리 용(龍)의 아내가 되겠다고 말하고 있어요." 그 말에 후온이 물었다. "그것을 어떻게 아십니까?" 그러자 그녀는 그것을 공주에게서 직접 들었다며, 자신이 공주를 어렸을 때 키웠다고 대답했다. 후온은 공주가 왜 그렇게 왕자를 혐오하느냐고 이유를 물어보았다. 노인은 자신의 잡담이 그들에게 큰 흥미를 불러 일으키는 것에 기뻐하며 이유는 모두 공주가 꾼 어떤 꿈 때문이라고 대답했다. "꿈이요!" 후온이 소리를 질렀다. "네! 꿈이요. 공주는 꿈에서 암사슴이었답니다. 그런데 사냥꾼인 왕자가 그녀를 추적하다가 마침내 그녀를 거의 잡으려는 순간, 어느 잘 생긴 난쟁이가 황금 마차를 타고 나타났대요. 난쟁이 옆에는 외국인처럼 보이는 금발머리의 깨끗한 안색을 한 젊은이가 있었답니다. 난쟁이의 마차가 그녀가 서 있는 곳에 멈춰섰기 때문에, 그녀는 인간의 모습을 취하고 그것에 올라타려고 했답니다. 그런데 그 순간 갑자기 마차가 사라졌고 동시에 난쟁이와 금발머리의 젊은이도 사라져버렸답니다. 하지만 그 모습이 공주의 마음 속에서 사라지지 않았고 그 때부터 그녀는 약혼자인 히르카니아 왕자가 꼴도 보기 싫어졌나봐요. 하지만 그녀의 아버지인 왕은 그까짓 꿈 때문에 결혼을 하지 못할 이유는 없다고 생각하고, 조정의 신하들과 많은 인근 국가의 군주들 앞에서 결혼식을 하기로 결정을 했지요. 공주의 미모와 신랑의 훌륭함을 보려고 참석하는 그들 앞에서 말이지요."

그런 노파의 말을 듣고 후온이 얼마나 흥분했을지는 독자 여러분도 미루어 짐작할 수 있을 것이다. 하나님이 후온을 이곳으로 이끌어내어 행복한 결혼을 하게 하려고 장애물을 모두 제거한 것이 분명하지 않은가? 그 날 밤 후온은 일찍 잠에 들지 못하고 젊은이의 낙천적인 기질 속에서 이상한 경험의 결과에 대해 마음껏 상상의 나래를 폈다.

자신의 운명의 결정적인 날로 생각하지 않을 수 없던 다음날, 후온은 샤를마뉴의 명령을 수행할 준비를 했다. 갑옷을 입고, 상아 뿔나팔과 반지로 무장한 후온은 손님들이 모두 연회에 참석했을 즈음 가우디스의 궁전에 도착했다. 후온이 정문에 도착하자, 진실된 신자라면 모두 입장하라는 소리가 흘러나왔다. 용감하고 충직한 후온은 성급한 나머지 거짓 핑계를 대고 안으로 들어갔다. 그러나 장애물을 통과하자 그는 자신의 비열함을 부끄럽게 여기고 후회를 했다. 그래서 잘못을 보상하기 위해 두 번째 문으로 달려가 문지기에게 소리쳤다. "이놈의 불신자야, 십자가에서 돌아가신 주님의 이름으로 명령한다. 문을 열어라!" 그러자 수백 개의 창들이 그의 통행을 가로막았다. 그때 후온은 시장인 삼촌이 주었던 반지를 처음으로 떠올렸다. 그는 반지를 꺼내 보이며 자기를 왕에게 인도하라고 명령했다. 경비원은 반지를 알아보고 공손한 태도로 그를 통과시켰다. 이런 방법으로 그는 위대한 왕이 속국의 군주들과 저녁식사를 하고 있는 화려한 홀로 이어진 문들을 모두 통과했다. 수석 시종 역시 후온의 반지를 보고는 그를 홀의 윗쪽으로 데리고 가 왕과 왕자들에게 샤를마뉴의 대사라고 소개했다. 그리하여 왕의 일행 가까이에 후온의 자리가 마련되었다.

후온이 사자로부터 구해주었으며, 아름다운 클라리문다의 신랑이 될

예정인 히르카니아 왕자가 왕의 오른편에, 공주가 왕의 왼편에 앉아 있었다. 후온은 우연히 공주와 가장 가까운 자리에 앉게 되었다. 피로연이 끝나자 후온은 샤를마뉴의 명령을 이행하기 위해서 서둘러 공주의 장미빛 입술에 키스를 하고 나서, 다시 샤를마뉴의 명령 때문만이 아닌 순전한 자신의 호감에 이끌려 그녀에게 두 번째의 키스를 했다. 그러자 히르카니아 왕자가 소리를 질렀다. “뻔뻔스러운 이교도 같으니라고! 이 건방진 놈, 내 맛 좀 봐라!” 그리고 후온에게 일격을 가했다. 만일 후온이 그의 일격을 받았더라면 그의 임무는 미완성으로 끝나고 말았을 것이다. 그러나 배은망덕한 히르카니아의 타격은 목표물을 맞추지 못했다. 오히려 후온이 그에게 일격을 가해 머리를 몸통에서 잘라내어 그의 신성모독과 배은망덕함을 응징한 셈이 되어버렸다.

모든 일이 너무나 갑자기 일어났기 때문에 아무도 손을 써서 막을 수 없었다. 그러나 가우디소 왕은 소리를 질렀다. “저 살인자를 잡아라!” 후온은 사방으로 포위되었다. 그러나 그는 가공할만한 칼을 들고 조신의 무리들을 모두 막아냈다. 그렇더라도 병사들이 계속해서 새로이 투입되는 것을 보고 그렇게 많은 수에 대항해 싸울 수는 없다고 생각했다. 그래서 그는 뿔피리를 생각해내고 그것을 입술에 갖다댄 채, 론세스발레스에서 오르란도가 했던 것처럼 세차게 불었다. 그러나 헛된 일이었다. 오베론은 뿔피리 소리를 들었지만, 잠시나마 후온이 거짓 예언자를 믿은 죄를 범했기 때문에, 그를 도와줄 수 없었다. 후온은 오베론에게서 버림을 받았다고 생각하고 또 그 이유도 알고 있었기 때문에, 힘과 정력을 잃고 붙잡혀 쇠사슬에 묶인 채 지하감옥에 투옥되고 말았다.

그들은 후온을 며칠 동안 죽이지 않고 살려두었다. 그가 더 고통스러운 죽음을 맛보게 하기 위해서였다. 왕은 후온으로 하여금 굶주림과 절망의 고통을 겪게 한 후 산 채로 껍질을 벗길 작정이었다.

그러나 오베론보다 더 나이가 많고 더 강력한 마술사가 용감한 후온에게 관심을 가졌다. 마술사란 다름 아닌 여인의 사랑이었다. 클라리문다 공주는 젊은 왕자에게 다가올 운명을 알고 공포에 떨었다. 그래서 가정교사의 도움을 받아 교도소장을 설득하고는 사랑하는 후온의 쇠사슬을 풀어주기 위해 감옥 안으로 들어갔다. 그녀는 자기 손으로 직접 그의 족쇄를 풀어주고 그에게 음식물을 제공하여 생명을 연장시켰다. 그가 생명을 유지하기 위해서는 전적으로 그녀에게 의지할 수밖에 없었다. 공주는 매우 자상한 목소리로, 다음날 다시 찾아오겠다고 약속을 하고는 감옥을 나왔다.

다음날 약속대로 그녀는 다시 음식을 가지고 감옥으로 들어왔다. 이런 방문이 한 달 동안 계속되었다. 후온은 너무나 훌륭한 기독교인이었기 때문에 상냥한 공주가 사라센인임을 잊지 않고 이 만남을 이용하여 그녀에게 진실한 신앙을 가르쳤다. 사랑하는 사람의 입에서 진리가 나올 때 진리를 믿는 일은 아주 쉬운 일이었다. 클라리문다는 곧 기독교 교리를 믿는다고 공언하고 세례를 받고자 했다.

한편 가우디소 왕은 교도관에서 죄수가 어떻게 굶주림의 고통을 참고 있느냐고 여러 차례 물어보았다. 그러나 그가 아직은 굶주림 때문에 체중이 줄지 않았다는 대답을 듣자 깜작 놀라지 않을 수 없었다. 그리고 다시 얼마 안가 왕은 같은 질문을 반복했다. 교도소장은 죄수가 급사를 하여 그를 동굴에 매장했다고 대답을 했다. 왕은 사형집행 명령을 더 일찍 내리지 못한 것을 후회했다.

일이 이렇게 벌어지고 있는 동안, 후온의 모험적 사건에 동참하지 않았던 쉐라스민은 사건의 결과를 소문으로 듣고 그를 구할 방도를 찾으려는 희망에서 궁전으로 들어왔다. 그는 왕에게 자신을 조카 솔라노라고 소개했다. 가우디소 왕은 그를 친절하게 맞이했다. 다른 신하들도 모두 그에게 친절을 보였다. 그렇게 그는 공주에게 접근하여 용감하지만 불행한 일을 당한 후온을 어떻게 생각하느냐고 물었다. 그리고 공주의 의견을 듣고서 자신이 어떤 사람인지를 밝히고 신뢰감을 만들었다. 클라리문다는 그에게 후온의 탈출을 돕고 아버지의 궁전을 떠나 후온과 함께 샤를마뉴 궁전으로 가겠다고 쾌히 승낙했다. 그들은 함께 떠날 준비를 거의 마쳤다. 배도 몰래 장만하여 신속히 도망할 시기만을 기다렸다. 그러나 뜻하지 않은 장애물이 나타났다. 후온이 샤를마뉴의 명령을 수행하지 않고는 그곳을 떠나고 싶어하지 않았던 것이다.

쉐라스민은 절망에 빠졌다. 그는 도움이 아주 필요한 위기의 순간에 오베론이 변덕스럽고 잔인하게 도움을 철회한 것을 크게 불평하며, 후온이 명예를 위해 충분히 일했다면서 불가능한 일을 끝내야 할 의무는 없다고 후온을 설득했다. 하지만 모든 노력이 부질없었다. 쉐라스민은 어찌 해야 할지 알 수 없었다. 그런데 터키의 독재 정치에서 아주 흔히 발생하는 사건이 일어났다. 급사(急使) 한 명이 자신의 군주이며 아라비아의 강력한 칼리프인 아그라파드의 반지와 가우디소 왕을 교수형에 처할 밧줄을 휴대하고 가우디소 궁전에 도착했던 것이다. 가우디소를 왜 처형하려 하는지 그 이유는 알 수 없었다. 그러나 이런 경우에는 오직 강력한 칼리프(마호멧 후계자로서 회교국가의 교주 및 국왕)의 의지가 모든 것을 대신했다. 가우디소의 탐욕은 잘 알려져 있었고 또 막대한 보물을 축적했으면서도 그것을 칼리프와 적당히 나누어 갖지 않았다. 교수용 밧줄을 휴대하고 궁을 찾은 급사는 아마도 그 사실을 칼리프에게 고해바쳐 칼리프로부터 가우디소를 제거하라는 명령을 받은 것으로 추정할 수 있었다.

만약 쉐라스민이 가우디소의 조카라는 이름으로 가우디소의 시체를 받아 품위있게 장례식을 치르겠다는 허가를 받지 않았다면, 그의 시체는 거리에 내팽개쳐져 개나 독수리의 먹이가 되었을 것이었다. 후온은 샤를마뉴의 명령대로 가우디소의 턱수염과 어금니를 뽑은 다음 장례식을 치러주었다. 그리하여 두 연인과 그들의 충실한 추종자가 프랑스로 돌아가는 데 방해가 될 모든 장애물이 사라진 셈이었다. 그들은 배를 타고 프랑스를 향하다 잠시 로마에 들렀다. 교황은 보르도의 후온 공작과 클라리문다와의 결합을 축복했다.

그 후 그들은 프랑스에 도착하여 샤를마뉴 발 밑에 전리품들을 갖다바쳤다. 왕의 총애를 다시 받게 된 후온은 신부와 함께 여공작인 어머니와 구이엔 성(省)의 충직한 신하들에게 인사를 드렸다. 그들은 큰 기쁨으로 두 사람을 맞이했다.

23

덴마크인 오기에르

덴마크인 오기에르는 최초로 이교도로부터 덴마크를 빼앗아 통치한 기독교인 게오프로이 왕의 아들이었다. 오기에르가 태어나자 아이가 침례를 받기 전에 매혹적인 여섯 여인이 아기의 방에 홀연히 나타나 아기를 에워쌌다. 그들 중 가장 나이가 든 여인이 앞으로 나와 아기를 안아 키스를 하고는 아기 가슴에 손을 얹으며 말했다. “너를 우리 시대의 가장 용감한 무사로 만들어주겠다.” 그리고 아기를 다른 누이동생에게 넘겨주자 둘째 여인이 말했다. “네가 용기를 발휘할 기회를 많이 주겠다.” 이어 셋째 자매가 말했다. “언니들은 아기에게 위험한 호의를 베풀었지. 나는 이 아기가 결코 정복당하지 않게 할거야.” 넷째 누이동생이 아기의 눈과 입을 만지며 말했다. “너에게 사람들을 기쁘게 만드는 재능을 주겠다.” 다섯째 누이동생이 말했다. “지금까지의 선물이 실현되도록 너에게 사랑으로 보답할 수 있는 분별력을 주겠다." 자매 중 가장 나이가 어리고 가장 예쁜 모르가나가 말했다. "예쁘기도 해라. 너를 내 아이로 삼겠다. 네가 나의 아바론 섬에 올 때까지 죽지 않게 해주겠어." 그리고 아이에게 키스를 하고는 언니들과 함께 그곳을 떠났다.

그후 왕은 아이를 세례 반(盤)이 있는 곳으로 데려가 오기에르라는 이름으로 세례를 받게 했다.

오기에르의 교육에 대해 말하자면 게오프로이 왕은 아이가 완벽한 기사의 기준에 도달하고 영웅이 되기 위해 필요한 모든 기예를 배울 수 있도록 소홀함이 없게 조치했다.

오기에르가 채 열 여섯 살도 되지 않았을 때 모든 군주들 위에 군림하는 세력을 확립한 샤를마뉴는 오기에르의 아버지가 자신에게 당연히 해야 할 충성의 맹세를 하지 않았음을 상기했다. 제국 중 가장 큰 영토인 덴마크의 군주이자 왕인 게오프로이가 황제에게 의례껏 해야 하는 맹세를 빠트린 것이었다. 그래서 샤를마뉴는 덴마크 왕에게 충성의 맹세를 요구하기 위해 사신을 보냈다. 그러나 덴마크 왕은 오만한 말투로 충성을 거절했고 샤를마뉴는 강제로 자신의 요구를 충족시키기 위해 군대를 파견했다. 게오프로이는 그의 무력에 헛되이 저항을 하다가 성공하지 못하고 부득이 충성의 맹세를 하지 않을 수 없었다. 또한 성실함에 대한 맹세로써 맏아들인 오기에르를 샤를마뉴에게 볼모로 넘겨주어 그를 황제의 궁전에서 자라게 해야 했다. 오기에르는 아버지의 친구이자 자기를 친 아들처럼 대해 주는 나모 공작의 손에 맡겨졌다.

오기에르는 매일 점점 더 호감을 주는 잘 생긴 젊은이로 성장했다. 그는 생김새, 힘, 일처리 솜씨에 있어서 모든 젊은 귀족 동료들을 능가했다. 또한 모든 마상시합에 참석하고 선배 기사들에게 친절을 베풀고 그들과 같은 기사가 되고 싶어 안달했다. 그러나 그는 자신이 볼모로 잡혀 있다는 사실과 아버지가 자기를 잊고 있는 것만 같은 생각에 때로 남 모르게 반감을 갖기도 했다.

사실 그 무렵 덴마크 왕은 새로운 사랑에 빠져 있었다. 오기에르의 어머니가 사망하자 새 여자와 결혼하여 구욘이라는 아들을 얻었던 것이다. 남편에 대해 절대권력을 휘두르던 새 부인은 남편이 오기에르를 다시 보게 된다면 구욘보다 오기에르를 더 사랑하지나 않을까 하는 생각에서 남편을 교묘하게 설득하여 샤를마뉴에 대한 남편의 충성의 맹세를 연기하게 만들었다. 그래서 충성의 맹세를 한 지 4년이 지나고 있었다. 샤를마뉴는 그가 충성의 맹세를 이행하지 않는 것에 화가 나서 자신이 다시 보낸 소환장에 덴마크 왕이 응답을 할 때까지 더 철저히 오기에르의 감금 상태를 감시했다.

게오프로이의 답변은 모욕적이고 반항적이었다. 샤를마뉴의 분노는 극에 이르렀다. 그래서 처음에는 게오프로이의 볼모인 오기에르에게 복수를 하려고 했다. 하지만 오기에르에 대해 아버지같은 애정을 가진 나모 공작의 간청을 받아들여 오기에르를 살려주기로 했다. 그러나 그것은 오기에르가 샤를마뉴에게 신하로서의 충성을 맹세하고 샤를마뉴의 허락 없이는 궁전을 떠나지 않겠다고 서약하라는 조건이 붙은 것이었다. 오기에르는 이 조건을 받아들여 겨우 지금까지 누린 모든 자유를 유지할 수 있었다.

만일 도와달라는 레오 교황의 전갈로 인해 주의를 다른 곳으로 돌리지 않았더라면, 샤를마뉴는 반항적인 게오프로이 왕을 무력으로 당장 정복하고 말았을 것이다. 하지만 사라센군이 로마 근처에 상륙하여 자니쿨룸 산을 점령하고 티베르강을 지나 기독교 세계의 수도를 향해 군사력을 이동하고 있었다. 그래서 샤를마뉴는 아무 망설임 없이 교황의 간청을 들어주었다. 그는 신속하게 군대를 모아 알프스 산맥을 넘어 이탈리아를 가로지른 후 교황이 있는 견고한 스포레토 도시에 도착했다. 레오 교황은 추기경들을 인솔하고 샤를마뉴를 만나러 나와 마치 아버지 페펭이 위험에 빠진 교황청을 수호하기 위해 달려왔던 것처럼 달려온 페펭의 아들이라도 맞이하는 듯이 그의 충성을 맞아들였다.

샤를마뉴는 스포레토에서 이틀 밖에 머무르지 않았다. 이교도 악당들이 더 이상 버티고 저항할 힘이 없는 로마를 포위 점령했다는 소식이 들렸기 때문에 즉시 그들을 공격하기 위한 진군을 해야했다.

샤를마뉴군의 전방부대는 나모 공작이 지휘했고 오기에르는 시종으로서 그를 보좌하고 있었다. 하지만 기사 작위를 받지 못한 오기에르는 무기를 휴대할 수 없었다. 한편 프랑스 왕의 붉은 깃발은 깃발을 지니는 위치에 그리 적합하지 않은 알로리라는 기사가 책임을 맡고 있었다.

나모 공작은 강력한 이교도 무리가 자기에게 공격해 오는 것을 보고 돌격명령을 내렸다. 오기에르는 전투에 참가하는 일이 허용되지 않음을 크게 한탄하며 다른 젊은이들과 함께 후방에 머물렀다. 그러다가 그는 알로리가 붉은 왕기를 내리고 말머리를 돌려 도망가는 것을 목격했다. 오기에르는 젊은이들에게 알로리를 지적한 후 곤봉을 집어들고 말을 탄 그에게 타격을 가했다. 그리고 동료들과 함께 그를 무장해제 시킨 뒤 그의 갑옷을 벗

겨 입은 다음, 자신이 프랑스 왕기를 들고 비열한 기사의 말에 올라타 적의 첫 대열을 향해 돌진했다. 나모 공작에 합세하여 이교도를 몰아내면서 그는 왕기를 들고 흩어진 적의 대열 깊숙이 전진했다. 나모 공작은 그것을 자신이 그리 높이 평가하지 않던 알로리라고 생각하고 그의 힘과 용기에 깜짝 놀랐다. 오기에르의 젊은 동료들도 오기에르처럼 죽은 자들의 시체에서 갑옷을 벗겨 입었다. 그리고 오기에르를 따라 사라센 병사들을 무찌르며 나아가자 당황한 사라센 병사들이 주력부대 쪽으로 후퇴하기 시작했다.

하지만 나모 공작의 후퇴 명령으로 오기에르는 할 수 없이 뒤로 물러났다. 그때 샤를마뉴는 그들을 돕기 위해 진군했다. 그래서 싸움은 전면전에 돌입하여 이전보다 훨씬 무시무시한 국면으로 접어들었다. 샤를마뉴는 사라센군 사령관 코루수블을 쓰러뜨리고 유명한 자신의 칼 조이우스를 빼어들었다. 그때 두 명의 사라센 기사가 샤를마뉴를 덮쳤다. 한 명은 샤를마뉴의 말을 살해하고 다른 한 명은 황제를 모래 위에 쓰러뜨렸다. 사라센 병사들은 황제의 투구에 그려진 독수리 문양을 보고 그의 신분을 알아채고는 황제에게 치명타를 가하기 위해 급히 말에서 내렸다. 황제의 목숨이 이렇게 위험에 처한 적은 결코 한번도 없었다. 하지만 황제가 말에서 떨어지는 것을 본 오기에르는 프랑스 왕기(王旗) 때문에 당황하기는 했지만 자기 말을 사라센인에게 밀어부쳐 쓰러뜨린 후, 다른 사라센인에게는 엄청난 힘을 실어 일격을 가하고 기절시켰다. 그리고 황제를 도와 일으켜서는 그를 쓰러진 기사의 말 위에 태웠다. 그러자 황제는 "용감하고 너그러운 알로리! 내가 명예를 지키고 목숨을 구하게 된 것은 모두 자네 덕분이네!"하고 외쳤다.

오기에르는 아무 대답도 하지 않았다. 그는 황제를 구하러 달려온 많은 기사들에게 황제를 맡기고 자신은 왕기를 높이 들고서 적이 밀집한 대열 속으로 들어갔다. 용감한 젊은 무사들도 그의 뒤를 따랐다. 마침내 마호멧의 깃발이 방향을 바꾸어 후퇴를 하자 이교도들은 안전을 찾아 참호 속으로 피신했다.

투르핀 대주교는 투구와 피묻은 칼을 한쪽에 치워두고 (왜냐하면 이교도들을 살해하면서도 자신의 직분이 무엇인지 항상 알고 있었기 때문이다) 주교관(主敎冠)을 착용하고 주교장(主敎杖 : 주교나 수도원장의 직함을 나타내는 지팡이)을 갖고 테데움(가톨릭교회와 영국국교회에서 부르는 찬미와 감사의 찬송가)찬송가를 불렀다.

그때 피와 먼지로 뒤범벅이 된 채, 오기에르가 황제 앞에 나와 그의 발 밑에 왕기를 놓았다. 너무 무거운 갑옷을 입은 작은 키의 무사 일행도 불안한 걸음으로 그의 뒤를 따랐다. 오기에르가 샤를마뉴의 발 밑에 무릎을 꿇자 샤를마뉴는 그를 알로리라고 부르며 포옹을 했고, 투르핀은 높은 제단 위에서 그들을 축복했다. 그러자 황제의 오해를 더 이상 참을 수 없던 밀론 백작의 아들 그리고 샤를마뉴의 조카인 젊은 오르란도가 투구를 벗어던지고 오기에르의 투구 끈을 풀기 위해 달려나갔다. 다른 젊은이들도 마찬가지로 투구를 벗어던졌다. 이것을 본 황제와 귀족들의 놀라움과 찬미 그리고 친절함은 말로 표현할 수 없다고 투르핀은 적고 있다. 찰스는 오기에르를 두 팔로 포옹했고 용감한 젊은이들의 아버지들 역시 기쁨의 눈물을 흘리며 그들을 안았다. 착한 나모 공작이 앞으로 나오자 샤를마뉴는 그가 오기에르를 포옹하도록 넘겨주며 말했다. "착하고 현명한 친구, 내가 그대에게 얼마나 많은 빚을 졌는지! 나의 분노를 눌러주었으니 말일세! 그리고 사랑하는 오기에르, 자네에게는 내 생명을 빚졌지. 나의 칼로 자네와 자네의 친구들에게 작위를 수여하겠네." 황제는 그렇게 말하면서 유명한 자신의 칼 조이우스를 뽑아 무릎을 꿇고 있는 오기에르와 다른 젊은이들에게 기사 작위를 수여했다. 젊은 오르란도와 그의 사촌 올리버는 황제 앞임에도 불구하고 오기에르의 목을 얼싸안고, 옛날 기사들이 지녔던 소중하고 신성한 전우애(戰友愛)를 맹세했다. 하지만 오기에르가 받는 영광을 목격한 황제의 아들 샬로트는 아주 사악한 질투와 증오심을 품고 있었다.

병사들은 그 날부터 다음날까지 축제를 즐기며 보냈다. 투르핀은 젊은 기사들을 보호해 달라는 기도를 하며 그들을 위해 준비된 흰 갑옷에 축복을 내렸다. 나모 공작은 그들에게 황금빛 박차를 나누어 주었고 찰스는 그들의 칼에 띠를 매주었다. 그러나 오기에르의 칼에 띠를 매던 찰스는 깜짝 놀라지 않을 수 없었다. 사랑하는 요정 모르가나가 마술을 써서 오기에르 칼을 자신이 획득한 칼과 바꾸어 놓았기 때문이었다. 그래서 찰스가 오기에르의 칼을 칼집에서 뽑았을 때, 칼 위에는 다음과 같은 글자가 쓰여 있었다. “이 칼의 이름은 조이우스와 두린다나 칼과 같은 강철과 능력으로 만들어진, 코르타나!” 찰스는 어떤 놀라운 힘이 오기에르의 운명을 지켜주고 있음을 알았다. 그는 아버지처럼 오기에르를 사랑하겠다고 맹세하고, 오기에르 역시 자식으로서 그에게 헌신하겠다는 약속을 했다. 만일 그들이 항상 그 약속대로 살았다면 영원히 행복했을 것이다.

이어 사라센군이 좌절감에서 벗어나자 마우리타니아의 카라후에 왕은 오기에르를 결투장으로 끌어내려고 결심했다. 오기에르가 샤를마뉴를 구하기 위해 그를 쓰러뜨렸던 것이었다. 그는 결투의 목적을 이루기 위해 스스로 전령의 옷을 입고 메시지를 전하기로 했다. 프랑스 기사들은 그의 태도를 칭찬하며, 서로에게 그가 메시지의 전달자라기 보다는 기사로서 더 적합한 것 같다고 수근거렸다.

사라센군이 낙담에서 회복하자 샤를마뉴의 구출이 이루어질 때 오기에르에 의해 쓰러진 기사 중 하나인 카라후에는 그에게 결투를 하기로 결심을 하고 있었다. 그런 생각에서 그는 전령의 옷으로 바꿔입고 자신이 직접 자신의 메시지를 전달하기로 했다. 프랑스 기사들은 그의 분위기에 감탄하며 그가 전령보다는 기사에 더 어울리는 것 같다고 수근거렸다.

카라후에는 전투가 벌어지던 날 왕기를 가지고 다녔던 기사를 극구 칭찬한 뒤 마우리타니아의 왕 카라후에가 그 기사에 대한 깊은 존경심으로 그와 결투를 하고 싶어한다고 전했다.

오기에르가 그것에 답변하기 위해 일어나자, 샬로트는 그를 가로막으며 마우리타니아 왕의 결투 도전은 감금생활을 하고 있는 노예가 받아들이기에 적당치 못하다고 말했다. 노예란 샤를마뉴의 볼모로 붙잡혀 있는 오기에르를 가르키는 말이었다. 오기에르는 화가 치밀었으나 황제의 체면을 보아 말을 삼가고, 황제의 인자한 모습을 보면서 마음을 누그러뜨렸다. 그러자 황제는 성난 목소리로 말했다. "조용하라. 샬로트! 내 목숨을 구해준 이는 내게는 너만큼이나 소중하다. 그리고 자네 오기에르는 더 이상 볼모가 아닐세. 사자여, 자네는 왕에게 달려가 나의 답변을 이렇게 전하게. 나의 궁전에서는 어떤 기사도 동일한 조건의 결투를 거절하는 법이 없다고 말일세. 덴마크인 오기에르 그 왕의 도전을 받아들이게. 내가 직접 보증을 서겠네."

카라후에는 큰 절을 하고 나서 대답했다. "폐하, 폐하같이 위대한 분의 생각은 역시 높고 빛나는 명성에 걸맞다는 것을 확신하겠습니다. 저희 왕에게 폐하의 답변을 보고드리겠습니다. 제가 알기로는 그는 폐하를 존경하고 있기 때문에 무기를 들고 폐하께 반기를 들지는 않을 것입니다." 그리고 샬로트가 황제의 아들임을 모르던 사자는 샬로트에게 고개를 돌려 말을 이었다. "기사님, 당신에게 말씀드립니다. 만약 기사님께서 결투를 하고 싶은 욕망을 느끼고 있다면, 마우리타니아 왕의 사촌인 사돈과 결투를 할 수 있도록 주선하겠습니다. 그에게는 프랑스 기사와의 결투의 영광을 받아들이

도록 만들겠습니다.”

샤로트는 사람들 앞에서 공개적으로 들은 공격적인 꾸지람에 흥분하고 화가 난 상황이었기 때문에 서슴없이 결투를 하겠다고 말했다. 카라후에는 오기에르의 도전과 함께 샤로트의 도전도 받아들였다. 결투는 양쪽 군대에서 똑같은 거리에 떨어져 있는 숲으로 둘러싸인 목장에서 하기로 합의가 되었다.

반역적인 샤로트는 아주 음험한 배신행위를 계획했다. 한밤중에 그는 기사의 자질이 없고 자기처럼 잔인한 취향을 가진 기사 몇 명을 모았다. 그리고 그들에게 자기가 입은 모욕에 대해 복수를 하겠다고 맹세를 시킨 뒤 검은 갑옷을 입혀 숲속에 매복시키고는 다가오는 모든 일행을 공격하라고 명령했다. 사실 그가 말하는 모든 일행이란 오기에르와 두 명의 사라센인이었다.

그날 새벽이 되자 사돈과 카라후에는 창을 운반하는 두 명의 수습 기사들만을 대동한 채 지정된 목장으로 향했다. 샤로트와 오기에르도 각각 다른 길을 택해 목장으로 출발했다. 오기에르는 침착한 태도로 나아가 두 사라센 기사에게 정중하게 인사하고 결투의 조건을 타협짓기 위해 그들을 만났다.

일이 이렇게 진행되고 있는 동안, 배신자 샤로트는 뒤에 남아 부하들에게 앞으로 나아가라고 신호를 보냈다. 비겁한 무리들이 숲에서 나와 세 명의 기사를 에워쌌다. 세 기사는 이런 공격에 모두 깜짝 놀랐으나 누구도 어느 누가 상대방에게 반역 행위를 하고 있다고는 생각하지 않았다. 세 기사는 자신들이 모두 똑같이 공격을 받는 것을 보고 하나로 뭉쳐 공격자들을 제압했다. 오기에르의 코르타나 칼이 적에게 치명적인 상처를 입혔다. 하지만 카라후에의 칼은 강도 면에서 그것과 똑같지 않았기 때문에 부러지고 말았다. 그와 동시에 카라후에의 말도 살해되어 결국 카라후에는 무기도 없이 오히려 쓰러지는 자기 말에 걸려 넘어지고 말았다. 이것을 본 오기에르는, 그를 구하려고 달려가 방패로 그를 덮어준 뒤 쓰러진 흉악범의 칼을 뽑아 그에게 건넸다. 그리고 그를 자기 말 위에 올라타게 도와주었다. 바로 그 순간 분노로 몸이 달아오른 샬로트는 자기 말을 오기에르에게 밀어부쳐 그를 쓰러뜨렸다. 만일 사돈이 반역행위를 보고 샬로트에게 달려들어 그를 밀쳐내지 않았더라면 샬로트는 오기에르를 칼로 찔러죽였을 것이다. 카라후에는 오기에르가 준 말에 가볍게 뛰어오르며 소리를 질렀다. "용감한 오기에르, 나는 더 이상 당신의 적이 아닙니다. 당신에게 영원한 우정을 맹세합니다." 그때 많은 사라센 기사들이 반역 행위를 발견하고 현장으로 다가왔다. 그러자 샬로트는 추종자들과 함께 숲으로 피신했다.

현장으로 달려오던 군대는 덴마크에서 망명을 한 단네몬트가 지휘하고 있었다. 그는 오기에르의 아버지 게오프로이에 의해 옥좌에서 쫓겨나 사라센 진지에서 피난처를 구한 사람이었다. 그는 오기에르를 알아보고는 카라후에와 사돈의 긴박한 항의와 위협에도 불구하고 즉시 그를 포로로 선포하고는 힘센 호위병 한 명과 함께 그를 사라센군의 진지로 데려갔다. 처음에 오기에르는 그곳에서 매우 엄한 감금 생활을 했다. 카라후에와 사돈은 단네몬트에게 그를 석방시키라고 강력하게 요구하며 요구가 받아들여지지 않는다면 무력으로 응징하겠다고 위협을 했다. 단네몬트는 오기에르의 석방을 반대했으나 사라센군의 대장격인 코루스블이 타협에 찬성하여 허가없이 사라센군의 진지를 떠나지 않는 한 오기에르가 진지 안에서는 자유롭게 움직일 수 있게 해주었다.

카라후에는 그런 부분적인 양보가 만족스럽지 않았다. 그래서 그는 다음날 아침 도시를 떠나 샤를마뉴 진지로 가서 황제와의 면담을 요청했다. 그는 황제의 면전에 도착하자 말에서 내려 투구를 벗고 칼을 뽑아들고 황제 앞에 무릎을 꿇으면서 그것을 그에게 바쳤다.

"고명하신 폐하, 폐하 앞에 있는 저는 마우리타니아 왕의 결투 도전을 폐하의 기사님들께 전했던 바로 그 전령입니다. 비겁한 늙은 단네몬트 왕이 용감한 오기에르를 포로로 만들고 장군들을 설득하여 그를 석방하지 못하게 만들었습니다. 이런 비열한 행위를 보상하기 위해 마우리타니아의 카라후에 왕인 제가 폐하의 포로가 되고자 이곳에 왔습니다."

샤를마뉴와 귀족들은 카라후에의 너그러움에 감탄을 아끼지 않았다. 샤를마뉴는 그를 일으켜 세워 그와 포옹을 하고는 그에게 칼을 돌려주며 대답했다. "그대가 이곳에 와서 모범을 보여주니 오기에르가 사라진 것이 위로가 됩니다. 우리의 성스러운 신앙을 받아들이고 우리와 함께 단결하도록 하나님께 빌겠습니다." 나모 공작이 이끄는 궁전의 모든 귀족들은 마우리타니아 왕에게 경의를 표했다. 그러나 샬로트는 반역자로 인식될까 하는 두려움에서 모습을 드러내지 않았다. 그러나 너무나 고상한 마음을 가지고 있던 카라후에는 차마 샤를마뉴 황제에게 그의 아들이 반역행위를 했다고 말해 그의 가슴에 못을 박고 싶지 않았다.

한편 사라센군은 불화로 인해 분열상태에 빠져들었다. 카라후에 군대는 자신들의 왕이 적군의 진지에 감금되어 있다는 이유를 들어 총사령관에게 크게 반대를 표하고 있었다. 심지어 그들은 전투에서 이탈하여 동맹국에게 무력으로 저항하겠다는 위협까지 서슴치 않았다. 그런 와중에 샤를마뉴가 정력적으로 그들을 포위 공격하자, 사라센군 지휘관들은 도시를 포기하고 배가 있는 곳으로 물러나지 않으면 안되었다. 그렇게 휴전이 성립되어 오기에르는 카라후에와 교환되었고, 두 친구는 서로 얼싸안고 평생 형제로 지내자고 맹세를 했다. 교황은 다시 자신의 본거지로 돌아가 집무를 볼 수 있게 되었고 이탈리아는 평온을 되찾았다. 샤를마뉴는 귀족과 추종자들을 이끌고 프랑스로 귀환했다.

24

덴마크인 오기에르(속편1)

샤를마뉴는 덴마크 왕 게오프로이가 자신에 대한 충성의 서약을 이행하지 않았을 뿐만 아니라 모욕적인 행동을 한 것도 잊지 않고 있었다. 그래서 샤를마뉴는 그를 복종시키기로 마음먹었다. 하지만 바로 그때 게오프로이의 사자가 샤를마뉴에게 나타나 게오프로이 왕이 자신의 과오를 인정하고 있다면서 물리칠 수 없이 강력한 힘을 가진 침략군에 대항할 수 있도록 도움을 요청한다고 전했다. 마음이 너그러운 샤를마뉴는 그 말을 듣고 마음이 누그러졌다. 그리고 이번 기회에 오기에르의 마음을 시험해보기로 했다. 오기에르는 15년 동안 타지에 감금되어 있는데도 아들에 대해 전혀 관심을 갖지 않고 연락도 취하지 않는 아버지의 매정함을 깊이 통감하고 있었다. 샤를마뉴는 비록 아버지가 그를 소홀히 다루기는 했지만 군대를 이끌고 가 아버지를 도와주고 싶지 않느냐고 오기에르에게 물었다. 이에 오기에르가 대답했다. "아들은 모름지기 살아있는 한 아버지를 도와야합니다." 샤를마뉴는 오기에르에게 천 명의 기사로 구성된 군대를 주었다. 하지만 더 많은 수의 사람들이 유명한 지휘관과 함께 싸우기 위해 자원 입대했다. 그는 아버지를 돕기 위해 신속하게 달려가 침략자들을 격퇴하며 그들을 혼비백산하게 만들고 배들이 있는 곳까지 후퇴시켰다. 그리고 서둘러 수도로 향했다. 그러나 그가 도시에 다가가자 구슬픈 소리가 들려왔다. 그는 곧 소리가 들려오는 연유를 알게 되었다. 게오프로이 왕의 장례식에서 나오는 소리였던 것이다. 오기에르는 단 한번만이라도 아버지를 포옹하면서 자신이 사령관이 되었다는 말을 할 수 없게 되었다는 사실에 너무나 가슴이 아팠다. 그러나 그는 아버지가 자신이 왕위를 이어받을 것이라고 선언했다는 소식을 들었다. 그는 급히 아버지의 시체가 안치되어 있는 교회로 가서 시체에 눈물이 흥건히 고이도록 울었다. 그때 한 줄기 천국의 빛이 사방을 비추더니 천사의 목소리같은 소리가 들려왔다. "오기에르야, 왕위를 동생 구욘에게 주고 너는 '덴마크인' 이외에 다른 칭호를 달지 말아라. 그대의 운명은 영광스러우니라. 다른 왕국들이 그대를 위해 마련되어 있나니." 오기에르는 하나님의 명령에 순종했다. 그는 존경하는 마음으로 계모에게 인사를 하고 나서 동생을 껴안으며, 자기는 샤를마뉴의 용사로 간주되고 있는 것에 만족한다면서 덴마크의 왕위를 포기한다고 말했다.

오기에르는 영광스럽게 샤를마뉴의 궁전으로 돌아왔다. 샤를마뉴 황제는 그에 대한 애정의 증거로 그를 쓰다듬으며 그를 자신과 동등한 신분으로 대해주었다.

그후 몇 년 동안, 오기에르가 어릴적 천사로부터 받은 선물의 도움으로, 사랑과 전쟁에서 성공을 거둔 모험담들을 간단히 이야기하자면 이렇다. 오기에르는 매력적인 벨리센과 결혼하여 어린 볼드윈을 낳았다. 볼드윈은 아버지의 힘과 용기를 어머니의 미모를 완전히 이어받은 것 같았다. 이 소년이 어머니 품에서 떨어질 정도의 나이에 이르렀을 때 오기에르는 그를 궁전으로 데리고 가서 샤를마뉴에게 소개했다. 샤를마뉴는 볼드윈을 포옹하고 자기를 섬기게 했다. 나모 공작과 다른 기사들은 볼드윈을 보고 마치 어릴 적의 오기에르를 본 것같은 생각이 들었다. 그들은 너무나도 아버지를 닮은 볼드윈을 사랑스럽게 대했다. 심지어 샬로트도 처음에는 볼드윈을 좋아하는 것 같았다. 그러나 얼마 후 아이가 오기에르를 닮았다는 것을 알고 그의 증오심이 깊이 자극되었다.

볼드윈은 샬로트에게 주의를 기울이며 기회가 있을 때마다 그를 위해 봉사했다. 왕자가 장기두기를 좋아했기 때문에 장기를 잘 두는 볼드윈은 가끔 그와 장기를 두었다.

어느 날 샬로트는 그와 장기를 두다가 두 말을 잘못 둔 것에 짜증이 났다. 그래서 그는 볼드윈으로부터 한 말을 빼앗아 실수를 만회하리라고 생각했다. 그러나 볼드윈은 자기가 만든 함정에 그가 빠져드는 것을 보고 약간 웃음이 나오는 것을 참을 수 없어서 “장군”하고 외쳤다. 이에 화가 난 샬로트는 벌떡 일어나 무겁고 값비싼 장기판을 집어들어 온 힘을 다해 볼드윈의 머리를 내리쳐 그를 죽이고 말았다.

샬로트는 이런 범죄 행위에 두려움을 느끼고 또한 무시무시한 오기에르의 보복이 두려워 궁전 안으로 몸을 숨겼다. 볼드윈의 어린 친구가 급히 이 사건을 오기에르에게 알렸다. 오기에르는 그 방으로 달려가 피로 물들어 죽은 아이의 시체를 보았다. 샤로트가 아이를 때려 죽였다는 것은 아이의 상태로 보아 숨길 수 없는 사실이었다. 오기에르는 샤로트를 찾으려고 궁전을 뒤졌다. 샤로트는 안심이 되지 않아서 샤를마뉴가 있는 큰 방으로 피신하여 나모 공작과 브리타니의 공작인 살로몬 공작과 함께 탁자에 앉아 있었다. 오기에르는 칼을 뽑아들고 샤로트의 뒤를 따라가 황제의 탁자가 있는 곳에 이르렀다. 술잔을 따라 올리는 하인이 오기에르를 가로막자 오기에르는 그의 손에 있는 술잔을 내리쳤다. 그러자 술잔의 내용물이 황제의 얼굴에 튀었다. 격노한 황제는 칼을 집어들었다. 살로몬과 남작 한 명이 그들 사이에 몸을 던지지 않았다면 황제는 칼로 오기에르의 가슴을 찔렀을 것이다. 한편 오기에르에게 오랫동안 영향력을 행사해 왔던 나모 공작은 오기에르를 방 밖으로 나가게 만들었다. 나모 공작은 방금 일어난 폭력의 결과를 예견하고 마음 속으로 이미 그를 용서하고 있었기 때문에 그를 가여이 여기는 마음으로 경비들이 그를 체포하기 전에 서둘러 그를 밖으로 내보내고 파리를 떠나게 했다.

샤를마뉴는 모든 귀족들을 소집하고 오기에르를 체포하여 적절한 처벌을 받을 수 있도록 각자 최선을 다하라는 맹세를 시켰다. 오기에르는 황제에게 샤롯트의 잔인한 범죄를 처벌한다면 자수를 하겠다는 메시지를 보냈다. 황제는 어떤 조건도 들으려하지 않고 많은 병사들을 이끌고 오기에르를 추적하는 일에 나섰다. 한편 많은 기사들은 오기에르에게 그를 방어하겠다고 맹세하며 열렬히 지지를 보냈다. 이리하여 그와 황제와의 싸움은 결정적인 결과 없이 격렬하게 진행되기에 이르렀다. 오기에르는 황제를 손에 넣을 기회가 한 번 이상 있었으나 유리한 기회를 이용하지 않고 아무 조건 없이 그를 풀어주었다. 심지어 그는 자신을 용서해달라고 간청했다. 물론 샬로트도 처벌해야 한다는 것이 그의 요구 조건이었다. 그러나 샤를마뉴는 비열한 아들을 너무나 맹목적으로 좋아했기 때문에 샬로트를 처벌하여 크게 마음의 상처를 입은 오기에르를 달래려고 꿈도 꾸지 않았다.

마침내 오기에르는 자신을 위해 친구들이 흘린 피를 보고 슬픔에 빠져, 얼마되지 않는 병사들을 해산시키고 자신을 돌보고자 하는 사람들 틈에서 살며시 빠져나와 동생 구욘 공작에게 발길을 돌렸다. 오랜 여행에 지친 그는 아르데니스 숲에 도착하자 한적한 계곡의 신선함에 이끌려 휴식을 취하기 위해 들판에 드러누웠다. 베이프로르의 안장을 풀고 투구를 벗고 머리를 방패 위에 눕히고 잔디 위에서 잠에 빠져들었던 것이다.

이 무렵 라임스의 대주교인 투르핀은 자신의 교구에 있는 교회들을 방문하고 있었다. 프랑스 귀족의 존엄성과 당대 용감한 기사의 명성을 얻게 만든 그의 군인 정신에 따라 많은 성직자를 데리고 여행을 하는 것처럼 다수의 기사를 대동하고 여행하고 있었다.

그들 중 한 기사가 목이 말라 오기에르가 자고 있는 샘가로 다가갔다. 그는 그곳에서 어떤 기사가 사지를 쭉 뻗고 누워있는 것을 발견했다. 그는 급히 되돌아가서 그것을 대주교에게 보고했다. 그러자 투르핀은 샘가로 가서 그 기사가 오기에르임을 알아보았다.

착하고 관대한 투르핀은 맨 먼저 오기에르를 구해주고 싶은 충동을 느꼈다. 그는 오기에르에게 아주 열렬한 애정을 갖고 있었다. 그러나 오기에르를 알아본 주교들과 기사들은 황제가 자신들에게 강요했던 맹세를 상기했다. 투르핀도 그 서약을 저버릴 수 없었다. 그래서 그는 추종자들이 자고 있는 기사를 결박하도록 내버려두며 신음을 내뱉었다. 대주교의 수행원들은 오기에르의 말과 무기들을 압수하고, 오기에르를 쇠쏭에 있는 황제에게 인도했다.

오기에르가 저지른 최초의 과오 이외에도 그후 그가 보인 완강한 저항에 너무나 격분하고 있던 황제는 그를 당장 사형에 처하라고 명령하려 했다. 그러나 나모와 살로몬과 같은 훌륭한 공작들의 지지를 받는 투르핀대주교가 오기에르를 위해 너무나 열심히 기도했기 때문에 오기에르를 죽이지 않기로 하고 철저한 감시 하에 그를 투옥하라고 명령했다. 그리고 오기에르를 투르핀에게 맡기며, 하루에 빵 3분의 1조각과, 한 조각의 고기, 포도주 4분의 1잔으로 음식을 제한시켰다. 덴마크의 왕과 오기에르의 강력한 친구들의 적대감을 불러 일으키지 않으면서 그렇게 오기에르를 죽일 수 있다고 생각했던 것이다. 황제는 투르핀에게 자신의 명령을 엄격히 지켜야 한다고 엄명을 내렸다.

착한 투르핀 대주교는 오기에르를 너무나 사랑한 까닭에 그의 생명을 구할 수 있는 방안을 찾았다. 키가 7피트나 된 오기에르는 식욕도 키에 비례했기 때문에 그렇게 적은 음식을 먹는다면 곧 죽게 될 것임을 그는 알고 있었다. 더군다나 오기에르가 진실한 기독교인으로 항상 열심히 신앙을 전파하며 불신자들을 정복했다는 것을 대주교는 잘 기억하고 있었다. 그래서 투르핀은 자신이 행한 맹세에서 벗어나지 않으면서 나중에 이름이 붙게 된 그 '정신적 유보'를 이번에 실천하는 것이 정당하다고 생각했다. 그것은 그가 우연히 생각해낸 것이었다.

매일 아침 투르핀은 밀가루 두 부셀(1부셀은 약 35리터)로 만든 빵 한덩

어리에서 4분의 1을, 양이나 살찐 송아지의 4분의 1이 되는 고기를, 용량이 사십 파인트(1파인트는 약 0.47리터임)나 되는 술잔을 만들어 그 잔에 4분의 1이 차도록 포도주를 부어 오기에르에게 주었다.

오기에르의 감옥생활은 오래 지속되었다. 샤를마뉴는 가끔씩 오기에르가 여전히 죽지 않고 버티고 있다는 소식을 듣고 깜짝 놀랐다. 그래서 황제는 투르핀에게 그 이유를 물었다. 하지만 투르핀은 서슴치 않고 허용된 분량만을 죄수에게 주고 있다고 단정적으로 대답했다.

한 가지 깜빡 잊고 말하지 않은 것이 있다. 그것은 오기에르가 포로로 잡혀 쇠쏭으로 연행될 때, 성(聖) 파론의 수도원장이 훌륭한 말 베이프로르를 보고 샤를마뉴에게 한번도 부탁을 하지 않았지만 그 말을 자기에게 달라고 간청했다는 사실이다. 수도원장은 사람들을 시켜 그 말을 자신의 수도원으로 데려오게 만들었다. 그는 새로 얻은 말을 어서 한번 타보고 싶었다. 그래서 말을 볼 수 있는 산기슭의 마굿간에 도착하자 말을 타고 앞으로 달렸다. 갑옷을 입은 오기에르의 거대한 체중을 싣고 달리는데 익숙하던 말은 수도원장의 가벼운 체중 때문에 잔등에 아무 느낌도 받지 않았을 뿐만 아니라 수도원장의 긴 겉옷이 옆구리에 펄럭이며 자극하는 바람에 가파른 산길을 엄청나게 도약하며 올라가 마침내 주아이르 수도원에 도착했다. 말은 여수도원장과 수녀들이 보는 앞에서 공포에 질려 이미 반은 죽은거나 다름없는 수도원장을 땅에 내팽개쳤다. 타박상을 입고 굴욕을 느낀 수도원장은 가련한 베이프로르에게 보복을 감행했다. 분노에 차서 수도원장은 베이프로르를 노동자들에게 내주고 수도원 근처에서 건설중인 예배당을 위해 돌을 져나르게 했다. 이리하여 주인이 감옥 생활을 하는 동안, 고상한 말 베이프로르 역시 잘 먹지도 못하고 혹사당하면서 가끔은 매까지 맞아가며 시간을 보내고 있었다.

황제가 오기에르를 석방시키지 않으면 안 될 몇 가지 중요한 사건이 일어나지 않았더라면 오기에르는 평생 감옥에서 살았을지 모른다.

황제는 마우리타니아의 왕 카라후에가 오기에르의 석방을 요구하기 위해 군대를 모으고 있다는 소식을 들었다. 또한 덴마크의 왕 구욘도 휘하의 모든 군대를 동원하여 카라후에를 지원할 준비를 하고 있고, 설상가상으로 아라비아의 왕 부르히르 휘하의 사라센군들이 가스코니에 상륙하여 보르도를 점령하고 전속력으로 파리를 향해 진군해오고 있다는 소식이 들렸다.

그제서야 샤를마뉴는 오기에르의 도움이 얼마나 절실한지 느끼게 되었다. 그러나 투르핀, 나모, 살로몬의 진정에도 불구하고, 황제는 오기에르가 적당하다고 생각하는 처벌을 샬로트에게 내리는 일에는 전혀 동의하지 않았다. 게다가 오랜 투옥으로 오기에르가 오랫동안 금욕 생활을 했기 때문에 몸이 허약해져서 힘과 정력이 없을 것이라고 믿고 있었다.

이런 위기에 처한 황제에게 아라비아의 왕 브루히르로부터 메시지가 왔다. 브루히르 자신이 황제, 아니면 황제의 투사와 결투를 하여 그 결과에 따라 문제를 해결하고 싶다는 메시지였다. 만약 자기가 패배하면 군대를 철수시키겠다는 것이었다. 조언자 모두의 반대가 없었다면 황제는 그 도전을 기꺼이 수락했을 것이다. 조언자들의 충고에 따라 황제는 시간을 두고 제안을 고려해야 하기 때문에 다음날 답변을 주겠다고 사자를 돌려보냈다.

도전 승낙의 결정을 아직 내리지 않은 짧은 시간 동안, 세 명의 공작은 황제에게 오기에르를 석방하여 결투를 신청한 강력한 도전자와 싸우게 하라고 설득했다. 그러나 그들은 오기에르를 설득할 수는 없었다. 오랜 감옥 생활과 잔인무도한 샬로트의 타격을 받고 자신의 품에서 피를 흘리며 죽어간 아들에 대한 추억이 친구들의 끈덕진 권유를 상당 시간 사양하게 만들었다. 하지만 브루히프와 결투하는 영광이 그를 부르고 기독교 세계를 안전하게 지키기 위해 오만한 적을 제거할 필요가 있다는 사실에 굴복하여, 마침내 오기에르는 샬로트가 자신의 적절한 처벌을 받게 해야 한다는 조건을 내걸고 결투를 받아들였다.

오기에르의 조건은 받아들이기 어려운 것이었지만, 샤를마뉴는 위험이 임박해 있고 자신도 어느 정도 정의감을 회복했으며, 관대하지만 열정적인 영혼의 오기에르에 대한 강한 신뢰를 재확신했기 때문에 그의 조건에 동의했다.

세 명의 귀족이 오기에르를 샤를마뉴 앞으로 인도했다. 황제는 약속한 대로 손이 묶이고 머리 왕관을 박탈당한 샬로트를 고위급 귀족들이 모여있는 큰 방으로 나오게 했다. 황제는 오기에르가 다가오자, 샬로트의 손을 잡고 그를 오기에르 쪽으로 데려가 말했다. "여기 범인이 있네. 하고 싶은대로 처리하게." 오기에르는 대답도 하지 않고 샬로트의 머리칼을 붙잡아 무릎을 꿇게 했다. 그리고 다른 한 손으로 난공불락의 칼을 집어들었다. 자기 아들의 목이 자기 발 밑에 뒹굴 것이라고 생각한 샤를마뉴가 눈을 감고 공포의 소리를 질렀다.

오기에르는 그만하면 됐다고 생각했다. 그래서 샬로트를 일으켜세우고 결박을 잘라내고는 그의 입에 키스를 한 다음 황제의 발 앞에 급히 무릎을 꿇었다.

그의 아들이 해를 입지 않고 오기에르가 자기 발 밑에 무릎을 꿇는 것을 본 샤를마뉴의 놀라움과 기쁨은 이루 다 형언할 수 없었다. 황제는 그를 양팔로 껴안고 온통 눈물로 적시며 귀족들에게 말했다. "이 순간 오기에르는 나보다 더 위대하다." 그러나 샬로트의 비열한 마음은 오로지 죽음에서 탈출했다는 기쁨을 느끼는 정도였다. 그는 과거와 달라진 것이 하나도 없었다. 그후 몇 년이 지나 그는 앞 장(章)에서 이미 본 바와 같이 보르도의 후온에 의해 받아 마땅한 벌을 받았다.

25

덴마크인 오기에르(속편2)

혼란에서 어느 정도 냉정을 되찾고 오기에르가 건강한 모습과 혈색으로 나타난 것을 알아본 샤를마뉴는 깜짝 놀라 대주교에게 시선을 돌렸다. 대주교는 황제와 시선이 마주치자 얼굴을 붉히지 않을 수 없었다. "틀림없이 오기에르는 주교님의 성(城)에서 잘 지낸 것 같군요. 대주교님, 더욱 신세를 지게 되었습니다." 왕이 말했다. 그러자 모든 귀족들이 웃음을 터트리며 투르핀에게 농담을 건넸다. 대주교가 한 마디했다. "여러분들 마음껏 웃으십시오. 하지만 나는 오만한 사라센인에게 복수를 할 활력에 넘치는 팔뚝을 보게 되어 전혀 유감스럽지 않습니다."

샤를마뉴는 도전을 받아들이고 결투 날짜를 이틀 뒤로 정했다는 결정을 알리기 위해 사자를 급파했다. 오만한 브루히르는 자신의 도전을 받아들인다는 답변을 받자 경멸의 미소를 지었다. 자신의 천부적인 힘과 기술

이외에 그에게는 어떤 지략(智略)이 있었기 때문이었다. 그러나 그는 마호멧에게 결투를 위해 제안, 합의된 조건들을 지키리라고 맹세했다.

한편 오기에르는 자신의 갑옷을 요구했다. 착한 투르핀이 그의 갑옷을 충실하게 간직했기 때문에 훌륭한 상태 그대로 그에게 되돌아왔다. 그러나 결투를 위해 말을 구하기란 쉽지 않았다. 샤를마뉴는 자신의 군마 블란샤르드를 제외하고 마굿간에서 최고의 말들을 모두 꺼내오게 했다. 하지만 모두 오기에르의 체중에 눌려 허리가 땅까지 닿을 정도였다. 이에 당황한 대주교는 황제가 세인트 페론의 수도원장에게 넘긴 베이프로르를 생각해내고 급사를 시켜 그 말을 데려오게 했다.

수도사들은 가혹한 주인들이었다. 더욱이 세인트 페론 수도원의 노동자들을 지휘하는 수도사는 수도원장의 명령을 너무나 충실하게 집행하고 있었다. 돌아온 불쌍한 베이프로르는 마르고 기운이 없었으며, 먼 거리를 끌어야 했던 형편없는 마차 장비 때문에 살갗마저 벗겨져 있었다. 그는 샤를마뉴 앞에서 머리를 숙이고 무겁게 걸음을 떼었다. 그러나 오기에르의 목소리를 듣자마자 머리를 쳐들고 울음소리를 내며 눈을 반짝이면서 옛 열정이 힘차게 되살아난 듯 앞발로 땅을 긁었다. 오기에르가 그를 애무하자 훌륭한 군마는 답례로 그를 애무하는 듯한 행동을 보였다. 그리고 오기에르가 자신의 등에 오르자 말은 다시 주인을 운송하는 일이 자랑스러운지 정력을 다하여 등약(騰躍, 앞발이 땅에 닿기 전에 뒷발로 뛰어 오르기)을 했다.

이제는 아무것도 부족한 것이 없었기 때문에 샤를마뉴는 병사들을 이끌고 파리에서 행군하여 몽마르트 산을 점령했다. 몽마르트에서 바라보면 결투가 거행되기로 되어 있는 세인트 데니스 평야가 한눈에 들어왔다.

결투의 날이 오자 오기에르의 입회인인 나모 공작과 살로몬 공작이 결투 장소로 그를 데려갔다. 브루히르는 두 유명한 족장(族長)을 대동하고 맞은편에 나타났다.

기분이 매우 좋던 브루히르는 허약한 베이프로르의 앞으로 다가오자 친구들에게 농담을 건넸다. "저 말이, 아트라스 산의 계곡에서 먹고 자란 말 중 가장 훌륭한 군마 마르세발리와 감히 시합을 하려한단 말인가?" 그러나 두 결투자는 서로에게 인사를 한 다음 각자 말을 타고 물러났다가 서로를 향해 전속력으로 질주했다. 베이프로르는 평원을 돌진하여 중간 지점이 넘는 곳에서 적수를 만났다. 두 결투자의 창이 서로 격돌하여 산산조각이 났다. 그와 동시에 브루히르는 자기의 머리 위에서 번뜩이는 오기에르의 칼을 보고 깜짝 놀랐다. 그는 방패로 칼을 피하면서 오기에르의 투구에 일격을 가했다. 오기에르는 브루히르보다 더 정확하게 조준하여 그에게 또 한번의 일격을 가했다. 칼날의 강도가 브루히르의 칼보다 더 강했던 탓인지 오기에르의 칼은 브루히르의 투구 일부를 잘라냈고, 그것으로 그의 귀와 뺨의 일부가 떨어져나갔다. 피를 본 오기에르는 즉시 재타격을 가하지 않았다. 그 순간을 이용하여 브루히르는 자신의 말을 전속력으로 달아나게 했다. 그리고 말을 타고 달리면서 안장의 앞테에 걸어둔 황금병을 집어들어 내용물을 상처 부위에 발랐다. 그러자 흐르던 피가 즉시 멈추며 귀와 살이 완전히 원상태로 회복되었다. 덴마크인은 적수가 전처럼 건강하게 돌아온 것을 보고 깜짝 놀랐다.

브루히르는 오기에르가 놀라는 것을 보고 웃으며 말했다. "아리마데아의 요셉이 예수의 몸에 발랐던 귀중한 향유를 내가 갖고 있음을 아느냐? 팔 하나를 잃어도 이것 몇 방울만 바르면 팔이 다시 생긴다. 나와 결투를 하는 것은 부질없는 짓이다. 항복하라. 그러면 너는 튼튼한 놈 같으니까, 나의 갤리선(옛날에 노예나 죄수에게 젓게한 노가 있는 배)에서 우선적으로 노를 젓게 해주겠다."

오기에르는 화가 치밀었지만 하나님의 도움을 구하는 것을 잊지 않았다. "오, 주님. 당신의 신성한 피에 힘입은 강력한 도움으로 당신의 이름을 욕되게 하는 자를 그냥 두시렵니까?" 그렇게 말한 후 오기에르는 전보다 더 강력하게 브루히르를 공격했다. 두 결투자는 서로에게 무시무시한 타격을 가해 큰 부상을 입혔다. 그러나 피를 계속 흘리는 결투자는 오기에르였고, 브루히르는 피가 흐를 때마다 향유로 피를 멈추게 했다. 불공정한 결투에 절망을 느낀 나머지 오기에르가 두 손으로 코르타나를 잡고 적에게 굉장히 세차게 타격을 가하자, 브루히르의 방패가 두 조각이 나면서 그의 팔 하나가 떨어져나갔다. 동시에 브루히르도 오기에르에게 일격을 가했으나 적중하지 못하고 베이프로르의 머리를 치게 되어 오기에르 역시 말과 함께 쓰러졌다.

그래서 브루히르는 땅으로 뛰어내려 자기 팔을 집어들고 향유를 바를 시간을 벌 수 있었다. 그리고 오기에르가 두 발로 채 일어서기도 전에, 그에게 달려가 그를 죽이려고 칼을 높이 쳐들었다.

몽마르트의 높은 곳에 서서 위험한 상황에 처한 용감한 오기에르를 내려다보던 샤를마뉴는 신음소리를 내며 하나님을 원망하려 하고 있었다. 그러나 착한 투르핀은 마치 모세처럼 두 팔을 들어 기독교 용사에게 하나님의 은총을 빌었다.

오기에르는 재빨리 자신을 가다듬고 일어나 안장 앞테에 귀중한 향유병을 매달고 있는 말에게서 떨어지도록 브루히르를 밀쳐냈다. 그리고 샤를마뉴는 이제는 완전히 유리한 고지에 선 오기에르가 재빨리 적을 무릎꿇게 하고, 투구를 벗긴 다음, 칼을 한번 휘둘러 그의 목을 몸뚱이에서 잘라버리는 것을 보았다.

승리를 거둔 후 오기에르는 마르쉐발리 준마를 잡아 그의 등 위에 올라타고 귀중한 향유병을 찾아냈다. 몇 방울의 향유를 몸에 바르자 그의 상처가 아물고 힘이 다시 솟아났다. 브루히르에게 붙잡혔던 프랑스 기사들은 석방이 되어 오기에르 주위에 몰려들어서 자기들을 구해 준 것에 감사를 표시했다.

결투에 대한 관심이 조금 줄어들자 높은 곳에 자리를 잡고 있던 샤를마뉴와 귀족들은 적의 진지에 이상한 동요가 일어나고 있음을 감지했다. 그들은 처음에 그것이 장군의 죽음 때문이라고 생각했다. 하지만 무기에서 나오는 소음, 군인들의 함성, 전진하는 새로운 깃발들로 미루어보아 브루히르의 군대가 새로운 적의 공격을 받고 있음이 틀림없었다.

황제의 판단은 적중했다. 전우 오기에르를 석방시키기 위해 군대를 이끌고 프랑스에 도착한 사람은 다름 아닌 마우리타니아의 용감한 왕 카라후에였다. 프랑스에 도착한 카라후에는 상황이 바뀐 것을 알고, 사령관의 사망이 야기한 혼란의 와중에서 얼떨떨한 브루히르 군대를 공격하며 서슴치 않고 황제를 도왔다.

오기에르는 친구의 깃발을 알아보고 마르쉐발리에 뛰어올라 사라센군을 공격하는 친구를 도우려는 마음에 급히 달려나갔다. 샤를마뉴도 군대를 이끌고 그 뒤를 따랐다. 사라센군은 완강히 저항했지만 무조건 항복을 하지 않을 수 없었다.

오기에르와 카라후에의 만남은 서로 사랑하는 친구이면서 뛰어난 기사들에게서 기대되는 뜻깊은 것이었다. 샤를마뉴는 그들을 만나 포옹을 하고, 마우리타니아 왕을 자신의 오른쪽에 오기에르를 왼쪽에 거느리고 의기양양하게 파리로 귀국했다. 파리에서는 베르다 왕비와 신하의 부인들이 그들에게 월계관을 씌워주고, 시종이자 황제의 비서인 현명하고 용감한 에긴하르는 그 모든 사건들을 역사에 기록했다.

며칠 후 덴마크 왕 구욘은 일단의 정선한 기사들을 거느리고 프랑스에 도착하여, 적으로서가 아니라 당대의 최고 기사로서 그리고 기독교 세계의 왕으로서 황제에게 충성을 서약하려 왔다고 황제에게 전갈을 보냈다. 샤를마뉴는 사절단을 정중하게 접견한 뒤 말을 타고 덴마크 왕을 만나러 나갔다.

찰스의 궁전에 모인 위대한 군주들은 회의를 열었다. 경험이 많은 현명한 귀족들도 참석의 요구를 받았다.

그리하여 덴마크와 마우리타니아의 연합군이 바다 건너 사라센군의 나라로 들어가 전쟁을 수행하자는 결정이 내려졌다. 물론 오기에르는 왕은 아니지만 두 나라의 왕과 같은 서열에서 자신의 깃발 아래 천 명의 기사를 지휘하기로 되었다.

이 전쟁에서 오기에르와 그의 동맹자들이 수행한 모든 유명한 행위를 모두 기록할 수는 없다. 다만 여기서는 그들이 프톨레아이스와 유태 지역의 사라센군을 정복하고 그곳에 왕국을 건설하여 오기에르를 왕으로 옹립

했다고 말하는 것으로 충분하다. 구욘과 카라후에는 오기에르와 헤어져 각자의 나라로 되돌아갔다. 오기에르는 덴마크의 구욘의 아들 월터를 자기 왕국의 후계자로 삼았다. 오기에르는 월터의 교육을 돌보면서 월터가 보살핌에 걸맞게 성장하는 것을 지켜보았다. 하지만 오기에르는 그의 지위가 주는 모든 영광에도 불구하고, 샤를마뉴의 궁전과 자신을 아들처럼 존중하고 사랑해 준 나모 공작과 브리터니의 살로몬 공작을 그리워했다. 마침내 월터가 나라의 중책을 떠맡을 만큼 나이가 들자, 오기에르는 남몰래 배 한 척을 마련하여 시종 한 명만을 대동한 채 한밤중에 궁전을 떠나 프랑스로 향했다.

배는 순풍을 타고 마치 새처럼 빠르게 바다를 가로질렀다. 그러나 갑자기 배가 항로를 이탈하면서 방향타마저 말을 듣지 않더니 바다로 뻗어나온 검은 갑(岬)을 향해 빠르게 질주했다. 갑은 천연 자석으로 되어있는 산이었기 때문에, 배가 가까이 다가가면 갈수록 자력이 증가하여 마침내 배는 화살처럼 재빨리 갑으로 돌진하여 바위에 부딪혀 산산조각이 났다. 혼자 살아남게 된 오기에르는 난파된 배의 파편과 함께 해안에 이르렀다.

오기에르는 사람들이 살고 있는지 알아보기 위해 해안 안쪽으로 들어가보았지만 도무지 사람의 인기척을 찾을 수 없었다. 그때 갑자기 번쩍이는 비늘로 뒤덮여 불을 내뿜는 말 한 마리와 함께 두 마리의 거대한 동물이 나타났다. 오기에르는 칼을 뽑아들고 자신을 방어할 준비를 했다. 그러나 괴물들은 무시무시하게는 보였지만 오기에르를 공격하려 들지는 않았다. 오히려 말 빠삐롱은 무릎을 꿇고 오기에르에게 다가가 어서 자기 등에 올라 타라고 요구하는 것 같았다. 한번 모험을 시작하면 끝을 보기를 주저

하지 않는 오기에르는 빠삐롱의 등에 올라탔다. 그러자 말은 쏜살같이 달려 아름다운 풍경을 감추고 둘러싼 바위와 절벽을 스쳐 지나갔다. 그리고 화려한 궁전에 도착할 때까지 계속해서 달렸다. 오기에르는 궁전을 찬미할 시간조차 갖지 못하고 열주(列柱, 줄지어 늘어선 기둥)로 장식된 웅장한 앞마당을 가로질러 정원으로 들어갔다. 말은 정원에서 도금양나무의 오솔길을 통해 마치 에나멜을 칠한 잔디처럼 반짝거리는 샘물가에서 무릎을 꿇었다.

오기에르는 말에서 내려 시냇가를 따라 몇 발자국 걷다가 미의 세 여신들처럼 아름다운 여인을 보고 걸음을 멈추었다. 그와 동시에 놀랍게도 오기에르의 갑옷이 저절로 벗겨졌다. 젊은 미녀는 다정한 태도를 취하며 그의 앞으로 다가와 꽃으로 된 왕관을 그의 머리 위에 얹었다. 그 순간 덴마크 영웅은 모든 기억을 상실했다. 그의 결투, 영광, 샤를마뉴, 그의 궁전 등 모든 것이 기억에서 사라졌다. 눈에 보이는 것은 오로지 모르가나 뿐이었고 그녀의 발 밑에서 영원히 쉬고 싶다는 느낌만이 존재했다.

오기에르가 그후 백년 이상 누린 모든 즐거움에 대한 이야기는 생략하기로 하겠다. 시간은 아무 자국도 남기지 않고 재빨리 지나갔다. 모르가나의 매력은 쇠퇴하지 않았고 오기에르도 보통 사람들과 달리 아무리 나이를 많이 먹어도 영향을 받지 않았다. 어느 날 모르가나가 장난삼아 오기에르의 머리에서 왕관을 낚아채는 사건만 발생하지 않았다면, 그들의 더없는 행복이 얼마나 더 오랫동안 지속되었을는지 알 수 없었다. 모르가나가 그의 왕관을 낚아채는 순간, 오기에르에게는 기억이 되살아나며 만족감이 사라졌다. 샤를마뉴와 친척들 그리고 친구들에 대한 그리움이 떠오르며, 모르가나와 함께 보낸 시간이 슬프게 생각되었다. 모르가나 천사는 슬픈 눈으로 연인의 변화된 모습을 바라보았다. 마침내 그녀는 그가 잠시 동안만이라도 찰스의 궁전을 방문하고 싶어한다는 것을 알게 되었다. 그래서 마지못해 그의 소망에 찬성하고 자신의 손으로 그에게 갑옷을 다시 입혀주었다. 오기에르는 빠삐롱을 데리고 나와 그의 등에 올라타고, 눈물을 글썽이는 모르가나와 작별인사를 나눈 뒤 모르가나의 궁전을 해변으로부터 분리시키는 바위 지대를 빠른 속도로 가로질렀다.

오기에르를 영접한 적이 있는 바다 도깨비들이 해안에서 그를 기다리고 있었다. 바다 도깨비 하나가 오기에르를 자신의 등 위에 얹자 다른 바다 도깨비들도 빠삐롱을 등에 얹었다. 바다 도깨비들은 넓은 지느러미를 펴서 아발론 섬과 프랑스를 나누는 넓은 공간을 가로질러 나아갔다. 그리고 오기에르를 랑구에도크에 상륙시키고는 바다에 뛰어들어 사라졌다.

오기에르가 다시 빠삐롱을 타자 말은 바다를 건널 때처럼 빠른 속도로 그를 왕국으로 데려갔다. 그는 파리의 성벽 밑에 도착했다. 하지만 셴트쥐네비브의 높은 탑을 발견하지 못했다면 그는 파리의 성벽을 거의 알아보지 못할 뻔했다. 그는 곧장 샤를마뉴의 궁전으로 들어갔다. 그가 보기에 궁전은 완전히 다시 지어진 것 같았다. 그리고 자기의 질문에 대답을 해주는 성곽 경비원과 하인들의 언어가 이해하기 어렵다는 것을 깨닫고 오기에르의 놀라움은 극에 달했다. 물론 그가 사용하는 언어에 대해 그들이 서로 이야기를 나누며 웃는 일은 더욱 놀라운 일이었다. 이윽고 궁전으로 가고 있던 몇 명의 귀족들이 이 장면에 관심을 갖게 되었다. 귀족들의 지위를 나타내는 식별 표지를 알아본 오기에르는 그들에게 말을 걸며 나모와 살로몬 공작들이 아직도 황제의 궁전에 살고 있느냐고 물었다. 그의 질문에 귀족들은 놀라서 서로를 바라보다가 나이가 가장 많은 귀족 한 사람이 다른 귀족들에게 말했다. “이 기사는 우리 큰 할아버지인 덴마크인 오기에르를 얼마나 많이 닮았는지 모르겠어요.” 그러자 오기에르가 대답했다. “아! 사랑하는 조카야. 내가 그 덴마크인 오기에르다.” 그러면서 그는 모르가나가 자신과 함께 사는 동안에는 시간이 흘러가는 것을 알지 못하리라고 했던 말을 상기했다.

아까보다 더 놀란 귀족들은 당시를 지배하던 유그 카페 왕에게 오기에르를 데리고 가기로 결정했다.

용감한 오기에르는 서슴치 않고 궁전에 들어갔다. 그러나 그가 왕의 큰 방에 도착하자 귀족들이 그에게 프랑스 왕에게 절을 하라고 지시했다. 오기에르는 키가 작고 머리가 큰, 그럼에도 불구하고 고상하고 용감해 보이는 남자가 옥좌에 앉아 있는 것을 보고 깜짝 놀랐다. 그렇게 키가 크고 가장 잘 생겼던 샤를마뉴의 옥좌에 말이다.

오기에르는 소박하고 꾸밈없는 어조로 여러 가지 모험을 이야기했다. 유그 카페 왕은 오기에르의 말을 잘 믿으려 하지 않았지만 오기에르가 너무나 많은 증거와 상황들을 언급했기 때문에 눈 앞에 보이는 늙은 무사가 덴마크인 오기에르라는 것을 인정하지 않을 수 없었다.

왕은 오기에르에게 그가 오랫동안 궁전을 떠나 있는 동안에 일어난 사건들을 이야기해주었다. 샤를마뉴의 혈통이 모두 끝나 새로운 왕조가 시작되었고 아직도 왕국의 오랜 적인 사라센인들이 여전히 골치덩어리로 남아 있으며, 바로 그 순간에도 이교도들이 샤르트르 도시를 포위 공격하고 있기 때문에 자기도 며칠 있으면 도시를 구하러 나갈 참이라는 것이었다. 영

광을 좋아하는 마음에 언제나 불타는 오기에르는 자기도 나서서 싸움에 임하겠다고 제의했다. 그러자 유명한 군주는 그 제의를 정중하게 받아들이고 그를 왕비에게 데려갔다. 여인들의 장식물과 손질한 머리, 이마까지 드리워진 아름다운 머리칼 그리고 우아하게 고수머리처럼 엮어짠 깃털이 여인들을 더욱 우아하게 만들고 있는 것을 본 오기에르의 놀라움은 더욱 커졌다. 오기에르는 늙은 여황제 베르다 대신에 당당한 풍채와 우아함 그리고 솔직함과 매력을 겸비하고 있는 젊은 여왕을 보고 찬사를 아끼지 않았다. 오기에르가 마음 속에서 우러나오는 존경심을 가지고 여왕에게 인사를 드리는 것을 본 많은 신하들은 그를 외국인이거나 아니면 파리에서 떨어진 곳에서 성장하여 소위 옛날 궁정의 예절을 배운 귀족이라고 생각했다.

여왕은 자기가 소개받은 사람이 그 유명한 덴마크인 오기에르라는 것을 남편에게서 듣고, 가끔 고대 역사에서나 읽었던 그의 유명한 공훈을 상기하고 매우 놀랐다. 또한 오기에르의 얼굴에 나타나 있는 활기와 젊음 그리고 위엄있는 태도를 보고 더욱 놀라지 않을 수 없었다. 하지만 왕비는 너무나 총명했기 때문에 매사를 성급하게 믿지 않고 오직 증거가 있어야만 찬성하는 사람이었다. 그녀는 샤를마뉴의 옛 궁전에 대해서 많은 질문을 했다. 그리고 오기에르로부터 자신의 의심을 없애버리는 교훈적이고 적절한 답변을 듣게 되었다. 우리들이 역사의 모든 세부사항에 대해 정확성과 신뢰를 갖게 되고 일반인이 오기에르의 공훈에 대해 알게 된 것은 바로 이때 오기에르가 바로 잡아준 까닭이다.

유그 카페 왕은 샤르트르 주민들이 포위 공격자들에 의해 궁지에 몰리고 있다는 보고를 받자 그들을 구하기 위해 오기에르와 함께 급히 떠나기로 결정했다.

오기에르는 과거에 신속히 일을 끝냈던 것처럼 이번에도 일을 신속히 처리했다. 사라센군이 감히 결투를 제의했을 때는 왕기를 들고 사라센군이 밀집되어 있는 곳으로 들어가기도 했다. 빠삐롱은 콧구멍으로 불을 내뿜으며 사라센군을 무질서로 빠뜨렸고 오기에르는 무적의 팔로 코르타나를 휘두르면서 적을 무찔렀다.

사라센군에게서 승리를 쟁취한 왕은 덴마크 영웅을 다시 파리로 데려왔다. 그리고 프랑스의 구원자인 오기에르는 자신의 용기에 걸맞는 영광을 얻었다. 그리고 왕과 왕비의 호의를 받아들여 얼마간 궁전에 머물렀다. 하지만 곧 왕의 죽음을 목격하는 고통을 맛보아야 했다. 그러던 중 여왕이 지닌 모든 완벽함에 마음이 움직인 오기에르가 그녀에게 청혼을 하고 싶은 마음을 억누를 수 없게 되었다. 왕비도 그것을 받아들이고 싶었다. 그래서 그녀는 그 청혼에 관해 심의하기 위해 귀족 회의를 소집했다. 회의가 열리기 전날, 오기에르가 그녀의 발 밑에 무릎을 꿇고 있을 때 그녀는 보이지 않는 손이 오기에르의 이마에 금관을 얹는 것을 보았다. 그리고 순간적으로 구름이 오기에르를 감싸더니 그는 왕비에게서 영원히 사라지고 말았다. 모르가나 천사가 오기에르와 왕비의 행동을 보고 질투심이 생겨 오기에르와 함께 아발론섬에서 다시 살려고 힘을 발휘하여 그를 데려간 것이었다. 아직도 오기에르는 그곳에서 영국의 위대한 아더 왕과 함께 살고 있다. 그의 유명한 친구가 옛날의 통치를 다시 회복하기 위해 돌아오게 되는 날에는 틀림없이 오기에르를 데리고 귀국하여 그와 승리를 함께 나눌 것이다.

*

* 옮긴이 | 이성규

인천 출생. 번역문학가. 서울대학교 문리대 졸업.
미국 오리건 대학원 수료. 서울대 · 성균관대 · 항공대 강사 역임.
역서로는 《아웃사이더》, 《정부정치론》, 《멋진 신세계》,
《플럼강 기슭에서》 등이 있음.

샤를마뉴 황제의 전설

발행일 | 2021년 3월 30일 초판 1쇄 발행
2024년 6월 25일 초판 5쇄 발행

지은이 | 토마스 불핀치 **옮긴이** | 이성규
펴낸이 | 윤성혜 **펴낸곳** | 종합출판 범우(주)
교 정 | 이경희 **인쇄처** | 태원인쇄

등록번호 | 제406-2004-000012호 (2004년 1월 6일)
(10881) 경기도 파주시 광인사길 9-13 (문발동)
대표전화 | 031-955-6900 **팩 스** | 031-955-6905
홈페이지 | www.bumwoosa.co.kr **이메일** | bumwoosa1966@naver.com

ISBN 978-89-6365-323-5 03840

* 책값은 뒤표지에 있습니다.
* 잘못된 책은 바꾸어드립니다.